LES COUTURIÈRES DE KEEPSAKE

FELICITY HAYES-MCCOY

LES COUTURIÈRES DE KEEPSAKE

Traduit de l'anglais par Paul Boutin

ÉDITIONS PRISMA

Titre de l'édition originale :
The Keepsake Quilters

ISBN : 978-2-8104-3896-9

Pour Jo

Les personnages de ce roman, leurs maisons
et leurs lieux de travail n'existent
que dans l'imagination de l'auteur.

Donal Barry *marié à* **Ruth Smith**
(1921-1998) 1951 (1926-1964)

Marguerite *mariée à* **Paul Carson**
(*née en* 1952) *1971* (1949-2018)

Simon Hale *fiancé à* **Val Carson**
(1972-1995) *(1994)* (*né en* 1972)

Rory Carson
(*né en* 1974)

Penny Carson
(*née en* 1995)

LES PIÈCES DE TISSU

FIL 1
Marguerite

Même les noms des tissus enchantent Marguerite Carson. Chenille, mousseline et cachemire. Le dimity, qui évoque les héroïnes du dix-huitième siècle, et le damas, qui évoque les bazars orientaux et les brassées de roses exotiques. Le denim a marqué sa jeunesse, lorsqu'elle vivait dans son Levi's, mais même à cette époque, elle adorait les tissus anciens, les rubans et la dentelle, et aujourd'hui, plus de cinquante ans plus tard, son esprit déambulait encore joyeusement dans un vocabulaire bruissant et murmurant de délices. Georgette, gaze, lin amidonné et mousseline froncée. De l'organza léger comme de la mousse et de la soie irisée. Toute sa vie pouvait être mesurée en tissus, depuis la robe en étamine brodée à la main qu'elle avait confectionnée pour son mariage, inspirée par l'atmosphère enivrante du Summer of Love, jusqu'aux robes qu'elle avait cousues pour sa petite fille toute en jambes, en passant par le vague souvenir d'une jupe ballon en taffetas des années 1950, portée par sa mère sur des jupons en filet trempés dans de l'eau sucrée pour les rendre plus rigides.

Pourtant, le tissu qui lui rappelait le plus sa mère n'était pas le taffetas, mais le tweed. Des jupes sages en tweed, qui sentent bon les feux de cheminée de l'automne, portées avec des bottes de jardinage, une veste cirée et un pull en laine. Le double bruit sourd des bottes de jardin déposées sur le pas de la porte et l'odeur des gants épais tachés d'herbe laissés à sécher près du poêle. À ces odeurs et à ces bruits de journées affairées s'ajoutait un souvenir sensoriel qui échappait presque à la mémoire consciente et qui appartenait à un état de laisser-aller entre l'éveil et le sommeil. Ce n'est qu'en fermant les yeux que Marguerite pouvait retrouver la chaleur de son lit, la sensation de profond confort et de sécurité parfaite, et le toucher doux du velours vert foncé qui bordait la courtepointe en patchwork sous laquelle elle dormait dans son enfance.

Chapitre un

Marguerite ouvrit la porte du restaurant et jeta un coup d'œil à l'intérieur. L'affluence du déjeuner était terminée et la plupart des tables étaient libres. Souriant à la serveuse qui venait l'accueillir, elle lui indiqua un coin près de la fenêtre.

– Nous serons trois. Pouvons-nous nous asseoir ici ?

– Bien sûr.

La serveuse tira une chaise sur le côté pour lui permettre de faire rouler sa valise dans le coin.

– Voulez-vous boire quelque chose en attendant ?

– Un café. Je vous remercie.

Pendant que la jeune fille allait le chercher, Marguerite s'assit et regarda ce qui l'entourait. L'endroit ne ressemblait en rien aux fast-foods situés à un ou deux pâtés de maisons. Ici, les tables étaient dressées avec du linge impeccable et des verres lisses, et les murs étaient recouverts de ce qui semblait être de véritables faïences art déco. De retour avec le café, la serveuse expliqua que le restaurant avait été autrefois une laiterie.

– Avant la Première Guerre mondiale. Ils versaient le lait à la louche dans des bidons apportés par les clients. Et ils avaient des tampons sculptés pour appliquer des motifs sur le beurre. Vous pouvez voir le dessin sur le menu.

Le charmant logo d'une vache au milieu des herbes et des boutons d'or rappela à Marguerite une longueur de tissu qu'elle avait achetée plus de quarante ans auparavant pour confectionner une robe pour sa fille. Il s'agissait d'une popeline jaune bouton d'or avec un motif de marguerites et de vaches. Elle demanda si le restaurant était toujours tenu par la famille des premiers propriétaires. La jeune fille secoua la tête.

– Non. Il fait partie d'une franchise. Il y en a un autre à Bath, je crois, et un autre à Chelsea.

Ce n'est donc pas si différent, pensa Marguerite, *de tous ces endroits animés à quelques rues de là.* C'était juste une présentation différente, et ce n'était pas plus mal pour autant. Les fast-foods, c'est bien si vous avez besoin de manger et de courir, mais ici c'était le cadre idéal pour un déjeuner tranquille en famille.

Ayant vécu à Londres tout du long de son mariage, elle n'avait eu aucune difficulté à trouver le restaurant. Il était situé sur une place en briques rouges derrière Bond Street, où les fleurs blanches du jardin central ressemblaient à de la dentelle jetée sur les branches sombres des arbres. Cinq ans auparavant, lorsqu'elle était devenue veuve, elle avait vendu sa maison londonienne et était retournée vivre dans la maison de son enfance en Irlande. Celle-ci se trouvait à Wicklow, à un jet de pierre de Dublin, mais Londres lui semblait toujours l'endroit naturel pour aller faire ses courses. La chambre d'amis dans la maison de sa fille Val était là pour l'accueillir, et une visite augmentait les chances de voir sa petite-fille bien-aimée Penny, dont le travail de responsable à la télévision semblait signifier qu'elle était rarement libre.

Ce matin-là, alors que Marguerite partait pour l'aéroport de Dublin, son jardin était rempli de jonquilles dorées qui poussaient en grappes sous les arbres fruitiers en fleurs. Peu de choses avaient changé dans le terrain d'un hectare qui entourait la villa blanche, dans les montagnes, où elle avait vécu jusqu'à son mariage. Sa mère était une jardinière enthousiaste et maintenant, pensa Marguerite, je suis exactement comme elle. Si Paul n'était pas mort, je serais peut-être restée à Londres. Au lieu de cela, je me promène dans la maison où j'ai grandi, je mets des tulipes dans les massifs de crocus de l'année dernière, ou des cyclamens sous les chênes pour créer de nouveaux éclats cramoisis, et je suis charmée par l'impression de force inaltérable qui se dégage de tous mes changements superficiels. Il ne fait aucun doute que je continuerai à en profiter jusqu'à la fin de mes jours, en changeant les couleurs et les formes, mais en conservant la structure sous-jacente qui borde ma vie depuis aussi longtemps que je m'en souvienne.

La porte s'ouvrit et Val entra, agitant la main lorsqu'elle aperçut Marguerite. Elle se pencha pour l'embrasser sur la joue et tira une chaise.

– Désolée d'être en retard, maman. Ça fait longtemps que tu attends ?

– Tu n'es pas du tout en retard. Nous avons été poussés par un vent arrière.

– Ton vol était confortable ?

– Charmant. Doux comme de la soie et j'ai eu une rangée entière pour moi toute seule.

– Penny m'a envoyé un message. Elle est en retard sur son programme.

Val se tourna vers la serveuse, qui s'activait dans le fond.

– Je prendrai aussi un café, s'il vous plaît. Nous attendons ma fille.

Personne n'aurait pu manquer de voir que Val et Marguerite étaient de la même famille. Chacune s'habillait de manière classique, avec une touche d'élégance qui suggérait une confiance tranquille. Val avait hérité des cheveux clairs de sa mère, de sa peau pâle et de ses yeux verts de chat et, bien que Marguerite soit un peu moins souple avec l'âge, toutes deux avaient la même grâce de mouvement.

La serveuse sourit.

– C'est chouette. Vous, votre mère et votre fille, trois dames qui déjeunent ensemble.

Tandis que la jeune fille disparaissait pour aller chercher le café, Marguerite réfléchit à la vision improbable que sa déclaration avait évoquée. La camaraderie n'était pas le propre des Carson. En tant que famille, ils étaient toujours là les uns pour les autres, et Val et elle savaient qu'elles étaient comme chez elles dans les maisons des unes et des autres, mais les « dames qui déjeunent ensemble » évoquaient le genre de femmes qui participaient à l'émission télévisée de Penny, celles qui partageaient leurs émotions à outrance et étaient promptes à se donner des conseils en matière de relations amoureuses. *Ce n'est pas du tout nous*, pensa Marguerite, *même si c'est très agréable de s'asseoir ensemble et de se tenir au courant des dernières nouvelles – et de se réhabituer à aller au restaurant après tous ces mois de restrictions imposées par Covid*. Elle se tourna vers Val.

– Pourquoi Penny a-t-elle suggéré que nous nous retrouvions ici ? Tu sais ?

– Elle m'a envoyé un message hier soir, tard dans la soirée. Je suppose que si tu ne restes pas longtemps, c'est peut-être sa seule chance de passer du temps avec toi.

Marguerite s'abstint de mentionner ses nombreuses visites à Londres lorsque l'agenda de Penny était si chargé que leurs chemins ne s'étaient pas croisés. Elle avait cru comprendre que Val ne la voyait pas beaucoup non plus, mais, bien sûr, Val avait son propre agenda de travail. Elle enseignait l'anglais à temps plein à des étudiants étrangers et passait souvent ses soirées à faire du mentorat en ligne. Marguerite se disait souvent qu'elle aurait aimé que Val et Penny vivent plus près l'une de l'autre, mais si l'appartement de Penny était à deux pas de son travail, il était trop éloigné de la maison de son enfance à West Hampstead pour des visites à l'improviste – même si elle avait été le genre de personne à faire des choses à l'improviste, ce qui n'était absolument pas le cas. Penny-qui-avait-vingt-sept-ans était carrée, efficace et compétente, avec un talent pour la constitution d'équipes et du flair pour dégotter le genre d'histoires excentriques qui avaient fait de son émission l'une des plus populaires de la télévision du matin.

Elles avaient à peine touché à leur café que Penny arriva, vêtue d'un jean et d'un pull oversize à la mode. Marguerite sourit en guise de bienvenue et Val avança une chaise, tout en pensant que Penny avait l'air pâle. En déposant une bise sur la joue de chacune, Penny laissa tomber un sac à dos léger et sa veste sur le dossier de la chaise.

– Désolée de vous avoir fait attendre. Vous avez commandé ? Je suis affamée. Elle s'assit et feuilleta le menu. Ils sont réputés pour leur confit de canard.

Marguerite avait une faim de loup, elle n'a rien avalé depuis le matin. Elle choisit le saumon, tandis que Val hésitait entre des pâtes et des côtes d'agneau. Penny posa son menu d'un geste décidé.

– Je vais prendre le canard. Ils le servent avec des pommes de terre sautées.

Val rit.

– Ce n'est pas ce fameux David Faber qui a participé à ton émission aujourd'hui ?

– Faber ? Non. Pourquoi ?

Val se tourna vers Marguerite.

– C'est le gourou cuisine de l'émission de Penny. Ils préparent des plats en direct, et quand l'émission est terminée, tout le monde les mange.

– L'équipe les mange, pas moi.

Comme cela avait attiré l'attention de la serveuse, Penny rapprocha sa chaise de la table.

– Tu n'es pas vraiment une fan inconditionnelle, maman, n'est-ce pas ? Faber n'était pas là aujourd'hui – il intervient le mardi et le jeudi.

– Il se trouve que je le regarde beaucoup. J'ai même essayé le plat de chou-fleur qu'il a présenté dans l'émission de la semaine dernière.

Val se tourna à nouveau vers Marguerite.

– Tu fais rôtir des bouquets de chou-fleur et des cubes de courge avec de l'ail, de l'huile d'olive et des graines de carvi, puis tu les passes au mixer pour en faire une soupe ou tu les mélanges à du riz pour en faire un plat principal.

– Cela semble délicieux.

– Ça l'est. J'ai testé les deux. Vous devriez essayer. C'est un vrai chef cuisinier, Penny ? Il est terriblement doué.

La serveuse, qui s'occupait d'un groupe à une autre table, s'approcha, carnet de commandes à la main. Val rejeta les pâtes et les côtelettes au profit de gnocchis au fromage de chèvre. Elle suggéra de prendre du vin, mais Marguerite se mit à rire.

– Si je bois à l'heure du déjeuner, je m'endormirai avant que tu ne me ramènes à la maison ! Mais vas-y. Penny et toi prenez-en.

– Voyons s'ils veulent bien nous donner un demi-pichet.

Val ouvrit la carte des vins, mais Penny secoua la tête.

– Pas pour moi, maman. Je prendrai de l'eau.

– Oh, allez, accompagne-moi. Regarde, ça ira bien avec ton canard. En tendant la liste, Val indiquait un chardonnay.

– J'ai dit non. Je ne veux pas de vin.

Sa véhémence surprit Val. Troublée, elle remit la carte des vins dans son support et Penny rougit jusqu'à la racine de ses cheveux coupés et colorés par une main experte.

– Je suis désolée. J'ai eu une matinée affreuse. Je vais m'en tenir à de l'eau gazeuse. Elle sourit à Marguerite. Alors, qu'est-ce que tu as fait, mamie ?

– Oh, tu sais... Le jardinage. Les comités. J'ai une fête la semaine prochaine, alors je me suis dit que j'allais prendre l'avion et acheter une tenue pour l'occasion.

– Quel genre de fête ?

– Ce n'est pas vraiment une fête. C'est juste une réunion de mon groupe.

Lors de son retour en Irlande, Marguerite avait rejoint un groupe de voisins qui se réunissaient occasionnellement pour jouer aux cartes dans les maisons des uns et des autres.

Val avait été surprise lorsqu'elle en avait entendu parler.

– N'est-ce pas plutôt statique ? Je veux dire que je ne te vois pas faire des folies avec la femme du recteur et la fille du médecin.

En privé, Marguerite avait admis que le groupe était ennuyeux. Il était principalement composé de retraités, dont certains qu'elle avait connus dans sa jeunesse et qu'elle avait retrouvés à son retour à Wicklow. Mais, ne voulant pas se montrer déloyale envers eux, elle avait étouffé cette pensée par une plaisanterie :

– Je ne suis pas entrée dans un roman des années 1930 ! Nous ne jouons pas au bridge – aucun de nous n'est assez bon. Et j'étais moi-même la fille d'un médecin, je te rappelle, alors fais attention à ce que tu dis !

Penny prit un morceau de pain de seigle dans la corbeille posée sur la table.

– Quel genre de tenue as-tu en tête, mamie ?

– Ta mère s'imagine que j'opterai pour du satin coupé en biais avec un col bénitier.

Penny sourit.

– Ah bon ? Pourquoi ?

– Elle pense que je joue au bridge avec Miss Marple et Hercule Poirot.

– Je n'ai jamais dit cela !

Riant de Val, Marguerite rendit son sourire à Penny.

– Oh, tu me connais, je vais parcourir pratiquement tous les rayons de John Lewis et il y a de fortes chances qu'à la fin, je me contente d'une écharpe.

– Mamie ! Tu en as déjà des millions.

– Et j'aime chacune d'entre elles.

Val frappa sur la table.

– Je n'ai absolument jamais dénigré ton groupe de jeux de cartes.

– Si, mais je te pardonne.

Penny beurra un deuxième morceau de pain.

– Combien de temps vas-tu rester cette fois-ci, mamie ?

– Quelques nuits, si je ne vous dérange pas.

Val jeta un regard affectueux à Marguerite.

– Tu ne nous déranges jamais et tu le sais. Si tu restes un peu, peut-être que Penny se libèrera pour le dîner. Je pourrais cuisiner.

Elles regardèrent toutes les deux Penny, qui rougit à nouveau. Le repas arriva avant qu'elle ne puisse parler, mais dès que la serveuse fut partie, elle rangea ses couverts avec précision et commença à parler comme si elle allait tenir une conférence.

– Écoutez, il faut que vous sachiez pourquoi j'ai voulu nous réunir autour de ce repas.

Val était perplexe.

– C'était pour une occasion particulière ? Je pensais que nous allions simplement déjeuner.

– Oh, bien sûr. C'est le cas, et c'est agréable. Je suis désolée d'être toujours occupée quand tu passes, mamie.

Marguerite secoua la tête.

– Il n'y a pas lieu de s'excuser. Tu as un travail exigeant. Mais je suis ravie de te voir chaque fois que tu as du temps libre.

– Oui, eh bien, je n'en aurai plus beaucoup à l'avenir.

– Oh ? Qu'est-ce qui s'est passé ? Tu as eu une promotion ?

Penny fit une grimace et piqua dans ses pommes de terre sautées.

– Pas une promotion. C'est plutôt le contraire. Je vais être en congé.

Val posa son couteau et sa fourchette, toujours perplexe.

– Mais pourquoi ?

Elle fronça les sourcils, se demandant si elle n'avait pas mal compris.

– Tu viens de dire que tu aurais moins de temps libre.

Marguerite, tout aussi perplexe, n'avait pas touché à son assiette de saumon. Penny regarda leurs deux visages inquiets.

– Oh, et puis zut, c'est ridicule ! Autant le dire tout de suite. Je voulais dire que je vais prendre un congé parental. Je suis enceinte.

Chapitre deux

Il n'avait jamais été facile d'aider Penny. À l'âge de dix ans, elle avait annoncé qu'elle serait championne à Wimbledon. Bien que d'un bon niveau en tennis, elle n'avait jamais montré d'intérêt particulier pour ce sport et, compte tenu du coût des leçons supplémentaires et des complications pour l'emmener au cours et la ramener, Val n'avait rien fait, espérant qu'il ne s'agissait que d'un engouement passager. Mais les obstacles n'avaient fait qu'accroître la détermination de Penny et, finalement, Val avait cédé et l'avait inscrite dans la section junior d'un club de tennis situé à quelques arrêts de la Jubilee Line. Il n'avait pas fallu longtemps pour se rendre compte que Penny détestait ce sport et, à mesure que l'entraînement devenait plus intense, il était évident que le stress affectait sa santé. Pourtant, elle avait toujours refusé les offres les plus diplomatiques d'arrêter. À la place, elle avait tenu bon jusqu'à ce que la fermeture du club pour réfection des courts lui donne une excuse plausible pour abandonner. Les années passées avaient produit de nombreux autres exemples de son ambition et de sa détermination, des qualités qui, en fin de compte, l'avaient propulsée vers le sommet dans son secteur d'activité où la compétition régnait. Pourtant, Val savait que, sous la façade de la puissante directrice de télévision, se cachaient les vestiges de la petite fille qui ne pourrait jamais reconnaître une erreur ou accepter de l'aide.

Maintenant, après avoir fait un choc à sa mère et à sa grand-mère qui en restaient bouche bée, Penny mangeait du canard dans un silence gêné. Voyant que Val s'apprêtait à parler, elle leva une épaule sur la défensive.

– Il fallait que tu saches, alors j'ai pensé qu'on se donnerait rendez-vous et que je te le dirais. Et maintenant, c'est fait, alors, pour l'amour de Dieu, déjeunons.

– Mais, ma chérie, c'est incroyable. Je veux dire, je n'en avais aucune idée.

– J'ai fait un test il y a quelques semaines. Il était positif. Mon généraliste l'a confirmé. Le bébé doit naître début janvier.

Val se décrocha la mâchoire.

– Il y a quelques semaines ! Et tu ne m'as rien dit.

– Je sais. Je te le dis maintenant.

Voyant l'expression blessée de Val, Marguerite intervint.

– Je suppose que tu voulais que le père soit au courant en premier, n'est-ce pas, Penny ?

Penny enfourna une fourchette remplie à ras bord de nourriture dans sa bouche et ne dit rien. Consciente que cela ne se passait pas très bien, Val se lança dans un discours.

– C'est vraiment formidable. Comment te sens-tu ? Visiblement, tu vas bien, tu manges comme quatre. Non, pardon. Ce que je voulais dire, c'est que tu es épanouie. Mais ça a dû être une surprise.

Elle hésita, déglutit et, imprudemment, continua.

– Ou était-ce justement une surprise ? Je ne savais même pas que tu fréquentais quelqu'un. C'était prévu ?

– Non, ce n'était pas prévu.

– Non pas que cela me concerne...

– Tu as raison, cela ne te concerne pas.

Posant une main apaisante sur le genou de Val, Marguerite s'adressa doucement à Penny.

– Bien sûr que ça concerne ta mère. Elle s'inquiète pour toi. Mais tu aurais pu choisir un endroit moins public pour annoncer une nouvelle aussi importante.

– Oh, c'est ça qui vous préoccupe, n'est-ce pas ? L'idée d'être entendues ?

– Non, pas du tout. J'ai juste dit…

– Tu sais ce que tu n'as *pas* dit, mamie ? Tu n'as pas dit « félicitations ». Tu n'as pas dit : « C'est fantastique, Penny, c'est tellement excitant ! ». Penny se tourna vers Val. Demande-moi qui est le père. Vas-y, maman, tu sais que tu en meurs d'envie.

C'était tellement puéril et inattendu que Val perdit son sang-froid.

– Oui, c'est vrai. À quoi t'attendais-tu ? Tu viens de me dire que j'allais avoir un petit-enfant.

– Et c'est tout ce que je te dirai. Penny commença à pousser sa chaise en arrière. Écoutez, je n'ai pas besoin d'être interrogée, ni de sympathie, ni que l'une d'entre vous débarque en essayant de prendre ma vie en main.

– Chérie, ne sois pas idiote.

Marguerite se mordit la lèvre, regrettant d'être intervenue. Penny était maintenant debout et attrapait sa veste. Val se leva également.

– Enfin, calmons-nous. Penny, ne pars pas. Tu ne vas pas partir sans déjeuner. Tu es affamée, tu l'as dit. Et personne ne t'interroge. Ta grand-mère et moi essayons juste d'assimiler cette nouvelle.

À contrecœur, Penny se rassit. Val et Marguerite s'évitaient du regard, ne sachant que dire ensuite et craignant d'être la première à parler. Penny vit leurs visages et sa mâchoire se serra. Puis, faisant manifestement un effort, elle prit une grande inspiration.

– D'accord, je suis désolée. Je me conduis comme une imbécile. Mais vous pouvez tous les deux arrêter de faire comme si j'avais annoncé l'Apocalypse. J'aimerais que vous soyez simplement contentes pour moi.

Elle n'avait jamais parlé d'un petit ami, ni montré le moindre signe de relation amoureuse, et l'esprit de Val se remplissait de visions obscures d'aventures d'un soir, de boissons alcoolisées, ou même de rendez-vous qui se terminaient en viols.

Se rappelant son propre conseil de rester calme, elle reprit sa place, essayant de formuler la question qu'elle se sentait obligée de poser.

– Nous sommes heureuses. Vraiment. Si toi tu es heureuse.

Il y eut un silence inquiétant. Val vit Marguerite serrer la serviette sur ses genoux. Tout en gardant une voix égale, elle chercha les mots justes.

– Ta grand-mère et moi sommes ravies. Sincèrement. Si c'est ce que tu veux. Mais, Penny, en es-tu certaine ? Nous n'avons pas besoin de savoir qui est le père, pas si tu ne veux pas nous le dire. Mais est-ce que ça signifie que tu te lances là-dedans toute seule ? C'est un engagement énorme. Et tu dois penser à ton travail. Je ne dis pas qu'une carrière est plus importante qu'un bébé, bien sûr que non. Mais tu as toujours été motivée par ton travail. Avoir un bébé change la vie.

– Tu penses que je ne le sais pas ?

– Ce n'est pas ce que je dis. Tu es une grande fille et tu n'es pas stupide. Ce que j'essaie de faire, et j'échoue manifestement, c'est de te demander si tu as envisagé l'interruption de grossesse. De quand date ta visite à ton médecin généraliste ?

Du coin de l'œil, Val vit la serviette triturée dans les mains crispées de Marguerite.

Penny se leva à nouveau, mais cette fois-ci, elle semblait terriblement calme.

– Comme tu le dis, maman, je suis une grande fille et je ne suis pas du tout stupide. Tu as été très claire sur ta position, alors je vais faire de même. Je n'ai pas envisagé l'interruption de grossesse. Je vais avoir ce bébé. Et si tu n'es pas prête à accueillir ton propre petit-enfant, alors, crois-moi, nous ne voulons rien de toi. Rien du tout.

– Penny ! Ce n'est pas ce que ta mère voulait dire.

– Oublie ça, mamie. Je me débrouillerai très bien toute seule.

– Chérie, je t'en prie, protesta Val tout en essayant d'empêcher Penny d'attraper à nouveau sa veste.

Elle était consciente de la présence de personnes à une table voisine qui s'efforçaient consciencieusement de regarder droit devant elles. Penny prit sa veste sur le dossier de la chaise et enfonça ses bras dans les manches. Le cœur serré, Val reconnut l'air obstiné de la jeune femme. *Oh là là*, pensa-t-elle. *Comment ai-je pu si mal gérer les choses, alors que Penny va avoir besoin de toute l'aide possible ? Et maintenant, il semble qu'il n'y ait rien à dire pour rétablir la situation.* Les yeux de Penny arboraient une expression que Val et Marguerite ne connaissaient que trop bien. Après avoir pris position, elle ne reculait devant personne, surtout si elle avait l'impression d'avoir commis une erreur.

La serveuse se tenait derrière le bar, totalement absorbée par ce qui se passait. Jusqu'à présent, elles parlaient toutes à mi-voix. Se levant à demi, Val força un sourire et éleva la voix.

– J'aimerais que tu restes, mais je comprends que tu doives retourner au bureau. Je t'appellerai plus tard, mon amour.

Penny la regarda d'un air absent. Puis, réalisant qu'elles étaient devenues le centre de l'attention, elle haussa les épaules.

– D'accord. Oui. Peu importe.

Elle ramassa son sac à dos et fit un signe de la main à Marguerite.

– Au revoir, mamie.

Lorsque la porte se referma, Val appela la serveuse.

– Pouvez-vous débarrasser cette assiette, s'il vous plaît ? Ma fille s'est souvenue qu'elle avait quelque chose d'important à faire au travail.

Même à ses propres oreilles, cela sonnait faux, mais c'était le mieux qu'elle ait pu faire. La serveuse retira l'assiette de Penny et Val s'assit, réalisant que ses jambes tremblaient. Marguerite se pencha vers elle et lui serra la main, en haussant galamment le ton de sa voix pour qu'elle atteigne l'autre table.

– Quel dommage, et elle avait à peine commencé son plat. Qu'à cela ne tienne. Profitons du nôtre, veux-tu ? Je dois dire que ce saumon a l'air délicieux.

La vue de ses propres gnocchis au fromage de chèvre rendit Val légèrement malade et, après avoir avalé une bouchée, elle posa précipitamment sa fourchette, déglutit difficilement et pressa sa serviette sur ses lèvres.

Lorsqu'elle la reposa, un verre de vin était apparu sur la table et la serveuse se tenait à côté d'elle, en tenant un autre, ayant manifestement décidé qu'elles en avaient besoin.

– Du chardonnay. C'est ce que vous vouliez, n'est-ce pas ?

Tandis que Val prenait une gorgée reconnaissante, la serveuse posa le second verre près de l'assiette de Marguerite et se retira, faisant preuve de discrétion professionnelle.

Pendant les vingt minutes qui suivirent, elles chipotèrent avec du saumon et des gnocchis, acceptèrent plus de vin et tentèrent de faire la conversation. Les personnes assises à l'autre table se désintéressèrent rapidement d'elles et, lorsque la serveuse apporta l'addition, elle maintint le mensonge que rien de gênant ne s'était produit.

– Avez-vous apprécié votre déjeuner ?

– Oui merci. C'était très agréable.

– J'en suis ravie. J'espère que nous vous reverrons.

– Je n'en doute pas. Je vous remercie.

– Puis-je vous aider pour votre valise ?

– Merci, non, c'est bon. Je peux me débrouiller.

La serveuse leur tint la porte et elles partirent en bon ordre. Dehors, sur le trottoir, Marguerite fut frappée par la mine déconfite de Val.

– Je suppose que Penny n'a pas envoyé de message ou quoi que ce soit d'autre ? Tu sais comment elle est, en général elle va bien quand elle s'est calmée.

Val vérifia son téléphone. Il n'y avait pas de message. Bien qu'elle soit de tout cœur avec Penny, elle ressentit une poussée de colère. Marguerite était si contente de faire une pause à Londres. Quel gâchis d'être plongée dans une querelle à peine descendue de l'avion !

L'irritation fut suivie d'une lueur d'humour. Que les Carson soient ou non le genre de dames à déjeuner, elles n'étaient pas du genre à faire des scènes en public et à avoir besoin de grands verres de vin pour se remettre d'aplomb, et pourtant elle était là avec Marguerite, pompette, dans un square londonien, à trois heures de l'après-midi. Elle glissa sa main sous le bras de sa mère et la serra contre elle.

– Allons, oublie Penny, elle appellera tôt ou tard. Pour l'instant, toi et moi avons besoin de digérer la nouvelle.

Elles s'étaient mises en route pour la gare d'Oxford Circus lorsque Marguerite s'arrêta dans son élan.

– Oh, mon Dieu, je vais être arrière-grand-mère !

– Et je dois me faire à l'idée qu'on m'appelle grand-mère.

Marguerite a cligné des yeux.

– En fait, c'est ce qui me semble le plus surréaliste. Avant que tu n'arrives au restaurant, je pensais aux robes de soirée que je créais pour toi quand tu étais petite. Des robes tabliers en coton, avec de jolis motifs répétés. J'ai l'impression que c'était hier.

Elle serra Val de plus près.

– Tu as tout à fait raison. Il va nous falloir du temps pour nous adapter à tout cela. Tu ferais mieux de me ramener à la maison pour me dégriser.

Chapitre trois

En roulant sur sa bicyclette, Penny se maudit d'avoir pris ses désirs pour des réalités. Qu'est-ce qui avait bien pu lui faire croire qu'elle pouvait simplement faire son annonce et passer à autre chose ? *Je me suis trop habituée à établir des plannings au travail*, pensa-t-elle. *Il n'y avait aucune chance que maman et mamie me laissent prendre toutes les décisions*. En grimaçant, elle se rappela que garder son sang-froid sous la pression était censé être l'un de ses points forts. Tout comme la clarté et la réflexion stratégique. Mais accuser Val et Marguerite de se mêler de ce qui ne les regardait pas avait été injuste et absurde. Et suggérer qu'elles étaient intrusives et voulaient prendre sa vie en main était ridicule. En famille, ils avaient toujours scrupuleusement respecté leur vie privée et veillé à ne pas envahir l'espace de chacune. *Une erreur de jugement à tous les niveaux*, pensa Penny. *Et me voilà en train de rentrer chez moi, comme si mon appartement était une forteresse où je peux relever un pont-levis et ignorer ce que j'avais fait.*

Son appartement, situé sur la rive sud du fleuve, se trouvait à proximité de Borough Market, où les immeubles modernes côtoyaient les petites terrasses victoriennes et où les entrepôts avaient été transformés en magasins d'alimentation artisanale.

La rue dégageait une odeur d'épices et d'ail omniprésente, ce qui signifiait que tout le monde n'y voyait pas un lieu de vie attrayant. Penny, elle, l'adorait. Dix ans auparavant, lorsqu'elle était tombée dessus, son travail de coursier pour une société de production télévisuelle lui permettait tout juste de louer une chambre au-dessus de ce qui était alors un magasin de bric-à-brac. Après s'être promenée dans le marché animé sous les arches du chemin de fer, elle avait remarqué dans la vitrine de la boutique une carte sur laquelle était écrit « Chambre à louer » d'une écriture fine et soignée. En entrant, elle avait trouvé Bill, le propriétaire âgé, en train de grattouiller un chat sous le menton tout en lisant le *Daily Mail*. Lorsqu'elle lui avait expliqué qu'elle avait vu la carte, il avait poussé un cri et lui avait donné une clef. « Premier étage, première porte à droite. Je ne peux plus monter les escaliers ».

L'entrée, par une porte située près de la devanture du magasin, menait à un hall étroit. Juste devant, tout aussi étroit, se trouvait un escalier raide. Elle était entrée et avait découvert la chambre, carrée, avec deux fenêtres à guillotine. La pièce était meublée de façon disparate, avec le genre d'objets qu'elle avait vus dans la boutique en bas. Le lit semblait provenir d'une institution, mais le matelas était neuf et toujours enfermé dans sa housse en plastique. Il y avait un petit évier dans le coin, un plan de travail à côté et une plaque de cuisson électrique à deux ronds branchée au mur. La porte d'à-côté ouvrait sur une salle de bains, manifestement commune, avec une baignoire en émail farouchement récurée, un vieux chauffe-eau et une pancarte écrite de la même écriture fine, qui disait : « Veuillez ne laisser AUCUN objet personnel ici ». Les fenêtres des deux pièces étaient couvertes de poussière, mais tout le reste était d'une propreté irréprochable, et les murs recouverts de papier ingrain avaient été repeints récemment. En retournant dans la chambre à louer, Penny s'était assise sur une chaise en bois et avait regardé autour d'elle, consciente du sentiment de joie bouillonnante qui l'avait envahie. Son travail de coursier était précaire, mais elle avait mis le pied sur la bonne échelle et, en vivant ici indépendante, elle pourrait sûrement se construire une carrière. De retour au magasin, elle avait à peine osé demander le montant du loyer, et lorsqu'il s'était avéré abordable, elle avait su que rien ne pourrait l'arrêter.

Bill et sa femme occupaient un appartement modeste à quelques rues du marché. La plupart des locataires des chambres situées au-dessus du magasin avaient déménagé au bout de quelques mois, mais Penny était restée, louant une chambre plus grande et se réservant l'usage exclusif de la salle de bains du premier étage dès qu'elle avait obtenu un contrat et une augmentation de salaire. Aujourd'hui, en s'approchant de sa porte d'entrée, elle s'émerveillait des changements survenus dans son environnement.

Huit ans après son emménagement, Bill avait décidé de vendre la partie supérieure de son immeuble. Le cœur de Penny s'était serré lorsqu'il l'avait appelée dans la boutique et avait épousseté une chaise pour qu'elle puisse s'y asseoir.

– J'ose dire que ma femme a raison, Pen. Elle dit qu'il est temps de changer. Elle veut que je récupère du capital pour qu'on puisse partir en vacances. « Bonne chance », je lui ai dit. Je n'ai rien à faire des mouettes et je déteste la nourriture étrangère.

Penny avait retenu son souffle lorsqu'il avait continué.

– Mais je ne rajeunis pas, n'est-ce pas ? Et le quartier s'est effondré avec toute cette gentrification. Aujourd'hui, plus personne dans le coin ne veut le genre de trucs que j'utilise.

Poussant son chat hors de son chemin, il avait versé du thé avec la théière qu'il gardait toujours à portée de main et avait offert à Penny un biscuit Garibaldi.

– Le fait est, Pen, que je ne supporte pas les agents immobiliers. Ce sont des gros bras, tous autant qu'ils sont, avec leur gel pour les cheveux et leurs smartphones. Non, je vais vous dire ce que je peux faire pour vous, si ça vous intéresse. Vous avez de quoi faire un appartement décent là-haut. Faites tomber les murs au premier étage, mon fils m'a dit qu'on appelait ça un espace ouvert. Faites de même à l'étage au-dessus et vous aurez toute la place nécessaire pour installer un escalier intérieur, une chambre en haut, une salle de bains, des rangements et tout ça. Refaites la plomberie, l'électricité, un coup de peinture, et vous serez vernie. Qu'en pensez-vous ?

L'esprit de Penny s'était emballé. Pendant les années où elle avait été la locataire de Bill, sa carrière s'était envolée. Promue à un poste de reporter, elle avait tourné et découpé du contenu pour un bulletin d'information hebdomadaire. Puis, lorsqu'une proposition sur laquelle elle avait travaillé avait reçu le feu vert d'un diffuseur, elle avait été promue une nouvelle fois et était passée à la production. Elle avait à peine l'impression de voler de ses propres ailes, mais, au moins pour le moment, elle était solvable. Ce qui avait suivi cette conversation prouvait sa lucidité. Elle avait obtenu un prêt immobilier et un prêt pour les travaux en moins d'une semaine, et l'accord avec Bill s'était conclu avec un verre et une poignée de main. Ensuite, après avoir trouvé un architecte pour gérer le projet, elle était restée chez Val pendant quelques mois avant d'emménager dans son appartement tout neuf. Le premier jour, Stanley, le chat de Bill, qui avait pris l'habitude de se faufiler dans sa chambre par une fenêtre arrière, était apparu alors que Penny prenait son petit-déjeuner. Une odeur enivrante de fleurs et d'épices s'était échappée du marché, accompagnée de cris joyeux des commerçants, et Stanley, acceptant un bout de tartine, s'était retourné pour lui présenter son menton noir et blanc. En le caressant jusqu'à ce qu'il ronronne d'extase, Penny avait regardé autour d'elle joyeusement, savourant une splendide indépendance et se sentant maîtresse de sa vie.

La partie basse du bâtiment était aujourd'hui un magasin de mode prospère tenu par Mark, le fils de Bill, qui habitait un appartement à proximité, près de ses parents. Alors que Penny roulait à vélo sur le trottoir, Mark passa la tête par la porte du magasin.

– Je viens d'acheter de nouveaux grains de café au marché. Envie de papoter ?

– Oui, pourquoi pas ?

Laissant son vélo dans le couloir, Penny le rejoignit et il lui servit un café qui remplit la boutique d'un puissant parfum de grains brésiliens.

– Comment s'est passée ta journée ?

– Assez merdique.

– Au travail ?

– Non, ça, ça va. Enfin, dingue, mais c'est normal. Non, des problèmes avec ma famille. Je suis sortie déjeuner avec ma grand-mère et ma mère.

Penny s'assit dans un fauteuil recouvert d'un tissu à rayures arc-en-ciel.

– C'est nouveau ? Je ne l'ai jamais vu auparavant.

– Du vintage rénové. Il vient d'être retapissé. Ce que Bill appelle « de la camelote ».

Penny sourit.

– Comment va-t-il ?

– Il se porte comme un charme. Toujours à faire la loi et à rendre maman folle.

– Oh, tant mieux pour lui. Dis-lui que je l'adore.

– D'accord.

Mark fit un signe de tête en direction de la chaise.

– Je pense qu'elle se vendra rapidement. Les pieds sont magnifiques. Ils datent de la fin de l'époque victorienne.

– C'est joli.

En riant, Mark sortit un paquet de Garibaldi.

– Tu détestes vraiment…

– Non.

– Si, tu détestes. Ça n'irait jamais dans ton appartement.

– Oh, je peux l'admirer, n'est-ce pas, même si ce n'est pas mon style ? En tout cas, je prévois quelques changements là-haut.

– Je pourrais te trouver des miroirs dorés très opulents.

– Je n'avais pas l'intention d'en faire un bordel.

– Tu voulais juste changer tes murs blanc pâle en blanc vanille ?

– Oh, tais-toi, Mark, je ne suis pas d'humeur.

– OK.

Il s'assit sur le bord de son bureau et la regarda par-dessus sa tasse de café.

– Tu veux parler de ce qui s'est passé au déjeuner ?

– Non, c'est trop peu édifiant. Je me suis totalement ridiculisée et je vais devoir leur faire des excuses.

– D'accord. On passe rapidement à autre chose. Tu veux aller voir un film plus tard ? On n'a pas passé la soirée dehors ensemble depuis longtemps.

– Non. Désolée, ne le prends pas pour toi, c'est juste que je ne me sens pas en état. De toute façon, j'ai une réunion tôt demain matin.

– Pas de problème, on sortira une autre fois.

Dehors, le soleil brillait et une femme passa, un bouquet de tulipes jaunes et écarlates à la main. Encore troublée par la scène du déjeuner, Penny décida d'aller se promener au bord de la rivière. Depuis la confirmation de sa grossesse, elle éprouvait un sentiment étrange. Des chiens tendaient leur laisse, des adolescents faisaient du skateboard, des couples se promenaient main dans la main le long de la promenade bondée, mais tous ceux qu'elle voyait lui semblaient inatteignables et distants, comme s'ils étaient dans le monde réel et qu'elle se déplaçait dans une autre dimension. Elle continua à marcher, les épaules voûtées, et s'aperçut qu'elle s'était arrêtée et qu'elle s'appuyait sur le parapet de la rivière, regardant la Tour de Londres de l'autre côté de l'eau en mouvement. N'ayant pas déjeuné et ayant bu une tasse de café fort, elle se sentait maintenant étourdie. Son réfrigérateur ne contenait que des sushis racornis, mais comme faire les courses lui demandait plus d'énergie qu'elle ne pouvait en déployer, elle allait apparemment devoir s'en contenter.

De retour à l'appartement, et après avoir constaté que les sushis avaient largement dépassé leur date de péremption, elle décida qu'elle devait prendre une douche avant de faire quoi que ce soit d'autre. À mi-chemin de l'escalier menant à sa chambre, un frisson de peur la saisit. C'était bien beau d'annoncer qu'elle avait l'intention de faire des changements, mais comment faire pour protéger un bébé dans un escalier grand ouvert ? Ou donner le bain à un bébé dans une salle d'eau ? Ou encore, comment monter et descendre une poussette dans l'escalier étroit menant à la rue ? Désespérément, elle chercha le mantra qui l'avait toujours réconfortée au travail : se concentrer, regrouper ses idées et établir des priorités. *Rien de tout cela n'avait besoin d'être résolu immédiatement*, se dit-elle fermement. *Tout ce qu'il faut faire, c'est avancer pas à pas.* Avec un effort, elle relâcha sa prise sur la rampe en acier brossé, continua à monter les escaliers et s'assit sur son lit. Elle pensa brièvement à envoyer un texto à Marc pour lui dire qu'après tout elle avait envie d'aller voir un film. Ce serait un divertissement et, après, ils pourraient aller chercher un *fish and chips*. Ils n'auraient pas besoin de parler de choses compliquées. Mark avait l'habitude de se retirer lorsqu'il sentait que vous aviez besoin d'espace.

Elle avait rencontré Mark pour la première fois lorsque, après avoir loué le studio, elle était entrée dans le magasin pour acheter une bouilloire.

– Vous n'avez pas de bouilloire électrique à vendre, n'est-ce pas, Bill ? Désolée de vous avoir dérangé.

Bill avait secoué la tête.

– Pas de problème, miss, si tu ne demandes pas, tu n'auras rien. Mais je ne fais pas d'appareils électriques. Je ne peux pas prendre le risque d'avoir des réclamations.

À ce moment-là, Mark avait émergé de derrière une rangée d'étagères, portant une bouilloire à l'ancienne. Penny l'avait regardée d'un air dubitatif.

– Ce n'est pas ce que j'avais en tête.

– Oh, allez ! Appelez ça du rétro. Dans quelques années, ce sera du dernier chic.

– Sérieusement ?

– D'accord, peut-être pas. Mais elle fera l'affaire. Une propreté irréprochable, un son de cloche, et sa propriétaire était une dame prudente.

Ses yeux avaient eu un éclat malicieux et Penny avait répondu en riant.

– Comment savez-vous qu'il a eu une propriétaire prudente ?

– J'ai aidé papa à vider son appartement.

– Vous voulez dire que cette pauvre dame est morte ? C'est horrible.

– Eh bien, ce serait le cas si elle l'était, mais il se trouve qu'elle est en pleine forme.

Posant la bouilloire sur une table, il lui tendit la main.

– Je suis Mark, le fils de Bill. Je lui donne un coup de main de temps en temps. Vous êtes la nouvelle locataire ?

– Penny. Oui. Enchantée de vous rencontrer.

– La bouilloire ne doit pas vous donner la chair de poule. La dame qui la possédait s'est retirée en Cornouailles. Elle est probablement en train de prendre un thé à la crème en ce moment même.

– Oh. D'accord. Eh bien, peut-être, alors.

– C'est un très bon choix.

Plus tard, elle était revenue pour acheter la bouilloire, n'ayant pas trouvé d'alternative abordable. Mark, qui était resté seul dans le magasin, était franc et ne posait pas de questions. Elle s'était donc détendue et avait accepté une tasse de thé et un biscuit Garibaldi provenant d'une boîte de conserve abîmée qui se trouvait sous la caisse. Par la suite, ils avaient adopté des relations de voisinage, ils s'empruntaient de temps en temps un litre de lait et, à l'occasion, allaient voir un film ou prenaient un verre ensemble après le travail. Mark était trapu, brun et fiable, le seul garçon dans une famille de quatre filles qui s'étaient toutes installées à la maison, près de leurs parents, tandis que lui s'était envolé pour découvrir le monde. Lorsqu'il avait rencontré Penny, il était en dernière année d'école d'art. Lorsqu'elle avait acheté l'appartement, il était parti travailler chez un antiquaire à Paris, avait traîné à San Francisco et suivi un cours de design quelque part en Suède. Puis, lorsque Bill avait pris sa retraite et que Mark était revenu à la maison pour reprendre le magasin, Penny et lui avaient simplement repris leur amitié là où ils l'avaient laissée.

Mais maintenant qu'elle avait pris son téléphone pour lui envoyer un message, elle hésitait. *Tout est différent*, se dit-elle, *et je n'arrive pas à m'y faire*. Pendant un long moment, elle fixa son écran, cherchant quelqu'un à qui parler. Puis elle soupira et le remit dans sa poche, se demandant ce qu'il était advenu de sa vie bien rangée et compartimentée.

Chapitre quatre

Lorsque Marguerite et Val arrivèrent à West Hampstead, Val proposa de prendre le thé.

– Tu montes et tu t'installes, et je vais nous préparer une omelette. Nous avons toutes les deux besoin de nous asseoir et de plats réconfortants.

À l'étage, dans la chambre d'amis, Marguerite admira les touches familières qui lui donnaient toujours l'impression d'être la bienvenue. Un coin de la couette avait été retourné de façon accueillante et un verre sur le rebord de la fenêtre de la chambre contenait un bouquet de jacinthes. Après avoir défait ses valises et déposé sa brosse à dents dans la salle de bains de l'autre côté du palier, elle se recoiffa et descendit dans la cuisine, où des portes à double battant ouvraient sur le petit jardin de banlieue.

Elles s'assirent à table, la poêle à omelette entre elles, et Val s'apprêtait à servir lorsqu'elle entendit son téléphone sonner. En voyant son visage, Marguerite, qui avait tendu son assiette, s'alarma.

– Qu'est-ce qu'il y a ?

– Rien, c'est bon. C'est un message de Penny.

Val transféra la moitié de l'omelette sur l'assiette tendue.

– Mange tant que c'est chaud.

– Qu'est-ce qu'elle dit ?

Marguerite posa l'assiette tandis que Val lisait le message à voix haute : « Désolée d'avoir disparu. Excuse-moi auprès de Mamie, tu veux ? Je suis un peu fatiguée, mais ça va, maman, ne t'inquiète pas. J'ai beaucoup de travail et je n'aurai peut-être pas l'occasion d'appeler avant un moment. J'espère que Mamie passe de bonnes vacances. Je lui ferai signe. » Elle termine par deux baisers, donc je suppose que c'est un pour chacune d'entre nous.

– C'est tout ? « Je lui ferai signe » ?

– Et tu sais qu'elle le fera. Tu ne dois pas t'inquiéter.

– Oui je le sais, bien sûr.

Marguerite accepta le pain à l'ail et se concentra sur son omelette.

– C'est parfait. Juste ce qu'il fallait pour éponger le vin.

Désireuses chacune de ne pas ajouter à l'anxiété de l'autre, elles rirent de cette plaisanterie douteuse. Une fois le repas terminé, Val prépara du thé qu'elles burent dans le jardin ensoleillé où un poirier vieillissant trônait au centre de la pelouse. Mais l'arbre, l'herbe et les deux pots de jacinthes en terre cuite n'offraient pas un grand éventail de discussions et, finalement, Val adressa un sourire dépité à sa mère.

– Cela ne sert pas à grand-chose de rester ici à bavarder, en prétendant que nous ne pensons pas toutes les deux à Pen.

– Tu n'as vraiment aucune idée de l'identité du père ?

– Aucune, je ne me suis jamais immiscée dans ses relations.

– Ma chérie, tu l'as dit toi-même, elle nous fera signe. Ça ne sert à rien de la harceler, nous le savons toutes les deux.

Val contemplait le jardin.

– Tu te souviens de la photo que j'ai prise d'elle sous le poirier ? Elle avait six ans. Je lui avais cousu une petite robe calicot avec une taille haute et des bretelles à volants. Cela fait des années que je n'avais pas pensé à cette robe.

– Je ne m'en souviens pas. Elle était rose ? Penny a eu une phase rose.

– Non. Jaune, avec des brins de myosotis. Quelques années plus tard elle ne portait plus que des jeans.

– Tu ne lui avais pas fait une salopette à un moment donné ? Avec des étoiles brodées sur la bavette et des motifs vichy sur les genoux. Elle ne l'avait pas très bien pris.

– Je suppose qu'à cet âge, les vêtements faits maison étaient embarrassants.

– Ils ne pouvaient certainement pas rivaliser avec les bustiers dorés.

Marguerite éclata de rire.

– J'ai failli renoncer à coudre pour toi quand tu as piqué une crise à cause de la robe que j'avais faite pour ton huitième anniversaire.

– Ah bon ? Je ne m'en souviens pas.

– C'était de la broderie anglaise avec des manches ballon. Tu l'as qualifiée de bonne pour les bébés. Après, je l'ai refaite pour ton ours en peluche.

– Je m'en souviens. C'était un ours travesti – il a commencé par être Edward et est devenu Angela. A-t-il fini dans un magasin d'occasion ?

– Tu avais tellement embrassé son nez que la plupart de ses poils étaient partis quand tu es devenue trop grande pour lui. Ou pour elle, devrais-je dire. Bien trop débraillé même pour aller dans une vente de charité.

Soudain, Marguerite s'interrompit et fronça les sourcils. L'idée du nez râpé du nounours avait fait écho à un souvenir plus ancien, plus profond, rappelant les cercles rythmiques qu'elle traçait sur son édredon en patchwork pour appeler le sommeil lorsqu'elle était enfant.

– Si elle ne veut pas nous parler, j'espère qu'elle a une amie à qui elle peut se confier.

Val marmonnait et semblait à nouveau contrariée. Déterminée à garder le ton léger, Marguerite ramena ses propres pensées au présent.

– Est-ce que tu fais de la couture ces derniers temps ?

Val secoua la tête. Pas depuis vingt ans. Ou probablement plus. J'ai encore un sac de couture quelque part, et la machine à coudre est dans le grenier, mais la cuisine est ma seule prétention dans les occupations ménagères ces jours-ci. Et, comme je vis seule, je ne fais pas grand-chose de tout cela. La plupart du temps, je rentre du travail et je mange des haricots en boîte sur des toasts.

– Ma chérie, c'est affreux !

– Eh bien, ce n'est pas si terrible.

– Ce n'est pas possible. Tu n'as pas dit au restaurant que tu avais fait quelque chose d'amusant avec du chou-fleur et des graines de sésame ?

– Caraway, dit Val en se levant. Ce qui me rappelle que j'ai la recette. Tu peux l'emporter chez toi.

Elle se dirigea vers une étagère et trouva un supplément en couleur du journal du dimanche. Sur la dernière page figurait une recette tirée de l'émission télévisée de Penny, sous une photo de David Faber assis à une table dans un charmant jardin potager. Val lui tendit le magazine.

– Si tu prends cette page, je jetterai le reste. Il y a surtout des potins sur les célébrités et des publicités pour des prothèses auditives.

Marguerite regarda la photo.

– Quel beau décor ! C'est son propre jardin, tu crois ?

– J'en ai l'impression.

– Tu regardes beaucoup l'émission ?

Val haussa les épaules.

– De temps en temps. Moins souvent que je ne l'ai suggéré à Penny au cours du déjeuner. Ce n'est pas mon truc, mais je ne voudrais pas qu'elle pense que je n'apprécie pas son succès.

– Ma chérie, elle sait que tu es fière d'elle.

– Vraiment ?

Val but une gorgée de thé et regarda fixement le poirier.

– Être une mère célibataire n'est pas facile.

– Je sais.

– Non, tu ne sais pas. Pas vraiment. Penny non plus.

Val se mordit la lèvre.

– Du moins, j'espère qu'elle ne le sait pas. Parce que j'ai fait tout mon possible pour qu'elle ne s'en rende jamais compte.

Elle jeta un coup d'œil à Marguerite avant de se retourner vers le poirier.

– Tu sais quoi ? Je me demande parfois si les invités de son émission jouent la comédie. Toutes ces émotions ne sont pas normales, n'est-ce pas ?

– À t'entendre, on se croirait dans le *Jerry Springer Show*.

– En fait, c'est l'inverse. C'est un peu *l'anti-Jerry-Springer Show*. Des embrassades, des applaudissements et des gens qui annoncent à quel point ils s'aiment et se soutiennent les uns les autres. Ça ne ressemble pas du tout à Penny, mais elle semble s'y épanouir. Peut-être que cela comble une lacune non reconnue.

– Écoute, tu t'inquiètes de l'annonce de Penny. C'est un changement de vie. Personne ne le sait mieux que toi, puisque tu as élevé Penny seule. Mais il n'y a pas de lacune non reconnue. Elle sait que tu l'aimes et que tu la soutiens. N'ajoute pas à ses problèmes en lui en inventant un de ton cru.

– C'est comme ça qu'on appelait ça. « Elle a des problèmes ».

Entendant un fléchissement dans la voix de Val, Marguerite reprit la parole d'un ton vif.

– Tu parles d'elle comme si elle était une triste femme de chambre de l'époque victorienne. Ce n'est pas le cas, c'est une femme indépendante. Et je ne pense pas qu'elle ait besoin d'une mère un peu trop tendre.

– Je ne peux pas supporter qu'elle pense que je ne veux pas accueillir un petit-enfant.

– Ce n'est pas ce qu'elle pense.

– C'est ce qu'elle a dit au déjeuner quand elle a claqué la porte.

– Elle s'est excusée. Elle a admis qu'elle s'était énervée.

– Je sais. C'est juste que je ne veux pas la perdre.

En chassant ses larmes, Val regarda Marguerite en face et vit la tension dans ses mains et une lueur inquiète dans ses yeux. *Elle déteste la situation*, pensa Val. *Ce n'est pas du tout notre genre de conversation, et à quoi bon ? Parler ne changera rien.* Elle s'extirpa de la chaise et attrapa la théière.

– Tu as raison, bien sûr. Je vais nous refaire du thé, d'accord ?

Marguerite sourit avec reconnaissance.

– Volontiers une autre tasse de thé.

Elle regarda Val se rendre dans la cuisine pour allumer la bouilloire et se leva pour l'aider à poser la théière lorsqu'elle revint dans le jardin. Puis, côte à côte, chacune déterminée à ne pas contrarier l'autre, elles parlèrent de robes en coton et en vichy, de volants et de bretelles.

Chapitre cinq

Malgré la façon dont il avait commencé, le bref séjour de Marguerite à Londres était tout à fait plaisant. Le lendemain matin, elle se promena dans Holland Park, près de la rue où Paul et elle avaient entamé leur mariage heureux. À la mort de Paul, cinq ans plus tôt, elle avait eu du mal à revenir dans le quartier. Mais le temps avait adouci les souvenirs convoqués par une promenade dans le parc, et des changements subtils, tels que des devantures de magasins différentes et un changement de direction dans leur café préféré, lui permirent de se remémorer le passé tout en profitant du présent.

Après avoir marché jusqu'à Kensington Church Street, Marguerite prit un bus pour Oxford Street et passa une bonne heure à essayer des robes d'été à Selfridges. Elle se rendit ensuite chez John Lewis, où elle avait prévu de flâner et de déjeuner. Là, comme elle le pensait, elle trouva un étalage d'écharpes. Parmi elles, se trouvait un carré de laine fine, assez grand pour servir de châle et assez léger pour être torsadé et porté autour du cou. Son ourlet roulé était cousu à la main et le motif abstrait en vert pomme avait des traits de violet aussi profonds que la couleur des pensées d'antan.

Elle s'approcha d'un miroir et l'essaya, se tournant et se retournant pour voir l'effet produit. Le drapé était aussi élégant qu'elle l'espérait et, en le pliant pour le porter à la caisse, elle réalisa pourquoi ses couleurs l'avaient attirée. Elles lui rappelaient son premier rendez-vous avec Paul.

Elle l'avait rencontré en 1970 lors d'une fête à Londres où, à dix-neuf ans, elle avait pris un job d'été comme jeune fille au pair. Le frisson qu'elle avait ressenti ne ressemblait à rien de ce qu'elle avait connu auparavant. À l'époque, le magasin Biba de Kensington faisait son bonheur. La plupart des vêtements étaient au-dessus de ses moyens, mais elle aimait la palette de couleurs de la terre, les olive, les rouille et les rouges de Biba, ainsi que sa signature, le « violet secoué ». Aussi, lorsque Paul l'avait invitée à sortir, elle était allée là-bas pour s'acheter un nouveau fard à paupières. La petite boîte noire avec ses lettres dorées semblait être le summum de la sophistication citadine, et l'ombre métallique violette, étalée abondamment autour de ses yeux, avait fait des merveilles pour renforcer sa confiance en elle.

Non pas qu'elle ait eu besoin de s'inquiéter. Paul, de trois ans son aîné, était tout aussi séduit qu'elle. Il travaillait comme comptable dans un petit cabinet où son père avait travaillé avant lui, un scénario familier à Marguerite dont le propre père avait commencé sa carrière comme suppléant dans le cabinet de son père. C'est peut-être parce que son coup de foudre avait été teinté de sécurité par cette familiarité qu'elle avait décidé de rester à Londres et d'épouser Paul. Cela signifiait qu'elle devait renoncer à son projet d'étudier la pharmacie à Dublin, ce qui n'avait pas plu à Donal, son père. Mais il avait compris que la rapidité avec laquelle elle avait abandonné son université témoignait de son manque d'intérêt pour ces études et, après avoir rencontré Paul, il avait accepté les fiançailles, peut-être soulagé que le mari choisi par sa fille ne corresponde pas au stéréotype du swinging londonien.

Marguerite avait tenu compagnie à son père depuis l'âge de douze ans, lorsque sa mère était morte subitement, et l'idée de déménager à Londres l'avait d'abord inquiétée. Mais Donal avait continué à vivre à Wicklow, content d'y travailler et, ainsi que le font les petites communautés rurales, les gens qu'il soignait avaient gardé un œil sur lui aussi vigilant que lui sur eux. Le travail de Paul ne lui permettait pas de passer beaucoup de temps en Irlande, mais Marguerite rendait visite à son père chaque été, désireuse que Val et son jeune frère Rory fassent la connaissance de leur grand-père. Et Donal avait vécu assez longtemps pour être présenté à la génération suivante. L'un des souvenirs les plus chers de Marguerite était celui de Penny, dans une couche trop grande, par un jour d'octobre venteux, titubant dans la prairie de fleurs sauvages derrière la villa de Wicklow, ses poings grassouillets serrés autour des pouces de son arrière-grand-père.

Après avoir payé son écharpe, Marguerite prit l'ascenseur jusqu'au restaurant du dernier étage de John Lewis et emporta son déjeuner sur le balcon vitré qui offrait une vue sur les façades des immeubles de l'autre côté de la rue. Lorsqu'elle s'assit, trois pigeons descendirent en vrombissant, non pas les oiseaux couleur crème qui roucoulaient dans les bois de Wicklow, mais des pigeons citadins poussiéreux qui se posèrent sur leurs griffes à écailles et se battirent pour des miettes tombées à ses pieds. Elle but son café au lait et mangea lentement un sandwich, ses pensées revenant à Val, qui était partie au travail avec l'air d'avoir peu dormi.

À la table voisine, un père et ses deux enfants déjeunaient. Les yeux rivés sur leur téléphone, les mains tournées vers leur assiette, ils picoraient des bouchées de salade et les portaient à leur bouche. Marguerite vit un pigeon s'approcher d'eux. L'un des enfants leva la tête et, croisant son regard, elle montra les plumes irisées qui entouraient le cou de l'oiseau. Elle se disait qu'il était triste que le père du petit garçon ait manqué ce moment quand l'un des autres enfants cria « Grand-mère » et, immédiatement, la famille se bouscula pour avoir la meilleure vue sur son écran. Leur agitation soudaine était un enchantement. En apercevant une silhouette souriante qui répondait aux salutations des enfants, Marguerite imagina sa propre famille lors d'une séance similaire. Par FaceTime, pensa-t-elle, ou WhatsApp, ou quelque chose comme ça. Ce serait tellement évident, avec Val et Penny ici à Londres, moi en Irlande, et Rory avec sa femme et ses enfants en Nouvelle-Zélande. Mais la vérité, c'est que nous nous connaissons beaucoup trop bien pour tenter l'expérience. Penny ne serait pas disponible, Val serait prête à tout pour que les choses fonctionnent et mettrait toujours les pieds dans le plat, et Rory serait exactement comme son père et le mien, aimant, doux et totalement dépourvu de volonté. Elle avait une vision d'eux tous, avec des rictus, essayant et échouant à créer du « temps qualitatif ».

À la table voisine, la famille riait joyeusement et échangeait des mots d'amour extravagants. *Si nous étions comme ça*, pensait Marguerite, *cela n'aurait pas d'importance que Penny quitte la pièce en colère. Nous lui dirions que nous l'aimons et nous en ririons lors de l'appel WhatsApp suivant, et elle nous enverrait un Gif amusant ou quelque chose comme ça, en disant « C'est ma faute ». Est-ce qu'on dit encore ces mots-là, ou est-ce que c'est démodé ? Peu importe, car cela n'arrivera jamais. Pas dans notre famille. Lorsqu'il s'agit de nos émotions, nous sommes incapables d'articuler, et il ne sert à rien d'essayer d'être ce que l'on n'est pas.*

Après une autre demi-heure de flânerie, Marguerite partit rejoindre une amie au Victoria & Albert Museum. Arrivée en avance, elle s'assit sur les marches sous le soleil. Les musées et les galeries faisaient partie de ses repaires londoniens favoris, aussi riches en surprises et en recoins inexplorés que la ville elle-même. Lorsque Val et Rory avaient grandi, elle les avaient souvent emmenés avec elle. *Et ça, c'était être ensemble*, pensait-elle sur la défensive, *et nous en avons tous profité sans avoir besoin d'en rajouter ni d'utiliser des superlatifs. Paul et moi avons élevé nos enfants dans un foyer où l'amour était une évidence et où un comportement civilisé impliquait la maîtrise de soi. Je suppose que j'avais appris le self-control dans mon enfance et que je l'avais transmis parce que, pour moi, il allait de pair avec l'amour. Et je sais que la famille de Paul avait les mêmes valeurs, même si je ne me souviens pas en avoir discuté. Peut-être les choses se transmettent-elles toujours de cette manière à travers les générations, sans être remises en question parce qu'elles ne sont jamais décortiquées ou examinées.*

Posant son menton sur ses genoux, elle se demanda si l'introspection venait avec l'âge. En tout cas, elle en faisait beaucoup depuis qu'elle avait entendu l'annonce de Penny – ou peut-être depuis qu'elle avait vu la réaction de Val. *Elle est effrayée*, pensa Marguerite. *Pense-t-elle vraiment qu'elle pourrait perdre Penny ? Mais c'est absurde. Je dois me faire des idées*. Se secouant mentalement, elle se concentra sur son environnement actuel. De chaque côté, des pieds montaient et descendaient les marches, des sacs à main se balançaient, des jambes passaient, vêtues de shorts, de pantalons ou de jupes, ou rafraîchies par des robes d'été. Parmi tout cela, au loin, Marguerite vit son amie s'approcher. Elle se leva et lui fit signe de la main pour attirer son attention et, heureuse de sortir de ses réflexions, descendit les marches en courant pour la saluer.

Chapitre six

Mark passa sous les arches du chemin de fer et coupa par Borough Market, prenant des croissants au passage. Sous les auvents de verre et de métal, les marchands échangeaient des plaisanteries et, débarrassées des détritus et des pelures de choux de la veille, les petites rues avoisinantes étaient éclatantes de propreté sous le soleil. De l'autre côté de la rue, Penny passait le pas de sa porte, vêtue d'une tenue de cycliste élégante, Stanley dans les bras. Tout en évitant une camionnette, Mark s'approcha d'elle pour la saluer.

– Bonjour Pen. Je crois que j'ai fait des excès à la boulangerie. Tu veux un croissant ?

Appuyant son vélo contre sa hanche, Penny brandit le chat.

– Merci, mais non merci. Stanley et moi avons mangé. Il s'est joint à moi pour le petit déjeuner. Désolée, je ne peux pas m'arrêter, j'ai une réunion dans vingt minutes.

Marc baissa la tête pour chercher ses clés, de sorte qu'elle ne voie pas sa déception. Après les avoir repêchées au fond de sa poche, il tendit les bras et lui prit Stanley.

– Misérable chat. Il n'a pas de limite. À la tienne alors, Penny. Bonne journée.

Il la regarda s'éloigner, évitant de justesse un caddy à roulettes, et lui fit signe tandis qu'elle disparaissait au coin de la rue sans se retourner. Puis, le chat enroulé sur son épaule, comme un accessoire exotique à fourrure, il alla remonter le store et ouvrir la boutique.

L'émission de Penny était diffusée en direct de dix heures à midi, cinq jours par semaine. Ce matin, elle avait prévu d'être au studio pour la deuxième heure, même si, en règle générale, elle prenait soin de ne pas passer trop fréquemment. En général, elle suivait les émissions depuis son écran au bureau ou depuis son appartement, si elle travaillait de chez elle. Mais sa connaissance des moindres détails de l'émission était légendaire, et tous ceux qui y travaillaient comprenaient que, même si elle n'était pas du style à être intrusive, elle avait toujours les yeux rivés sur l'audimat. Après tout, à la fin de la vingtaine, avec de nouveaux venus à ses trousses, elle avait une réputation durement acquise et une position à protéger.

Elle pouvait se rendre à son bureau en quinze minutes, en empruntant un itinéraire qui évitait le stress habituel d'un trajet urbain. Des buddleias violets poussaient dans les fissures des murs de briques et des cheminées, et certaines des ruelles qu'elle traversait conservaient comme revêtement des pierres qui avaient autrefois été foulées par Charles Dickens. En temps normal, elle aimait cette promenade à vélo dans ce qui lui semblait être une ville plus ancienne. C'était l'occasion de concentrer ses pensées sur le travail de la journée. Mais aujourd'hui, c'est le visage de sa mère qui envahissait sans cesse son esprit. Le regard blessé, la tentative instantanée de le dissimuler et la supposition automatique que c'était quelque chose qui devait être géré et contrôlé. *Ce n'est pas juste*, pense Penny d'un air contrarié. *Je sais qu'elle s'inquiète pour moi, et je sais que je devrais lui en être reconnaissante, mais la journée va être suffisamment difficile sans avoir à penser à ça. Il faut que je me concentre parce que je suis celle qui va devoir se débrouiller. Cet événement se passe dans mon monde, où c'est moi qui décide.*

Les bureaux de l'entreprise se trouvaient à Waterloo. Bien que sa chambre fût petite, le bureau de Penny offrait une vue panoramique sur les immeubles de bureaux de Waterloo et sur les petites rangées de maisons victoriennes disposées en dessous d'elle, comme sur un jeu de société. Après avoir pris une douche rapide, Penny se rendit à une réunion. Elle passa ensuite une demi-heure à régler les questions en cours avant de descendre au parking pour aller chercher son vélo. Le studio se trouvait à une courte distance, sur la rive sud, et lorsqu'elle y arriva, la deuxième partie de l'émission battait son plein. La première partie s'était terminée par un tour d'horizon des news de cinq minutes, suivi d'une discussion à bâtons rompus sur l'un des sujets d'actualité mis en lumière dans la journée. Souvent, le choix de la discussion se faisait à pile ou face, quelques secondes avant que le réalisateur ne coupe la publicité pour revenir au studio. Cela convenait très bien à Penny. La combinaison de l'esprit de compétition et du choix des créneaux horaires était l'un des facteurs qui garantissaient de plaire à un large public, tout comme l'atout séduction qu'étaient les présentatrices, Roz et Gail, qui attiraient les téléspectateurs des deux sexes et de tous les âges. L'attractivité et le dynamisme étaient des critères de base pour les animateurs talentueux de l'émission, de Colette, la styliste qui donnait des conseils de mode le mercredi, à David Faber avec sa tignasse et ses yeux gris perçants.

La séquence cuisine avait commencé. Debout au fond de la salle de production, Penny étudiait le visage de David sur la rangée d'écrans. « Charmant » était le qualificatif souvent utilisé pour le décrire, même si les tabloïds préféraient généralement « étrangement sexy ». Cinq ans auparavant, lorsque son agent l'avait proposé pour le poste, Penny avait immédiatement reconnu son potentiel brut. À l'époque, David était un chroniqueur gastronomique de trente-sept ans. Il était motivé et professionnel, mais manquait d'expérience à la télévision, et lorsque ses essais à l'écran avaient été étudiés, quelqu'un avait dit qu'il avait besoin d'être relooké. Penny avait catégoriquement rejeté cette suggestion. Il y avait quelque chose dans son apparence, un mélange d'excentricité et de banlieue, qu'elle savait parfait pour l'émission. Comme les groupes de discussion avaient régulièrement validé ses intuitions, on avait fait confiance à son jugement, et le temps lui avait donné raison. Aujourd'hui, alors qu'elle regardait l'écran moniteur, David fixait directement la caméra. Aucun mot ne venait à l'esprit de Penny pour le décrire, mais sa fierté professionnelle la poussa à chercher à nouveau. Puis elle haussa les épaules. Elle savait depuis le début que ce qu'il avait était indéfinissable, et que c'était justement ça qui serait essentiel dans son succès.

La séquence du jeudi de David, consacré à la pâtisserie, comprenait toujours des ingrédients légèrement exotiques mis à la mode par les supermarchés qui achetaient de l'espace publicitaire dans cette séquence. L'idée était qu'il concevait les recettes à la maison, en s'inspirant de son potager. En réalité, il n'aimait pas jardiner, et tout ce qui était fait dans l'émission était rigoureusement testé par la société de production, soucieuse d'éviter les réclamations des assurances. Aujourd'hui, il s'agissait de scones au babeurre avec de la confiture de figues et des fleurs de bourrache. Ils avaient été cuits en temps réel, laissant le temps à David et aux présentateurs de discuter, ainsi que de diffuser un insert vidéo montrant de la bourrache poussant au soleil dans un parc londonien. En la regardant, Penny fronça les sourcils, anticipant les tweets sur le vol de fleurs dans les espaces publics. David la devança. Avant que quelqu'un ne murmure un avertissement dans son oreillette, il se tourna vers Roz.

– Comme je le dis toujours, il faut être sûr que les fleurs et les herbes utilisées en cuisine n'ont pas été touchées par des pesticides. Le mieux est donc de cultiver soi-même, ou de les demander dans un bon supermarché.

Après avoir écarté d'éventuels commentaires négatifs, il poursuivit en douceur.

– Vous avez vu ce que j'ai fait à l'instant pour la confiture. C'est incroyablement simple. Cinq cents grammes de figues sèches et un quart de tasse d'eau et de sucre roux.

Roz intervint.

– Oh, allez, il y avait d'autres ingrédients aussi.

– Juste un trait de jus de citron et un peu d'extrait de vanille.

Les dents parfaites de Gail brillèrent.

– Ne vous inquiétez pas, chers téléspectateurs, c'est la raison pour laquelle nous nous assurons que vos recettes préférées soient publiées dans le magazine. Alors, n'oubliez pas de nous envoyer par tweet vos votes pour la confiture de figues de David, d'accord ? C'est une bonne recette.

Une fois cette case cochée, David se dirigea vers le four. Après avoir habilement assemblé les scones sur une planche avec du roquefort et de la confiture, il parsema le résultat de fleurs de bourrache et tourna le plat vers la caméra pour obtenir le meilleur gros plan. Hors caméra, Roz et Gail étaient déjà en mode rangement, même si, conscientes de la présence de Penny dans la salle, elles n'avaient pas encore pris leur téléphone pour vérifier le nombre de visites sur leurs comptes Twitter personnels.

Plus tard, alors que l'équipe dégustait des scones, David apparut derrière Penny.

– Tu veux en goûter un ?

Les petits pétales saupoudrés faisaient écho aux veines bleues du roquefort, et l'odeur chaude et farineuse était tentante. Penny émietta un morceau de fromage, le trempa dans la confiture sucrée et granuleuse et porta le scone de la taille d'une bouchée à ses lèvres. David sourit.

– Et voilà, mes scones irlandais au babeurre à la confiture de figues et aux fleurs de bourrache.

Il se moquait de son propre slogan et elle rit avec lui, léchant les miettes sucrées et salées sur ses doigts.

– Tu sais qu'il n'y a rien d'irlandais dans la confiture de figues et les pétales de bourrache ?

David enleva une miette de sa manche et lui fait un clin d'œil.

– Le babeurre, les œufs et la farine ne produisent pas un résultat aussi sexy que celui-ci et, après tout, c'est pour cela que tu me paies.

L'échange était un peu plus viril que ce qu'elle avait tendance à encourager chez ses employés, alors elle croisa son regard sans rien dire et se détourna. Redescendue au studio, elle bavarda brièvement avec Gail et Roz et, ensuite, s'entretint rapidement avec le directeur. Comme les autres, il avait consulté son téléphone pour voir comment l'émission avait été accueillie sur les réseaux sociaux. Penny, dont le téléphone était configuré pour des analyses plus détaillées, savait déjà que c'était une réussite. Un article de la première partie de l'émission, sur un enfant harcelé qui avait récolté des milliers de sous pour une œuvre de charité, était encore retweeté, et les scones gagnaient en popularité à chaque minute.

Alors qu'elle quittait le parking du studio à vélo, la pensée du visage inquiet de Val s'immisça à nouveau dans l'esprit de Penny. La chassant résolument, elle se mit en route pour Waterloo, l'esprit déjà occupé par sa prochaine occupation.

Elle était de retour au bureau, concentrée sur les chiffres, lorsque son téléphone émit un son signalant l'arrivée d'un texto. Avec une grimace, elle se dit que si c'était sa mère, elle devait prendre l'appel. Puis elle vit l'écran du téléphone et sa bouche s'assécha. De l'autre côté de la pièce, Lolly, son assistante, travaillait sur les feuilles de temps. Consciente de l'effort qu'elle faisait, Penny résista à l'envie de lever les yeux pour voir si elle avait remarqué. Au lieu de cela, elle appuya sur « supprimer » et laissa tomber le téléphone dans son sac. Il ne lui avait pas fallu plus d'une seconde pour lire le texte d'une ligne : « Je peux être à l'appartement vers 19 h 15 ». Il n'y avait pas de signature, et aucun nom n'était apparu sur l'écran. Ce qui n'était pas surprenant. David ne signait jamais ses textos et elle n'avait jamais enregistré sous son nom le numéro depuis lequel il l'appelait.

Chapitre sept

La maison de David Faber aurait déçu ses fans et, en jetant un regard sur son salon, il se dit qu'elle n'était pas non plus à son goût. C'était une maison de ville des années 1960 située à Blackheath, sur une route à peu près à égale distance de la gare et du grand parc du Heath. Helen, sa femme, qui était née à Blackheath, aimait parler de vie semi-rurale et appelait résolument les rues proches de la gare « le village ». David trouvait ce charme ostentatoire oppressant. Les magasins et les entreprises semblaient tous être gérés ou fréquentés par les anciens camarades de classe d'Helen, bien habillés et agréables, mais, à son avis, d'une insupportable suffisance. Parfois, en achetant des courgettes dans un magasin et du levain dans un autre, ou en emmenant les jumelles pour ce qu'Helen appelait « une promenade digne de ce nom » au Heath, il se rendait compte qu'en tant que cuisinier qui passait à la télévision, il était parfaitement à sa place là, et cette prise de conscience lui donnait envie de s'échapper.

Deux choses l'avaient réconcilié avec la vie là-bas. Le fait que le train pour le centre de Londres ne prenne que vingt minutes, et le soulagement qu'il avait ressenti en découvrant qu'Helen apportait une maison et zéro hypothèque. Elle représentait tout ce que David admire chez une femme, et même le son de sa voix pouvait encore le faire frissonner de désir, mais, sans aucun doute, la maison avait été un plus. Ils s'étaient rencontrés cinq ans auparavant, alors qu'il était encore marié à sa première femme, Jennifer, une journaliste de quelques années plus âgée que lui. Helen était de quinze ans sa cadette et, contrairement à sa femme qui acceptait ses défauts avec cynisme, elle avait dès le départ fait preuve d'un dévouement sans faille. À cette époque, Jennifer et lui n'avaient plus grand-chose en commun, hormis leur fils adolescent, Joe. Lorsqu'elle avait découvert la liaison de David avec Helen, elle s'était assurée qu'il sortirait de leur divorce sanglant en continuant à payer les coûteuses études de Joe et sa propre addiction aux stations de ski et aux spas. Il avait donc emménagé avec Helen en se félicitant mentalement, tandis que Jennifer avait informé les journalistes people que, David et elle étant restés les meilleurs amis du monde, ils n'auraient rien à écrire à ce sujet. Cela aussi avait été une source de soulagement pour David. Il n'a jamais su si Jennifer était dévastée par sa liaison ou si elle s'ennuyait simplement dans leur mariage, mais, comme son contrat avec la télévision allait être renouvelé, il était parfaitement conscient du danger que représenteraient des ragots dans le magazine *OK !*

Maintenant, il examinait son salon sans passion. Ce n'était pas si mal. Du moins, c'était le cas avant que les jumeaux n'atteignent l'âge de ramper partout. Lorsqu'il avait rencontré Helen, elle travaillait comme assistante pour l'un des amis de son père, et un salaire généreux lui avait permis de meubler la maison chez Heal's, en choisissant des couleurs Farrow & Ball et des chintz de Country Living. Mais le temps avait ajouté des éléments imprévus : une voiture à pédales que les jumeaux avaient décidé de garer sous la table, des paniers en osier débordant de jouets divers et une paire de chaises d'enfant en plastique coincée derrière le canapé. David avait l'impression que le rose vif était devenu la couleur prédominante, et que cette maison dont la taille était autrefois acceptable rétrécissait de minute en minute.

Helen était dans la cuisine en train de donner leur goûter aux jumelles, grondant et priant tour à tour et exhortant Chloë à essayer d'avaler une cuillerée de plus. Chloë chipotait. Demetra, surnommée Demi, n'avait aucun problème de ce côté-là, mais l'école maternelle s'inquiétait de sa capacité à socialiser. David était presque certain que les deux filles étaient devenues archi-manipulatrices, mais elles relevaient de la responsabilité d'Helen, pas de la sienne. La jeune femme avait abandonné son travail un mois après être tombée enceinte et consacrait désormais son temps à la maternité et à se rendre au bras de David à des galas et des dîners de célébrités.

On entendit un bruit de raclement de banc qu'on tire lorsque les jumelles furent libérées de la cuisine. Elles entrèrent en courant et bondirent sur le canapé à côté de David, le visage rougi par le gommage qu'elles venaient de subir avec de la flanelle mouillée, et déjà vêtues de leur pyjama écossais miniature. Chloë s'appuya sur son genou et demanda s'il a rapporté quelque chose du studio.

– Qu'est-ce que tu as cuisiné ?

– Des scones au babeurre et de la confiture de figues. Vous n'aimeriez pas ça.

– Du babeurre ? Beurk. Qu'est-ce que c'est ?

– Des trucs beurk d'adultes. Fais-moi un bisou, c'est l'heure d'aller au lit.

Ses cheveux sentaient bon le shampoing à la camomille. David se leva et cria en direction de la cuisine.

– Je t'ai dit que j'avais une réunion ce soir ?

Helen apparut dans l'embrasure de la porte, dénouant les ficelles de son tablier Cath Kidston.

– Non, tu ne m'avais pas dit. Oh, chéri ! J'avais prévu un cassoulet.

Regrettant, il passa une main dans sa tignasse de cheveux argentés.

– Je suis désolé, je pensais l'avoir mentionné.

– Nous pourrions dîner quand tu reviendras.

– Non, vous seriez morts de faim. Dînez et je m'en ferai réchauffer un peu quand je rentrerai. Ou peut-être que je mangerai avec l'équipe après la réunion.

– De quoi s'agit-il ?

– Oh, on va parler du planning à long terme, des trucs saisonniers, surtout de l'administratif. On commencera à sept heures.

Le temps restant lui permettrait de passer à une épicerie. Il se pencha pour attraper Demi, évitant ainsi le regard d'Hélène, mais comme elle était concentrée sur la mise au lit des enfants, elle ne s'était pas vraiment intéressée à sa réponse. D'ailleurs, il avait appris de ses erreurs passées. Jennifer connaissait tous les détails de son emploi du temps et, par conséquent, avait été en mesure d'en informer son avocat lors du divorce, ce qui avait induit des résultats désastreux pour le compte en banque de David. En épousant Helen, il avait donc pris soin de lui dire que son contrat l'obligeait à assister à des réunions à des heures irrégulières et à la dernière minute. À l'époque, il n'avait pas de raison particulière de mettre en place ce mensonge, si ce n'était le sentiment qu'il pourrait s'avérer utile un jour, et qu'il l'aurait certainement été dans le passé. Aujourd'hui, il regardait Hélène s'occuper du dîner.

– Je vais me faire une seule portion de cassoulet, chéri, et si tu as faim en rentrant, j'en décongèlerai une autre.

Elle était une cuisinière correcte et il lui avait toujours laissé le soin de préparer les repas de la famille. C'était un autre aspect de sa vie que ses fans pourraient trouver décevant, mais cela lui évitait ce qu'il appelait mentalement la tyrannie de la restauration domestique. Même s'il acceptait volontiers d'organiser des dîners pour des soirées entre adultes, il préférait laisser Helen gérer les hurlements passionnés de Demi et les exigences de Chloë de mettre du ketchup sur tous les aliments.

Helen fronça le nez, inquiète.

– Chéri, tu auras le temps de leur lire une histoire avant de sortir ?

– Et comment !

David chatouillait Demi, ce qui provoquait des cris de rire ravis.

– Viens, petit monstre, allons brosser ces dents !

Helen les suivit à l'étage, portant Chloë sur sa hanche. Lorsque les filles furent bien installées, il s'assit entre leurs lits et lut jusqu'à ce qu'elles s'endorment, puis il se pencha pour les embrasser avant de quitter la pièce.

Dans la salle de bains et le dressing de la chambre principale tendu de rayures satinées, il se doucha, choisit une chemise propre et enfila une veste, ajoutant une écharpe au cas où la nuit serait froide. En bas, Helen décongelait son dîner. Il s'approcha d'elle et, écartant les cheveux de sa nuque, pressa ses lèvres sur sa peau. Elle se retourna dans ses bras pour l'embrasser et, pendant un instant, il souhaita ne pas avoir inventé la réunion. Mais il était trop tard pour tout annuler. De plus, il savait qu'une fois sorti de la maison, tout serait différent. En descendant la colline vers la gare, il se sentirait à nouveau vivant, de retour dans la course et en route vers un endroit où il ne serait pas considéré comme un père, un soutien de famille ou une célébrité. Pas même comme un amant accompli, même si c'était une qualité qu'il était heureux qu'on lui reconnaisse. Au fond, il se disait : « J'en ai marre des jeux de rôle. J'ai donné tout au long de ma vie professionnelle et maintenant je le fais aussi à la maison. » Il était assez honnête pour reconnaître que c'était le résultat de ses propres choix, mais son désir pour sa femme s'était transformé en irritation. *Le fait est*, pensait-il, *que j'en ai assez d'être mis sur un piédestal. Je veux être libre d'être moi-même.*

Il monta dans le train, optimiste et libéré, mais, en s'asseyant, il se souvint des derniers mots que Jennifer lui avait adressés dans le bureau de l'avocat.

– OK, c'est tout. Au revoir, David.

Elle avait ramassé son sac à main et lui avait adressé un sourire gêné. – Tu es libre comme l'air et, si tu avais un peu de bon sens, tu le resterais. Mais ce n'est pas près d'arriver, n'est-ce pas ? Tu ne sais pas gérer la liberté. Espérons que la prochaine fois, tu ne détruiras pas ton propre nid.

Chapitre huit

Penny rentra du travail à six heures et demie. Alors qu'elle poussait son vélo sur le trottoir, elle aperçut Mark à travers la vitrine du magasin, en train de travailler sur son ordinateur portable, la pancarte « Fermé » apposée sur la porte. Un vase de freesias blancs et un autre vase, plein de lys, posé sur une table près de la caisse cachaient presque sa tête penchée. L'un des amis de son père tenait un stand de fleurs sur le marché et approvisionnait la boutique en fleurs étonnantes parmi celles qui n'avaient pas été vendues. De temps en temps, lorsque Mark déclarait qu'il n'avait pas de place pour tout ce qu'il lui donnait, il laissait des bouquets sur le pas de la porte de Penny, ce qui la faisait toujours sourire. Mais à cet instant, elle courbait les épaules, espérant qu'il ne lèverait pas les yeux et ne la verrait pas. Elle n'avait pas le temps de s'arrêter pour parler, et elle n'était pas sûre de pouvoir l'affronter. Elle pensait à la soirée qui l'attendait.

Comme toujours, lorsqu'elle pénétra dans son appartement, elle se détendit et se sentit maître de la situation. Les rayons du soleil déclinant traversaient les fenêtres du premier étage, projetant un entrelacs d'ombres sur les planches dépouillées et vernies. La pièce était meublée de façon presque aussi sobre que les appartements de Bill. Après avoir créé un grand espace de vie ouvert qui englobait tout l'étage, Penny avait installé une cuisine élégante donnant sur le terrain de chasse de Stanley dans la petite cour arrière et avait acheté, en plus d'une table et de chaises de salle à manger, deux canapés en cuir blanc. Une table basse en verre et en acier brossé comportait une étagère sur laquelle elle conservait des magazines et des journaux. Tout le reste était rangé sur un mur, dans des armoires à portes blanches allant du sol au plafond. Sur les autres murs, elle avait mis à nu les briques victoriennes, qui avaient probablement été cuites dans un four situé à moins d'un kilomètre de là. D'après son architecte, les briques apparentes étaient démodées, mais la surface jaune crème faite à la main, parsemée de violets et de roses doux, avait ravi Penny, qui lui avait vivement conseillé de ne pas discuter. En voyant le résultat, Bill n'avait pas été impressionné.

– Si l'homme qui a construit cette terrasse avait voulu que ces briques soient visibles, il n'aurait pas déboursé d'argent pour un plâtrier.

En riant, Penny lui avait répété ce qu'elle avait dit à son architecte : « Ma maison, mes règles ».

Bill avait ponctué cette phrase d'un grognement bruyant.

– Parler avec toi, c'est comme parler avec mon fils Mark. On ne peut rien vous dire, ni à l'un ni à l'autre. Je ferais mieux de garder mon souffle pour refroidir mon porridge.

Penny se doucha et, choisissant au hasard, enfila une jupe plissée verte et un T-shirt en coton blanc. Elle avait envie du verre de vin qui marquait habituellement la fin de sa journée, mais le médecin avait lancé des avertissements terribles sur les dangers de l'alcool pendant la grossesse, disant qu'il pouvait provoquer des dégâts incalculables.

– Une mauvaise croissance, des problèmes de comportement et des « caractéristiques faciales distinctes », y compris

« un bec-de-lièvre sous le nez ». Plus tard, Penny avait vérifié et constaté qu'il fallait boire comme un trou pour infliger à l'enfant à naître une fente aplatie ou un sillon, et qu'un verre de vin en fin de journée, avant de savoir que l'on était enceinte, ne conduisait pas forcément à un désastre.

Ce qui était aussi bien, car il n'y avait pas eu de « période de planification parentale », juste un moment d'angoisse où elle s'était rendu compte que ses règles étaient en retard, avait consulté sur Google les statistiques sur les taux d'échec des stérilets et avait décidé qu'elle ferait mieux de faire un détour par la pharmacie du coin en se rendant au travail à vélo.

La sonnette retentit et, en descendant, elle regarda l'écran de l'interphone. David se tenait dans la rue en contrebas avec un bouquet de fleurs et un sac qu'elle savait contenir une bouteille de Moët bien fraîche. Elle appuya sur le bouton pour le faire entrer et, laissant la porte du palier entrouverte, alla se servir un verre d'eau. Lorsqu'elle se détourna du réfrigérateur, il se tenait dans l'embrasure de la porte, vêtu d'une chemise et d'un jean sous sa veste de lin décontractée, et de l'écharpe qu'elle avait achetée pour son anniversaire, en soie gris pâle, assortie à ses yeux saisissants.

Chaque fois qu'il entrait dans l'appartement, Penny était frappée par sa taille, peut-être parce qu'elle avait l'habitude de le voir à l'écran en gros plan et de le regarder depuis la salle de production pendant qu'il travaillait dans le studio. Il mesurait un peu plus d'un mètre quatre-vingt-dix et son allure était plus déliée qu'il n'y paraissait à la télévision. Elle connaissait aussi ses mains grâce aux gros plans, mais surtout grâce à leur toucher, et ses os très droits, le creux de ses oreilles et le léger tic au coin de son œil gauche lorsqu'il était nerveux. Cela ne se produisait jamais devant une caméra, mais, ici, dans l'appartement, elle l'avait vu chaque fois qu'il baissait la garde lors d'une dispute. La bonne opinion qu'il avait de lui-même comptait beaucoup pour David, et elle avait observé son esprit faire des sauts périlleux pour se prouver à lui-même qu'il était dans le vrai, sans se rendre compte du petit tic qui trahissait sa lutte. Elle avait aussi observé son visage pendant qu'il dormait, sa joue rugueuse et son bras enroulé autour de sa tête sur son oreiller. Elle connaissait sa voix avec toutes ses nuances de caresses, de défis et de cajoleries. Elle savait qu'il s'épilait les sourcils et se teignait les cils.

Lorsqu'il s'approcha d'elle en souriant, elle s'étonna elle-même de la violence de sa réaction. Elle se surprit à s'accrocher désespérément à lui, comme si elle avait craint qu'il n'arrivât pas. Ce qui était absurde. Il était toujours venu quand elle l'attendait, et la crispation n'avait rien à voir avec leur relation qui, depuis le début, n'avait jamais été destinée à durer. *Je suis dépassée*, pensa-t-elle, se sentant misérable. *Je suis complètement dépassée. Je n'avais jamais imaginé que cela pourrait arriver*. Mais elle s'était préparée à une discussion concrète sur un sujet difficile, alors elle s'éloigna, essayant de retrouver son sang-froid.

Il ne semblait pas avoir remarqué son agitation, car il alla placer les fleurs dans l'évier et ouvrit le champagne.

– On prend un verre pendant que nous décidons ce que nous allons commander pour le dîner ?

Au cours des mois où ils avaient été amants, il avait rarement pu rester pour la nuit donc plutôt que de perdre du temps à cuisiner, Penny téléphonait généralement pour commander un plat à emporter. L'un des tiroirs de sa cuisine était rempli de menus, allant de la friterie bon marché et joyeuse du coin de la rue à des restaurants coûteux qui livraient volontiers les appartements de luxe du quartier. David fouillait déjà dans les menus plastifiés carrés ou rectangulaires, se demandant à voix haute si ce soir ils seraient plutôt steak tartare ou un classique repas de poisson.

L'estomac de Penny se contracta à l'idée de l'un comme de l'autre.

– Je vais m'en tenir à l'eau, merci, et écoute, David, je ne suis pas sûre de vouloir manger. Il faut qu'on parle.

– Ah ? Pourquoi ? Et ne sois pas stupide, prends-en un verre.

À sa grande contrariété, il lui servit du champagne. Penny s'assit et prit une grande inspiration.

– Parce que nous devons parler. J'ai quelque chose à te dire.

– Alors prends ça et parle-moi à travers les bulles.

– Oh, arrête. Tu as l'air d'un séducteur de seconde zone.

Il posa le verre qu'il lui destinait et s'assit à côté d'elle sur le canapé.

– Qu'est-ce qu'il y a ? Tu as tes règles ?

Penny fut prise d'une envie de rire, suivie de la conviction que, si elle commençait, elle ne pourrait peut-être pas s'arrêter.

David fronça les sourcils.

– Si je suis venu à un mauvais moment, je peux partir, mais tu aurais pu m'envoyer un message.

– Quand est-ce que je t'ai déjà envoyé un texto ? Ne sois pas idiot.

Avec un peu de peine, Penny se reprit.

– Écoute, je suis désolée. Je m'y prends mal. C'est difficile et, pour être honnête, je me suis demandé si je devais te le dire. Mais tu as le droit de savoir et, de toute façon, les choses seront différentes à l'avenir. Pour toi et moi, je veux dire. Cela change tout.

Il était inquiet à présent, posa son propre verre et prit les mains de la jeune femme.

– Qu'est-ce que tu racontes ? Qu'est-ce qui s'est passé ?

– Je suis enceinte.

Le visage de David se vida de ses couleurs. Il tendit automatiquement la main vers son verre et se tourna pour le descendre d'un trait. Penny n'avait pas besoin de voir son visage pour savoir ce qu'il pensait. *Oh, mon Dieu*, songea-t-elle, *il va vraiment me le demander. Il ne veut pas, mais il ne saura pas comment s'en empêcher*. Incapable de le supporter, elle prit la parole avant qu'il ne se retourne vers elle.

– Oui, c'est le tien. Avec qui d'autre pensais-tu que je pourrais m'envoyer en l'air ?

– Je n'ai pas dit ça. Enfin, je ne sais pas. Je veux dire, tu en es sûre ?

Penny se leva, déterminée à respecter le scénario qu'elle avait répété sur le chemin du retour.

– Oui, j'en suis parfaitement sûre. Mais ne t'inquiète pas, David. J'ai bien réfléchi. Toi et moi, c'est fini. Je suis peut-être d'accord pour avoir une liaison avec un homme marié, mais je n'infligerai pas un père à temps partiel à un enfant. De plus, nous ne pourrons jamais garder le secret, et tu dois penser à Helen et aux jumelles.

Elle voyait son esprit s'emballer et, après le choc et la colère d'être quitté, un éclair de soulagement étouffé à la hâte. *Et, vraiment*, pensa-t-elle, *qui pourrait le blâmer ? Pas moi.*

– Mais comment vas-tu t'en sortir ?

– Ça ira bien. Je suis sérieuse, David, c'est fini. De toute façon nous n'aurions pas pu continuer longtemps.

Avec plus de rapidité que de tact, il se leva, puis hésita.

– Qu'est-ce que tu veux que je fasse maintenant ? Je veux dire, tu veux que je reste ou que je m'en aille ?

S'était-il imaginé qu'ils allaient s'asseoir devant un plat à emporter ?

Ou monter à l'étage pour une petite culbute d'adieu ?

– C'est sans doute mieux si tu y vas.

– OK, si c'est ce que tu veux.

Elle le regarda ramasser son écharpe et tergiverser avant de la fourrer dans la poche de sa veste, comme si elle pouvait exiger qu'il lui rende son cadeau. *Je suis injuste*, pensa-t-elle. *Il se sent mal à l'aise. Je suis sa boss, c'est moi qui ai initié cette relation, et c'est ma fichue contraception qui n'a pas marché.* Elle lui sourit et, à son grand soulagement, retrouva une voix correcte.

– J'ai raison, n'est-ce pas ? Tu ne veux rien savoir de tout cela. Nous étions d'accord dès le départ, il ne fallait pas qu'Helen soit blessée.

– Si tu as besoin d'argent...

C'était dit avec une telle réticence qu'elle eut du mal à retenir un éclat de rire.

– Oh, David ! Je gagne deux fois ton salaire. Va-t'en. Retourne auprès de ta femme.

Mais lorsque la porte se referma derrière lui, elle s'enfonça dans son canapé blanc et pressa ses mains contre sa bouche. Il n'y avait pas de quoi rire. C'était la chose à faire, la seule qui soit juste pour sa femme et ses enfants. Elle était heureuse de l'avoir fait. Mais ce n'était pas la fin de l'histoire, pourtant. Ce n'était que le début. Et que diable allait-elle faire maintenant ?

Chapitre neuf

Le week-end venu, Val n'avait toujours pas eu de nouvelles de Penny. Le dimanche, après le petit déjeuner, Marguerite suggéra une promenade à Hampstead Heath.

– Je pourrai me dégourdir les jambes avant mon vol de retour demain. Nous pourrions emporter un pique-nique. Qu'en penses-tu ?

Elles prirent un bus pour Hampstead et marchèrent jusqu'au Heath, luttant contre un vent violent qui secouait les arbres bourgeonnants et rendait les conversations impossibles, sauf par bribes de cris. Devançant les familles qui se cantonnaient aux sentiers, elles s'écartèrent des itinéraires balisés pour enjamber les racines des arbres et avancer parmi les hêtres. Au bout d'un moment, Val laissa tomber son sac près d'un arbre déraciné.

– On s'arrête pour souffler un peu ?

Marguerite s'assit sur le tronc de l'arbre, levant son visage vers la lumière du soleil filtrée par les feuilles volantes.

– Je ne serais pas contre une tasse de thé.

– Tu n'as pas faim ?

– Pas encore. Mais j'ose dire que ce sera le cas bientôt.

Elles avaient apporté une gourde, des serviettes et un Tupperware dans lequel Val avait glissé des cœurs de laitue, des tomates et deux œufs écossais. Elle remplit de thé le haut du thermos et elles en burent ensemble, assises côte à côte sur le tronc d'arbre tombé. Les racines engorgées de terre s'étaient dressées dans les airs, laissant un trou où de nouvelles pousses, droites comme des flèches, jaillissaient déjà du bois tombé. Marguerite glissa l'ongle de son pouce sous un morceau d'écorce qui dépassait et détacha délicatement une lamelle du tronc. Une nuée de cloportes s'agitait à l'aveuglette, cherchant à regagner l'obscurité entre l'écorce et le cœur humide de l'arbre. Val en repoussa un du bord de sa veste.

– Tu te souviens qu'on les appelait les « meelies » ? Pourquoi diable ce nom ?

– C'est ainsi que le jardinier les appelait en Irlande lorsque j'étais enfant. Je suppose que c'est lui qui m'a donné ce nom et que je te l'ai transmis.

– J'ai dû le passer à Penny, alors. Elle l'utilise aussi.

Soufflant sur son thé, Val fit remarquer qu'elle avait toujours regretté de ne pas avoir connu sa grand-mère de Wicklow.

Marguerite sourit.

– Tu lui ressembles beaucoup.

– Non, je ne crois pas ! J'ai vu son portrait à Stonehill. Elle était superbe.

Stonehill était le nom officiel de la maison à Wicklow, mais les gens du coin l'appelaient encore « la maison du Dr Barry ». Un portrait de Ruth, la mère de Marguerite, était accroché au-dessus de la cheminée du salon. Il avait été peint en 1951, l'année de son mariage avec Donal. Marguerite n'a jamais pu réconcilier le souvenir de sa mère avec la jeune fille élancée qui se dessinait sur le portrait. Ruth était représentée comme l'incarnation du glamour des années 1950, avec ses cheveux dégageant son visage et tombant en boucles brillantes sur ses épaules. La femme renfermée que Marguerite connaissait n'avait rien à voir avec cette aura brillante, et la robe de velours du tableau était contradictoire avec son souvenir d'une mère qui portait des jupes en tweed, des pulls tricotés à la main et des bottes Wellington.

Au fil des ans, elle s'était dit que ce n'était pas surprenant. On ne pose pas pour un portrait en bottes en plastique. On se mettait sur son trente-et-un. Et les artistes qui peignaient des femmes pour leurs maris avaient tendance à idéaliser leurs sujets, surtout dans l'Irlande de l'après-guerre où les commandes n'étaient pas faciles à obtenir. Si Ruth était représentée comme si elle était vue à travers les yeux de Donal, on pouvait peut-être parler d'une ressemblance parfaite. *D'ailleurs*, pensa Marguerite, *je me souviens de certains éléments. Je les vois chez Val et je les reconnais sur mon propre visage dans le miroir : la forme des pommettes et l'inclinaison de la tête du personnage sur le fond sombre, choisi pour contraster avec les cheveux couleur de blé.* Acceptant l'offre de Val qui lui tendait le couvercle du thermos, elle souffla à son tour sur le thé.

– Je crois que tu te trompes. Tu as quelque chose de ma mère. Moi aussi, bien que nous ayons toutes les deux les yeux de mon père et que nous soyons grandes comme lui. Penny est complètement différente, physiquement et de caractère. Elle ne ressemble même pas au côté paternel de la famille.

Joignant ses mains autour de son genou, Val acquiesça.

– Je sais. Penny tient de Simon.

Simon, le fiancé de Val, était mort sans savoir qu'il allait être père. Avec trois amis, il s'était noyé lors d'une excursion qu'il avait qualifiée de répétition pour son enterrement de vie de garçon. Bien que l'homme qui leur avait loué le bateau ait insisté sur le fait qu'il avait essayé de les prévenir des mauvaises conditions météorologiques, le verdict du juge, qui avait conclu à une mort accidentelle, avait été accompagné d'une remarque sévère sur la responsabilité morale. Mais Val, assise en larmes au fond de la pièce étouffante, savait qui portait la véritable responsabilité. Jeunes, en forme et pleins de l'assurance que leur conférait leur formation universitaire, Simon et ses compagnons se seraient moqués des avertissements d'un vieux Cornouaillais qui gagnait sa vie en louant son bateau.

Après l'enquête, elle avait serré la main du père du garçon, au visage défait, et avait vu dans les yeux brillants de sa mère autant de reproches que de chagrin. Quelques semaines plus tard, lorsqu'elle avait appris qu'elle était enceinte, elle avait su quelle serait leur réaction. Le premier mouvement de surprise s'était transformé en suspicion. Les conversations suivantes n'avaient pas amélioré les choses. Finalement, lorsqu'une lettre de leur avocat lui avait proposé une aide financière à condition qu'elle fasse un test de paternité, Val avait refusé avec indignation et tout contact avait été rompu. Entre-temps, elle avait appris que son bébé était une fille, l'avait baptisée Penny dans sa tête, et le fait d'avoir le soutien de ses propres parents lui avait suffi. Si la famille de Simon ne voulait rien avoir à faire avec elle, c'était très bien, car elle détestait l'idée d'être enchaînée à eux. *Je ne suis pas sa veuve éplorée*, avait-elle pensé, *et je ne partagerai pas ma fille avec des gens qui me prennent pour une menteuse. Simon n'a jamais été proche d'eux et je ne vois pas pourquoi je le serais.* C'était en 1995. Le temps avait atténué son indignation et l'avait rendue plus consciente de ce qui pouvait être le mieux pour Penny, mais, à ce moment-là, il était trop tard pour combler le fossé.

En fouillant dans la boîte Tupperware, Val en sortit les cœurs de laitue et une petite portion de sel. Abrité du vent par le bouquet d'arbres, il était plus facile de parler.

– Je suppose qu'il est vrai que les opposés s'attirent. Simon et moi étions aussi différents que possible. Je ne suis pas sûre, s'il avait vécu, que notre mariage aurait duré. La bonne chose, c'est que Penny a grandi en sachant qu'elle était l'enfant de l'amour et de l'engagement, même si j'ai toujours culpabilisé qu'elle n'ait pas connu ses grands-parents. Des années plus tard, j'ai essayé de reprendre contact avec eux. Il s'est avéré qu'ils étaient morts dans un accident de voiture.

Val adressa un sourire coupable à Marguerite.

– Ce n'est pas vraiment une famille chanceuse, n'est-ce pas ?

– Je suis désolée. Je ne le savais pas.

– Comment l'aurais-tu su ? Je ne l'ai jamais dit. C'était surréaliste et, de toute façon, ces gens n'étaient qu'un couple d'étrangers. Pas très gentils avec moi et pas très proches de Simon. Du moins, c'est ce qu'il m'avait dit. Mais les grands-parents ont leur importance, non ?

– Je ne peux pas parler d'expérience. Les quatre miens étaient morts lorsque Ruth et Donal se sont mariés. Mais j'ai adoré être grand-mère. Ce sera ton cas aussi lorsque le bébé de Penny sera né.

Val sentit une boule monter dans sa gorge et, compréhensive devant son visage baissé, Marguerite se concentra sur l'arrachage d'une nouvelle bande d'écorce du tronc d'arbre. Elles restèrent assises en silence pendant plusieurs minutes avant que Marguerite ne reprenne la parole.

– Vraiment, tu vas adorer être grand-mère. Et Penny reviendra, sois patiente.

Val ne dit rien. Désireuse d'améliorer les choses, mais sentant qu'elle n'avait rien de solide à offrir, Marguerite s'entendit répéter ce qu'elle avait déjà dit.

– Ça ne fait que quelques jours qu'elle t'a annoncé la nouvelle. Laisse-lui du temps.

Val grimaça.

– Mais je voudrais faire quelque chose pour l'aider, et je me sens impuissante.

– Je pense qu'elle t'appellera la semaine prochaine.

– Mais si elle ne le fait pas ? J'ai passé la moitié de la nuit à m'inquiéter. Et, avant que tu ne le dises, je sais qu'il ne s'agit pas de moi.

– Si, il s'agit de toi. Marguerite arracha la mousse verte sous l'écorce déchiquetée. Il s'agit de nous toutes, n'est-ce pas ? C'est ça le problème.

Chapitre dix

Il pleuvait lorsque l'avion de Marguerite atterrit à Dublin, mais le temps qu'elle monte dans sa voiture, le soleil brillait. Évitant le périphérique, elle traversa le centre-ville, heureuse d'avoir choisi un vol qui arrive avant les heures de pointe et de pouvoir emprunter un itinéraire qui lui rappelait tant de retours à la maison. Ceux des premiers temps, lorsque son père venait la chercher dans sa Morris Minor Traveller. Et plus tard, après la retraite de Donal en 1985, lorsque Val, alors adolescente, l'entraînait dans une promenade par tous les temps, un bâton de marche à la main et un épagneul sur les talons. Et plus tard encore, lorsque Donal n'a plus été là et que Penny grandissait, dans les années où Stonehill était une maison de vacances, froide et un peu délaissée au début, mais toujours imprégnée de la chaleur du passé et de l'esprit accueillant.

Bien que la vente de la maison de Marguerite à Holland Park ait rapporté suffisamment pour moderniser Stonehill en prévision de sa retraite, Marguerite avait choisi de la garder presque inchangée. La cuisine, un garde-manger et une arrière-cuisine se trouvaient toujours au demi-sous-sol. Au rez-de-chaussée, le salon, qui s'ouvrait sur un jardin clos, occupait toute la largeur de la maison à l'arrière. De chaque côté du hall d'entrée se trouvaient une salle à manger et l'ancien cabinet de Donal, avec des toilettes et ce qui avait été une salle d'attente à l'arrière. Au premier étage, outre une grande salle de bains utilitaire, se trouvaient quatre chambres. Deux d'entre elles avaient été baptisées « chambres d'amis » dans l'enfance de Marguerite, bien qu'elle ne se souvînt pas qu'ils aient eu de nombreux invités.

Stonehill n'avait rien de prétentieux. C'était une maison de la fin de l'époque géorgienne, construite pour un usage pratique et un confort modeste, une villa en stuc blanc avec des fenêtres à guillotine aussi bien disposées que dans un dessin d'enfant. La famille de Donal y vivait depuis des générations, chacune ayant donné naissance à un fils qui était devenu le médecin local. Il y avait eu aussi des avocats et des ecclésiastiques, et des filles qui avaient animé des œuvres de charité ou épousé le magistrat de la ville. À l'époque, Stonehill offrait de nombreux emplois sur place. Cela avait changé dans les années 1950, lorsque Marguerite était encore enfant et que Ruth tenait la maison avec l'aide d'une dame joyeuse, Mme Sinnott, qui venait à pied du village deux jours par semaine. À cette époque, les écuries situées sur le côté de la maison avaient été converties en remises et en garage, et les petites pièces sous le toit, qui étaient autrefois les chambres des domestiques, étaient devenues des espaces de stockage pour les objets devenus indésirables.

Devant elle se trouvaient les poteaux de granit qui marquaient l'entrée de l'allée, dont le portail restait ouvert, les barreaux inférieurs cachés par les fougères et les mauvaises herbes. Marguerite ne se souvenait plus quand elle l'avait fermé pour la dernière fois, et le cadenas rouillé accroché au pêne n'avait probablement pas été utilisé depuis cinquante ans. Lorsqu'elle s'arrêta devant la maison, le soleil de l'après-midi brillait sur les fenêtres sans barreaux. Sortant sa valise du coffre, elle déverrouilla le porche et ouvrit sa porte d'entrée sans appréhension. Elle n'avait jamais franchi ce seuil sans éprouver un profond plaisir, comme si la force des générations passées l'attendait pour lui offrir réconfort et force.

Portant sa valise dans le hall lambrissé, Marguerite monta à l'étage. Lorsqu'elle était revenue définitivement dans cette maison, elle avait décidé de s'installer dans la chambre qui avait été celle de ses parents. La pièce donnait sur la prairie de fleurs sauvages, était plus grande que les autres et disposait d'un dressing qu'elle pouvait transformer en salle de bains. Après le changement de la moquette, repeinte et agrémentée d'un nouveau lit bien ferme, c'était la seule pièce qu'elle avait vraiment changée, et celle dans laquelle Donal avait fait ses propres changements quelques semaines seulement après la mort de Ruth.

En posant sa valise sur le lit, Marguerite se souvint de l'indignation qu'elle avait ressentie, à douze ans, lorsque les décorateurs avaient enlevé le papier à fleurs des murs. Elle avait eu l'impression que la présence de sa mère était effacée de la maison, mais Mme Sinnott, qui avait été pilier solide dans les jours sombres qui avaient suivi l'enterrement, lui avait expliqué que son père était triste lorsqu'il voyait les affaires de sa mère autour de lui, et que faire table rase était toujours la meilleure solution après un décès. Cette logique bienveillante et non sentimentale, et le fait que le portrait de sa mère était toujours accroché au-dessus de la cheminée du salon avaient réconcilié Marguerite avec la décision brutale de Donal. Plus tard, en s'excusant à moitié, il avait renchéri sur l'explication de Mme Sinnott.

– Nous n'oublierons jamais maman, n'est-ce pas, ma puce ? Mais nous devons nous relever et continuer à vivre.

Après s'être changée, Marguerite descendit son linge dans l'arrière-cuisine et le jeta dans la machine à laver et sécher le linge. Puis elle monta dans le salon, ouvrit les portes-fenêtres et pénétra dans le jardin. À l'extérieur des portes, flanquées de hautes fenêtres, une pente douce s'élevait jusqu'au mur d'enceinte. Sans doute s'agissait-il autrefois d'une pelouse lisse, mais Ruth avait décidé de la semer de coquelicots et de bleuets flous, avait ajouté de nouvelles fleurs sauvages au fil des ans et avait libéré les plantains et les trèfles réprimés en laissant l'herbe pousser longtemps. Enchantée par la multitude d'insectes et d'abeilles que cela avait attirée, Marguerite était allée plus loin en accueillant des orties, des chardons et des épilobes, que la plupart de ses voisins, et sans doute tous ses ancêtres, auraient considérés comme de vulgaires mauvaises herbes envahissantes.

Maintenant, laissant les portes-fenêtres ouvertes pour aérer le salon, elle remonta la pente et commença à faire tranquillement le tour de son jardin, gardant une main sur le mur de granit, qui était chaud au toucher et moucheté de lichen jaune. Stonehill n'avait jamais été assez grand pour accueillir un jardin potager à proprement parler, mais les bandes de potager situées sur le côté de la maison étaient protégées par des haies de hêtres, et il y avait un verger avec des rangées de groseilliers, de cassissiers et de groseilliers à maquereau, où les fleurs ressemblaient à des pommes et où les feuilles commençaient à se déployer. Marguerite avançait dans des couloirs frais et sinueux, entre le mur et l'arrière des bordures d'herbes. Après avoir traversé l'allée et terminé son circuit, elle revint vers la maison, portant une poignée de fleurs qu'elle avait cueillies en chemin. Il y avait un pêle-mêle de vases près de l'évier dans l'ancien cabinet, elle en remplit un, mit de l'eau dans le bouquet et le laissa sur la table de l'entrée, la touche finale à son retour à la maison. Après avoir récupéré une cafetière, une tasse et un pot à lait dans la cuisine, elle retourna au salon, alluma le feu et s'enfonça dans un fauteuil.

Le portrait de Ruth était accroché au-dessus de la cheminée. Entre la cheminée et les portes-fenêtres se trouvaient un guéridon et des chaises, et contre l'un des murs lambrissés de chêne, un canapé défraîchi. Chassé par le portrait, un trumeau avec miroir était suspendu sur un mur au-dessus d'un piano droit dont la table d'harmonie était composée de frettes percées et tendue de soie plissée délavée.

Tout en buvant son café, Marguerite se pencha sur le portrait de sa mère. Les cheveux de Ruth attiraient l'attention, brillants sur le fond sombre, et un effet secondaire de lumière jouait sur les plis de sa robe de velours, dont le corsage ajusté avait un col haut réversible et des manches qui descendaient jusqu'aux coudes. Sa main gauche reposait sur son genou, laissant apparaître sa bague de fiançailles en diamant et son alliance sur le velours vert. Pour la première fois, Marguerite se rendit compte que le traitement intensément moderne de l'artiste suggérait l'effet que sa mère avait dû faire sur la petite communauté rurale dans laquelle elle s'était mariée. Américaine venue en Irlande après la Seconde Guerre mondiale, Ruth avait l'intention d'y faire un bref séjour avant de se rendre en France et en Italie. Au lieu de cela, elle avait rencontré et épousé Donal qui, sans doute, n'en était pas revenu de sa chance. Personne d'autre dans la famille Barry n'avait jamais ramené à la maison une femme aussi fascinante.

Caressée par une brise fraîche venue du jardin, Marguerite alla fermer les portes-fenêtres et tirer les rideaux à motifs de roses pour cacher le crépuscule. De retour au coin du feu, elle attisa les braises et alluma une lampe sur la table basse près de son fauteuil. La lumière de la lampe tombant sur la cafetière raviva un souvenir des mains de sa mère sur l'anse en bakélite verte, et un autre d'elle-même, enfant, à la table de la cuisine, polissant le chrome de la cafetière qui gardait le café chaud. Pendant un moment, elle s'enfonça dans le fauteuil, les yeux fermés, et laissa la chaleur du feu atteindre ses os. Puis, avec un puissant élan de satisfaction, elle se souvint du toucher du velours vert, invisible dans l'obscurité et pourtant profondément réconfortant. Elle n'avait pas connu la robe que portait Ruth sur son portrait, mais tout son être reconnaissait le tissu dont elle était faite. C'était le lien insaisissable qui lui était apparu lorsqu'elle était assise dans le jardin de Val à Londres, et qui lui avait échappé avant qu'elle ne puisse le saisir.

Elle ouvrit les yeux et le passé sembla refluer comme une vague. Craignant d'écraser la pensée qui venait de fleurir dans son esprit, Marguerite se leva prudemment. *Comment se fait-il que j'aie mis si longtemps à comprendre que la robe du tableau avait dû être découpée pour faire un ourlet à mon quilt ?* Elle quitta la pièce, sans trop savoir où elle allait, et traversa la maison sans allumer la lumière. Le parfum du bouquet de fleurs qu'elle avait cueilli dans le jardin emplit le couloir ombragé et, à l'étage, dans l'une des chambres mansardées, elle trouva ce qu'elle cherchait. Il était posé sur l'étagère supérieure d'un placard, là où elle l'avait rangé en 1970, avant de partir à Londres pour prendre son travail de fille au pair. Debout sur la même chaise qu'à l'époque, elle saisit la longue boîte en carton qui avait autrefois contenu une livraison de fleurs. En soulevant le couvercle, elle ouvrit les couches de papier de soie jauni, révélant l'édredon plié et dégageant une forte odeur de naphtaline. Puis elle le porta jusqu'à la cheminée du salon.

L'édredon était trop petit pour un lit d'adulte, mais, pendant son adolescence, ne voulant pas perdre le lien avec sa mère, elle l'avait gardé dans sa chambre pour s'en servir comme couvre-lit. Il était matelassé, cousu d'un fil de couleur crème et l'envers d'une pièce de flanelle verte. Sur le dessus, des carrés de tissus différents entouraient un bloc central composé de quatre morceaux de satin fleuri. Aujourd'hui, plus de soixante-dix ans après avoir été matelassé, le bloc central était toujours parfait. Parmi les pièces qui l'entouraient, Ruth avait inclus de la soie et du voile, ainsi que du brocart et du lin. Certains d'entre eux étaient usés ou s'étaient détachés à la couture, laissant apparaître le molleton entre le dessus du patchwork et le revers en flanelle. À un endroit, à l'une des extrémités, le velours qui reliait les trois couches était presque érasé.

Marguerite sourit. Fermant les yeux, elle toucha le velours vert usé et ressentit à nouveau le puissant sentiment de contentement. *C'est ce qui m'a dit que j'étais aimée quand j'étais enfant*, pensa-t-elle. J'avais oublié jusqu'à ce que je me souvienne de l'ours en peluche travesti qu'adorait Val, avec sa robe en lambeaux et son nez dégarni où la fourrure s'était effacée. Elle resta un moment immobile, regardant le portrait de sa mère. Puis, se décidant, elle attrapa son téléphone.

La destinataire décrocha immédiatement.

– Bonjour, maman. Comment s'est passé ton vol ?

– Parfaitement bien, je suis arrivée et près du feu.

– Et tout va bien ?

– Tout à fait. Dis, Val, as-tu eu des nouvelles de Penny ?

Elle devina au silence que la question tombait mal, et lorsque Val répondit, sa voix était anormalement vive.

– Non, pas encore. Tu as dit que tu pensais qu'il valait mieux la laisser un peu tranquille.

– Oui. C'est vrai. Je me demandais juste si elle avait appelé.
– Eh bien, elle ne l'a pas fait.
– Et tu es toujours inquiète.

– Bien sûr. Je te l'ai dit. Je me sens impuissante et inutile, mais il n'y a rien à faire. Je ne peux pas frapper à sa porte et essayer de lui dire que je suis heureuse pour elle. Il y a de fortes chances qu'elle ne me laisse pas entrer et que je ne fasse qu'empirer les choses. Alors, je suppose que je dois retenir mon souffle et garder l'espoir. Mais, maman, nous avons déjà eu cette conversation. Pourquoi recommencer ?
– Parce que pendant que nous attendons que Penny accepte les choses, nous n'allons pas rester assises à nous sentir impuissantes et inutiles.
– Mais…
– Ne discute pas, Val. Je sais que j'ai trouvé la bonne solution.
Toi et moi, nous allons nous lancer dans un projet.

LES MOTIFS

FIL 2
Val

Les premiers souvenirs de Val en matière de tissu remontaient à la période où Marguerite faisait de la teinture sur de l'étamine. Des blouses à smocks aux couleurs vives s'accumulaient à la maison sur la table de la cuisine, ainsi que des caftans longs jusqu'au sol aux imprimés indiens achetés chez Anokhi dans South Molton Street. Une ceinture de perles et une paire de pantoufles à dessus en soie gros grain noire brodée de fleurs en fil métallique doré. Toute petite, elle s'était introduite dans la chambre de ses parents, avait pris les pantoufles pour les essayer et on l'avait retrouvée sautant d'un pied à l'autre, enchantée par le bruit des semelles de cuir sur le plancher en bois.

Aussi somptueux que fussent les caftans, Marguerite les avait portés en toute occasion : en traversant Hampstead Heath avec un panier de pique-nique, en rassemblant famille et bagages lors de leurs voyages en ferry vers l'Irlande, et en préparant des gâteaux dans la maison de Holland Park. Le parfum prédominant de l'enfance de Val était une combinaison de patchouli et de frangipane chaude, et la première tragédie dont elle se souvenait était d'avoir laissé tomber une éclaboussure de confiture de cassis sur la jupe en calicot de sa mère. Marguerite avait dit que ce n'était rien qui ne pouvait être réparé avec un patch et, le jour suivant, la jupe lavée arborait un petit oiseau appliqué, qu'on avait découpé dans une écharpe et cousu avec un fil dont la couleur contrastait de façon audacieuse.

Lorsque Val était devenue trop grande pour les manches bouffantes et la broderie anglaise, Marguerite était passée à autre chose, et les caftans à paillettes, les poignets empesés et les garnitures cramoisies avaient été découpés et utilisés pour customiser les vestes en jean de Val. Chacune était une œuvre d'art et, bien qu'elle ne l'ait jamais dit, le fait de les porter avait donné à Val le sentiment qu'elle pouvait aller n'importe où et faire n'importe quoi, portée par la certitude qu'elle avait le soutien tranquille de sa mère.

C'était la vie que Val avait voulu donner à Penny. Enceinte et pleurant la mort de Simon, elle avait tricoté un châle pour son bébé à naître, crochetant et entremêlant l'angoisse et l'amour dans la douce toile jaune. Mais comme elle n'avait jamais le temps de laver la laine à la main dans sa vie de mère célibataire, Penny avait finalement été enveloppée dans des couvertures en polyester, ignifugées et qui séchaient facilement pendant la nuit.

Les choses avaient fini par s'arranger. Elle avait appris à jongler avec les exigences du travail, du ménage et de la garde d'enfant, et avait éprouvé la satisfaction de s'en sortir seule. Elle avait même trouvé le temps de confectionner grenouillères que Penny pouvait porter lors des fêtes, ainsi que des salopettes avec des étoiles sur le plastron et des patchs sur les genoux. Plus tard, lorsque Penny avait rejeté ces vêtements qu'elle jugeait enfantins, Val s'était réjouie des virées shopping avec sa fille adolescente, lorsque Penny se tournait vers elle pour lui demander des conseils en matière de mode et qu'elles refaisaient le monde autour d'un café. Mais à ce moment-là,

Penny, qui ressemblait tellement à Simon, avait commencé à montrer des traits de caractère que Val reconnaissait. Têtue et indépendante, elle ignorait tous les conseils, aussi gentils soient-ils, et considérait que le monde était simplement là pour qu'elle puisse le conquérir. Dans les bons jours, Val se rassurait en se disant que la confiance et l'intrépidité étaient des qualités à encourager. Ses propres choix ayant été limités par la tragédie, elle voulait que Penny devienne et possède tout ce qu'elle voulait. Mais d'autres jours, se rappelant que l'arrogance de Simon l'avait tué, elle était saisie d'une crainte inavouée de perdre aussi Penny.

Chapitre onze

Assise dans la salle des professeurs, Val corrigeait les devoirs des élèves et repensait à la conversation qu'elle avait eue la veille.

– Attends, maman. Tu as trouvé *quoi* dans le grenier ?

– Un quilt. Écoute. C'est important. Je déteste l'idée que tu sois là, toute seule, à t'inquiéter pour Pen.

– C'est gentil, mais nous savons toutes les deux qu'il n'y a rien à faire.

– Mais si. Écoute, ma chérie. Toi et moi, nous pouvons faire quelque chose ensemble. Cela m'est venu dès que j'ai trouvé le quilt.

Se rendant compte qu'il était inutile d'essayer d'arrêter le torrent, Val avait renoncé. Le temps de comprendre ce qu'on lui proposait, elle avait compris que la prudence ne serait pas acceptée. Mais que pouvait-elle dire ? L'idée de Marguerite lui avait semblé si absurde et peu viable qu'elle avait répondu comme si elle s'adressait à l'un de ses élèves.

– Maman. Attends une seconde. En clair, tu es en train de dire que toi et moi devrions faire une courtepointe en patchwork ?

– Oui. Un édredon pour le berceau. Pour le bébé de Penny. Je suis assise ici près du feu avec celui que ma mère avait fait pour moi.

– Mais pourquoi ?

– C'est un objet que nous pouvons créer ensemble, toutes les deux. Nous le ferons réversible. Tu fabriqueras un côté et je travaillerai sur l'autre, et quand ils seront terminés, nous pourrons les coudre ensemble.

– Je ne comprends toujours pas...

– Un édredon « keepsake », un souvenir porte-bonheur à conserver. Tu comprends ? Je prendrai des morceaux du quilt de Ruth – il tombe en ruine de toute façon – et tu pourras utiliser des tissus de tenues d'enfant de Penny.

– Quoi ?

– Tu as dit que tu en avais un sac quelque part. N'y aura-t-il pas là des morceaux des robes que tu avais faites pour elle ?

– Mais un quilt en patchwork ? Avec des mandalas, des étoiles et des mesures compliquées ? Tu sais que je suis nulle en maths et que je ne suis pas une quilteuse.

– Crois-moi, ma mère ne l'était pas non plus ! Son quilt est le travail le plus simple qui soit. Des pièces carrées et des lignes droites. Il n'y a rien de plus simple.

– Euh, mais...

– Val, ne sois pas réticente. Je sais que ça va marcher. Nous allons assembler un patchwork de souvenirs familiaux...

– Mais...

– ... et tous les éléments se combineront pour accueillir le nouveau membre de la famille. Quand Penny reviendra – et elle reviendra, ma chérie, j'en suis sûre – elle saura à quel point nous sommes heureux pour elle et combien nous attendons le bébé avec impatience.

Ce n'était pas dans les habitudes de Marguerite d'être aussi énergique, aussi Val fut-elle prise au dépourvu. Confuse et incertaine de sa réponse à la proposition, elle avait temporisé.

– Bon, c'est un peu soudain. Laisse-moi y réfléchir.

– D'accord, prends ton temps, mais, vraiment, je sais que c'est la solution. Rappelle-moi quand tu auras eu le temps de réfléchir.

Val regarda autour d'elle, elle aurait voulu avoir quelqu'un à qui se confier. Mais annoncer qu'elle était sur le point de devenir grand-mère risquait de susciter des questions malvenues, et essayer de les repousser ne ferait qu'aggraver son cas. *Et je ne dois pas parler de Penny*, pensa-t-elle. *Les tabloïds publient n'importe quelle bribe de ragot liée à son émission. J'imagine si les gens ouvraient un magazine et lisaient « Qui est le père ? Penny est enceinte. Sa mère déclare qu'elle est morte d'inquiétude ! »*

Val abandonna ses corrections et se leva pour préparer un café, espérant que sa réponse la veille n'avait pas laissé Marguerite déconfite. Dans sa tête, elle pouvait voir Stonehill, éclairé par la lumière du feu et des lampes, avec la cafetière sur la table près du fauteuil bas de sa mère. Les rideaux auraient été tirés sur les portes et les fenêtres du salon, et les fleurs du jardin auraient parfumé le hall d'entrée. La pensée de la maison et de son grand-père mort depuis longtemps, fit monter une boule dans la gorge de Val. En allumant la bouilloire, elle se remémora les visites de son enfance à Wicklow, lorsque, surgissant d'un taxi, elle se précipitait dans ce couloir accueillant. Enfant, on la surnommait « l'ombre de grand-père ». C'est en sa compagnie que Donal avait toujours été le plus animé, marchant à grands pas en identifiant les chants d'oiseaux ou s'accroupissant au bord d'un ruisseau pour lui montrer comment taquiner la truite.

Un matin d'été, alors qu'elle avait quatorze ans, ils s'étaient promenés jusqu'à la cascade de Devil's Glen, où Donal s'était assis sur un rocher et où Val avait trouvé des bonbons au sucre d'orge dans sa poche. En acceptant un bonbon, Donal avait caressé Rufus, l'épagneul, et avait fait un geste de son bâton, en direction de leur maison.

– Toutes les terres des environs appartenaient autrefois aux Synges du château de Glanmore.

– À John Millington Synge ? Le dramaturge ?

– Oui. Il passait ses vacances à faire le tour de ces routes à bicyclette.

Voyant sa réaction, Donal sourit.

– Si tu trouves cela impressionnant, je dois ajouter que ton arrière-grand-père le ramassait souvent lorsqu'il tombait. Il l'époussetait et lui faisait des strappings sur ses chevilles foulées.

– C'est incroyable. J'ai une rédaction à faire pendant les vacances sur Synge et Yeats.

– Yeats le poète ou Yeats l'artiste ?

– William Butler Yeats. Je ne savais pas qu'il y en avait deux.

– Jack B. était peintre. William B. était le poète. Ils étaient frères. Il y avait aussi des sœurs qui faisaient des travaux d'aiguille. Je n'ai rien à t'apprendre sur les artistes, mais mon père m'a dit que W. B. était épouvantablement ennuyeux.

– Tu veux dire qu'il le connaissait ?

– C'est plutôt qu'il le croisait au bar de l'hôtel Shelbourne. Yeats tenait sa cour un jour où mon père lisait un journal et, apparemment, mon père n'aimait pas être dérangé.

En attendant que la bouilloire se mette à siffler, Val choisit un biscuit. Il était étrange de penser que sans cette promenade au Devil's Glen, elle ne serait pas ici aujourd'hui en train de corriger des dissertations. En intégrant les anecdotes de son grand-père dans sa propre rédaction de vacances, elle avait obtenu la meilleure note et, stimulée au début par une attention inhabituelle de la part d'un professeur, elle avait développé un véritable intérêt pour la lecture. *C'est ce qui m'a amenée à Oxford*, pensa-t-elle, *et c'est à Oxford que j'ai rencontré Simon.*

Val choisit une tasse et soulevait la bouilloire fumante lorsque Kate, l'une de ses collègues, vint la rejoindre.

– Y a-t-il assez d'eau pour une autre tasse ?

– Largement.

– Super. Je meurs de soif. On va les boire dehors ?

Bien que Val ait plusieurs années de plus que Kate, elles avaient fréquenté la même université et s'étaient facilement liées d'amitié au travail. Assises sur un banc sur le trottoir, à l'extérieur de la salle des professeurs, elles discutèrent jusqu'à ce que, au milieu d'une blague sur la secrétaire de l'école, Kate s'arrête brusquement et se mette à rire.

– Qui aurait cru que l'une d'entre nous finirait enseignante à Finchley ?

– Tu avais d'autres projets ?

– Pas toi ? Je suppose qu'une brillante carrière littéraire est le rêve de tous ceux qui ont choisi de lire l'anglais.

Val croqua dans un biscuit.

– Ce n'était pas le mien.

– Ah non ?

– Je pensais que la lecture m'ouvrirait l'esprit et me ferait sortir et accomplir des choses. Mais ensuite je me suis fiancée, et il s'est noyé, et il y a eu ce bébé...

La voix de Val s'éteignit et Kate la regarda d'un air sagace.

– Comment va Penny ?

– Très bien. Elle réussit incroyablement.

Versant la lie de son café dans un pot de fleurs, Val annonça qu'elle devrait se remettre au travail. Kate acquiesça.

– Moi aussi. Retour à la case départ.

Val retourna à sa table en se demandant pourquoi un poste d'enseignante à Finchley devrait vous empêcher d'écrire. *Même si ça ressemblait à un compromis, pourquoi ne pas faire les deux ? Je doute que Simon aurait pu s'en sortir*, pensa-t-elle ironiquement. Il ne s'est jamais contenté de compromis et il correspondait assurément au stéréotype de l'homme promis à une brillante carrière littéraire.

Il avait fait sa demande en mariage en 1994, le soir du bal de fin d'études, et, bien que profondément amoureux, Val n'avait pas su comment réagir. Il l'avait demandée en mariage en 1994, le soir de leur bal de fin d'études et, bien que profondément amoureuse, Val n'avait pas su comment réagir. Simon figurait dans les rêves flous qu'elle venait de décrire à Kate, mais en tant que compagnon de voyage, pas en tant que mari. Pourtant, elle avait accepté la bague qu'il avait sortie de la poche de son costume de location et s'était plongée dans les projets d'un avenir commun. Comme la fille qu'il n'avait pas connue, Simon était une force avec laquelle il fallait compter. C'était lui qui avait décidé qu'ils devraient trouver des emplois temporaires d'enseignants. « Nous prendrons ce qui nous est offert maintenant, quoi que ce soit, et nous réévaluerons la situation plus tard. Nous quitterons Londres, ou nous irons en Irlande, peut-être. Une fois que nous serons mariés et solvables, je laisserai tomber l'enseignement et j'écrirai mon roman. Le monde sera notre maison, tu verras. »

Quelques semaines après que Val eut pris son poste à Finchley, il avait trouvé une maison bradée à West Hampstead. « Nous allons sauter dessus avant que quelqu'un d'autre ne le fasse, avait-il dit. Si nous avons un apport correct, nous pourrons facilement obtenir un prêt. Ma marraine m'a légué dix mille dollars. Vois si tu peux emprunter la même somme à tes parents. » Les parents de Val leur avaient accordé la somme et, conseillés par Paul, Simon et elle avaient fait leur testament l'un en faveur de l'autre. À l'époque, elle avait pris la mise en garde de son père comme un obstacle de plus à franchir avant d'obtenir leur prêt. Simon s'était hérissé, parlant d'ingérence, et elle s'était donc attachée à faire en sorte que les choses se passent sans encombre.

Et tout s'était déroulé comme prévu, conformément à la promesse de Simon. Ils avaient rénové la maison eux-mêmes avec l'aide de Rory. Les parents de Simon leur avaient rendu visite une fois, à l'occasion d'un voyage à Londres, avaient critiqué l'escabeau et les pots de peinture, et regardé Val de travers quand elle avait fait infuser le thé dans une Primus. Pendant des mois, ils avaient eu l'impression de camper dans un magasin de bricolage. Et puis, la maison terminée, il avait été temps d'organiser le mariage. Elle était en train de comparer des échantillons de tissu pour la robe de sa demoiselle d'honneur lorsque Simon avait annoncé qu'il avait réservé une sortie en mer avec quelques amis.

– Tu ne crois pas que je fais ça pour y échapper ?

– À quoi ?

– À goûter les petits fours. Commander les tentes.

– Bien sûr que non. De toute façon, tu ne sers à rien pour ça.

– Mais comment vas-tu pour occuper les heures de solitude sans moi ?

– Je vais vérifier les bouquets.

– Tu devrais prendre des lys tigrés dorés et flamboyants. Quelque chose qui exprime ta déesse intérieure.

– Ne sois pas caustique.

– Je ne le suis pas. Tu es ma muse. Tu inspireras tous mes romans.

– Je croyais que tu avais dit que tu n'en écrirais qu'un.

– Lequel, naturellement, sera un best-seller. Après quoi, ce sera un par an, le Booker Prize et une villa aux Bahamas.

Il avait enroulé une mèche de cheveux de Val autour de son doigt.

– Tu vois ce que je veux dire ? De l'or flamboyant, comme un magnifique lys tigré.

– Je viens d'utiliser un kit pour les éclaircir.

– Ne gâche pas l'illusion. Je vais te dire, allons nous coucher et tu pourras m'inspirer encore un peu plus.

– Maintenant ?

– Tout à fait. Vis l'instant présent. Nous pourrions tous être morts et avoir disparu d'ici la semaine prochaine.

Le lendemain, il était parti avec ses amis, la main sur le klaxon de la voiture et faisant de grands signes tandis qu'ils s'en allaient. La nouvelle de l'accident était tombée lorsque Val et Marguerite étaient chez le fleuriste, et depuis, Val ne supportait plus l'odeur lourde des lys.

Une minute, j'étais étudiante, pensa-t-elle, *avec toute la vie devant moi, et la minute suivante, j'étais une mère célibataire endeuillée.* Dès qu'elle avait découvert qu'elle était enceinte, elle avait appelé sa meilleure amie de l'université.

– Viens. J'ai du nouveau.

Elles s'étaient assises dans la cuisine, où Val avait pleuré en mangeant une pizza marinara et où Sasha avait tenté de la consoler et de faire du thé.

– Mais je croyais que tu prenais la pilule ?

– Ouais. Tu te souviens quand Simon m'a emmenée faire une escapade romantique en ville ? Et que j'avais mangé quelque chose de louche le soir de notre arrivée ? Eh bien, apparemment, vomir peut affecter l'efficacité de la pilule.

– Oh ! Qui l'aurait cru ?

– Pas moi. Mais je vais m'assurer que ce bébé le croira.

– Tu vas le garder ?

– Bien sûr, c'est tout ce qui me reste de Simon. Je m'en sortirai. Les gens s'en sortent.

Je n'avais pas la moindre idée, pourtant, pensa Val. Je n'avais même pas réalisé que, sans ces testaments sur lesquels papa avait insisté, les parents de Simon auraient pu prétendre que je n'avais aucun droit sur la maison. L'avoir échappé belle ainsi avait été le premier choc financier de son deuil. Le second avait été la prise de conscience que le seul moyen d'éviter l'aide sociale ou d'être dépendante de ses parents était de s'accrocher à un travail qui limitait ses rêves.

Le jour de la deuxième échographie de Val, Sasha téléphona pour dire qu'on lui avait offert une chance de travailler à l'étranger. Elle était passée dire au revoir, apportant une boîte de chocolats qu'elles avaient dégustés dans le petit jardin. Val avait fait de son mieux pour être optimiste.

– Je n'arrive pas à croire que tu partes à Vienne ! Ça a l'air génial.

– C'est totalement dingue. Mais ce n'est qu'un contrat d'un an.

– Mais dans un château !

– Ce n'est pas un château, juste une maison de ville. Mais il y a beaucoup d'éléments dorés. Ils ont envoyé des photos. Tu imagines, ils ont pour de vrai un minichâteau à la campagne.

– Tais-toi !

Le fait que c'était exactement ce dont Val rêvait resta un non-dit entre elles. Sacha avait essayé de minimiser les choses.

– C'est juste un job ennuyeux d'assistante personnelle.

– Oui, mais d'un pianiste concertiste. Pense aux gens que tu vas rencontrer ! Et aux Sachertorte et aux meringues dans les cafés viennois ! Et les concerts, et le château de Schönbrunn, et les excursions sur le Danube.

– Je serai là-bas pour travailler, tu sais, pas pour me balader.

Elles avaient ri, et Val avait essayé de dissimuler la boule grise de souffrance dans sa poitrine. Plus tard, elle avait pleuré en pensant à toutes les portes qui lui étaient désormais fermées et avait essayé de se dire qu'avec un bébé en route, elle avait de la chance d'avoir un toit au-dessus de la tête et de pouvoir payer ses factures. Comme cela arrive souvent avec les amitiés de fac, elle n'avait jamais revu Sasha. Elle avait reçu quelques cartes postales de Vienne, et une carte avec un bouquet de fleurs à la naissance de Penny. Mais c'était tout.

Val rentra du travail, consciente qu'elle devait appeler Marguerite, mais ne sachant toujours pas ce qu'elle allait lui dire. Déposant son paquet de copies inachevé dans la cuisine, elle monta à l'étage dans la petite pièce qui avait été la chambre de Penny. Agenouillée devant une rangée de placards, elle sortit de nombreux dossiers et boîtes et fouilla dans un coin tout au fond jusqu'à ce que sa main se referme sur un tissu.

Le sac gonflé qu'elle avait saisi était fait d'un lin brut. Son cordon de serrage était accroché à un renflement invisible mais, finalement, elle réussit à le sortir. Il s'agissait d'un cadeau de fiançailles offert par l'un des voisins de Stonehill, et le mot « lessive » y était inscrit au point de chaînette rouge écarlate. Val se souvint d'en avoir ri avec Simon, qui lui avait demandé si elle avait aussi besoin d'une paire de pince-nez et d'un sachet de mouchoirs. Pendant des années, le cadeau était resté dans son emballage jusqu'à ce qu'un jour, alors qu'elle avait fini de confectionner une jupe ou une robe pour Penny, Val décide de s'en servir comme sac.

Maintenant, assise sur ses talons, elle secoua son contenu. Le premier tissu qui attira son attention fut un morceau de chambray bleu pâle qu'elle avait utilisé pour la salopette méprisée. Le tissu avait coûté plus cher que ce qu'elle pouvait se permettre à l'époque, et elle se souvenait de la note de défense dans sa voix lorsque Penny n'avait pas été impressionnée.

– Je sais que ce n'est pas du denim, chérie. J'ai juste pensé que le chambray serait plus doux et plus agréable.

– Les salopettes ne sont pas censées être belles et douces. Elles ont été conçues pour être des vêtements de travail. Redescends sur terre, maman.

Sous le chambray se trouvait un morceau de coton verni de couleur rose. Elle l'avait acheté pour la tenue demoiselle d'honneur de Penny au mariage de Rory. Val avait confectionné la robe et Marguerite avait réalisé les smocks du devant, ajoutant de petits boutons de rose en galon blanc. Il y avait aussi d'autres souvenirs. Un morceau du galon rick-rack utilisé pour border une robe chasuble. Du vichy et du satin, et une longueur de velours côtelé brun chocolat dans lequel Val avait coupé un manteau pour le lion en peluche de Penny. En les retournant, Val trouva des bouts de tissu-éponge bleu ciel avec lesquels elle avait confectionné une sortie-de-bain à capuche. Elles l'avaient emportée en vacances en Irlande, où Penny avait émergé de l'eau agitée, ceinturé l'éponge autour d'elle et s'était mise à gambader sur la plage rocailleuse. Son petit visage avec des coups de soleil avait ressemblé de façon déconcertante à celui de Simon lorsque la capuche avait glissé et que le vent avait rabattu ses cheveux.

Je sais très bien ce qu'elle ressent en ce moment, se dit Val. *Avoir un bébé expose vos faiblesses cachées. Vous êtes censée être la responsable, mais votre vie entière échappe à tout contrôle.* Elle ramassa le chambray, le posa à côté d'un morceau de vichy bleu et se mit à chercher quelque chose pour équilibrer l'effet. Dix minutes plus tard, elle avait obtenu un assemblage approximatif de couleurs, de formes et de textures qu'elle regarda attentivement avant de les ranger dans le sac. Puis, s'apercevant que son visage était mouillé, elle se frotta les joues avec un mouchoir en papier. *Je devrais appeler Stonehill*, pensa-t-elle, *mais je ne sais toujours pas quoi lui dire. Peut-être que maman a raison et que Penny adorerait recevoir un édredon « keepsake ». Peut-être que lorsque les événements sont hors de contrôle, avoir sous les yeux l'image d'une création ordonnée peut être utile.* Elle fut frappée à nouveau par la constatation que ce n'était pas le genre de Marguerite d'être aussi insistante. Elle avait toujours été énergique, mais jamais autoritaire.

En se levant, Val se rendit compte que ses yeux se remplissaient à nouveau de larmes. *Oh, pour l'amour du ciel !* pensa-t-elle en cherchant à tâtons le mouchoir en papier. *Pourquoi diable devrais-je pleurer parce que j'ai sorti ce sac et disposé quelques morceaux de tissu ensemble ? Je suppose que c'est parce que, si nous fabriquons ce quilt, il faudra déterrer toutes sortes de choses du passé. Je ne suis pas sûre de pouvoir affronter cela. Je vais peut-être simplement dire non.*

Chapitre douze

Penny se dit qu'elle devrait faire le pas et rencontrer David. Plus vite elle rétablirait une relation purement professionnelle, mieux ce serait. En outre, elle devait encore déterminer comment et quand faire connaître sa grossesse au travail. Elle en avait déjà informé son patron et discuté de la couverture sociale maternité, mais c'est une autre paire de manches que d'en parler aux personnes qui se trouvent plus bas dans la chaîne alimentaire. Personne ne s'arrogerait le droit de demander qui était le père du bébé, mais beaucoup verraient dans ce tournant de sa vie personnelle une opportunité de carrière pour eux-mêmes. L'annonce de la nouvelle nécessitait donc de la réflexion et de la stratégie.

Plus d'une fois, elle avait pris son téléphone, persuadée qu'elle pouvait compter sur la sympathie et la discrétion de Val et que, si elle choisissait de garder le nom de David pour elle, sa mère ne s'en mêlerait pas. Mais après chaque journée de travail, elle se sentait tellement épuisée que la perspective de passer un appel qui devait commencer par des excuses et des explications l'avait découragée. Engourdie, à la dérive, incapable d'affronter sa mère ou de faire confiance à ses collègues, elle passait ses soirées affalée sur le canapé en compagnie de

Stanley, qui avait tendance à miauler à sa fenêtre dès que Mark fermait boutique pour la nuit. Le matin, elle regardait l'émission dans son bureau, prenait des notes au fur et à mesure de sa diffusion et envoyait des mails par la suite, sachant que, malgré sa réputation d'accorder des responsabilités aux directeurs, ce comportement ne pourrait pas durer longtemps.

Finalement, elle se ressaisit et annonça à son assistante qu'elle comptait passer au studio jeudi.

– Prends mes appels, Lolly. D'accord ? Tu peux m'envoyer un SMS s'il y a quelque chose d'important.

C'était la procédure normale, qui ne nécessitait pas d'être précisée, et à la minute où elle avait parlé, Penny avait regretté de l'avoir fait. Dans l'ascenseur qui la ramenait au magasin de vélos, elle se rappela que le meilleur moyen de montrer sa nervosité était de trop parler. Contrariée par son erreur, elle arriva à destination en sueur et se rendit aux toilettes pour se passer de l'eau sur le visage. Son reflet dans le miroir était marbré de rouge et anxieux, et plusieurs minutes s'écoulèrent avant qu'elle ne parvienne à retrouver son air autoritaire habituel.

Elle se glissa dans la salle pendant l'interview qui précédait le journal télévisé. Shamir, le directeur, lui fit un signe de la main, les yeux toujours rivés sur Roz et Gail qui interviewaient un père et son fils, qui avaient autopublié à quatre mains un livre intitulé *Lui et moi : le prix du péché*. C'est Lolly qui avait attiré l'attention de Penny sur ce livre et, à en juger par l'interview, elle avait bien fait. Les auteurs étaient des invités de rêve – à l'aise, pleins d'esprit et, apparemment, sincèrement modestes, ils étaient tous deux remarquablement beaux, et leur histoire cochait toutes les cases de l'émission, de la bonne humeur à l'audace. Le garçon, qui ne devait pas avoir plus de quinze ans, expliquait à Gail que le livre était né d'un projet photo qu'il avait commencé à ce qu'il appelait « une période difficile de ma vie ».

– Je n'aime pas vraiment TikTok et tout ça. C'est ennuyeux. Je veux dire, je préfère de loin les photos aux vidéos. En fait, si ça ne tenait qu'à moi, je ne ferais que des photos en noir et blanc.

Son père l'interrompit en riant.

– Ce qui fait de lui le vieux schnock ringard, pas moi.

Le garçon haussa les épaules.

– Est-ce que c'est ringard ? Je fais juste ce que je fais.

Dans un sens, sa façon d'être évitait toute vantardise et, tandis que Shamir faisait défiler une séquence de photos en noir et blanc, la voix de Gail résumait les critiques du livre.

– « D'une honnêteté frappante », « un nouveau départ », « un appel à la compréhension entre les générations ». Je suppose que l'on peut dire qu'il s'agit d'un livre *lifestyle*, mais c'est plus que cela, n'est-ce pas ? C'est, je ne sais pas, une sorte de road movie en arrêt sur image. C'est aussi une sorte de passage à l'âge adulte entre un père et son fils.

La caméra changea de plan et l'on vit l'homme sourire avec tendresse à son fils.

– C'est moi qui suis devenu adulte. Sérieusement, ce garçon m'a beaucoup appris.

– Pourtant, tout a commencé parce qu'il s'est mis dans le pétrin.

Tout en parlant, Roz tendit la main et plaça un exemplaire de *Lui et moi : le prix du péché* devant la caméra. Passant rapidement sur le fait que le garçon avait fait de la prison pour vol de cartes de crédit, Gail lui adressa un sourire de félicitations.

– Et regarde où tu en es maintenant ! Représenté par une grande agence, tu as signé un contrat pour ton prochain livre et un documentaire pour Netflix.

Tout le monde rit sur des notes variées de plaisir et d'incrédulité, et le garçon haussa à nouveau les épaules.

– Je sais ! C'est fou, non ? Je n'arrive pas à y croire. Peut-être que je vais devoir apprendre à aimer la vidéo après tout !

Shamir parla dans son micro.

– Oui ! Parfait ! On passe au journal télévisé et à la pause publicitaire, libérez le plateau et appelez David, s'il vous plaît.

Se préparant à voir les présentateurs se détendre et les invités partir, Penny attendit de voir à quoi David allait ressembler. La recette du jour était un cheesecake à la mangue et à l'argousier. Elle le regarda entrer sur le plateau, vérifier son plan de travail et tourner la tête pour une dernière touche de maquillage. Tandis que les caméramans ajustaient la mise au point, le cerveau de Penny essayait de faire la distinction entre ce qui se passait sur la rangée d'écrans et l'effet des larmes qui lui brouillaient soudain la vue. Stupéfaite par ces larmes, elle s'éloigna de la lumière diffusée par le bureau. C'était pire. Il n'y avait pas de vue sur le studio depuis l'arrière de la salle et, au lieu de regarder David d'en haut, elle le voyait maintenant sur les moniteurs dans une série de gros plans serrés. Ses cheveux, ses yeux et sa peau semblaient l'assaillir, et le soulagement lorsque Shamir porta son attention sur la crème, les œufs et les mangues la frappa avec une telle intensité qu'elle faillit éclater de rire.

Comme d'habitude, le créneau de David se déroula sans encombre et le cheesecake, qu'il avait décrit comme « un gâteau sans cuisson et sans problème », apparut sur la photo finale avec le look d'un produit acheté dans une pâtisserie française. Dès le générique de fin de l'émission, Penny quitté la salle en se disant que la meilleure façon de gérer sa réaction inattendue était de poursuivre son travail et d'arrêter de se comporter comme une mauviette. Lorsqu'elle descendit à l'étage du studio, David papotait avec Mags, la responsable de l'étage, et alors qu'elle se faufilait entre les caméras, il vint vers elle. Ils se retrouvèrent à l'extrémité du plateau, où l'équipe de tournage était déjà en train de dévorer le cheesecake. Avant qu'il ne puisse parler, elle le regarda dans les yeux.

– Bonne émission, Faber. Comment va Helen ? Et les jumelles ?

Elle avait volontairement parlé assez fort pour que les autres l'entendent et, comme elle l'espérait, Mags s'approcha et se mêla à la conversation :

– Comment s'est passée leur fête d'anniversaire, David ? Tu as pris des photos ?

Penny pouvait deviner que, vu les circonstances, David trouvait le sujet gênant, mais il sortit son téléphone et commença à faire défiler les photos de la fête. Elle s'était déroulée dans le jardin à Blackheath. Helen avait mis le paquet avec des piñatas licornes et des tables à tréteaux chargées de nourriture, avec des drapeaux scintillants. Mags, qui avait elle-même des enfants, fit des commentaires élogieux.

Un membre de l'équipe de tournage s'approcha et demanda à David s'il avait préparé un gâteau d'anniversaire. David afficha un sourire.

– Absolument pas ! Chloë a refusé de se contenter d'autre chose que de Colin la chenille. Helen était devant Marks & Spencer à l'aube.

Les éclats de rire que sa phrase provoqua l'incitèrent à faire défiler les clichés pour trouver une autre photo.

C'est bien, pensa Penny. *Il ne va pas aimer la suite, mais je n'y peux rien. C'est le moyen le plus efficace de créer la bonne image.*

Avec un sourire distant et professionnel, comme si elle avait donné à David plus de temps qu'il ne le méritait, elle s'éloigna en direction de Roz et de Gail. Après quelques pas, elle lança par-dessus son épaule, d'une voix qu'elle voulut délibérément condescendante :

– Belle émission, Faber, continue comme ça.

Et cela, pensa-t-elle, tout en continuant à avancer, *était parfaitement opportun et soupesé*. Il n'y avait rien d'autre à voir ici, que la directrice froide et efficace qui passait sur le plateau pour garder l'équipe sur le qui-vive.

Lorsque Penny revint au bureau, Lolly était surexcitée par l'énorme réaction de Twitter à l'interview du père et du fils. Penny déposa son sac sur le sol et fit défiler les chiffres. Le pic était remarquable et, bien que les tweets, les commentaires et les retweets aient atteint leur maximum pendant la diffusion de l'interview, #LuiEtMoi continuait à faire le buzz. Lolly consulta son ordinateur portable.

– Ça chauffe sur Instagram aussi.

En effectuant une brève recherche en ligne, Penny vit des signes selon lesquels le livre était déjà en train de grimper dans les classements. Comme à l'accoutumée, on frappa à la porte et un coursier arriva avec des fleurs de la part de l'agent des auteurs. Elles étaient emballées dans une élégante boîte noire et blanche, avec une carte reproduisant l'une des photos du livre. Alors que Lolly la posait sur le bureau, Penny haussa les sourcils.

– Il connaît tous les trucs et astuces.

En ouvrant la carte manuscrite, elle désigna les fleurs d'un signe de tête.

– C'est toi qui as repéré le livre en premier lieu. Tu les voudrais ?

La peau sans défaut de Lolly se teinta de rose.

– Oh, vraiment ? Elles sont magnifiques.

Penny sourit.

– Vas-y, prends-les. Tu les mérites.

Elle s'apprêtait à dire que, sans le coup de pouce de Lolly, elle aurait elle-même manqué un truc important. Mais la prudence la poussa à penser que son assistante aux yeux écarquillés avait reçu assez d'éloges pour l'instant. Il n'y avait aucune raison de douter de la loyauté de Lolly, mais sa propre baisse de concentration l'avait ébranlée et, jusqu'à ce qu'elle revienne au sommet de son art, elle serait avisée de surveiller ses arrières.

Lolly quitta le bureau à dix-sept heures trente, chargée de fleurs, mais Penny resta ensuite plusieurs heures, déterminée à s'assurer que rien d'autre n'avait échappé à son radar. Lorsqu'elle arriva à la maison, bien que physiquement fatiguée, elle se sentait plus énergique qu'elle ne l'avait été depuis des semaines. Les portes du marché étaient fermées par une chaîne et les étals avaient été nettoyés et fermés, mais les rues avoisinantes étaient remplies de gens qui se dirigeaient vers les restaurants et les pubs. Elle déverrouilla sa porte d'entrée, fit rouler son vélo dans le couloir, où elle avait fait installer des crochets pour le suspendre à l'écart. Après avoir mis le vélo en place, elle décida qu'elle ne supporterait pas de passer une autre soirée affalée sur le canapé, et sortit à nouveau, pensant aller marcher.

La nuit était chaude et tous les passants semblaient détendus et insouciants. Descendant du trottoir pour éviter la cohue, Penny s'engagea dans Park Street en direction du Clink. Puis, en gardant une trajectoire parallèle à la rivière, elle marcha jusqu'à l'endroit où le Golden Hinde se dressait de façon anachronique entre des tours de bureaux, des appartements et des boutiques de souvenirs. Il s'agissait d'une reconstruction grandeur nature du galion de Sir Francis Drake qui, comme l'original, avait fait le tour du monde en son temps.

Comme c'est bizarre, pensa Penny, de se retrouver confiné à un quai étroit dans une ville tentaculaire alors qu'il avait été conçu pour naviguer en haute mer. Elle s'assit sur un mur à l'extérieur d'un café bondé et, se penchant en arrière, admira les trois mâts vertigineux du navire, dont deux étaient surmontés de nids de corbeau. Les voiles en toile étaient réduites, révélant le réseau de gréements, et la peinture noire était soulignée par un motif rouge et jaune, qui entourait la coque et encadrait la figure de proue. En regardant la tête de biche dorée, avec son cou mince, ses grandes oreilles et ses narines finement sculptées, Penny l'imaginait s'élançant dans les vagues couvertes d'écume. Lorsqu'elle avait dix ans, Marguerite l'avait emmenée ici pour la voir.

– Regarde, Pen. Pense à toutes les choses qui sont entrées dans la cale. Les épices, les bijoux, les plumes et les tissus exotiques.

– Quel genre de tissus ?

– Du damas. Du taffetas. Du tissu d'or, peut-être.

– Il existe du tissu fait à partir de l'or ?

– Il est tissé à partir d'un fil de soie entouré d'or.

– Comme le Lurex ?

– Comme le lamé. Le Lurex est une marque déposée, et le fil est plastifié.

– Je vais m'acheter un bustier en Lurex. Maman déteste ça.

Du coin de l'œil, elle avait vu que Marguerite n'avait pas apprécié et, s'indignant de cette critique tacite, lui avait fait remarquer sévèrement que Sir Francis Drake était un pirate.

– En gros, il a volé des choses pour la reine Elizabeth, celle pour qui Shakespeare a écrit des pièces. Et il vendait des esclaves. Il les capturait parmi les Espagnols.

– C'est vrai. Comment le sais-tu ?

– On a étudié Drake en histoire.

Poussée par une honnêteté innée, elle avait ajouté à contrecœur :

– Drake a aussi donné du travail à des esclaves en fuite. Ils naviguaient avec lui et étaient payés. Mais je parie que personne ne leur a demandé s'ils préféraient rentrer chez eux pour retrouver leur famille. Ce n'était pas un héros, Mamie. Je parie qu'il a volé ce tissu d'or.

Maintenant, les yeux rivés sur la figure de proue dorée, Penny s'imaginait venir ici un jour avec l'enfant de David. Une petite fille ou un petit garçon affirmé, avec les yeux gris de David. Comment expliquer à un enfant qu'il n'y a ni héros ni méchant ? Que la vie est faite de sables mouvants et de mirages, d'alliances opportunes et de cartes du monde peu fiables ? Se blottissant dans son pull ramené autour d'elle, Penny pensa aux photos de la fête de Blackheath. Les cadeaux qui pleuvaient des piñatas licornes. Helen, l'air éreinté, mais illuminée par la fierté et le bonheur. Les jumelles de David tenant des assiettes de gâteaux. *C'est sa famille*, se dit-elle. *Ces petites filles ont un droit prioritaire sur lui. Tout comme l'adolescent longiligne à l'arrière-plan des photos, qui a déjà vu son père gâcher un mariage.*

Soudain, il lui vint à l'esprit qu'elle n'avait jamais considéré David comme un chef cuisinier. Elle ne l'avait pas engagé pour sa science des aliments ou son expertise en cuisine. Cela lui avait semblé accessoire, tout comme sa famille. Concentrée sur son travail, elle s'était servie de lui comme d'une matière première et avait créé l'image parfaite pour son émission. Les photos de lui cueillant des herbes et des fruits dans un jardin idyllique. Les vidéos Instagram tournées autour d'une table rustique, avec en arrière-plan un soupçon de confort banlieusard au cas où cela s'avérerait nécessaire. Au début, quelqu'un avait suggéré que les jumelles apparaissent, pour donner l'impression qu'il était une figure familiale. *C'est moi qui ai mis mon veto,* pensa Penny. *C'est moi qui ai compris qu'il serait la coqueluche des téléspectatrices. Il ne pouvait pas être perçu comme un mari ou un père, car mon objectif premier était d'atteindre le très grand public. Tout était basé sur des chiffres et des calculs professionnels froids. Et puis je me suis empêtrée dans mes propres filets.*

Les reflets des lumières colorées dessinaient des motifs sur l'eau, transformant la Tamise boueuse en or liquide parsemé de pierres précieuses. Penny passa devant le Golden Hinde, contourna la lourde cathédrale de Southwark et descendit jusqu'au sentier riverain, où elle appuya son menton sur ses bras, sur le parapet de pierre. Un bateau de plaisance passa, faisant bouillonner l'écume, et des couples rieurs s'agglutinèrent derrière elle sur le chemin. *Il ne sert à rien de se plaindre,* pensa-t-elle, *et il n'y aura personne pour te tirer d'affaire. C'est toi qui t'es mise dans cette situation, et c'est à toi d'en assumer les conséquences. Il n'y a pas de données pour tracer ta route. Tu es en terrain inconnu. Tout ce que tu peux faire, c'est essayer de limiter le nombre de personnes que tu peux blesser.*

Chapitre treize

Pendant la pénible attente, Marguerite avait emporté son téléphone partout pour ne pas manquer l'appel de Val. Quand il survint, elle était dans le salon, en train de boire un café après le dîner, et Val alla droit au but.

– Bon, j'ai réfléchi et tu as raison, maman. Faisons-le. Dieu sait si cela fera une différence pour Penny, mais ça vaut le coup d'essayer, alors je suis partante.

– Ma chérie, tu es sûre ?

– Ne commence pas à m'en dissuader, maintenant que j'ai pris ma décision.

– Non, non. Je suis contente que tu penses que c'est une bonne idée.

– N'exagérons pas. C'est clairement important pour toi, et ça pourrait plaire à Penny. Alors, disons que je suis partante. Comment allons-nous nous organiser ?

– Tu es assise, là, avec un carnet de notes ?

Val se mit à rire, et ses manières brusques s'adoucirent.

– Tu me connais bien ! Mais si nous devons le faire, autant le faire correctement.

Les semaines qui suivent furent remplies de textos et de mails.

Marguerite photographia le quilt de Ruth sous tous les angles possibles, et des photos, des suggestions et des mesures s'envolèrent dans un sens et dans l'autre entre Stonehill et West Hampstead. De temps en temps, elle appelait Val, qui s'occupait des partiels de fin de semestre.

– Tu as commencé à fouiller dans ton sac ?

– Je te l'ai dit, j'ai tout retourné quand je l'ai trouvé. Il y a beaucoup de choses que je peux utiliser. Et ne t'inquiète pas, j'y ai pensé. Il faut juste que je m'occupe de ces copies d'examen, et ensuite je commencerai sérieusement.

– Je ne te harcèle pas.

– Si, mais ce n'est pas grave. Et toi ? Tu as commencé ?

– Oui, en quelque sorte. J'ai trié des tissus.

Le rire avec lequel Val accueillit cette remarque était affectueux.

– Pas beaucoup plus avancée que moi, alors.

– C'est un processus, pas une course. Le temps de réflexion et la sélection sont aussi importants que le découpage, l'assemblage et le quilting.

– J'ai essayé d'y voir clair. Il y a tellement d'options. Je pense qu'il devrait y avoir une sorte d'ordre chronologique dans le motif. Je pensais mettre les pièces les plus anciennes à un bout – des tissus provenant de vêtements que j'ai confectionnés pour Penny lorsqu'elle était bébé – et continuer en avançant, de façon que l'ensemble raconte une histoire. Le problème, c'est que même si c'est logique, je ne suis pas sûre que cela fasse un motif cohérent. Et je n'arrive pas à assortir les couleurs. Comment fais-tu, toi ?

– Je réfléchis moins que toi, à l'évidence ! Je suppose que je regarde simplement ce qui est là, que je dispose les morceaux et que je les déplace. J'observe les histoires qu'ils racontent lorsqu'ils sont juxtaposés de différentes manières. Et je ne te harcèle pas, honnêtement. Ces choses prennent du temps, et chaque personne les aborde différemment.

– D'accord, alors laisse-moi prendre mon temps et tu prends le tien.

Marguerite était soulagée. Bien que Penny n'ait pas encore repris contact, Val semblait plus détendue, ce qui montrait donc que le keepsake quilt faisait déjà son effet. Val avait mentionné le velours côtelé qu'elle avait trouvé dans son sac à dos.

– Est-ce qu'il pourrait servir à border notre quilt ? Il y a un paquet de morceaux étroits au fond de mon sac.

– Suffisamment pour les quatre côtés ?

– C'est possible. Mais faire de nombreux raccords ne serait pas l'idéal, surtout avec du velours côtelé.

Marguerite y avait pensé.

– Ruth avait dû disposer d'une grande quantité de velours. Les bordures de son édredon ne montraient pratiquement aucun raccord. Sa robe avait dû comporter une jupe circulaire avec des kilomètres de tissu.

– Une telle quantité de velours avait dû coûter une fortune. Comment avait-elle pu se l'offrir ?

– Je n'en ai aucune idée.

– Cela ne peut pas avoir été bon marché.

– Je suppose que non. Regarde, mesure ton velours quand tu auras une minute. Je pense qu'il a le bon poids et que la couleur chocolat convient bien. Les couleurs claires ont tendance à s'abîmer avec les manipulations.

– D'accord. Comment va la vie à Wicklow, sinon ?

– Très bien. Les heures sont trop courtes pour tout ce qu'il y a à faire dans le jardin.

– Sans parler des activités sociales. Comment va ton groupe de joueurs de cartes ?

– Très bien, je suis la prochaine qui doit recevoir le groupe.

– Ah, je suis contente que vous soyez heureuse et occupée.

– Et c'est bon d'entendre ton ton de voix joyeux. On se parle bientôt.

– D'accord, mais laisse-moi un peu de temps, maman. Je n'ai pas besoin d'être harcelée.

Bien qu'elle l'ait dit sur le ton de la badinerie, Marguerite avait décidé d'être prudente. *Les plaisanteries recouvrent beaucoup de vérités*, s'était-elle dit. *L'idée est de soulager le stress de Val, pas d'en rajouter. Et le bébé de Penny n'arrivera qu'après Noël. Nous avons tout le temps qu'il faut pour confectionner le quilt avant l'accouchement.*

Le mois de juin avait apporté un temps magnifique et, avec lui, une poussée de croissance dans le jardin, de sorte que Marguerite continuait à y passer la grande partie de son temps. Elle traversait le couloir après un petit déjeuner matinal lorsqu'une silhouette apparut sous le porche et lui fit signe. Avec un sourire fugace au souvenir de ses amis londoniens soucieux de leur sécurité, elle ouvrit la porte intérieure et salua la voisine qui se tenait là.

– Bonjour, Caroline. Veux-tu entrer ?

– Non, merci. Je ne reste pas. Je ne veux pas te déranger. Je passais par là et je me demandais si tu avais besoin de quelque chose pour ce soir.

Caroline Blythe était la plus jeune membre du groupe de joueurs de cartes de Marguerite, une femme au visage lisse d'une cinquantaine d'années qui s'était inscrite surtout pour servir de chauffeur à la tante vieillissante de son mari.

Marguerite secoua la tête.

– J'étais en ville hier et j'ai pratiquement acheté mon propre poids en petits fours.

Caroline fit un grand sourire.

– D'accord, à plus tard. Mais n'hésite pas à m'appeler si tu as oublié quelque chose. J'ai l'habitude de faire des détours pour aller chercher des choses pour tante Eve.

Marguerite sourit à son tour.

– Je suis sûre que j'avais bien tout en tête. Merci quand même.

C'est l'inconvénient du vieillissement, se dit-elle. *Les gens gentils veulent vous offrir des tabourets alors que vous vous voyez encore danser jusqu'à l'aube. Eve Blythe a bien quinze ans de plus que moi, et lorsqu'elle dit qu'elle oublie des choses, c'est de la pure comédie. Elle a beau être boiteuse et octogénaire, Eve est vive comme l'éclair.*

Alors que la voiture de Caroline disparaissait dans l'allée, Marguerite sortit pour vérifier le temps qu'il faisait. Elle avait décidé que, si la journée s'annonçait belle, elle sortirait la tondeuse. Comme un vent chaud avait séché la rosée, elle fit passer une rallonge par les portes-fenêtres depuis une prise de courant du salon et se prépara à effectuer sa première tonte à travers le mélilot, le trèfle violet, la sétaire et le tablier de dame. Dans son enfance, le jardinier avait taillé un sentier sinueux à travers les herbes et les fleurs, qui montait le long de la pente douce jusqu'à l'endroit où se trouvaient une table et un banc en fonte sous un saule. Dans les années qui avaient suivi la mort de sa mère et depuis sa propre retraite, Marguerite avait recréé cet effet. Le chemin étroit et bien taillé ne faisait guère de différence pour les insectes pollinisateurs dans un jardin qui offrait tant de poussé tranquille. Maintenant, avec les abeilles et les mouches à dos d'or qui bourdonnaient autour d'elle, elle alluma la tondeuse et la propulsa vers le haut en passant devant un groupe spectaculaire de chardons à tiges poilues. Un rouge-gorge lui emboîta le pas, inspectant le gazon fraîchement fauché, tandis qu'un roitelet s'échappait des herbes et volait jusqu'au saule situé près du haut mur d'enceinte.

Alors qu'elle faisait tourner la tondeuse dans une série de virages, le bourdonnement des insectes rappelait à Marguerite sa peur d'enfant qu'ils n'échappent pas à la faux du jardinier. Elle s'était précipitée vers Ruth, qui était en train de tailler des roses.

– Et s'il les tue ?

– Il ne le fera pas.

– Mais parfois, les abeilles ne peuvent pas voler.

– C'est quand elles sont fatiguées. C'est pourquoi Mme Sinnott dit de leur donner une cuillère à café de sucre et d'eau. C'est comme un médicament, pour leur donner de la force.

– Tu crois que je dois leur en donner maintenant ?

– Il y a beaucoup de miel dans les fleurs pour les maintenir en bonne santé, Marguerite. Elles vont bien.

Se souvenant de cette voix rassurante, Marguerite repensa au quilt de sa mère. Ses pièces provenaient probablement de chutes de couture ou de vêtements découpés, mais pas des vêtements de travail que Ruth portait dans son souvenir. En fronçant les sourcils, elle convoqua un souvenir plus ancien, plus sombre, de jupons en gaze qui avaient été trempés dans une bassine d'eau sucrée, afin qu'ils se raidissent lorsqu'ils seraient repassés et soutiennent une jupe jusqu'au mollet. La jupe en taffetas écarlate était ornée d'un empiècement noir appliqué au-dessus de l'ourlet, et cette pièce, taillée dans de la bouclette, était frisée et douce au toucher. Ainsi, Ruth s'était autrefois habillée à la pointe de la mode. *Il était probable*, pensa Marguerite, *qu'elle ne pouvait pas se l'offrir.* Comme l'avait dit Val, ce genre de garde-robe n'aurait pas été bon marché, et une femme de médecin qui aurait jeté de l'argent par les fenêtres de la sorte dans le Wicklow des années 1950 aurait été traitée de dépensière, ou pire encore.

Arrivée en haut de la pente, Marguerite s'assit sur le banc. Au cri complexe et fluide du roitelet, lancé depuis le saule au-dessus d'elle, répondit un battement d'ailes provenant du lierre sur le mur. Le bâtiment en contrebas avait l'air aussi simple qu'une maison de poupée. Aux portes-fenêtres, un rideau de damas bougeait dans la brise et, au premier étage, les vitres carrées brillaient dans la lumière du soleil. La prairie était parsemée de petites fleurs, rappelant à Marguerite le morceau de satin du quilt de Ruth, et le chemin tourbillonnant qu'elle venait de découper produisait l'effet de points plats sur de la flanelle verte.

En soupirant, elle regretta que Paul n'ait pas pu passer plus de temps à Stonehill. Lorsque Val et Rory avaient grandi, il avait réussi à passer en Irlande une semaine ou deux chaque été, mais à de nombreuses occasions, lorsque les enfants et elle s'étaient entassés dans la voiture et avaient pris le ferry, le travail l'avait retenu à Londres. Marguerite avait craint qu'il ne se sente seul dans la maison de Holland Park, mais il avait ri.

– C'est bien mieux pour les enfants de passer des vacances là-bas que de se prélasser ici à Londres. Je viendrai vous rejoindre quand je le pourrai.

Ainsi, pendant que le reste de la famille se promenait dans les collines ou s'entassait dans la Morris Minor de Donal pour aller nager, Paul avait pris le métro pour se rendre au bureau et comptait les jours qui le séparaient de son congé annuel d'été. Et lorsqu'il arrivait, pâle et citadin, Donal et lui passaient volontiers des heures taciturnes à fumer sur le banc au sommet de la prairie.

Donal était un catalyseur, pensa Marguerite, *le point central de toutes nos vies. Mon père, l'ami de Paul et le confident de Val. Je suis si heureuse qu'il ait vécu assez longtemps pour connaître Penny. J'aimerais qu'il soit là pour Val maintenant.* Elle se souvint de Val un jour d'été, assise sous le saule, « l'ombre de Grand-père », ses cheveux relevés en queue-de-cheval et ses genoux dorés par le soleil et égratignés à force de grimper aux arbres. En montant la colline avec la tondeuse, Marguerite avait observé les deux têtes blondes penchées pour converser et, parvenue au sommet, elle s'était assise à côté d'elles. C'était l'année où Val avait commencé à avoir de bons résultats dans sa classe d'anglais, et Donal était assis en train de tirer des bouffées de tabac Maltan tout au long d'un long discours sur ce qu'elle étudiait à l'école.

– Grand-père, tu n'écoutes pas !

– Il se trouve que j'en sais beaucoup sur Keats. Il était médecin.

– Pendant une dizaine de minutes, oui. En tout cas, il était né pour être poète. Imagine que t'occupes de sang et de tripes alors que ton âme vibre au son d'un rossignol ! Sans vouloir t'offenser, Grand-père, les médecins sont à l'opposé des romantiques.

Les yeux verts de Donal étaient pleins d'amusement.

– C'est l'heure du thé. Rentrons, à moins que tu ne veuilles rester ici à communier avec la nature.

Avec énergie, Val avait fait basculer ses jambes du banc.

– Pénible, cette nature. Si nous ne nous dépêchons pas, c'est Rory qui aura tout.

Elle avait dévalé la pente et avait disparu dans le salon par les portes-fenêtres, et Marguerite l'avait suivie en passant sa main dans le bras de Donal.

Cette année-là, à leur retour à Londres, Val avait insisté pour que Marguerite et elle visitent le musée de l'ancien bloc opératoire, près du Guy's Hospital.

– Il est dans un grenier à herbes, au-dessus d'une église. Les apothicaires y fabriquaient des médicaments et les chirurgiens y pratiquaient des opérations. Grand-père dit que Keats les aurait observés lorsqu'il était étudiant. Allez, maman, ça devrait t'intéresser. Tu voulais devenir pharmacienne.

Bien qu'elle aime les musées, Marguerite n'avait pas apprécié la visite. Dès qu'elle l'avait pu, elle était sortie, abandonnant Val, qui était ressortie une demi-heure plus tard.

– Qu'est-ce qu'il y a ? Tu étais fatiguée ?

– J'ai trouvé cela oppressant.

– Ah bon ? Pourquoi ?

– Je ne sais pas. Toute cette douleur et cette peur et pas d'anesthésie. Et l'histoire du sang qui est bu par la sciure de bois. Et la pensée de ce pauvre Keats, qui est mort si jeune.

– Oh, maman ! Le dépliant dit qu'ils ont trouvé des pavots d'opium sous le sol lors de la restauration, il est donc faux de dire qu'il n'y avait pas d'anesthésie. Et tu es illogique. Keats ne savait pas qu'il ne lui restait que quelques années à vivre. Personne ne sait combien de temps il lui reste, n'est-ce pas, alors ça ne sert à rien de s'inquiéter.

Marguerite regretta que Val ait perdu son assurance intrépide. À la mort de Simon, il lui avait semblé qu'elle était devenue une personne différente, extérieurement calme et efficace, mais toujours tendue comme si elle s'attendait à un nouveau coup dur. Bien que tout le monde l'ait encouragée à demander de l'aide, elle avait secoué la tête.

– Vraiment, j'ai plus de chance que la plupart des gens. La maison m'appartient et j'ai un emploi. Penny et moi, nous nous en sortirons.

Il semblait que le choc de la mort de Simon l'ait troublée, lui donnant l'impression que seule l'autosuffisance était sûre, de sorte que, ne voulant pas saper ses efforts pour faire face à son deuil, la famille avait essayé de ne pas intervenir.

Marguerite se demandait maintenant si elle avait été avisée. Auraient-ils dû obliger Val à s'asseoir et à parler de ce qu'elle ressentait ? Elle avait posé la question à Donal une fois, assis sur le banc sous le saule.

– Que penses-tu de Val, papa ? Est-ce qu'elle s'en sort ? Elle a dressé une sorte de bouclier et je ne sais pas si je dois essayer de le franchir.

Ils avaient regardé Penny, âgée d'un an, trébucher dans la prairie de fleurs sauvages tandis que Val se tenait derrière, prête à la rattraper si elle tombait.

Donal avait exhalé un long panache de fumée de tabac.

– Il n'est jamais bon de jouer avec les cicatrices. Les blessures prennent leur temps pour guérir. Je la laisserais tranquille.

C'est ce que j'ai fait, pensa Marguerite, *et je ne sais toujours pas si j'ai pris la bonne décision. Val savait que Paul et moi étions là pour elle, mais je suis sûre qu'elle s'est toujours inquiétée quand Penny était petite*. De l'arbre au-dessus de la tête de Marguerite, le roitelet s'élança pour rejoindre son compagnon dans le lierre. Soupirant, elle ferma les yeux et écouta leurs gazouillis. Parfois, elle se demandait si la volonté de réussir de Penny n'était pas due au fait qu'elle avait été élevée par une mère qui s'était toujours sentie peu sûre d'elle.

Chapitre quatorze

Si Marguerite n'a jamais regretté d'avoir renoncé à l'université pour épouser Paul, elle a toujours été un peu désolée d'avoir raté la vie étudiante. La veille du dix-huitième anniversaire de Val, l'arrivée de sa lettre d'acceptation à Oxford suscita donc chez elle une grande excitation. Ils burent du champagne pour fêter l'événement, invitèrent son professeur d'anglais à dîner et Donal envoya un chèque de Stonehill accompagné d'une note humoristique indiquant que la somme devait être dépensée en fringues.

À cette époque, Val était très portée sur le grunge, si bien qu'elle s'habillait principalement de jeans délavés à l'acide et de chemises à carreaux chinées dans des magasins d'occasion. Un jour, une visite à Oxfam lui avait permis de trouver une robe en mousseline de soie grise, évoquant *Brideshead Revisited*, qu'elle avait entaillée avec des ciseaux et portée avec des bottes de combat Doc Marten et des collants noirs opaques. À sa grande contrariété, son père lui avait fait remarquer une certaine ressemblance avec les jupes tombantes et les paillettes vintage que sa mère portait dans les années 1970. Marguerite avait ri.

– J'ose espérer qu'elle pourra se passer des collants si elle va à un bal à l'université.

Rory était en train de manger des toasts tartinés de Marmite à la table de la cuisine. Il leva les yeux au ciel.

– Seulement si elle épingle les trous de la robe. C'est un look obscène.

Val le regarda d'un air renfrogné.

– Tu es juste jaloux.

– C'est surtout que je n'aime pas me déguiser.

– Grandis, Rory. Tu rêverais d'aller à Oxford au lieu de te retrouver face à un trimestre scolaire morne. Sans autre perspective qu'un cours d'ingénieur encore plus ennuyeux.

Rory prit un cinquième morceau de pain grillé et attrapa le beurre.

– Au moins, j'ai l'intention d'étudier quelque chose d'utile, au lieu de rester assis à fumer de la drogue et à parler de Proust.

L'ignorant ostensiblement, Val sortit en annonçant qu'elle avait des tonnes de bagages à faire.

– Et d'ailleurs, maman, je n'irai pas aux bals de l'université. C'est juste bon pour les Sloane Rangers et les Hooray Henrys.

Au cours du premier trimestre de Val, il y eut beaucoup de sessions assises pour parler de Proust, et une certaine quantité de drogue fumée dans le processus ; et comme Sasha, avec qui elle partageait un escalier, était la première amie qu'elle s'était faite, les préjugés de Val avaient vite été remis en question. Perchée sur le rebord d'une fenêtre au-dessus de leur appartement, Sasha roulait des yeux éloquents.

– Mon Dieu, Val, essaie de suivre, tu veux ? La mode du Sloane Ranger est dépassée.

En privé, Val pensait que Sasha, avec son brushing dégradé, ses jupes à fleurs et sa veste Barbour cirée, sortait tout droit du *Manuel du Sloane Ranger*. L'effet était complété par un accent pointu et une aisance sociale, mais elle était aussi facile à vivre et divertissante. Les filles traînaient ensemble, s'empruntaient des sachets de thé, se lisaient leurs dissertations et s'habillaient de temps à autre pour une soirée en ville. Certains de leurs amis étudiants étaient aussi bien habillés que Sasha, mais d'autres semblaient aussi dévoués que Val au grunge et, à sa grande surprise, beaucoup avaient l'air bien plus grunge. C'est donc à contrecœur qu'elle conclut que, comme l'avait dit son professeur d'anglais, Oxford était vraiment un melting-pot. Pourtant, lorsqu'elle avait rencontré Simon, chacun avait senti chez l'autre un décalage.

Il musardait à l'extérieur avec quelques amis lorsque Sasha et elle étaient sorties d'un bar à vin bruyant. L'un de ses amis, qui connaissait Sasha, avait suggéré qu'ils s'éclipsent pour le reste de la soirée. Les laissant tranquilles, Val et Simon s'étaient éloignés des autres. Il n'était pas son genre. À peine plus grand qu'elle, il était plus râblé que musclé et avait des cheveux bruns avec des mèches blondes, coupés sur le modèle de ceux de Brad Pitt. Mentalement, elle approuva son tee-shirt gris, mais elle était moins convaincue par son jean baggy. Levant les sourcils, Simon avait souri.

– Est-ce que je passe l'inspection ?

– Je ne t'inspectais pas.

– Je l'aurais pourtant juré.

– J'essayais de me rappeler où je t'avais déjà vu.

– Lors de la conférence ennuyeuse sur *Cymbeline,* qui était erronée de façon tellement perverse.

– C'est ce que tu en as pensé ?

– C'était n'importe quoi. Comment tu t'appelles ?

– Val Carson. Qui es-tu ? Une sorte d'expert de Shakespeare ?

– Lui-même.

Il la saisit par le coude et la détourna de la lumière provenant de la fenêtre du bar à vin.

– Tu ne peux pas croire que le thème principal de *Cymbeline* est le pardon.

– Je suppose que tu es sur le point de me dire que ce n'est pas le cas.

– Ça ne l'est pas. Pourquoi ça ne l'est pas. C'est ça le thème principal.

– Ça a l'air vaste.

– Ça prendra des heures. Nous allons avoir besoin d'un endroit où nous ne serons pas interrompus.

Val leva les yeux et reçut un regard sans équivoque de Sasha, qui avait manifestement observé et approuvé.

– D'accord, mais je dois me lever à l'aube, alors ça ne pourra pas prendre des heures. Disons quelques verres.

– Espérons que tu apprendras vite.

– Crois-moi, je peux démolir ta théorie en deux temps trois mouvements.

Elle avait retiré son coude de son emprise, salué Sasha en lui disant qu'elle la verrait plus tard, et entraîné Simon loin du groupe qui riait.

Ils n'avaient pas beaucoup parlé de Cymbeline. Assise sur sa veste en jean, qu'elle avait étalée sur l'herbe au bord de la rivière, Val s'était surpris à lui dire qu'elle ne se sentait pas à sa place.

– Ne te méprends pas, j'adore être ici. Je me suis fait des amis et ma tutrice est extra. Mais je ne me sens pas à ma place.

– Ce n'est pas surprenant, si ?

Allongé à côté d'elle, appuyé sur un coude, il avait levé les yeux à travers son rideau de cheveux.

– Tu n'arriveras jamais à t'intégrer à des gens comme Sasha.

– Pourquoi pas ?

– Oh, s'il vous plaît !

– Non, sérieusement. Pourquoi pas ? Tu es juste un snob inversé.

– Donc tu admets que Sasha et toi venez d'horizons différents.

– Je m'en moque éperdument. C'est une amie.

Simon arrache une poignée d'herbe.

– Je n'ai pas dit qu'elle ne l'était pas. Tu ne sais pas de quel monde je viens.

Il s'était redressé, avait repoussé ses cheveux et lui avait souri.

– Les gens qui changent les règles savent généralement qu'ils sont en train de perdre.

– Je ne discute pas. Tu as tort, c'est tout.

Au bout d'un moment, Val avait enlevé sa veste et s'était allongée à côté de lui.

– De quel monde viens-tu, alors ?

– Moi ? Je suis un gentil garçon du Norfolk. C'est un petit village dans les marais, à proximité du travail de mon père. Il est dans l'industrie. Il possède une usine, travaille comme un fou et fait de la voile le week-end. Je suis le premier de la famille à être pris à l'université.

– Moi aussi. Enfin, sauf mon grand-père en Irlande, qui est médecin généraliste à la retraite.

Val avait regardé le ciel sans nuage, où les étoiles semblaient particulièrement brillantes.

– Qu'est-ce que ton père fabrique ?

– Des gants de spécialiste.

Pensant qu'il plaisantait, Val avait tourné brusquement la tête et perçu un regard amusé. Pour dissimuler un rougissement, elle avait reporté son regard sur les étoiles.

– Des gants de spécialiste, hein ? C'est un peu particulier.

– Pas du tout. Il existe des dizaines de catégories. Antivibrations. Adhérence renforcée. Imperméables. Poignets renforcés. Sans doigts. Enduits de polyéthylène. Tu veux que je continue ?

– Pas vraiment.

– Ce n'est pas un sujet de conversation passionnant.

Simon avait choisi un brin d'herbe et le mâchonnait.

– Je parie que le père de Sasha fait quelque chose de sexy.

– Il est banquier d'affaires.

– Ah, voilà. L'argent est toujours sexy.

– Non, ce n'est pas le cas. Crois-moi, mon père est comptable.

– Et le mot « sexy » ne te vient pas à l'esprit ?

– C'est l'homme le plus gentil du monde, mais non, pas vraiment.

Rejetant le brin d'herbe, Simon s'était appuyé à nouveau sur son coude et s'était rapproché.

– Pourtant, c'est le premier mot qui m'est venu à l'esprit quand j'ai vu sa magnifique fille.

– C'est la phrase la plus ringarde que j'aie jamais entendue.

– Tu as raison. J'aurais dû trouver mieux.

Il avait baissé le visage et avait repris la parole, juste avant de l'embrasser.

– Mais tu sais quoi ? J'ai l'impression que tu vas toujours me laisser sans voix.

Ce n'était pas vrai, bien sûr. Simon n'était jamais à court de mots. L'assurance faisait partie de sa personnalité. Mais, pour la première fois, Val avait trouvé quelqu'un de son âge avec qui parler de livres, et en ce qui concernait les livres, elle était tout aussi sûre d'elle. Ils discutaient constamment, assis sur des bancs publics ou dérivant paresseusement dans une barque louée, que Simon maniait avec ce qu'elle pensait être une habileté et une assurance impressionnantes. Lorsqu'elle le complimentait à ce sujet, il se contentait de hausser les épaules.

– J'ai grandi sur un voilier en mer. Se balader sur une rivière est un jeu d'enfant.

– Dommage que tu ne puisses pas saisir le moindre mot quand il s'agit de James Joyce.

– Tu n'as pas le dernier mot sur Joyce simplement parce que tu es Irlandais.

– À moitié Irlandais.

– Peu importe.

– Cela n'a rien à voir avec la nationalité, Simon. Et vouloir écrire un roman ne signifie pas que l'on a une connaissance divine de cette forme de littérature.

Les chamailleries étaient au cœur de leur relation, aussi importantes que les longues heures qu'ils passaient à faire l'amour. Contrairement à de nombreuses relations étudiantes du premier semestre, la leur avait perduré. Pendant les vacances, ils échangeaient des lettres, devenant de plus en plus proches malgré leur éloignement ; et, à la fin du semestre, leurs amis les considéraient comme un couple inattaquable. Bien qu'elle sût qu'il était son petit ami, la famille de Val n'avait pas eu l'occasion de le rencontrer avant les fiançailles. Lors de leurs deuxièmes grandes vacances, il l'avait invitée à passer un week-end dans le Norfolk. Val s'était inquiétée.

– Qui suis-je censée être au juste ?

– L'amour de ma vie, évidemment.

– Ce ne sera pas un peu bizarre ? Je n'ai jamais rencontré tes parents.

– C'est le but de cette visite.

– Oui, mais un week-end entier, ce n'est pas rien.

– Nous ne pouvons pas juste passer boire le thé. Cela prend à peu près un million d'années en train.

– Ils ne viennent jamais à Londres ? Nous pourrions nous rencontrer là-bas.

– Crois-moi, pour mon père et ma mère, un voyage à Londres est bien plus compliqué que le fait que tu viennes pour un week-end.

Le cerveau de Val était passé aux détails pratiques.

– Alors, on partagera une chambre ou quoi ?

– Absolument pas. Tu dormiras dans la chambre d'amis. Je serai recroquevillé dans mon petit lit blanc entouré de maquettes Airfix.

– Maintenant *ça* c'est bizarre. Des modèles de quoi ?

– Papa aime beaucoup les Spitfire de la Seconde Guerre mondiale.

– Alors, comment se fait-il qu'ils soient dans ta chambre ?

– Ils sont censés être à moi. J'en ai eu un à chaque anniversaire jusqu'à ce que je quitte l'école. Des bateaux aussi, parfois. Quand j'ai eu dix ans, ils sont restés dans leurs boîtes jusqu'à ce que papa les rassemble.

– C'est vraiment triste.

– Je pense qu'il s'est bien amusé.

Simon, qui buvait de la bière, avait posé son verre.

– Écoute, tu n'es pas obligée de venir si tu n'en as pas envie.

– Non, vraiment, j'aimerais bien.

– Sûre ?

– Absolument.

Pendant des jours, Val s'était demandé ce qu'elle devait emporter. À la dernière minute, elle s'est précipitée, paniquée, chez Marks & Spencer et en était ressortie avec un jean droit, un haut vaguement marin et une paire de chaussures de bateau bleu marine à semelles très blanches. Simon avait craqué en les voyant.

– Oh, elles sont parfaites !

– Vraiment ?

– Vraiment. Maman va t'adorer.

– J'espère. Marks & Spencer revient beaucoup plus cher qu'Oxfam.

Les parents de Simon s'étaient révélés plus jeunes que Val ne le pensait. Leur cottage de deux étages dans un village côtier était meublé de la même façon que sa propre maison à Holland Park, et même si la chambre de Simon comportait une étagère de maquettes Airfix, elle était également remplie de livres et d'un grand *ghetto-blaster* que sa mère avait offert à Val pour son seizième anniversaire. Plus tard, lors d'une promenade, elle avait pris Simon à partie.

– Ce sont des gens tout à fait sympathiques !

– Je n'ai jamais dit le contraire – il l'avait entourée de son bras – Ma mère t'aime bien.

– Je ne vois pas pourquoi ce ne serait pas le cas.

– Elle a décidé que tu n'étais pas une menace.

– Arrête, Simon, tu parles comme s'ils étaient les personnages d'un mauvais roman.

– Ce serait certainement un roman ennuyeux.

– Ne sois pas vache.

Ce n'est que lorsqu'elle avait accepté sa demande en mariage que Val avait commencé à comprendre ce que Simon voulait dire. Sa mère avait pris leurs fiançailles comme quelque chose à mi-chemin entre la trahison et l'affront, et bien que son père ait fait un effort, il s'était montré à peine courtois. Simon avait simplement fait la grimace.

– Papa a toujours pensé que je reviendrais à la maison et que je reprendrais l'entreprise. Il tolérait Oxford parce que c'était pour lui une sorte de version intellectuelle de l'enterrement de vie de garçon. Je leur ai dit quand j'y suis allé que l'usine ne m'intéressait pas. Ils n'ont pas écouté. Ils ne m'écoutent jamais.

– Attends, tu es sûr de vouloir renoncer à l'entreprise ?

– Ne soyez pas insensée.

– Mais est-ce qu'on se marie vraiment si cela les contrarie ? C'est si soudain, Simon. Même moi tu m'as prise par surprise.

– Tu confonds deux questions distinctes.

– Je dis simplement que c'est beaucoup pour eux.

– Bah, ils savent depuis longtemps que je ne retournerai pas dans le Norfolk, et toute personne dotée d'une once de bon sens verrait que je serais idiot de te laisser partir.

– Mais…

– Arrête, Val, tu ne vas pas me forcer à devenir un spécialiste des gants – Il l'attira vers lui. – Et je n'ai pas passé trois ans à étudier pour m'enterrer dans les Fens et me marier avec une bonne femme bondissante que j'ai connue à la maternelle.

– C'est l'autre possibilité, n'est-ce pas ?

– J'ai dit arrête. Je t'adore. Nous sommes des âmes sœurs. Faits l'un pour l'autre. Vas-y, essaie de me dire que j'ai tort.

Val rit à contrecœur.

– Tu sais que je ne peux pas.

– Alors, oublie mes parents. Oublie tout. Toi et moi allons nous marier. Nous trouverons une maison, nous planifierons notre vie et nous vivrons heureux jusqu'à la fin de nos jours. Tu ne le regretteras jamais. Attends de voir.

La robe en mousseline de soie déchirée s'était retrouvée dans le sac de Val à West Hampstead, et faisait partie des objets qu'elle avait étalés sur le lit. Maintenant, après plusieurs heures de travail sur un module qu'elle préparait pour ses élèves, elle décida de commencer à choisir les tissus pour le quilt. Cette fois-ci, lorsqu'elle retourna le contenu de son sac, c'est la robe qui apparut en premier. Elle était sans manches et avait un corsage Empire plissé et croisé à partir duquel la jupe tombait en plusieurs couches.

Val la ramassa et la tourna, révélant les paillettes de nacre ternies sur le corsage, parsemées parmi les plis froissés. Elle s'assit et la regarda fixement, réalisant que lorsqu'elle avait écarté les couches supérieures de tissu, elle avait laissé la couche inférieure intacte. *Que j'étais jeune !* pensa-t-elle. Si déterminée à paraître bizarre, et pourtant si attentive à préserver une combinaison sage, descendant jusqu'aux genoux. *Est-ce que je savais ce que je faisais ? Maman l'avait-elle remarqué et en avait-elle souri ?* Écartant l'une des bandes de mousseline de soie, elle en mesura la largeur entre son pouce et son petit doigt tendus, pensant qu'avec une doublure, elle pourrait constituer une pièce maîtresse de l'édredon keepsake. Elle pourrait dire à Penny qu'elle le portait le soir où elle avait rencontré Simon. Elles pourraient rire ensemble à l'idée que Val, flamboyante et gênée, se sente sophistiquée dans des bottes de combat et d'épais collants noirs.

Chapitre quinze

Caroline et Eve Blythe furent les premières arrivées à la soirée de jeux de cartes de Marguerite. Elle les accueillit sous le porche et les conduisit au salon, en leur expliquant qu'elles seraient en petit comité.

– Jim Foley et Maeve seront là, ainsi que Fergus Porter, mais il y a un rhume d'été qui traîne et les autres se sont excusés. La pauvre Anne Roche avait l'air très enrouée au téléphone.

Caroline aida Eve à s'asseoir au coin du feu et parla à Marguerite par-dessus son épaule.

– Je suis désolée d'apprendre qu'Anne n'est pas bien. Est-ce que je devrais passer la voir demain, selon toi ?

Eve s'installa dans le fauteuil, s'appuyant sur sa canne, et tapota Caroline de sa main libre.

– Bien sûr que non. Nous ne voulons pas tous que tu t'agites comme une mère poule.

C'était injuste, compte tenu des exigences d'Eve à l'égard de Caroline, mais Marguerite savait qu'il ne fallait pas s'en mêler. S'approchant avec un verre de vin, elle fit remarquer qu'au moins elles seraient à égalité aux cartes. Eve renifla.

– J'ose dire que la moitié d'entre vous serait ravie si nous ne jouions pas du tout. En l'état actuel des choses, je vois que ça va tourner au gin-rummy. On pourrait penser que quelqu'un ici apprendrait à jouer à un vrai jeu, comme le bridge.

Marguerite sourit.

– Nous n'avons pas toutes ton talent pour les chiffres, Eve – Elle tendit un verre à Caroline. – Mais nous pourrions essayer de jouer au whist ce soir. Voyons ce que les autres en pensent.

Eve but la moitié de son vin en une seule gorgée impatiente.

– Seigneur, non ! Fergus Porter n'a jamais été capable de penser en plus d'une dimension. Ne nous infligeons pas une soirée à le regarder se battre avec le whist.

À ce moment-là, Jim Foley, le médecin généraliste local, passa la tête par la porte. Marguerite alla lui serrer la main et embrassa sa femme, Maeve.

– Je suis contente de vous voir. Servez-vous du vin. Il y a des petits fours sur la table près du piano et, étant donné qu'il y a un rhume qui circule, prévenez-moi si vous avez froid, d'accord ? Il fait si beau dehors que je ne me suis pas résolue à fermer les portes-fenêtres.

Eve tapa sa canne contre la cheminée.

– La porte et les fenêtres sont grandes ouvertes alors qu'on a fait un feu. C'est une chose qui ne se serait pas produite de mon temps, je peux vous le dire.

Maeve Foley rit.

– Ce n'est qu'un tout petit feu, Eve, et vous avez l'air très à l'aise devant lui.

Elle se pencha pour humer une composition de roses posée sur le piano.

– Ces roses viennent-elles de ton jardin ?

Marguerite acquiesça.

– Les pétales tombent en quelques heures, mais je les aime beaucoup. Ils sont assortis à la soie.

Le tissu derrière la table d'harmonie du piano avait pris la couleur d'un vieux parchemin, mais dans les plis, il y avait des rayures de son jaune d'origine, qui imitaient les pétales dorés des roses.

Caroline s'était assise en face d'Eve et Marguerite leur apporta des amuse-gueules. En posant l'assiette, elle indiqua que les tartelettes aux champignons contenaient beaucoup d'ail. Eve tendit la main et en prit une.

– Plus il y a d'ail, meilleur c'est, en ce qui me concerne.

Elle enfourna la tartelette dans sa bouche et se tamponna les lèvres avec une serviette en papier pliée.

– Quand j'étais petite, on ne trouvait pas d'ail à Dublin. Ni d'anchois ni d'olives, d'ailleurs. Ma mère avait l'habitude de ramener des têtes d'ail de France pour les planter dans une jardinière.

– Vous y alliez en vacances ?

– Assez souvent. Elle peignait, vous savez, alors nous allions voir les galeries. Et mon père était un grand francophile.

Eve prit un autre petit four aux champignons. La main dans laquelle elle le tenait avait les doigts tachés de tabac et semblait alourdie par le nombre de lourdes bagues en argent qu'elle portait. Malgré son âge, elle avait une silhouette étonnante. Une femme de petite taille, avec un halo de cheveux blancs, portant ce soir une longue jupe en tweed, de hautes bottines à lacets et un cardigan Aran, avec une broche en marbre dans une monture anguleuse en étain épinglée sur la poitrine. En tendant son verre à Marguerite, elle fit un geste vers le piano.

– Je me souviens des roses dont les pétales tombaient sur ce piano quand j'étais petite fille. Ta mère en mettait toujours là, ainsi que des fleurs sauvages dans le hall d'entrée. Elle était artiste dans l'âme. Ou bien elle fréquentait des groupes d'artistes lorsqu'elle s'est mariée. Aucun des artistes actuels ne lui arrivait à la cheville pour ce qui est de la mode. Je me souviens que les amies de ma pauvre mère portaient des échantillons du studio de Neillí Mulcahy et que Ruth les surpassait toutes en termes de chic façon Cinquième Avenue.

Marguerite remplit le verre d'Eve et s'installa à côté d'elle.

Elle.

– Tu allais dans des réunions d'artistes ?

– Oh, j'ai pratiquement grandi dans des ateliers d'artistes. Ma mère avait l'habitude de me peindre. C'était moins cher que de payer un modèle. Ou une nourrice, pour commencer. Et, croyez-le ou non, je faisais un joli sujet à l'adolescence.

– Et tu te souviens de Ruth ? Tu ne me l'avais jamais dit.

Eve renifla d'impatience.

– C'est parce que je viens ici pour jouer aux cartes, pas pour évoquer des souvenirs. Il n'y a rien de plus ennuyeux qu'une vieille dame qui parle du passé.

En levant les yeux au ciel, elle regarda Marguerite d'un air sévère.

– J'espère que tu ne vas pas prendre cette habitude.

– Non, bien sûr. Il y a bien trop de choses qui nous occupent dans le présent.

– Bien – Eve saisit son bâton. – Voilà enfin Fergus Porter. Dieu merci. Si nous ne commençons pas bientôt, nous finirons par ne pas jouer ce soir.

Les Foley s'installèrent pour jouer ensemble, et Caroline fit équipe avec Eve. Marguerite était la partenaire de Fergus. Comme Eve l'avait dit, il n'était pas très bon joueur et, en tant qu'hôtesse, elle avait trouvé injuste de le refiler à l'un des autres. Divorcé, chétif et approximatif, il mélangeait les cartes n'importe comment et, pour ne pas ajouter à son embarras évident, Marguerite laissa son regard errer vers sa composition florale où un nouveau pétale d'or venait de glisser de sa tige. Soudain, elle se souvint de sa mère assise au piano, ses longs doigts égrenant les notes d'une berceuse. À peine consciente de ce qu'elle faisait, Marguerite ferma les yeux, laissant la chanson résonner à travers les années et faire fusionner la soirée lumineuse de juin avec le passé.

… quand tu te réveilleras
Tu auras
Tous les jolis petits chevaux
Noirs et bais
Et les pommelés et les gris
Tous les jolis petits chevaux
S'endorment
Ne pleure pas
Repose ta tête sur le trèfle
Dans tes rêves
Tu monteras à cheval
Pendant que ta maman veille sur les
Noirs et baies
Et les pommelés et les gris
Tous les jolis petits chevaux…

C'était une journée d'automne morose et Marguerite, âgée de douze ans, souffrait de maux d'oreilles. Les flammes bondissantes chassaient la fraîcheur des gouttes de pluie qui ruisselaient sur les fenêtres. Sa mère avait empilé les coussins du canapé et l'avait enfouie sous le quilt, qu'elle avait descendu de la chambre de Marguerite. Son bord en velours était réconfortant. Il y avait des reflets de la lumière du feu sur le côté. Lorsque Ruth avait commencé à chanter, Marguerite s'était redressée péniblement.

– *Maman !* je ne suis pas un bébé.

Ruth avait retiré ses mains des touches.

– Tu adorais ça.

En fait, la chanson avait été apaisante et, après avoir protesté, Marguerite s'était blottie de nouveau sous le quilt. Pendant un moment, le seul bruit dans la pièce était provenu du crépitement des flammes, puis Ruth avait repris la chanson...

Noirs et baies

Et les pommelés et les gris pendant que ta maman veille...

Marguerite ouvrit les yeux et vit Fergus en train de tergiverser sur la carte du dessus. Elle se demanda quand on avait joué du piano pour la dernière fois. Peut-être pas depuis l'époque où Val amenait Penny à Stonehill pour l'été. Ou avant cela, quand Rory et Val rendaient la maison folle avec des interprétations endiablées des tubes de Pink Floyd. Elle se souvenait d'eux, quand Val avait neuf ans et Rory presque sept, frappant les touches, braillant qu'ils n'avaient pas besoin d'édu-KAY-cheun, et s'étouffant de rires quand Donal se plaignait. Dans la propre enfance de Marguerite, Ruth avait été la seule personne à jouer. Ses chansons étaient calmes, souvent fragmentées, et son accent américain était plus prononcé lorsqu'elle chantait que lorsqu'elle parlait. Les épaules sous son pull tricoté à la main bougeaient plus librement aussi, et ses cheveux, noués sur la nuque et ébouriffés par le vent, brillaient comme la soie jaune derrière la table d'harmonie. *Je suppose que je me suis endormie ce jour-là quand je me suis allongée sur le canapé avec mon mal d'oreille*, pensa Marguerite. *Le velours était doux contre mon oreille et j'ai dû m'endormir, loin de la douleur.*

Fergus plaça une pile de cartes en désordre au centre de la table ; même le gin-rummy semblait nourrir son sentiment d'inadéquation, et tandis qu'il retournait la carte du haut, ses yeux anxieux observaient Marguerite comme les yeux d'un chien. Marguerite prit la carte par distraction, l'esprit toujours tourné vers sa mère. *Comme il est étrange*, pensa-t-elle, *que les moments passés avec elle dont je me souviens le plus clairement appartiennent à la frontière entre l'éveil et le sommeil. Le son de sa voix qui chante. Le toucher rythmé de mes propres doigts sur le velours. Le fait de savoir qu'après m'avoir bordée à l'heure du coucher, elle était là quelque part dans l'obscurité pendant que je dormais.*

De l'autre côté de la table, Fergus semblait paralysé par l'effort d'additionner les points, alors Marguerite laissa son esprit poursuivre ses propres calculs. *J'avais douze ans*, pensa-t-elle, *quand on m'a retiré les amygdales et que j'ai eu ces maux d'oreille. Ruth est morte en octobre, le week-end de mes vacances scolaires. Il n'a donc pas fallu plus d'une semaine ou deux après qu'elle m'eut chanté cette berceuse pour que je rentre à la maison et qu'on m'annonce qu'elle n'était plus là.*

Le mois d'octobre 1964 avait été froid. Un flot de patients était arrivé à Stonehill, éternuant et grommelant en s'asseyant dans le cabinet de Donal, et se plaignant que leurs rhumatismes s'aggravaient toujours à l'approche d'Halloween. La terre sous les arbres du verger de Ruth était boueuse et la prairie de fleurs sauvages, qui avait été coupée court à la fin de la saison, avait perdu toutes ses couleurs et sa vivacité.

Marguerite était plus ou moins consciente que sa mère était devenue encore plus silencieuse que d'habitude. Mais la fin de l'automne était toujours une mauvaise période pour Ruth. Sans son jardin dans lequel travailler, elle semblait sans but, une figure tendue qui passait des heures à s'asseoir sous son propre portrait, fixant le feu vacillant du salon. Mme Sinnott, qui apportait alors son aide à plein temps dans la maison, avait dit à Marguerite que sa mère prenait des comprimés pour la soulager.

– Ton papa est un excellent médecin, ma chérie. Ne t'inquiète pas pour ta maman. Elle a de la chance de ne pas avoir à prendre la voiture pour aller au cabinet ? Et ne sommes-nous pas tous un peu abattus quand les nuits sont longues ?

Habituée aux silences de Ruth, Marguerite avait pris cette explication pour argent comptant et Donal le lui avait confirmé lorsqu'elle lui avait demandé si Ruth allait bien.

– C'est la période de l'année, Marguerite. Elle ira mieux quand les jours rallongeront.

Marguerite s'était donc concentrée sur les fêtes d'Halloween et sur les visites qu'elle devait rendre à ses amis de l'école pendant les vacances scolaires. En y repensant plus tard, elle s'était rendu compte qu'il ne lui était jamais venu à l'esprit de questionner sa mère. À cette époque, Ruth portait le silence comme un bouclier et, bien que personne ne l'ait jamais dit, Marguerite avait intériorisé l'idée qu'il était dangereux d'empiéter sur son état émotionnel, comme si un mot prononcé au mauvais moment pouvait la briser.

D'ailleurs, Ruth avait semblé aller mieux le matin de sa mort. Elle avait serré Marguerite dans ses bras et, pour la première fois depuis une semaine, s'était intéressée à la façon dont elle allait passer la journée.

– Combien de temps penses-tu être absente, ma puce ?

– Je te l'ai dit, c'est l'anniversaire de Joan. Sa mère nous ramènera tous à la maison après le thé.

– D'accord. Habille-toi chaudement autant que joliment, veux-tu ?

Encouragée par cette étincelle d'intérêt, Marguerite s'était présentée à Ruth dans sa robe de soirée, une robe chasuble à manches longues avec un col et des poignets blancs. Mais, entre-temps, Ruth s'était remise à regarder le feu du salon et n'avait fait aucun commentaire lorsque Marguerite lui avait assuré qu'elle avait l'intention de porter son manteau le plus chaud.

Stonehill fut le dernier arrêt de la tournée de la mère de Joan pour déposer les enfants après la fête. Lorsqu'elles s'étaient arrêtées devant la maison, Mme Sinnott était sur le perron. Pendant quelques instants déconcertants, les adultes avaient parlé à voix basse à travers la vitre de la voiture, puis Marguerite avait entendu la voix de la mère de Jeanne qui semblait troublée et dubitative.

– Dois-je la ramener à la maison avec moi ? C'est la voiture des policiers ?

C'est alors que Marguerite avait aperçu la voiture de police garée sur le côté de la maison. Elle était sortie en trébuchant sur les graviers, le sac à surprises de la fête tombant de ses genoux sans qu'elle s'en soit aperçue. Mme Sinnott était arrivée et l'avait prise par les épaules, mais elle s'était débattue, essayant de se libérer et de courir à l'intérieur. Elle s'était rendu compte que la mère de Joan la regardait, impuissante, par la fenêtre de sa voiture. Mme Sinnott s'était recroquevillée et, lâchant les épaules de Marguerite, avait pris son visage dans ses mains.

– Tais-toi maintenant. Arrête, Marguerite. Écoute-moi et sois sage.

– Qu'est-ce qui s'est passé ?

– Nous allons rentrer maintenant, et tu vas descendre avec moi dans la cuisine, et nous allons préparer un thé chaud pour ton papa.

– Où est-il ? Où est papa ? Où est ma maman ?

– Ton papa est à l'intérieur. Il parle à un policier. Il sera content d'avoir une tasse de thé, et toi et moi, nous allons maintenant faire bouillir l'eau.

– Pourquoi les policiers sont-ils ici ?

– Tu ne dois pas t'inquiéter. Ton papa les a appelés. C'est un médecin, Marguerite, il doit tout faire dans les règles.

– Mais pourquoi ? Qu'est-ce qui s'est passé ?

Elle tremblait tellement lorsqu'elles étaient arrivées à la cuisine que Mme Sinnott lui avait dit de ne pas enlever son manteau.

– Tu vas rester au chaud. C'est bon pour l'état de choc. Nous allons mettre aussi beaucoup de sucre dans ton thé. Nous avons tous besoin d'une tasse.

Marguerite avait failli s'étouffer avec la tasse de thé qu'on lui avait tendue, aussi sirupeuse et forte qu'un café turc. Elle avait saisi que quelque chose de grave était arrivé à sa mère et que les policiers étaient venus à la maison parce que son père le leur avait demandé.

– Où est maman ?

– Une ambulance va l'emmener. Ton papa s'occupe de tout.

– Elle va à l'hôpital ? Je peux la voir ? Elle est malade ?

Mme Sinnott s'était assise à côté d'elle.

– Non, ma puce. Elle n'est pas malade. Je suis désolée. Ta maman est morte. C'était un accident.

Le goût du thé sucré était remonté au fond de la gorge de Marguerite.

– Qu'est-ce qui lui est arrivé ?

– Elle n'a pas souffert du tout. Elle ne s'est même pas rendu compte de ce qui s'est produit. Elle était fatiguée, alors elle est allée se coucher et a pris des comprimés qui l'aident à dormir.

– Mais tu as dit qu'elle était morte.

– Je sais. C'était un accident. Elle a dû se tromper de dose. Ou peut-être qu'elle a juste oublié qu'elle en avait déjà pris une. Il n'y a pas eu de douleur ou quoi que ce soit d'autre, ma puce, je te le promets. Ta mère s'est simplement endormie et ne s'est pas réveillée.

Chapitre seize

Penny était assise à son bureau, regardant l'émission tout en conservant un œil sur Twitter. Roz discutait avec une Jamaïcaine enthousiaste, dont la chaîne YouTube « It Takes a Village » avait rencontré un grand succès auprès des futures mamans. Les réponses positives affluaient déjà, comme le résumait Gail.

– Alors, Deisha, ce que vous dites, c'est que nous avons tous besoin d'un coup de main ?

Deisha lui adressa un sourire chaleureux.

– Ce n'est pas sorcier, n'est-ce pas ? Il suffit de se rappeler comment les gens vivaient avant qu'on nous mette tous dans des petites boîtes. Disons que vous allez avoir un bébé. C'est un événement important. C'est effrayant, surtout si c'est la première fois. Je veux dire, oh, mon Dieu, qu'est-ce qui m'arrive ? Mon corps devient fou. Mes seins gonflent, mes chevilles sont enflées, la moitié du temps, je ne me souviens même pas de mon propre nom…

Elle affiche un grand sourire face à la caméra.

– Si mon mari regarde, pas de panique, c'est une hypothèse !

Se tournant vers Roz, elle lève un doigt.

– Non, mais sérieusement, j'ai largement passé l'âge d'avoir des enfants, mais je me souviens de ce que c'était pour moi.

Il y avait tellement de partage entre les générations. Votre tante, votre grand-mère, votre voisine, la dame qui vous vendait du poisson – toutes vous soutenaient et faisaient partie de votre grossesse. Et, d'accord, cela peut être envahissant. Je veux dire qu'il faut vraiment tout un village, mais d'un autre côté, « trop de cuisiniers gâtent le bouillon ».

Elle avait un rire contagieux, auquel Roz se joignit. Le doigt de Deisha s'agita en signe de bonne humeur.

– Tata doit savoir quand prendre du recul, mais maman doit apprendre à tendre la main.

Un flot de messages et de tweets de téléspectateurs s'affichait en bas du plan, plein d'éloges pour les propos de Deisha. Penny se dit que ce devait être bien de vivre entouré des gens du village, chaleureux et désireux de s'entraider. Travailler à la télévision, c'était plutôt devoir surnager dans des eaux infestées de requins, quand tout le monde autour de vous se concentre sur sa survie, et que la moitié d'entre eux pactisaient avec les requins. *Et c'est aussi un bon point, pour le bien de ce bébé, que je sois en haut de la chaîne alimentaire*, pensa-t-elle. *J'ai peut-être été irresponsable, mais avec un peu de chance, nous ne mourrons pas de faim.* Les présentateurs de l'émission et les collaborateurs réguliers vivaient dans l'éventualité d'être licenciés avec un préavis très court, un état conçu pour les maintenir dans l'insécurité et les rendre moins exigeants. Son propre contrat était unique. Comme elle avait doublé l'audience et les recettes publicitaires de l'émission, elle avait négocié un contrat qui lui assurait une sécurité d'emploi sans précédent. Néanmoins, elle allait devoir être chanceuse aussi. Lorsqu'elle avait discuté du congé parental avec son patron, elle avait senti le calcul derrière les air-kisses, et elle savait que si sa couverture s'avérait moins chère et tout aussi dynamique, l'entreprise pourrait vouloir la payer plutôt que de la reprendre. S'accrocher à un poste où on ne voulait pas d'elle n'était pas une option et, en tant que mère célibataire, qui aurait passé des mois sans contact avec son milieu professionnel, trouver un nouvel emploi rémunéré à hauteur de son salaire actuel ne serait pas facile.

Tandis que Roz terminait ses commentaires, Penny se dit qu'elle devait se concentrer et établir des priorités. Aujourd'hui, elle devait passer sa première échographie à l'hôpital St Thomas, après quoi elle devrait déterminer quand annoncer sa grossesse à son équipe. En fait, elle ne sait pas trop pourquoi elle ne l'avait pas fait avant. *Je suppose*, se dit-elle, *que je suis tout simplement superstitieuse. Je ne veux pas que les gens se pressent autour de moi pour me féliciter tant que je n'ai pas franchi cette première étape. Peut-être, de façon pathétique, j'espère encore que tout cela n'est qu'un rêve.*

Elle fut frappée par la vague de soulagement qu'elle ressentit lorsqu'elle constata que tout allait bien. Le radiologue sourit et lui dit qu'elle ne voyait pas la nécessité d'effectuer d'autres examens à ce stade.

– Tout se présente bien. Et vous vous sentez bien ?

– Parfaitement.

– Je n'ai pas réussi à obtenir de bonnes images, j'en ai peur. C'est souvent le cas à ce stade, et il n'y a pas grand-chose à voir, de toute façon.

– Ce n'est pas grave.

– Je vais vous imprimer un cliché.

Eh bien, ça y est, se dit Penny. *Je ne peux plus prétendre que c'est un rêve. C'est la réalité.* Elle saisit l'imprimé noir et blanc qui était flou, le glissa avec son ordinateur portable et quitta la pièce, l'esprit en ébullition. Lorsqu'elle avait annoncé à sa mère et à sa grand-mère qu'elle était enceinte, tout ce dont elle était sûre, c'était qu'elle voulait garder le bébé. Puis elle avait dû en informer David et, pour préserver sa famille, mettre fin à leur liaison. Depuis lors, elle ne l'avait guère vu ailleurs qu'à l'écran. Mais maintenant qu'elle avait passé l'échographie, elle se demandait si elle ne devrait pas lui en parler. Après tout, c'était aussi son bébé.

Dehors, elle descendit son vélo sur les marches du pont de Westminster et marcha en le poussant vers la maison en suivant le chemin de la rivière. Au début, elle se sentit engourdie, mais soudain, son cœur se mit à battre si fort qu'elle dut s'arrêter et s'appuyer sur le guidon de son vélo. Qu'en serait-il des autres étapes à venir ? Il y aurait des fêtes d'anniversaire, comme celle des jumelles dans le jardin, des vacances, des réunions parents-professeurs et des rendez-vous chez le dentiste. Aurait-il besoin d'être informé de toutes sortes de choses de ce genre ? *Mais j'y ai déjà réfléchi*, se dit-elle fermement. *La décision est prise. David n'est plus dans ma vie. C'est ce que nous voulons tous les deux. Je l'ai bien vu quand je le lui ai annoncé. Je ne dois pas me laisser aller à la sensiblerie et prendre le risque que les tabloïds s'emparent de l'histoire d'une manière ou d'une autre. Imaginez les gros titres. « La directrice sexy de l'émission télé de chefs a un polichinelle dans le tiroir ! »* L'idée était si affreuse et ridicule qu'elle la fit presque rire et, cahin-caha, elle reprit son chemin.

Arrivée à un banc, elle s'assit et contempla la rivière. *J'aurai tant de choses à faire*, se dit-elle. *Si c'était une émission que je montais, six mois devant moi n'y suffiraient pas. Quels sont les problèmes pratiques liés à la naissance d'un enfant ? La logistique ? Les contraintes ? Les compétences requises ? Il faut que je prenne la mesure de tout cela.* Automatiquement, son esprit se mit à jongler avec des feuilles de calcul et des budgets et, de retour en terrain connu, elle se sentit moins tendue.

Sur le banc à côté du sien, une femme grignotait un petit gâteau et balançait une poussette. Tout ce que l'on pouvait voir du bébé endormi était une mèche de cheveux noirs et la courbe d'une joue. Le bout des doigts de la femme reposait sur la poignée de la poussette, mais son attention semblait entièrement tournée vers le gâteau qu'elle tenait dans l'autre main. En l'apercevant, la tension de Penny retomba instantanément. La rivière semblait dangereuse. Le chemin était large et le parapet suffisamment haut pour éviter un accident, mais son cœur battait à nouveau la chamade, comme si le buggy pouvait être emporté par le courant.

Levant les yeux et la voyant fixer le bébé, la femme lui adressa un sourire timide et amical. Immédiatement, la menace sembla s'éloigner et, espérant qu'elle n'avait pas remarqué sa panique, Penny sourit à son tour. Elle se souvint de l'invité qu'elle avait regardé dans sa propre émission ce matin-là. *Oh là là*, pensa-t-elle, *ça va bien d'être désinvolte sur le sujet des seins qui gonflent et des chevilles qui enflent. J'ai lu des articles sur tout cela. Je peux l'affronter. Mais pourquoi personne ne vous parle de la terreur aveugle ? Comment se fait-il qu'aucun médecin n'ait jamais dit que ce truc soi-disant de la taille d'un fruit de la passion peut prendre le contrôle de votre esprit et de votre vie ?*

Elle avait retrouvé son calme lorsque son vélo avait dépassé le National Theatre et elle s'était sentie prête à rentrer chez elle. Mais en approchant de Borough Market, où elle avait prévu d'acheter quelque chose pour le dîner, elle s'était sentie submergée par la foule qui mangeait des morceaux de tortilla et des petits pains au levain avec du chorizo, ou qui se promenait d'un étal à l'autre avec des cafés glacés et des bières artisanales. Elle préféra alors rentrer directement à son appartement.

Ce matin-là, lorsqu'elle avait jeté un coup d'œil à la vitrine de Mark, elle avait vu des tables de café en métal ornées au pochoir de héros de bandes dessinées. Aujourd'hui, elle vit qu'elle ne contenait rien d'autre qu'une chaise longue. Mark, qui était sur le trottoir en train de l'inspecter, recula sur la route et entra en collision avec son vélo.

– Penny ! Désolé, ça va ?

– Ça va. Je ne porterai pas plainte.

– Alors, qu'en penses-tu ?

La chaise arborait un dossier à volutes, des pieds à griffes et boules, et un cadre en acajou auquel son revêtement cramoisi était fixé par une double rangée de clous en laiton. Penny cligna des yeux.

– Tu parles d'un style rococo !

– J'aimerais bien. Il est édouardien. Il est vrai qu'il a un côté rococo. – Tu l'as fait retapisser ?

– Non. Tout le velours est d'origine. Je le trouve magnifique. Il provenait de la vente d'une maison et je l'ai eu pour rien du tout.

– Je n'arrive pas à visualiser qui va l'acheter.

– Imagine-le dans un loft new-yorkais à la Shad Thames.

– Je pense que c'est toi qui es le mieux placé pour savoir ce qu'il en est.

– Même Bill commence à le dire, et c'est une preuve absolue.

Mark fit un geste de la tête en direction de la boutique.

– Tu veux boire un truc ? Je vais faire chauffer la bouilloire.

– Euh…

– Oh, allez. Je ne t'ai pas vue depuis des lustres. On va sortir les Garibaldi.

– D'accord. Pourquoi pas ?

Laissant le vélo dans son couloir, Penny le suivit dans le magasin, décidant que c'était l'occasion de commencer à partager sa nouvelle avec le monde. Sans le vouloir, Marc lui donnait le signal parfait.

– Rien de bizarre depuis la dernière fois que nous avons bu une tasse de thé ensemble ?

– À vrai dire, si. Je suis enceinte.

Elle s'était préparée à la première réaction de ce qu'elle savait être une longue chaîne de moments de ce type.

L'espace d'un instant, le visage de Mark prit une expression qu'elle pensa être de la désapprobation. Puis il hocha la tête et demanda :

– Thé ou café ?

– Hein ?

– Lequel préfères-tu ? Je peux faire l'un ou l'autre.

– Je viens de dire que j'étais enceinte.

– Et c'est une bonne chose ?

– Oui, je pense que oui. Oui, c'est une bonne chose. Je pense que oui.

– Alors, je vais faire chauffer la bouilloire, on va s'asseoir et tu vas me raconter tout ça.

Voyant son mouvement de recul instinctif, Marc tendit les mains.

– Ou pas. Nous parlerons des meubles.

Il attendit et Penny se rendit compte qu'elle avait soif.

– Je veux bien un thé.

– C'est parti.

Elle se tenait encore près de la porte lorsqu'il revint avec des tasses, des biscuits et un pot de lait sur un plateau.

– Je viens de passer ma première échographie à St Thomas.

– Ce n'est pas rien.

– Apparemment, tout va bien. Ils m'ont donné une sortie imprimée.

Elle s'aperçut qu'elle l'avait sortie de son sac et la lui tendait.

– Ça ne sert pas à grand-chose, en fait. On ne voit rien.

Et maintenant, bon sang, se dit-elle, *il va demander la réaction du père. Ou vouloir savoir si j'ai appelé maman et mamie.*

Mark lui prit le cliché des mains et l'examina attentivement.

– Tu aurais dû boire plusieurs verres d'eau.

– Quoi ?

– Avant l'échographie. Si la vessie est distendue, l'image ressort mieux. Les échographies n'ont rien de mystérieux pour moi, sourit-il. J'ai quatre sœurs aînées, tu sais ? À elles quatre, elles ont toute une équipe de foot d'enfants.

Il lui rendit l'imprimé et s'approcha de la fenêtre.

– Tiens, juste une minute, je vais tourner ça.

Manipulant la chaise longue, il la fit pivoter pour lui faire face dans la boutique. Penny protesta.

– Non, tu as gâché ta vitrine !

– Pas du tout. Le dos est de toute façon la partie qui a le plus d'allure.

C'était une explosion de feuilles d'acanthe sculptées, dont l'exubérance avait étonné Penny. Mark tapota le tissu boutonné.

– Assieds-toi et mets tes pieds en l'air.

– Pour l'amour du ciel ! Je n'ai pas besoin d'être chouchoutée.

– Qui a dit que c'était le cas ? C'est une fête ! Non, attends, les Garibaldi ne feront pas l'affaire.

Il se précipita vers la sortie, laissant Penny perplexe et se demandant ce qu'il fallait faire si un client entrait pendant son absence. Aucune réponse ne lui vint à l'esprit et, constatant qu'elle était fatiguée et assoiffée, elle enleva ses chaussures, s'assit et prit son thé. Le haut dossier de la chaise longue offrait une courbure confortable, la dissimulant aux passants dans la rue. *Je me suis trompée*, pensa-t-elle. *Ce n'était pas de la désapprobation, et je bénis Mark de ne pas avoir posé de questions sur le père. C'est un véritable ami.*

Tout en surélevant ses pieds, elle observa son environnement. À l'époque de Bill, bien que le magasin ait semblé chaotique, il était capable de mettre la main sur le moindre article de son stock, sortant une horloge à carillon d'une boîte à chapeau en cuir ou un ouvre-boîte d'un tiroir d'armoire. Aujourd'hui, après avoir été réaménagé, le magasin était presque méconnaissable, mais la présentation de Mark donnait la même impression de nonchalance compétente. Peu après le retour de Mark et la reprise de l'entreprise, Penny l'avait invité à participer à son émission.

– Tu fais appel à des artisans de la génération de ton père ainsi qu'à des designers tout juste sortis de l'école d'art. L'histoire est parfaite pour mes téléspectateurs, et la visibilité te ferait du bien.

Mark avait secoué la tête.

– Merci, mais je ne crois pas. Je déteste les caméras et je ne peux pas faire de phrases courtes. J'aurais l'impression d'être un imbécile.

Sur le moment, Penny avait été vexée. Maintenant qu'elle le connaissait mieux, elle pensait qu'il avait raison. Il était tout à fait capable d'expliquer l'éthique qui avait présidé à son succès, mais pas d'une manière qui pourrait être résumée par Roz ou Gail. Même s'il était assez avisé pour partager l'avis de Bill selon lequel il y avait de l'argent dans de la camelote, Mark possédait une qualité qui transcendait son instinct d'homme d'affaires. Il savait voir au-delà de la mode, des dommages et de la saleté, l'essence même de ce qui avait été fabriqué avec amour. Un morceau de bois parfaitement tourné sous des couches de vernis rayé. Un beau fil sur un morceau de lin tissé à la main qui, nettoyé et encadré, pouvait devenir une œuvre d'art. En s'emparant d'objets que les autres acheteurs avaient tendance à ignorer, il avait créé une marque fondée sur la durabilité et le respect. Mais, contrairement à la plupart des créateurs à succès que Penny avait invités dans son émission, sa principale caractéristique était la modestie.

La porte s'ouvrit et Mark entra, portant deux assiettes.

– Voilà. Pousse-toi !

Penny leva les pieds et Mark s'assit au bout de la chaise longue, lui passant l'une des assiettes à fleurs.

– Et voilà pour toi. Une glace napolitaine.

– Mais pourquoi ?

– Parce que, dans notre famille, on ne peut pas faire la fête sans une glace rayée. Celle-ci vient de la *gelateria*, donc, techniquement, elle n'est peut-être pas napolitaine. Elle pourrait venir de chez Spumoni. Mais tout le monde doit évoluer avec son temps.

Il sortit deux cuillères de sa poche et dit qu'il ne devait pas oublier de les rendre.

– Les assiettes aussi. J'ai dit que je les laverais et que je les déposerais plus tard.

Penny avala une bouchée de cerise et de pistache et attrapa une dose de chocolat avec sa cuillère.

– C'est délicieux.

– C'est mieux que le truc que papa achetait quand il avait gagné aux courses de chevaux. Pour être honnête, ça avait un goût de dentifrice. Mais le principe reste le même. Les glaces rayées pour les grandes occasions ont toujours été la règle.

Tandis que la glace coulait dans la gorge de Penny, elle se détendit contre le capitonnage en velours et cessa de penser que le temps était son ennemi. Mark avait raison. Il était évident qu'elle devait s'efforcer de planifier les mois à venir, mais il était logique de découvrir les étapes qu'elle franchirait en cours de route. Une fois la glace avalée, elle se leva et sourit.

– C'était exactement ce dont j'avais besoin.

– Heureux d'être utile.

Marc posa son assiette sur le sol et alla chercher un vase de pivoines roses sur un support.

– Tiens, emporte-les à l'étage. Elles ont largement dépassé leur date de péremption, c'est pourquoi Charlie me les a données, mais elles sont encore bonnes pour un jour ou deux.

– Je ne veux pas t'en priver.

– Tu me rendras service. Pour de vrai. Elles ne vont pas avec la chaise.

Abandonnant, Penny prit le vase.

– Merci. J'étais en train de me dire que tu étais un vrai ami, Mark. Je ne sais pas pourquoi tu es toujours si gentil avec moi, même quand je suis d'humeur hargneuse.

Dans l'appartement, elle posa le vase sur la table basse en verre et s'enfonça dans l'un de ses canapés en cuir blanc. Elle se détendit un moment, les yeux rivés sur les pétales gonflés et doux comme du satin, puis, inspirant profondément, elle sortit son téléphone. *D'accord*, se dit-elle, *voici la prochaine étape. D'abord un appel à West Hampstead, puis un à Stonehill.*

Chapitre dix-sept

Marguerite prit un morceau d'étamine brodée parmi des chutes d'appliqués, des morceaux brodés de dessins et des pans de dentelle incrustée. Elle venait de poser son téléphone après une conversation avec Val.

– N'est-ce pas une merveilleuse nouvelle ? Je suis si heureuse qu'elle nous ait appelées.

– Je t'avais dit qu'elle reviendrait. Qu'est-ce qu'elle a dit ?

– Juste que l'échographie était bonne. Elle était fatiguée, je pense. Nous n'avons pas parlé longtemps. J'aimerais pouvoir la voir… mais tu n'as pas besoin de me dire de ne pas insister. Je ne le ferai pas.

– Ma chérie, je ne m'en mêle jamais.

– Je sais. C'est ce que je me dis. Elle m'a dit qu'elle était débordée de travail.

– Je suis contente qu'elle ait appelé.

L'étamine provenait de la robe de mariée de Marguerite. Lorsqu'elle était enceinte de Val, elle avait coupé sa longue jupe fluide pour en faire des blouses de femme enceinte, mais elle avait gardé l'empiècement avec ses marguerites brodées, qui avaient des cœurs dorés qui brillaient comme le soleil. Elle se souvenait maintenant d'avoir choisi du fil violet pour coudre les pétales et de la soie brillante pour les têtes des fleurs.

Elle s'était mariée juste après son vingtième anniversaire, en 1971, et Paul et elle avaient passé le Noël précédent à Stonehill. Bien qu'il n'ait eu que vingt-trois ans à l'époque, sa stabilité le faisait paraître plus âgé, et Donal l'avait apprécié de plus en plus pendant les vacances. Ils s'étaient promenés dans les collines de Wicklow pendant les courts après-midi au frais et avaient passé de longues soirées relaxantes au coin du feu dans le salon. Et, pendant les heures de consultation de Donal, Marguerite avait fait découvrir Dublin à Paul, où chaque porte de pub s'ouvrait sur des groupes d'amis buvant des portos chauds et des pintes de Guinness avant de se dépêcher de prendre le bus pour rentrer chez eux, chargés de leurs achats de Noël.

La veille de Noël, Paul avait obtenu l'approbation finale de Donal. Partis tôt après une nuit de neige, ils étaient revenus avec un sapin de Norvège qu'ils avaient abattu et chargé à l'arrière de la Morris Minor. Plus tard, Paul avait dit à Marguerite qu'il s'était senti comme un braconnier.

– On ne braconne pas les arbres.

– Un arracheur d'arbres, alors.

Marguerite avait ri. Nous en prélevons un de cette forêt chaque année. Le terrain appartient à un fermier qui est un vieil ami de la famille. D'ailleurs, papa m'a dit que, pour un Londonien, tu es un homme de la campagne à peu près correct, alors tu as dû garder la tête froide.

Cet après-midi-là, pendant que Donal rendait visite à des patients, ils avaient planté du houx et du gui, installé le sapin devant les portes-fenêtres et garni les branches odorantes de guirlandes et de boules.

– C'est bizarre de penser que l'année prochaine, nous serons un vieux couple marié, décorant notre propre arbre de Noël.

– Il ne sera pas aussi grand que celui-ci.

– Non, à moins que nous ne déplacions le lit dans l'escalier.

Ils avaient prévu de commencer leur vie de couple dans l'appartement londonien de Paul, proche de son bureau, mais qui n'était guère plus qu'une chambre. Accrochant une étoile à une branche, Paul lui lança un regard inquiet.

– Nous finirons par trouver quelque chose de plus grand.

– Je sais. Je ne me plains pas.

– C'est gentil de la part de ton père de proposer que le mariage se déroule chez lui.

– Eh bien, c'est le père de la mariée. Et je ne voudrais pas me marier ailleurs qu'à Stonehill. Tes parents ne verront pas d'inconvénient à venir là, n'est-ce pas ? Je sais qu'ils disent que c'est bien, mais ils sont si gentils qu'ils iraient probablement au bout du monde si on le leur demandait.

– Ils sont parfaitement d'accord. Tout le monde aimerait un mariage de printemps en Irlande ?

– J'ai l'impression que ta mère voudra que je porte de la soie blanche et un long voile.

– Elle voudra que tu portes ce que tu veux.

– De l'étamine et un bandeau ?

– Tout ce qui te rendra heureuse.

Le regard qu'il posait sur elle était si aimant que Marguerite en avait eu le souffle coupé. Incapable de se fier à sa voix, elle avait brandi un brin de gui et l'avait embrassé doucement.

Lorsque Paul avait pris l'avion pour rentrer chez lui, Marguerite avait nettoyé chaque centimètre carré de l'appartement pour préparer son déménagement à Londres. En découvrant son récurage en règle, Donal avait ri et lui avait dit d'arrêter de s'agiter.

– Mme Sinnott va rester, et je me sens bien seul. Tu vas me manquer, bien sûr, mais tu serais partie tôt ou tard. Tu ne serais pas restée ici une fois ton diplôme en poche.

Mais, se sentant encore un peu coupable et désireuse de laisser les choses en bon état, Marguerite avait fait venir des ouvriers pour réparer un robinet qui gouttait et une fenêtre qui claquait et, décidée à ce que sa chambre ne devienne pas un sanctuaire déprimant de son enfance, elle avait emballé des vêtements, des livres et des objets dont elle ne voulait plus pour les donner à une association caritative.

Au début des soldes de janvier, elle s'était rendue à Dublin et avait fait la queue devant le magasin de tissus Hickey's dans Henry Street. Enfant, elle avait adoré la couture à l'école et, dans les années qui avaient suivi la mort de Ruth, c'était devenu sa source de réconfort. Avec les encouragements de Mme Sinnott, elle avait appris à découper de simples patrons en papier et à assembler elle-même de nouvelles robes en démontant celles qu'elle ne mettait plus. Heureux de la voir occupée, Donal avait pris en charge le coût des tenues confectionnées pour les grandes occasions. Tout le reste avait été réalisé en économisant son argent de poche, et la recherche de bonnes affaires était un défi que Marguerite avait appris à apprécier. Chez Hickey, elle avait trouvé l'étamine écrue qu'elle voulait, ainsi que des bobines de fil à broder doré et un somptueux fil violet assorti au bandeau Biba qu'elle avait acheté à Londres. Ravie de ses trouvailles, elle les avait rapportées chez elle triomphalement et avait découpé sa robe sur la table de la cuisine.

Ce soir-là, elle était assise sur le rebord de l'âtre en train de broder lorsque Donal était entré dans le salon. Il avait attisé le feu et s'était assis en face d'elle, en lui disant qu'elle devait faire attention à ne pas se fatiguer les yeux.

– Non ça va. J'ai rapproché la lampe. Elle éclaire directement mon travail.

Rufus, qui n'était alors qu'un chiot, était entré avec Donal et, cherchant des caresses, avait enfoncé son museau sur les genoux de Marguerite. Lorsqu'elle l'avait repoussé en s'exclamant qu'il bavait, Donal avait claqué des doigts et le chien s'était allongé docilement près du feu.

Donal avait hoché la tête en voyant son travail de couture.

– Il n'a rien abîmé ?

– Non, ça va. Comment s'est passée ta journée ?

– Longue et pleine de toux et d'éternuements. La moitié d'entre eux n'auraient jamais dû venir au cabinet. Chaque année, je dis aux gens d'aller se coucher et de boire du citron chaud, mais ils persistent à sortir et à répandre leurs fichus rhumes d'hiver. Je suppose qu'après avoir passé Noël enfermés dans leur famille, même une visite chez le médecin leur offre une pause.

– Tu dis ça chaque année aussi.

– Je sais. Je deviens ennuyeux.

Donal avait étendu ses jambes vers le feu et Rufus avait transféré sa tête sur les pieds de son maître.

– C'est étrange d'être assis ici tout seul alors qu'il y a quelques semaines à peine, Paul et toi étiez en train d'installer le sapin.

En jetant un coup d'œil vers elle, Donal avait aperçu le visage de Marguerite.

– Ne recommence pas à t'inquiéter. Je ne me sentirai pas seul quand tu seras partie. Il se trouve que j'aime bien ton jeune fiancé. Il est de bonne compagnie.

Les yeux de Donal s'étaient adoucis.

– Ta mère l'aurait aimé aussi, je pense.

Il était si inhabituel pour lui d'aborder le sujet de sa mère que Marguerite n'avait pas su quoi dire. Elle s'était surprise à demander ce que Ruth portait le jour de son mariage.

– Est-ce que c'était un mariage en blanc ? Avait-elle cousu sa propre robe ?

– Elle n'était pas couturière. Elle portait un tailleur bleu. Un costume comme on appelait ça à l'époque. On n'était que six ans après la fin de la guerre. Il n'y avait pas beaucoup de mariées qui portaient des robes blanches en ce temps-là.

Comme elle venait de réserver l'église du village pour son propre mariage, Marguerite avait demandé si c'était là que ses parents s'étaient mariés. Donal avait acquiescé.

– Ce n'était pas un grand mariage. La dame qui nous avait présentés était la demoiselle d'honneur de ta mère, Nora Blythe. Son mari, Myles, était à l'école avec moi. Il était mon témoin.

Soulevant une fesse de la chaise, il sortit son portefeuille de sa poche arrière.

– Nous voici, tous les quatre, à l'extérieur de l'église.

Il lui tendait une petite photographie que Marguerite n'avait jamais vue auparavant. Elle était en noir et blanc et représentait quatre jeunes gens à peine plus âgés qu'elle. Elle n'avait reconnu ni le garçon d'honneur ni la demoiselle d'honneur, mais Donal était une version affûtée de lui-même, grand, beau et effacé. Ruth avait l'air aussi séduisante que sur le portrait accroché au-dessus de la cheminée.

Son tailleur bleu comportait une jupe crayon et une veste péplum, et le chapeau à oreillettes qui coiffait ses belles boucles était surmonté d'une voilette à pois.

Donal avait remis la photo dans son portefeuille, aussi résolument que s'il regrettait de l'avoir sortie. Choisissant ses mots,

Marguerite avait dit qu'elle était contente de penser qu'elle se marierait dans la même église.

– Non pas que Paul et moi soyons très religieux. C'est juste un sentiment agréable, tu vois ?

Donal lui avait lancé un sourire fugace.

– Ta mère et moi n'étions pas très religieux non plus, mais les Barry se sont toujours mariés dans cette église. Le plus souvent, l'officiant était un parent. L'un des barbus pieux que l'on voit sur ces photos de la salle paroissiale.

– Maman appartenait-elle à l'Église d'Irlande ?

Aussitôt après avoir parlé, Marguerite avait secoué la tête.

– Désolée, c'est une question stupide. Elle est née dans le Maine, n'est-ce pas ?

– À Portland, et elle a grandi à New York. Mais je te l'ai dit, aucun de nous n'était pratiquant. Je fais partie des Barry qui prennent des pilules et des potions. Les cloches et l'encens ne me touchent pas.

Marguerite avait fixé un pétale violet avec un point d'or.

– Je pensais que j'étais aussi une Barry de pilules et de potions.

– Je ne suis pas sûr d'avoir jamais cru que tu voulais devenir pharmacienne. Il vaut mieux que tu déploies tes ailes et que tu fasses quelque chose de moins prévisible de ta vie.

– Comme devenir une épouse et une mère ?

– Ce n'est pas la pire des vocations.

Marguerite avait froncé les sourcils. Lors d'une de ses incursions en ville après Noël, elle avait rencontré deux de ses anciens camarades de classe qui l'avaient serrée dans leurs bras, tout excités, devant Bewleys, dans Westmoreland Street.

– Marguerite Barry ! Tu es à Dublin ! Comment ça se fait ?

– Je suis rentrée à la maison pour les vacances.

Elle avait tendu sa main gauche pour montrer sa bague de fiançailles.

– C'est presque du Marguerite Carson, en fait.

Les filles avaient hurlé et insisté pour qu'elle se joigne à elles autour d'un café et de brioches aux cerises, mais, bien qu'elle ait été heureuse de les voir, l'expérience avait été étrange. Il était évident que, malgré ses vêtements londoniens, sa coupe de cheveux et sa bague de fiançailles, Joan et Emer avaient trouvé qu'elle était à plaindre. Elles fréquentaient toutes deux l'université, décidées à étudier et à faire carrière, et semblaient déconcertées d'apprendre que Marguerite n'avait pas d'autres projets que le mariage.

Dans le bus qui la ramenait chez elle, Marguerite avait été tourmentée par tout ce qui n'avait pas été dit à voix haute. *Est-ce bizarre*, pensait-elle, *de s'installer à vingt ans avec un gentil comptable qui s'entend bien avec son père ?* Joan vivait une relation tumultueuse avec un étudiant de deuxième année qui, bien que brillant, risquait constamment de se faire arrêter pour drogue. Emer, qui avait annoncé qu'elle était devenue une militante féministe, avait décidé de rester célibataire. Personne ne pouvait lutter contre le patriarcat tout en s'intéressant à Augustin d'Hippone et, de toute façon, elle avait besoin d'espace pour savoir si elle était bi. À côté de ce maelström de drames, d'aspirations et d'incertitudes, l'avenir de Marguerite semblait banal.

Elle avait levé les yeux vers Donal d'un air morose.

– « Pas la pire des vocations » ? Ça sonne banal.

– Le mariage peut être une relation complexe, et élever un enfant le travail le plus difficile au monde.

Donal avait passé sa main sur le dos de l'épagneul.

– Mais ce n'est pas parce que j'aime bien Paul que tu dois l'aimer.

– Ne sois pas bête. Je suis amoureuse de lui.

– S'il te téléphonait demain pour te dire que tout est fini, comment te sentirais-tu ?

– Dévastée.

– Et que ferais-tu ?

– Je ne sais pas. Mais ça n'arrivera pas.

– Comment le sais-tu ?

– Parce qu'il m'adore.

Donal avait tiré sur l'une des oreilles soyeuses du chien.

– Je le vois bien. Veille à ne pas lui faire de mal, Marguerite.

Il ne semblait pas possible à Marguerite que plus de cinquante ans se soient écoulés depuis cette conversation. Chaque détail du jour de son mariage était gravé dans sa mémoire avec autant de précision que les fleurs sur le tissu qu'elle tenait dans sa main. La petite fille de Mme Sinnott, âgée de six ans, avait été sa seule demoiselle d'honneur, et la mère de Paul s'était donc chargée de l'aider à s'habiller. Elle l'avait taquinée sur les mèches de cheveux clairs qui dépassaient du serre-tête Biba et elles avaient bavardé pendant que Marguerite appliquait son propre maquillage or et violet fumé sur ses yeux. Marguerite l'avait observée dans le miroir, se disant qu'elle s'était rapidement attachée à cette femme sans complexe qui l'avait accueillie à bras ouverts dans sa famille. Et, dès que cette pensée lui avait traversé l'esprit, elle avait eu l'impression de trahir sa propre mère. Inévitablement, si Ruth avait vécu assez longtemps pour la voir se marier, Marguerite et Donal se seraient concentrés sur son état d'esprit, espérant qu'elle participerait à la fête et craignant qu'elle ne se replie sur elle-même. *Je ne peux pas préférer qu'elle soit morte*, avait pensé Marguerite, *et ce n'est pas ce que je fais. Sincèrement, ce n'est pas ça. Mais à quel point sa dépression aurait-elle pu s'aggraver au fil des ans ? Quel genre de mariage cela aurait-il été si elle était encore en vie ? Même si elle avait eu l'air d'aller bien, j'aurais été inquiète, car je n'ai jamais su ce qui n'allait pas, et je ne pouvais donc pas savoir comment améliorer les choses lorsqu'elles tournaient mal.*

Les invités s'étaient rassemblés dans le salon pour boire un sherry avant le service religieux. Marguerite n'oublierait jamais l'expression du visage de Paul lorsqu'elle était descendue dans sa robe de mariée. Dans son costume gris, sa chemise blanche et la cravate violette qu'elle avait choisie pour lui, il avait moins que jamais l'air d'un noceur londonien et, en s'arrêtant sur le seuil, elle avait eu la vision de Joan et Emer secouant la tête. Puis il avait croisé son regard et lui avait tendu les mains et, incapable de garder son calme, elle avait couru vers lui, sachant que, quels que fussent leur avenir ou les événements passés, son mariage avec Paul Carson venait du Ciel.

Chapitre dix-huit

Val monta les escaliers jusqu'au bureau du directeur, frappa à la porte et l'entendit dire « Entrez ». Comme le reste du bâtiment, la pièce n'avait rien d'imposant. Sean, le directeur, lui désigna une chaise.

– Asseyez-vous. J'ai ici quelque chose qui pourrait vous intéresser.

C'était un homme prématurément dégarni, de vingt ans de moins qu'elle. Il était arrivé quelques années auparavant avec une réputation d'efficacité et la mission de redorer l'image de l'école de langues. Il adressa à Val un sourire déférent et, bien qu'elle n'ait eu aucune raison de se sentir stressée, elle sentit ses épaules se détendre. Malgré son poste actuel de responsable de l'équipe chargée de la stratégie d'apprentissage à distance, son mouvement instinctif, lorsqu'elle était convoquée à l'improviste au bureau, était encore de penser qu'elle était sur le point de se retrouver au chômage.

– Vous avez participé à quelques conférences internationales pour nous, n'est-ce pas, Val ?

– Pas depuis un bon moment, mais, oui, j'en ai fait quelques-unes. Je crois que déléguer quelqu'un coûtait trop cher.

– Oui, c'est ce qu'il me semblait, mais je ne comprends pas. Vous ne vous êtes pas contentée de prendre des notes. Vous avez animé des sessions et les documents que vous avez publiés en ligne sont toujours cités.

– Je pense qu'à l'époque, nous cherchions surtout à attirer des étudiants étrangers basés à Londres.

En vérité, le prédécesseur de Sean, qui méprisait internet, n'avait jamais compris ce qu'était l'enseignement à distance, mais le mentionner ne semblait pas très politique.

Sean secoua la tête.

– L'enseignement à distance est un modèle économique plus rentable. Nous devrions mettre en valeur votre expertise, pas perdre le projet sous prétexte d'économiser des bouts de chandelle.

Il se rassit et haussa les sourcils.

– Il y a une conférence en Chine au début de l'année prochaine. Ça vous intéresserait ?

– D'y aller ?

– Ils cherchent des conférenciers. Je suis sûr que nous pourrions les convaincre de vous donner un bon créneau. Après tout, vous avez fait entrer cette école dans le vif du sujet très tôt, et vous avez beaucoup à apporter.

C'était tellement inattendu que Val eut du mal à l'assimiler. Bien que Sean ait donné l'impression de vouloir la faire passer pour une sorte de dinosaure, il semblait impressionné par son parcours. *Et c'est un changement agréable*, pensa-t-elle. Elle avait mis en place le programme d'enseignement à distance de l'école avec très peu de soutien, et n'avait obtenu son titre actuel qu'à l'arrivée de Sean, qui avait commencé à apporter des changements de fond. Il la regardait toujours en haussant les sourcils.

– Qu'en pensez-vous ?

– Je… c'est extrêmement flatteur…

– Cela signifierait quatre ou cinq jours à Pékin, pas mal de travail préparatoire et, je l'espère, des résultats constructifs par la suite. Nous pourrions envisager, à l'avenir, de mieux vous employer, et que vous fassiez moins d'enseignement en présentiel. Ou pas du tout.

– Il faut que j'y réfléchisse.

– Bien sûr. Prenez votre temps. Il est encore tôt pour les inscriptions. Réfléchissez et, si vous êtes intéressée, discutons-en plus en détail.

Légèrement étourdie, Val se retrouva dans le couloir. Kate montait les escaliers.

– Tu es allée voir Sean ?

– Il m'a suggéré d'aller à une conférence.

Val ne donna pas plus de détails. Les rumeurs se répandent toujours parmi le personnel comme une traînée de poudre, et elle voulait avoir le temps de réfléchir à ce que Sean avait dit. Kate s'adossa au mur, une pile de livres dans les bras.

– Tu as de la chance. Je ne serais pas contre un voyage à l'étranger tous frais payés.

– Tu n'en as pas fait beaucoup, n'est-ce pas ? Ce sont plutôt de longues heures dans des salles sans fenêtre, avec des éclairages néon, de la nourriture à la sauvette et tu es débordée d'informations.

– Tu peux toujours te faufiler par l'arrière. Faire l'école buissonnière.

Plaçant ses livres sur son autre bras, Kate jeta un coup d'œil à sa montre.

– Oh, mon Dieu, je suis encore en retard et j'ai un cours qui m'attend.

Val redescendit vers la salle des professeurs. Elle n'avait jamais imaginé autre chose que de continuer à travailler comme d'habitude jusqu'à sa retraite. Aujourd'hui, son esprit s'emballait. Bien qu'elle ait noirci le tableau pour Kate, la perspective d'un voyage à l'étranger était excitante. Et, de toute évidence, Sean pensait à long terme. Se pouvait-il que les portes qui s'étaient brutalement fermées lorsque Simon était mort et qu'elle s'était retrouvée enceinte soient sur le point de s'ouvrir à nouveau ? *Je dois garder mon calme*, se dit-elle, *et réfléchir aux implications. Mais le moment est mal choisi ! Pour l'instant, j'ai du mal à penser à autre chose qu'à la prochaine échographie de Penny.* De retour à la maison, Val décida de se recentrer en continuant à travailler sur son côté du quilt keepsake. Elle n'avait pas avancé beaucoup plus loin que de regrouper les couleurs, les poids et les textures sur un grand plateau sur le lit de la chambre d'amis. Alors qu'elle les examinait, son regard se posa sur un morceau de calicot indigo orné d'un motif en batik brillant représentant un couple d'éléphants tronc contre queue. Il avait commencé sa vie comme bordure d'une des robes de Marguerite et avait été découpé pour personnaliser une veste pour Val au début de son adolescence. Elle se souvenait de la robe Anokhi, avec son liseré rouge sombre et sa procession d'éléphants, et se souvenait à demi de son regret lorsque la veste était devenue trop petite pour elle. Elle avait détesté l'abandonner parce qu'elle adorait les deux éléphants, alors Marguerite les avait prélevés avant de donner la veste. Val imagina un bloc central dans lequel ses éléphants seraient entourés de carrés de tissu plus simples. *Cela pourrait fonctionner*, pensa-t-elle. *Maman a décrit le quilt keepsake comme un moyen de partager des souvenirs, et un morceau recyclé non pas une fois mais deux fois remplirait assurément ces critères.* Elle le porta brièvement à son visage, se souvenant de l'odeur musquée du patchouli. Puis, sentant qu'elle n'avait pas fait grand-chose, mais qu'elle avait au moins fait un effort, elle le laissa sur le lit et alla se faire couler un bain.

Les semaines qui avaient suivi l'échographie de Penny avaient été marquées par une forte chaleur et Val avait pris l'habitude de se rendre à Hampstead Heath le week-end, grimpant aussi haut qu'elle le pouvait à la recherche d'un peu d'air frais. Aujourd'hui, trouvant un arbre isolé, elle s'y adossa et regarda la ville tentaculaire. La cité s'étendait sur des kilomètres, palpitant de chaleur, un maillage étouffant de briques, de verre, de métal, de pierre, de goudron et de béton industriel.

Quelque part, pensait Val, *Penny poursuit sa vie. Elle est en bonne santé, solvable et prospère. Tout ce que j'ai toujours voulu pour elle. Et j'y suis parvenue sans aucun plan ni modèle. Je l'ai inventé au fur et à mesure et je me suis débrouillée tant bien que mal, et je suis la seule à savoir à quel point j'étais parfois au bord du gouffre. Je suppose que toutes les mères sont pareilles. Nous cachons nos insécurités de peur de les transmettre. Nous nous les cachons même à nous-mêmes. Admettre la peur serait effrayant, et demander de l'aide reviendrait à accepter que nous sommes incapables de faire face à la situation. J'aimerais vraiment pouvoir me présenter à la porte de Penny et la serrer dans mes bras. Parce que maintenant, j'ai peur que, dans sa bulle de célébrité du monde de la télévision, elle se sente aussi isolée et seule que je l'étais à son âge.*

Un soir, alors que Penny avait trois ans, Marguerite était arrivée à West Hampstead une demi-heure après le retour de Val du travail. Elle avait dit qu'elle passait par hasard, un mensonge qui était resté suspendu dans l'air pendant que Val s'affairait à préparer le thé. Penny avait faim et pleurnichait. L'évier de la cuisine était plein de la vaisselle du petit déjeuner du matin et lorsque Marguerite avait ouvert le robinet, Val s'était emportée contre elle.

– Laisse ça, maman ! Je m'en occuperai plus tard. Assieds-toi. Le thé est presque prêt.

Marguerite s'était assise docilement, détournant les yeux de la bouilloire que Val avait oublié d'allumer. Elle avait tendu les bras à Penny.

– Viens t'asseoir sur les genoux de mamie, ma chérie.

La lèvre inférieure de Penny s'était étirée et, anticipant une crise de colère, Val avait répliqué :

– Ignore-la, maman, elle est fatiguée.

Penny s'était jetée sur le sol, donnant des coups de pied.

– Je ne suis *pas* fatiguée. *Pas du tout.* Ferme ta grosse bouche, mamie !

D'un air maussade, Val s'était dit qu'il fallait qu'elle trouve une nouvelle nourrice, un problème dont elle avait conscience depuis des semaines et qu'elle n'arrivait pas à affronter. Se ressaisissant, elle avait souri à Marguerite.

– Elle a appris ça avec les autres enfants. Enfin, une petite fille en particulier. Elle est gentille, mais son langage est épouvantable.

– Ce n'est pas grave.

– Si, c'est important. Penny ! Dis pardon à mamie !

– Val, je t'assure, c'est bon...

– Non, ça ne va pas. Penny, lève-toi *tout de suite*, excuse-toi et va au coin.

Comme toujours lorsqu'elle était mise au défi, Penny s'était entêtée. Elles avaient donc préparé le thé avec de l'eau à peine bouillante et l'avaient bu à la hâte, embarrassées. En partant, Marguerite s'était arrêtée dans le couloir.

– Je peux toujours m'occuper de Pen le temps que tu retrouves une nounou. C'est tellement difficile de faire des choix quand on est sous pression.

– Oui, j'ai manifestement fait le mauvais choix, c'est cela ?

– Ma chérie, ce n'est pas ce que je voulais dire.

– Je sais. Je suis désolée. Je suis fatiguée et je dois mettre Penny au lit. Merci pour ta proposition, mais ça ira. Pour de vrai. Mais je m'en souviendrai. Je t'appellerai si nécessaire.

Elle avait fermé la porte et était retournée dans la cuisine pour trouver Penny, toujours par terre, en train de communier avec son lion en peluche. Il y avait encore plus de vaisselle à faire. Épuisée, Val s'était effondrée sur le carrelage à côté de Penny, qui lui avait dit, avec un sourire doux et confiant, que Léo avait très faim.

– Mais tu n'as pas besoin de cuisiner pour lui, maman. Je peux le faire toute seule.

Passant son bras autour de sa fille, Val l'avait serrée très fort dans ses bras. *Nous avons aussi mauvais caractère l'une que l'autre*, avait-elle pensé. *Elle ne tient pas que de Simon. Je dois admettre qu'il y a aussi beaucoup de moi en elle.*

Dans les années qui avaient suivi, Val avait eu des amoureux. Pas au début, lorsque la vie n'était qu'une suite ininterrompue de couches, de problèmes de garde d'enfants, de matins pressés et de maux de ventre nocturnes, mais plus tard, lorsqu'elle s'est sentie plus maître de sa vie. Consciente que la mère célibataire d'une fille unique pouvait facilement en venir à compter sur la compagnie de son enfant, Val s'assurait que Penny passait du temps avec des enfants de son âge, surtout lorsque le déménagement de Rory en Nouvelle-Zélande l'avait privée de ses cousins. Mettant sa propre vie sociale entre parenthèses, elle s'était consacrée à celle de Penny, l'inscrivant aux scouts et l'emmenant dans des clubs après l'école. Et même si elle se sentait anxieuse lorsque Penny n'était pas sous ses yeux, elle s'est efforcée de ne pas se comporter comme une mère collante et s'était fixé comme règle de ne pas s'immiscer dans la vie privée de son enfant.

Lorsque Penny avait grandi et que Val avait eu plus de temps, la jeune femme avait commencé à renouer des contacts pour elle-même, acceptant des invitations à dîner et retrouvant de vieux amis pour prendre un café. Au bout d'un certain temps, et tout en se sentant nerveuse de façon absurde, elle s'était rendue à un rendez-vous amoureux. Cette soirée en avait entraîné d'autres et, petit à petit, elle avait entamé une relation avec un garçon séduisant qui enseignait avec elle à Finchley. Mais Penny ne l'avait pas aimé, alors les rendez-vous s'étaient arrêtés là. D'autres relations avaient fleuri et s'étaient estompées, toujours discrètes et jamais sérieuses, jusqu'au moment où Val avait décidé de louer sa chambre d'amis. La nécessité d'acheter une nouvelle chaudière ayant fait exploser son budget, l'espace inutilisé lui était apparu comme une source de revenus évidente.

Elle avait trouvé un médecin attaché au Royal Free Hospital qui avait besoin d'un logement pour quelques mois. Balan Chawla était si doux et si courtois que Val avait d'abord craint que la chambre ne lui convienne pas. La maison avait encore tendance à être chaotique le matin, et Penny, âgée de dix ans, avait l'habitude de mettre les Pussycat Dolls à plein volume. Mais Balan avait assuré à Val qu'il avait grandi au sein d'une grande famille qui lui manquait depuis son arrivée au Royaume-Uni. Il venait d'obtenir son diplôme du Madras Medical College et prévoyait de retourner à Chennai à la fin de son séjour au Royal Free. Lorsque Val lui avait fait visiter les lieux, il lui avait dit que la chambre était parfaite et qu'il espérait qu'elle ne serait pas dérangée par son emploi du temps.

– Il se peut que je rentre tard de temps en temps, ou que je parte tôt pour une garde.

– Ce n'est pas un problème. Vous aurez votre propre clef. Il y a une table dans la pièce si vous avez besoin de travailler.

– C'est parfait.

– Je vais demander à Penny de baisser la musique.

– Ce ne sera pas facile si elle ressemble un tant soit peu à mes petites cousines. Ne vous inquiétez pas. Je suis médecin : à la fin d'une garde, je pourrais dormir même en cas de tremblement de terre !

Bien que Val et Balan ne se soient pas beaucoup vus en raison de leurs obligations professionnelles, il s'était rapidement installé et lié d'amitié avec Penny. C'était un locataire attentionné, qui nettoyait scrupuleusement la cuisine et proposait de sortir les poubelles et de partager des tâches ménagères. De temps en temps, ils passaient une soirée ensemble à regarder la télévision, et parfois il préparait des repas qui faisaient honte au take away indien du coin.

Un mois après son arrivée, Penny devait partir pour une semaine de camping avec les scouts. Val l'avait embrassée en pensant que c'était l'occasion de faire le ménage qu'elle ne faisait jamais, comme débarrasser l'escalier de tout ce qui l'encombrait. Elle avait prévu de commencer ce soir-là, mais en rentrant à la maison elle avait été cueillie par l'odeur des épices qui mijotaient. Accrochant son sac au poteau de l'escalier, elle s'était dirigée vers la cuisine et avait trouvé Balan avec trois casseroles sur la plaque de cuisson. Il lui avait souri timidement et lui avait dit qu'il préparait le dîner.

– Mon emploi du temps a changé, donc nous pourrions passer la soirée à la maison, si vous le souhaitez.

C'était la première fois qu'il cuisinait pour elle spontanément, mais tout sentait délicieusement bon et Val se sentait à l'aise, elle avait donc accepté. C'était aussi la première fois qu'ils dînaient ensemble sans la présence de Penny. La porte du jardin était ouverte sur la chaleur de la soirée et, après le dîner, Val avait décidé de remettre son ménage à plus tard. Elle s'était installée confortablement pour écouter Balan décrire la vie à Chennai et admirer les photos de temples ornés de sculptures et de peintures, de rues pleines d'animation et de couleurs, et de plages dorées bordées d'arbres.

– C'est tellement beau !

– Ça me manque. Londres est une ville extra, mais je ne sais pas si je pourrai jamais m'habituer à la météo.

– Vous habitez au bord de la mer ?

– Mes parents ont une maison non loin de la plage.

– Il y a des années, j'avais dans l'idée de faire le tour du monde. L'Inde figurait en bonne place sur ma liste.

– Mais vous n'avez pas fait ce voyage ?

– Non. En fait, il y a Penny…

Balan et elle n'avaient jamais eu ce type de conversation auparavant, mais le repas détendu et sa présence peu exigeante avaient délié sa langue et, en regardant le jardin crépusculaire, elle avait parlé du passé plus qu'elle ne l'avait fait depuis des années. Cette nuit-là, elle avait dormi si profondément qu'elle avait failli ne pas entendre le son de son réveil, et les jours suivants, elle n'avait pas fait le ménage. Balan et elle avaient passé plus de temps ensemble, allant voir un film après le travail, bavardant dans le jardin et se préparant mutuellement le dîner à tour de rôle. Penny devait rentrer le dimanche matin et, le samedi, comme Balan était libre, Val lui avait proposé une promenade à Hampstead Heath.

– Y êtes-vous déjà allé ?

– Je crois que je ne fais rien d'autre que de passer de l'hôpital à mon lit et *vice-versa*.

– Oh, mais vous devriez visiter quelques sites touristiques pendant que vous êtes à Londres. Il y a une vue magnifique depuis le sommet du Heath.

Ils avaient emporté un pique-nique, pris un bus et y avaient passé toute la journée. À un moment donné, elle s'était aperçue que Balan lui tenait la main. Cela ne l'avait pas surprise. C'était comme s'ils se déplaçaient en parfaite harmonie, choisissant instinctivement des directions comme une seule personne, et n'ayant presque pas besoin de parler pour communiquer. L'alchimie qui régnait entre eux était à mille lieues des chamailleries chargées de tensions sexuelles qu'elle avait connues avec Simon. *Et c'est bien normal,* se dit-elle. *Comment pourrait-il en être autrement ? J'étais une autre personne à l'époque. C'est différent.*

Lorsqu'ils étaient rentrés à la maison, elle avait conduit Balan à l'étage jusqu'à son lit. Sa façon de faire l'amour n'avait rien à voir avec celle de Simon. Pourtant, lorsqu'il avait enroulé une mèche de cheveux autour de son doigt, Val avait soudain eu l'impression que son cœur allait se briser. Balan avait reculé.

– Qu'est-ce qu'il y a ?

– Rien.

Lâchant ses cheveux, il avait roulé sur le dos et regardé le plafond.

– S'il y a quelque chose.

– Oui, mais…

– Je ne m'attendais pas à ce que cela arrive entre nous.

– Non. Enfin moi non plus.

Il avait tourné la tête et ses yeux avaient plongé dans les siens.

– Il ne me reste plus beaucoup de temps à passer à Londres.

Val s'était redressée, serrant la couette autour de ses seins.

– Écoute, je ne m'attendais pas à ça non plus.

– Mais tu es contente.

– Oui. Enfin… oui, mais…

– Tu pourrais venir avec moi. Pourquoi pas ? Toi et Penny. Vous pourriez venir avec moi à Chennai.

– Quoi ? Balan, c'est de la folie.

– Pourquoi ? Pourquoi c'est de la folie ? Tu as dit que tu avais toujours voulu voir l'Inde.

– Oui je l'ai dit. Et c'est vrai. Mais pas de cette façon. Enfin, pas maintenant. Je ne pourrais pas.

– Ce n'est pas une demande en mariage.

– Oh, non ! Je veux dire, je ne pensais pas que c'était le cas.

Il se redressa à son tour et la regarda en face.

– Ce que je veux dire, c'est que je ne dis pas que nous devrions nous marier. Je dis que je ne sais pas où cela pourrait nous mener si nous nous donnons une chance.

– Mais tu dois partir.

– Oui, je suis obligé. Je me suis engagé auprès d'un hôpital et mon devoir est d'y aller. Mais vous pourriez venir avec moi.

Val avait secoué violemment la tête.

– J'ai aussi un travail.

– Tu as dit que tu le détestais.

– Je n'ai pas dit ça. J'ai dit que je le trouvais ennuyeux et…

– … et que tu te sentais piégée.

– Je n'ai pas dit ça. D'accord, peut-être que je l'ai dit, mais j'ai une fille à élever et elle est ma priorité.

– Je crois que je t'aime.

– Quoi ? Arrête. Non.

– Et je pense que tu pourrais m'aimer.

– C'est presque le matin. Penny sera de retour dans quelques heures.

– Est-ce que tu prendras le temps d'y réfléchir ?

– Non.

Val avait repoussé la couette, était sortie du lit et avait cherché à tâtons sa robe de chambre.

– Je ne peux pas. Elle a des amis ici. Les scouts. Elle s'est attachée à son école. Je ne peux pas la déraciner.

– Ce serait si mal de lui faire goûter à la vie dans un autre pays ? Tu pourrais lui demander ce qu'elle pense de cette idée.

– Non, je ne peux pas. Elle a dix ans. Je ne vais pas lui imposer ce genre de choix. De toute façon, il faudrait que je lui explique ce qu'il en est de toi et de moi, et je ne peux pas. Je ne sais pas comment elle réagirait.

– Tu pourrais le découvrir.

– Non. Non, je ne peux pas. Tu ne te rends pas compte à quel point ça a été difficile de tenir le coup. Je peux continuer, mais je ne peux pas changer de cap. C'est trop compliqué. Trop d'efforts.

Faisant un double nœud à la ceinture de sa robe de chambre, Val s'était assise sur le bord du lit.

– Tu comprends ?

– Non, je ne comprends pas. Mais je comprends que tu ne viendras pas à Chennai.

En regardant Londres scintiller dans la chaleur de l'après-midi, Val se souvint qu'elle était retournée dans le lit, encore enveloppée dans sa robe de chambre, et qu'elle avait passé le reste de la nuit dans les bras de Balan. Penny était rentrée le lendemain et s'était précipitée dans sa chambre pour mettre les

Pussycat Dolls. Balan était déjà au travail à ce moment-là et Val avait un mal de tête foudroyant. Descendant en trombe les escaliers, Penny avait dit qu'elle mourait de faim.

– Ce que je veux, c'est une énorme assiette de biryani de Balan.

– Il n'y en a pas. Tu devras te contenter d'une tarte au porc et d'une salade.

– C'est vraiment pourri ! Il savait que je reviendrais.

– C'est notre locataire, Penny. Il n'est pas là pour nous faire la cuisine.

– Eh bien, il aurait pu y *penser*. J'adore son biryani.

– Laisse tomber, Pen. Il y a de la nourriture dans le frigo si tu as faim. Et baisse le son de cet affreux vacarme à l'étage.

De manière déconcertante, Penny s'était approchée de la table et l'avait serrée dans ses bras.

– Tu es contente que je sois de retour, n'est-ce pas, maman ?

– Va baisser la musique. Bien sûr que je suis contente de te voir.

Luttant contre les larmes, Val était allée préparer une assiette. Cette nuit-là, alors que Penny s'était endormie, elle s'était assise pour attendre Balan. Lorsqu'il était entré, il avait dit qu'il s'était arrangé pour déménager dans l'appartement d'un collègue.

– Il a une chambre libre. Je vais faire mes valises et je serai parti demain.

– Non, ne fais pas ça.

– De toute façon, je quitte bientôt Londres. Ne discute pas, Val. Il vaut mieux pour moi que je parte.

Une fois de plus, la vie lui avait fait miroiter une promesse qu'elle lui avait arrachée. Désolée, elle l'avait regardé monter dans sa chambre. La pièce était vide lorsqu'elle était rentrée du travail le lendemain, et Penny avait semblé accepter son explication selon laquelle l'hôpital avait exigé que Balan s'installe sur place. Comme elle n'avait personne à qui en parler, Val avait enterré profondément cette histoire.

Aujourd'hui, en regardant de l'endroit haut perché où elle s'était assise avec Balan, elle se rendit compte que rien n'avait changé. Sa vie tournait toujours autour de sa fille. Il ne suffisait pas de savoir que Penny était en bonne santé, qu'elle réussissait et qu'elle était solvable. La vérité était que Val ne cesserait jamais d'avoir peur. Elle ne se sentirait pas rassurée tant qu'elle ne saurait pas que Penny avait quelqu'un de fiable à aimer.

Chapitre dix-neuf

La première fois qu'un tabloïd avait qualifié David de « *crumpet* de la femme d'âge moyen », il avait été ravi. Il s'était assuré que cela signifiait que les téléspectateurs le considéraient comme un *toy-boy* raffiné. Mais maintenant qu'il avait dépassé la quarantaine, il n'en était plus si sûr. Il se sentait confiant sur le plateau de tournage alors qu'il venait de sortir du maquillage, mais il avait tendance à flancher lorsqu'il voyait son reflet dans les vitrines des magasins. C'était pire à la maison, où Helen avait installé une cabine de douche en verre fumé dans la salle de bains et choisi des portes de placard en miroir. Bien que David fît du sport tous les jours et que sa taille fût un avantage, il n'aimait pas surprendre son reflet de façon inattendue, surtout nu. Aussi, lorsqu'une camionnette de Heal's arriva à Blackheath, il regarda avec stupéfaction les livreurs décharger un grand miroir et, après avoir manœuvré pour le faire entrer dans le hall, commencer à le déballer sur le sol du salon.

Helen leva les yeux vers lui, anxieuse.

– Tu n'aimes pas, chéri ? Je pensais que ça te plairait. Tu as dit que la maison était devenue une chambre d'enfant. C'est pourquoi j'ai remis la plupart des jouets des jumelles dans leur chambre. Je voulais que cette pièce retrouve une ambiance adulte.

David observa l'efficacité avec laquelle ils enlevaient l'emballage. Le miroir mesurait un bon mètre carré, avait un large cadre noir et semblait assez lourd pour arracher le plâtre du mur.

– Ces types vont-ils l'accrocher ? Parce que je peux te dire que ça va être un sacré boulot.

– Bien sûr que non, chéri. Tu l'appuies contre le mur.

– Ah bon ?

Il n'avait pas remarqué que l'essentiel du désordre des jumelles avait disparu, ni qu'Helen avait repositionné le canapé pour libérer un mur entier. Après avoir donné un pourboire aux livreurs, Helen revint et glissa son bras dans le sien.

– Qu'en penses-tu ? C'est un peu austère maintenant, mais je voulais voir l'effet. Je vais peut-être mettre les fauteuils de chaque côté.

Ce que David pouvait voir, c'est qu'à partir de maintenant, lorsqu'il s'assiérait sur son canapé préféré, il se trouverait face à un reflet en pied de lui-même.

Helen l'entraîna dans la pièce et s'assit sur le canapé à côté de lui.

– Comme je le disais, une vraie ambiance d'adulte.

Elle se tortilla pour s'allonger sur les genoux de David et leva un regard plein de promesses, mais, alors que David se penchait instinctivement pour l'embrasser, sa conscience intervint, se demandant si l'inclinaison du miroir était peu flatteuse. Hélène ouvrit les yeux et fit la moue.

– Chéri, qu'est-ce qu'il y a ? Tu n'aimes pas le cadre ? Il aurait pu être laqué en rouge, mais j'ai pensé que le noir était plus sexy. Je peux le renvoyer et prendre le rouge.

– Non. C'est bon.

– Mais tu n'aimes pas.

– Si. Je pense que c'est beaucoup plus sexy que les voitures en plastique rose.

Tournant résolument le dos au miroir, David passa une main derrière les genoux d'Helen et, glissant son autre bras autour de ses épaules, la fit basculer contre les coussins du canapé.

– Où sont les monstres ?

– Sorties avec ma mère.

– Bien. Alors testons l'ambiance adulte.

– Tu as dit que tu avais une réunion.

– Pas avant l'heure du déjeuner.

La jupe d'Helen glissa le long de ses cuisses et, retrouvant son rythme familier, David déplaça ses mains vers le bas de son dos. *En fait*, se dit-il, *ça tombait bien.* Ce qu'il avait appelé une réunion était en réalité son entretien annuel, et un petit coup de pouce pour sa confiance en soi était exactement ce dont il avait besoin.

Une demi-heure plus tard, douché, rasé et vêtu d'une tenue qu'il pensait criante de décontraction nonchalante, il descendit la colline jusqu'à la gare de Blackheath. En principe, ses entretiens avaient pour but de lancer de nouvelles idées créatives. Mais, selon Dominic, son agent, leur but réel était sinistre.

– Les entretiens sont un jeu, David, d'accord ? Ne l'oublie jamais. Tu seras assis là avec ta prod exécutive, un chef d'entreprise et un costard envoyé par la chaîne. On te parlera beaucoup d'augmenter l'audimat.

– C'est bien, non ?

– Et bien d'autres choses encore sur la baisse des recettes publicitaires.

– Mon Dieu, est-ce qu'elles baissent ?

– J'ai dit que c'était un jeu, David. Ils veulent que tu te sentes à la fois convaincu et effrayé à l'idée d'être mis à la porte.

– Merde. Pourquoi ?

– Pour que tu ne me laisses pas prendre de risques lorsque nous devrons renouveler ton contrat.

Dominic avait raison. David avait émergé de son premier entretien annuel avec le sentiment que, bien qu'il soit apprécié, il n'était pas indispensable. En conséquence, il avait appelé Dominic et l'avait incité à la prudence.

– Je ne veux pas pousser trop loin ma chance avant d'être plus en position de force.

– Je t'avais dit que ça se passerait comme ça.

– Je suis stratégique.

– Oui bien sûr.

À l'époque, il recevait des factures de Jennifer pour l'orthodontie de leur fils, et Helen voulait ajouter une véranda à la maison de Blackheath. David n'en avait pas parlé à son agent, mais il avait l'impression que Dominic était au courant. Lors de l'entretien suivant, le costard-cravate envoyé par la chaîne avait pincé les lèvres.

– Je ne dis pas que la publicité qui passe avant et après votre émission est décevante. Ni même inattendue à ce stade. Gardons un œil sur les chiffres.

En se penchant sur sa chaise, il avait souri à David.

– Ma femme m'a parlé de ce biscuit au chocolat que vous avez préparé jeudi dernier. Dans une tasse de thé ou quelque chose comme ça ? Au micro-ondes ?

– Une tasse à cappuccino. C'était un muffin.

– C'est ça. Elle l'a adoré.

Et se tournant vers Penny, il avait dit qu'il allait parler à l'équipe de la régie publicitaire.

– Nous devrions pouvoir augmenter ces chiffres.

Lorsque Dominic avait pris l'appel de David au sortir de la réunion, il avait ri.

– Ah, oui, la vieille rengaine de « garder un œil sur les chiffres ». Ne me dis rien. Je sais. Tu veux que je sois Monsieur Gentil.

Partagé entre la nervosité et l'embarras, David avait dit oui.

– Je serai bien installé quand nous arriverons à la prochaine négociation. Je préférerais que nous gardions nos forces jusqu'à ce moment-là.

Une semaine plus tard, il avait reçu une lettre annonçant une modification des termes de l'accord financier qu'il avait avec son agence et, bien qu'il en ait accepté le contenu sans discuter, il en connaissait la raison. Les clients qui donnaient raison à Dominic lors des négociations en récoltaient les fruits. Les personnes peu enclines à prendre des risques devaient payer pour leur lâcheté en augmentant le pourcentage de Dominic.

Au cours des années suivantes, il avait reçu une modeste augmentation à chaque contrat et Dominic, qui n'avait plus envie de se moquer de David, l'en avait informé à chaque fois par e-mail, sans en discuter. Refoulant un sentiment d'humiliation, David avait arrondi ses revenus en acceptant tous les contrats proposés aux célébrités, des apparitions dans des entreprises aux jurys de concours de gâteaux lors de fêtes de village, et s'était impliqué dans des actions caritatives pour toute cause susceptible de garantir une couverture médiatique importante. À force d'autopublicité, il s'était progressivement fait connaître et les femmes d'âge mûr continuaient à le regarder en masse. Il avait également rencontré un succès inattendu auprès des jeunes d'une vingtaine d'années, qui avaient spontanément créé *Fessier en béton*, un fanzine en ligne regroupant des images prises chaque fois qu'il tournait le dos à la caméra et se penchait pour ouvrir la porte du four du studio.

Moitié horrifié, moitié ravi, David avait vu sa célébrité grimper en flèche et avait été approuvé par des influenceurs sur les réseaux sociaux. Dans ces conditions, il était enclin à lâcher Dominic sur son prochain contrat. Après tout, l'objectif de l'émission était d'atteindre le public le plus large possible, et il était là, déclaré séduisant par des femmes de tous âges. Cette année, se vendre sur ces bases en présence de Penny pourrait être gênant. Mais en prenant place dans le train, il se rappela qu'au travail, Penny était toujours professionnelle. Tout ce qu'il devait faire, c'était d'adopter exactement la même approche.

David n'avait jamais eu de liaison comme celle-là. Avec un sens aigu de la valeur d'une vie sans hypothèque, il avait pris toutes les précautions possibles pour préserver la sécurité qu'il avait trouvée avec Helen. Et personne n'était plus conscient que lui de l'importance vitale d'éviter les tabloïds. Mais cette première nuit, devant la porte de Penny, serrant sa bouteille de Moët froide, il avait reconnu que, cette fois, c'était le risque qui l'attirait. Il s'était arrêté pour acheter un bouquet de roses hors de prix, mais en s'approchant de la porte d'entrée de Penny, il s'était demandé s'il ne s'agissait pas d'une erreur. *Aucune des règles habituelles ne s'appliquera*, avait-il pensé. *C'est elle qui a mené le jeu. Je viens d'être convoqué.*

Le temps de monter l'escalier menant à l'appartement, il avait abandonné ce qu'il considérait comme sa stratégie habituelle en trois points – surprendre, saisir et séduire – et lorsque Penny avait ouvert la porte, il se tenait sur le seuil en murmurant : « Go with the flow » (« Suis le courant »). Elle portait une jupe plissée verte et un haut blanc, et était pieds nus, ce qui l'avait encore plus troublé. Mais après deux coupes de champagne, il avait retrouvé son équilibre et, à la fin de la soirée, il avait décidé que c'était le genre de liaison qu'il avait toujours voulu. Malgré ses pieds nus, Penny avait gardé une certaine distance. Son appartement, avec ses couleurs neutres, son acier brossé et ses briques apparentes, était l'antithèse de sa maison de banlieue et le summum de l'idée qu'il se faisait de la sophistication. Il craignait qu'elle ne soit très exigeante dans la chambre à coucher mais, à son grand étonnement, il avait découvert qu'elle était facilement satisfaite et heureuse de rester allongée après l'amour, en mangeant des plats chinois à emporter. Et, mieux encore, chaque fois qu'il s'était éclipsé pour la rejoindre, il avait pu mentalement lancer un regard provocateur à Dominic, car il avait toujours senti que le jugement de Dominic – qu'il était un lâche allergique aux risques – était bien trop proche de l'opinion secrète qu'il avait de lui-même.

De plus, bien que l'état de Penny soit désormais connu de tous, personne ne semble avoir le moindre soupçon sur le fait qu'il puisse être le père. *Quelle réussite*, pensa David avec complaisance. *Du sexe sans contraintes, sans larmes ni crises de colère à la fin.* En descendant du train à London Bridge, il se dit que le fait que Penny l'ait rejeté avait été un soulagement à plus d'un titre. À sa grande honte, il avait toujours trouvé la grossesse révoltante. Jennifer avait été malade tous les matins pendant trois mois et avait tellement grossi vers la fin de son troisième trimestre qu'il avait eu du mal à cacher son dégoût. La même chose s'était produite lorsque Helen était enceinte des jumeaux et, comme dans le cas de Jennifer, il n'avait pas apprécié le temps qu'il avait fallu à son corps pour retrouver la forme qu'il désirait. *Rien de tout cela ne le dérangerait avec Penny*, pensa-t-il triomphalement. *Cette fois-ci, il était tiré d'affaire, libre de tout soupçon et en pleine ascension.*

Lorsqu'il arriva au bureau, Penny était à son poste de travail. Lolly disposait des tasses à café sur une table, alignant les cuillères et les poignées et plaçant une serviette en papier sous chaque soucoupe. Normalement, les cafés du bureau étaient servis dans des tasses en plastique, mais on conservait les tasses en porcelaine pour les occasions où la chaîne était représentée. Penny lui adressa un sourire professionnel et parla du temps qu'il faisait alors que Tony, l'un des patrons de l'entreprise, arrivait. Penny dit à Lolly qu'elle pouvait y aller et les dirigea vers les canapés qui se trouvaient de part et d'autre de la table basse. Inévitablement, Tony s'enquit de la famille de David.

– Tout va bien ?

– Ça n'a jamais été mieux.

– Vos enfants ont dû commencer l'école ?

– L'école maternelle pour l'instant. Nous avons toute la suite devant nous.

Espérant ne pas avoir donné l'impression d'être dans le besoin, David s'assit, se détendit et prit un café. Il ne lui restait plus qu'à se réjouir du résultat de son travail et à recevoir les félicitations de ses fans de plus en plus nombreux. La remarque de Penny sur le fait qu'elle gagnait deux fois plus d'argent que lui le chagrinait toujours. Cette fois-ci, au moment du renouvellement de son contrat, il exigerait une prime liée à l'audimat ainsi qu'une sérieuse augmentation, et peut-être qu'alors ils le traiteraient tous avec plus de respect pour son travail.

Il s'enfonçait dans son siège, impatient d'appeler Dominic plus tard, quand soudain il fut assailli par le doute. Posant sa tasse de café, il s'efforça de se concentrer. Lorsque Penny l'avait snobé sur le plateau ce jour-là, il avait supposé qu'elle se conduisait de façon stratégique et avait admiré son sang-froid professionnel. Mais était-elle sincère ? Alors que David hésitait, il se souvint d'un autre avertissement de Dominic.

– N'essaie pas de jouer quand tu n'es pas à la hauteur, David. Tu ne ferais que te ridiculiser et tu ne gagnerais certainement pas.

Penny s'assit et ouvrit son ordinateur portable, l'air distant et complètement contrôlé. Soudain, David fut pris de sueurs froides. *Que se passait-il dans la tête de Penny ? Était-elle maintenant aussi réticente envers lui qu'il l'était devant des corps féminins gonflés ? C'est elle qui avait accès aux patrons. Même eux étaient impressionnés par son ascension : ils ne voudraient pas l'énerver. Était-ce vraiment le moment de faire des vagues en exigeant une augmentation ? Cela lui donnerait-il l'excuse parfaite pour dire à la chaîne qu'elle voulait qu'il s'en aille ?*

Chapitre vingt

Ne sachant toujours pas comment créer un motif cohérent, Val avait décidé d'essayer une nouvelle approche. C'était un week-end ensoleillé et, en prenant le métro jusqu'à Richmond upon Thames, elle pouvait marcher le long du chemin de halage jusqu'à Orleans House Gallery, où elle avait vu qu'il y avait une exposition de quilting. Richmond était bondé de gens faisant les magasins, alors elle coupa à travers les petites rues pour atteindre le pont et traverser la rivière jusqu'à Twickenham. Du côté de Richmond, les familles et les touristes se pressaient sur le chemin, en mangeant des glaces, mais ici, à l'ombre fraîche des saules, seules quelques personnes passaient à vélo ou se promenaient en couple, et les mauvaises herbes poussaient en abondance sur le talus abrupt qui descendait jusqu'à l'eau. Ce qu'elle avait lu de l'exposition l'intriguait, même si elle avait entendu de l'amusement dans la voix de Marguerite lorsqu'elle lui en avait parlé au téléphone.

– Qu'y a-t-il de drôle ?

– Rien du tout. Je me disais simplement que c'était typique de ta part de vouloir faire des recherches sur le sujet.

– Des années à être enseignante, je suppose.

– C'est un point de départ tout à fait sensé, mais simplement ce ne serait pas le mien. Je suis soit plus intuitive que toi, soit beaucoup plus paresseuse.

– Je ne ferai absolument aucun commentaire !

– Profite de l'exposition. Prends des photos. Moi aussi, cela m'intrigue.

Enfants, Val et Rory adoraient cette balade le long du chemin de halage de Twickenham où, en été, les abeilles bourdonnaient parmi l'épiaire des marais et le cerfeuil sauvage. Penny l'avait aussi aimée à l'époque où elle était écolière et venait là avec Val et Marguerite. Il était difficile d'imaginer que l'année prochaine, à la même époque, elles seraient toutes les trois ici, poussant le bébé de Penny dans une poussette, ou que Penny aurait le temps de se promener en mangeant une glace, ou de montrer les cygnes qui passaient devant elle, suivis de leurs cygneaux gris. *Et combien de temps libre aurai-je d'ici là ?* se demanda Val. La nuit précédente, en essayant de décider comment répondre à la suggestion de Sean, elle avait imaginé devoir concilier ses propres engagements avec la nécessité d'être présente pour aider à s'occuper du bébé. *Et c'est assez ironique*, pensa-t-elle. *Imaginez si c'était moi qui disais à Penny que je suis débordée de travail et que je ne peux pas parler. Non pas que j'aie la moindre raison de penser qu'elle aura besoin de moi. C'est juste que je ne peux pas être sûre qu'elle n'aura pas besoin de moi, et je n'ai pas vraiment le temps d'attendre pour le savoir. J'aimerais savoir si le père du bébé sera là pour nous aider, mais si je lui demande, je sais à coup sûr qu'elle hésitera à nouveau.*

Orleans House était entourée d'une forêt à laquelle Val accéda par une porte dans le haut mur d'enceinte. La galerie se trouvait dans une grange à l'arrière d'un bâtiment octogonal en briques rouges du XVIIIe siècle, qui était tout ce qui restait de la maison d'origine. La file d'attente à l'entrée de l'exposition était courte. Val la rejoignit derrière une femme d'âge moyen qui, comme elle, était seule. Elles échangèrent un sourire et, une fois à l'intérieur, se quittèrent d'un signe de tête et, fugitivement, Val pensa qu'elle avait l'air gentille. Elle cherchait un catalogue lorsqu'un préposé murmura avec suffisance que son attention devait être réactive et non cérébrale.

– L'exposition est une expérience immersive. Vous pourrez prendre un catalogue à la sortie.

Je déteste le mot « immersif », pensa Val d'un air contrarié, *et j'ai toujours détesté qu'on me dise sur quoi me concentrer. Mais je suis ici, alors ? Autant l'accepter. Au moins, ça fera une bonne histoire pour maman.*

Sa première réaction fut de penser que, si elle était ici en quête de cohérence, elle n'était certainement pas au bon endroit. Bien que l'exposition soit présentée comme une histoire du quilting, le commissaire avait adopté une approche que l'on pourrait qualifier de fluide. Dans l'entrée, suspendus à différentes hauteurs et pris en sandwich par des plaques de plexiglas, des blocs de patchwork de différentes tailles tournaient dans un courant d'air. Le plexiglas révélait les deux faces des tissus, dont certains étaient lourdement ornés de motifs, brodés ou embellis, tandis que d'autres ne se distinguaient que par leur couleur, leur texture ou leur poids. Pour accéder à la première pièce, il fallait passer sous les plexiglas ou les traverser et, en entrant, Val se sentit enveloppée, comme si elle entrait effectivement dans un quilt.

Les objets exposés au-delà des blocs suspendus pouvaient également être vus des deux côtés. La première, une courtepointe faite pour un lit double, était suspendue avec le dessous tourné vers l'entrée. Il s'agit d'une simple flanelle grise sur laquelle le matelassage était presque invisible. Mais en la contournant, Val fut stupéfaite par un motif élaboré de tourbillons et de festons réalisés en fil gris anthracite sur du coton jaune. N'ayant rien d'autre pour la distraire, son attention fut attirée par la couture, aussi régulière qu'un travail à la machine, mais manifestement faite à la main. Cela n'avait rien à voir avec ce que Marguerite et elle tentaient de faire. *Ou peut-être était-ce l'essentiel,* pensa-t-elle en s'approchant pour s'émerveiller. *Ce n'est pas une œuvre d'art : on voit que le quilt a été utilisé et réparé. Il est ancien et fonctionnel, mais il ne s'agissait pas simplement d'assembler trois couches de tissu pour obtenir de la chaleur.* Refaisant le tour du quilt, elle se demanda combien de temps il avait fallu pour le créer. *Des mois. Peut-être des années. Peut-être,* pensa-t-elle, *qu'à l'instar de notre quilt keepsake, il était l'œuvre de plusieurs personnes. De toute évidence, il s'agissait d'un acte d'amour et, qu'il s'agisse de l'amour de l'ouvrage ou de l'amour des corps qu'il était censé recouvrir, il dégage une énergie que l'on peut ressentir.*

En avançant, elle se retrouva face à ce qui avait sans aucun doute été conçu comme une œuvre d'art. Il s'agissait d'un immense panneau matelassé à la machine sur lequel toutes les techniques possibles avaient été utilisées. Appliqué, brodé, feutre et papier se combinaient pour produire un motif abstrait traversé de fils d'argent qui donnaient l'effet de la pluie tombant sur des champs multicolores. C'était une œuvre puissante, mais, aux yeux de Val, impersonnelle.

En regardant plus loin, elle remarqua des fragments de tissus cousus accrochés à un mur. Une critique qu'elle avait lue faisait l'éloge du mélange de quilting vintage et contemporain dans l'exposition, aussi, pensant que ces fragments pouvaient être des restes de pièces plus anciennes, elle alla les voir. Parmi eux, plusieurs semblaient être l'œuvre de mains inexpérimentées. Val se demanda s'il ne s'agissait pas d'échantillons réalisés par des enfants et qui, à un moment donné, avaient été incorporés dans des quilts. Sur la plus petite pièce, une marguerite soutenait une abeille au corps rayé, travaillée de façon irrégulière dans de la laine violette. Bien que l'un des pétales ait été réalisé de manière experte, les autres ne l'étaient pas.

En souriant, Val imagina une mère cousant avec application pour donner l'exemple, et soupirant devant les ailes tordues et les pattes invraisemblablement grosses de l'abeille. Elle resta longtemps à le regarder. Ce n'était pas le genre d'objet qu'elle s'attendait à trouver dans l'exposition, mais l'image évoquait le bourdonnement profond des abeilles dans les herbes au bord de la rivière aussi efficacement que n'importe quel objet dix fois plus habile.

Il n'y avait pas d'itinéraire fixe à suivre. Elle allait et venait, sans savoir où elle était ni où elle allait, s'arrêtant souvent et revenant parfois sur ses pas. Une cabine sombre dans un coin semblait vide, mais lorsqu'elle y entra, les murs s'illuminèrent d'un tourbillon de formes colorées. Apparemment, il s'agissait d'un mandala en mouvement, le motif qui était venu à l'esprit de Val lorsque Marguerite avait mentionné pour la première fois le quilt keepsake. Val se souvenait vaguement que les mandalas étaient censés représenter des aspects de l'univers. Elle était presque sûre qu'ils étaient issus de rituels bouddhistes ou hindous, mais elle ne savait pas pourquoi ils étaient devenus des motifs de quilt. Elle regarda les formes en mouvement pendant un moment, puis, assise sur un tabouret au centre de l'espace, elle se retrouva déséquilibrée. Le tabouret tournait. Hypnotisée, Val tournait lentement sur elle-même, sachant qu'elle était ancrée, mais sentant que les formes l'attiraient. Puis, comme si elle l'entendait parler, elle se souvint de la voix de Simon.

Ils étaient allongés au bord de la rivière à Oxford, en train de réviser pour leurs examens.

– Tais-toi, Simon, j'essaie de me concentrer.

– Dans ce cas, ce qu'il te faut, c'est un mandala.

– Je t'ai dit de te *taire*.

– Sérieusement. Tu vois ?

Il avait poussé le livre qu'il lisait vers elle, éparpillant ses notes.

– « En pénétrant mentalement dans un mandala et en se dirigeant vers son centre, on est guidé à travers des processus »...

– Fiche-moi la paix, tu veux ?

– ... « des processus de désintégration et de réintégration. » C'est à cela que servent les mandalas. Ils représentent les tentatives du moi conscient d'intégrer le matériau inconscient. En d'autres termes, ils aident à la concentration.

Le livre était un livre de poche miteux qu'il avait dû trouver d'occasion.

– Pourquoi diable lis-tu cela ? Tu es censé réviser.

– Je mettrai du mordant dans l'une de mes copies au moment des examens. Le problème avec toi, ma belle muse, c'est que tu n'as aucune notion de stratégie. Ce sont les références inattendues qui permettent d'obtenir une première place.

Lorsqu'elle s'était redressée et l'avait tapé, il avait roulé sur ses pages de notes pour l'embrasser, et maintenant, au milieu des formes et des couleurs tourbillonnantes, elle se souvenait très bien de l'odeur de l'herbe écrasée. Appuyant ses pieds sur le sol, elle arrêta la rotation du tabouret et ferma les yeux. Des cercles, des carrés, des octogones, des hexagones et des diamants tournaient lentement derrière ses paupières closes, son esprit était vide et lorsqu'elle se leva, elle n'avait aucune idée du temps qu'elle avait passé assise là.

À l'extérieur de la cabine, les couleurs autour d'elle semblaient plus intenses, et lorsque Val se pencha sur une rose appliquée, elle ressentit le même sentiment d'enveloppement qu'elle avait eu lorsqu'elle avait marché sous le patchwork suspendu. En se promenant, elle trouva d'autres pièces qui l'étonnèrent, la surprirent et lui plurent, mais en sortant dans la cour ensoleillée, elle secoua la tête lorsqu'on lui proposa un catalogue. Elle emportait des impressions qu'elle n'avait pas envie de décortiquer ou d'analyser à ce moment-là.

Après avoir pris un café à emporter au café, elle se dirigea vers l'avant de l'octogone à la recherche d'un endroit où s'asseoir, mais le seul banc était occupé par la femme qu'elle avait vue dans la file d'attente. Avant que Val ne puisse se détourner, l'inconnue lui sourit.

– Asseyez-vous si vous le souhaitez. Je pars dans une minute.

– Je ne veux pas vous faire fuir.

– Ne vous inquiétez pas.

La femme brandit un gobelet en carton.

– Je viens de le terminer et je dois rentrer chez moi. C'est très joli ici, n'est-ce pas ?

Val s'assit et regarda la pelouse jusqu'à la ligne d'arbres qui bordait la rivière.

– J'aime beaucoup l'endroit. Avez-vous apprécié l'exposition ? Êtes-vous une quilteuse ?

– Non, je suis maladroite ! En fait, le conservateur de l'expo est ma fille. C'est pour cela que je suis là. Je suis venue à l'inauguration, mais c'était le grand tralala. Alors, je suis revenue.

La femme adressa à Val un sourire en coin.

– Mais ne vous laissez pas intimider pour autant. Qu'en avez-vous pensé ?

– Je ne sais pas. C'est assurément immersif.

Le sourire de la femme s'élargit.

– C'est pile le mot qui convient.

Voyant l'étincelle dans ses yeux, Val rit avec elle.

– Je suis désolée. Je ne voulais pas vous offenser. Pour être honnête, c'est le principe qui m'a rebutée au départ. Mais je pense que j'avais tort. Je suis venue chercher de l'inspiration, et je suis presque sûre que c'est ce qui me restera.

– Vous êtes une quilteuse, alors ?

– Absolument pas. Je couds un peu, mais ce n'est pas la même chose, n'est-ce pas ? Mais je suis en train de créer un quilt. Avec ma mère. Pour ma fille.

Val but une gorgée de café.

– C'est une longue histoire.

– Désolée, je ne voulais pas être indiscrète.

– Vous ne l'êtes pas.

Val expliqua que sa fille était enceinte, et que Marguerite avait suggéré qu'elles créent un quilt souvenir. Elle ne dit rien de leur dispute, ni de la situation ou du travail de Penny, et se garda bien de mentionner son nom de famille. Il semblait peu probable que cette femme ordinaire et agréable soit une journaliste de la presse à scandale, mais Val n'avait pas l'intention d'être indiscrète. Pourtant il était bon de parler. La femme se présenta, elle s'appelait Jean et, après avoir bavardé un moment, Val proposa un deuxième café.

– Si vous gardez le banc, je monterai les chercher. Vous avez envie d'un petit pain ?

Lorsqu'elle revint, la conversation porta sur la fille de Jean qui, selon cette dernière, était devenue très ambitieuse.

– Je la vois à peine ces jours-ci.

– Ne m'en parlez pas ! Je ne vois pas beaucoup Penny. Ce qui compte, c'est qu'elles se portent bien et qu'elles soient heureuses.

Jean soupira.

– Mais comment le savoir ? Si quelque chose allait de travers, je doute que Lynette ne se confie à moi. Apparemment, les grands ambitieux ne sont pas censés être vulnérables.

Val, qui compatissait et pensait avoir donné une fausse impression de sa propre relation, déclara que Penny n'était pas non plus une adepte des confidences.

– Chez nous, c'est une affaire de famille. Nous ne parlons pas beaucoup. Mais je vois ce que vous voulez dire à propos des gens qui ont le vent en poupe. Penny est très investie dans son travail.

– C'est charmant de devenir grand-mère.

– Avez-vous des petits-enfants ?

– Pas encore. Lynette est fille unique. J'essaie de ne pas lui mettre la pression, mais j'adorerais être grand-mère.

Derrière elles, dans un tourbillon de pétales de roses, un cortège de mariés sortait du bâtiment octogonal en briques rouges. Jean admira les petites robes d'organza des demoiselles d'honneur.

– L'octogone n'est-il pas un cadre délicieux pour une cérémonie de mariage ? Ces immenses fenêtres cintrées qui laissent entrer le soleil et tous ces ornements dorés… Pas étonnant qu'il y ait une liste d'attente pour louer ce lieu.

Pendant que les mariés posaient pour les photos, leurs mères s'affairaient, arrangeaient le voile de la mariée et redressaient la cravate du marié. Jean rit.

– C'est le mariage de tout le monde, n'est-ce pas ? C'est un archétype.

– Je n'en ai jamais eu. Mon fiancé est mort.

Voyant le visage choqué de Jean, Val s'empressa de poursuivre.

– Ne vous inquiétez pas, c'était il y a longtemps. J'ai l'impression d'avoir vécu une autre vie. De toute façon, j'étais enceinte de Pen, alors il fallait que je continue.

– Cela n'a pas dû être facile.

– Non, mais vous faites ce que vous avez à faire. Et j'imagine que vous avez raison en ce qui concerne le fait d'être une grand-mère. Quand Penny était petite, la vie était une série constante de paniques et de crises, mais ce sera différent. On aura le temps de construire une relation. Nous ne tarderons pas à savoir si c'est un garçon ou une fille.

– Votre quilt semble une adorable idée.

– C'était l'idée de ma mère. Je me suis en quelque sorte laissé entraîner. Elle a l'air d'avancer très bien et je suis coincée, j'en ai peur. Je n'arrive pas à mettre les pièces dans l'ordre et je ne visualise pas de modèle. C'est pour cela que je cherche l'inspiration.

Ils se levèrent toutes deux et Val lui tendit la main :

– Au revoir. J'ai été ravie de vous rencontrer. Félicitez Lynette de ma part. C'est une vraie réussite. Je garderai un œil sur sa prochaine exposition.

– Elle déménage aux États-Unis, je le crains, il n'y aura donc plus d'expo d'elle à Londres pendant un certain temps.

– Oh, je suis désolée. Elle va vous manquer.

– Oui.

Val la regarda s'éloigner et leva la main lorsque Jean se retourna pour la saluer. Après avoir jeté les gobelets de café, elle retourna au bord de la rivière, tout en pensant aux morceaux de tissu qu'elle regardait lorsque Simon lui avait annoncé qu'il partait en excursion avec ses copains en Cornouailles.

La robe de mariée qu'elle avait prévue était aussi traditionnelle que celle qu'elle venait d'apercevoir sur la mariée qui était sortie de l'octogone. De la soie crème avec une surjupe, un corset avec baleines et un boléro à manches longues en fine dentelle de Bruxelles. Elle avait hésité entre de la soie lisse et de la soie imprimée et le magasin lui avait donné un livre d'échantillons à emporter chez elle pour y réfléchir. Après l'enterrement, elle avait déménagé et dormi dans sa chambre d'enfant pendant que Marguerite et Paul s'occupaient des appels téléphoniques et des formulaires à remplir, des invitations à annuler et des traiteurs à décommander. Quelques semaines plus tard, lorsque Val était retournée à West Hampstead, elle avait découvert que Marguerite avait discrètement fait disparaître toute trace de son mariage. Les dossiers, les listes, les pages de magazines épinglées sur un tableau de liège avaient disparu. Les cadeaux qu'elle avait laissés dans leur emballage sur le lit de la chambre d'amis avaient disparu. Et les chutes de soie avaient disparu, comme si sa robe, et toute la vie future qu'elle avait planifiée avec Simon, avaient été aussi peu substantielles qu'un rêve.

Chapitre vingt et un

Penny était assise sur le sol de sa chambre lorsque Mark téléphona de la boutique.

– Bonjour, Pen. Comment ça va ? Tu es chez toi ?

– Oui, je suis à l'étage. Tout va bien. Comment vas-tu ?

– Tu es libre ce soir ?

– Je n'en suis pas vraiment sûre.

Elle avait dit à Lolly qu'elle travaillerait à la maison, mais elle avait fini par nettoyer la salle de bains et était en train de trier sa collection de chaussures, si bien qu'elle avait prévu de passer la soirée à se rattraper.

– Pourquoi ? Qu'est-ce qui se passe ?

– J'ai reçu l'ordre de t'emmener à une fête.

– Oh, Mark, j'ai beaucoup de travail. Des tonnes de travail.

Penny était impressionnée de voir tout le temps qu'elle avait déjà perdu. Elle se leva péniblement et se dirigea vers l'escalier.

– C'est vrai. C'est une idée adorable, mais je ne peux vraiment pas.

– Tu ne veux pas savoir qui m'en a donné l'instruction ?

Arrivée dans le salon, Penny s'assit et fixa un tableur ouvert.

– Je ne peux pas venir. Honnêtement, Mark. Merci, mais je dois passer mon tour.

– Il sera dévasté.

– Qui ?

– Bill.

– Ton *père* m'invite à une fête ?

– Ce sont ses quatre-vingts ans. Viens, Penny. Ce n'est qu'à quelques minutes de marche, et il veut vraiment que tu sois là.

– Alors, où cela se passe-t-il ?

– Chez eux. Maman a cuisiné toute la matinée et Leeann a fait un gâteau. Deux, en fait. Des pains à la crème. La moitié du quartier sera là. J'avais dit que j'irais faire un tour quand je fermerais la boutique, mais ça a déjà commencé. Ils ont lancé les festivités quand la bande de Leeann est rentrée de l'école.

Leeann étant la sœur aînée de Mark, Penny supposait que « la bande » était ses enfants. Il semblait tôt pour commencer une fête, mais quand elle le dit, Marc se mit à rire.

– Tu ne connais pas ma famille ! Ils font la fête du matin au soir s'ils en ont l'occasion. Et c'est un anniversaire important pour Bill, alors nous allons mettre le paquet. Allez, Penny, il sera vraiment contrarié si tu ne viens pas.

– Je suppose que je compte comme voisine.

– Tu comptes parmi les amis.

Le budget du mois suivant défila devant les yeux de Penny. Elle les tamponna avec sa manche et, maudissant mentalement les hormones, se racla la gorge et dit qu'elle serait ravie de venir.

– Je peux descendre à l'heure de la fermeture et y aller à pied avec toi ?

– Bien sûr. Passe à dix-sept heures trente.

– Oh, mais… je n'ai pas de cadeau pour Bill.

– Maman a interdit les cadeaux. Elle dit que si l'appartement devient encombré, il voudra monter un stand sur le marché.

Penny s'esclaffa.

– Je parie qu'elle a raison.

– C'est ainsi qu'il a commencé.

– En vendant des cadeaux d'anniversaire ?

– Cela ne m'étonnerait pas. À l'époque, il t'aurait vendu la vapeur de son porridge.

– J'ai une réserve de cartes quelque part.

– Ça lui plaira une carte. Oups, je dois y aller, voici un client. À plus tard.

Penny continua de fixer son écran en se disant qu'elle détestait les hormones. Ces derniers temps, elle se faisait piéger par des choses inattendues. Des moments de panique irrationnels, comme celui qu'elle avait eu au bord de la rivière, et les suées froides qu'elle venait d'avoir à l'idée d'une salle bondée. Des choses bizarres, comme l'envie de faire le ménage et la fréquence à laquelle ses cheveux et ses ongles semblaient avoir besoin d'être coupés. L'envie de faire le ménage semblait liée au besoin de se lever la nuit pour faire pipi. Elle se réveillait à quatre heures du matin, trébuchait de son lit aux toilettes et se sentait soudain obligée de nettoyer les fenêtres. Et, plus d'une fois, elle s'était retrouvée à ranger compulsivement au bureau. Heureusement, cela s'était produit lorsque personne d'autre n'était là pour s'en apercevoir. Aujourd'hui, elle recommençait à transpirer à la simple idée qu'elle pourrait faire une bêtise au beau milieu d'une réunion. Dans son monde impitoyable, le moindre signe de faiblesse pouvait être dangereux, c'est pourquoi elle ne s'était jamais autorisée à traiter ses collègues comme des confidents. Et maintenant qu'elle avait perdu le contact avec les amis qu'elle avait connus avant que sa carrière ne consume sa vie, elle n'avait personne avec qui elle se sentait libre de parler des choses dont elle essayait de se convaincre qu'elles étaient des choses ordinaires liées à la grossesse. *Je ne devrais pas avoir besoin de le faire*, se dit-elle, contrariée. *Tout le monde sait que la grossesse fait faire pipi plus souvent et produit ce que l'on appelle sur Internet un « comportement de nidification ». Et, en fait, mes cheveux ont l'air plutôt bien.* Mais, ayant bâti sa réputation sur un pragmatisme à toute épreuve, il était déconcertant de se sentir minable. *Et si ces sentiments ne disparaissaient pas ? Comment ce bébé va-t-il s'en sortir*, pensait-elle, *avec une mère chouineuse et dégoulinante de sueur ? Et pas seulement une mauviette. Une personne sans amis. Un Billy No Mates dont le cerveau semble se transformer en bouillie.*

Elle se leva et alla chercher une carte. Lolly lui en apportait régulièrement un assortiment, pour les anniversaires de ses collègues et les fêtes de départ. En les passant en revue, Penny s'inquiétait qu'aucune ne convienne, mais elle en trouva une avec juste « Joyeux anniversaire » et écrivit un message chaleureux à l'intérieur pour Bill. Puis, comme il lui restait une heure avant de se doucher et de s'habiller, elle s'assit et se remit au travail. Une fois la feuille de calcul terminée, elle se pencha sur un dossier de documents nécessitant sa signature, le dernier étant le renouvellement de contrat de David.

Penny fronça les sourcils. Bien qu'elle n'ait jamais laissé leur liaison affecter son traitement professionnel de David, il lui était récemment venu à l'esprit que sa vie serait plus facile si elle ne le revoyait jamais. Cette pensée saugrenue la dérangeait. C'était ce qu'elle qualifiait d'hormonal – irrationnel, probablement transitoire, et certainement une trahison de ses normes professionnelles élevées. *J'ai peut-être été irresponsable dans ma vie privée*, pensa-t-elle, *mais je connais mon devoir envers l'émission. David est bon pour l'audimat, et c'est primordial.* Concentrée sur l'écran, elle fit défiler le document, puis s'arrêta et revint à la clause intitulée « Rémunération ». Une fois de plus, l'émission obtenait David à un prix remarquablement bas.

C'était étrange. Chaque fois que le contrat de David devait être renouvelé, elle prévoyait un budget pour une négociation serrée, et lorsque Dominic n'avait demandé qu'une augmentation correspondant à celle du coût de la vie, elle avait supposé que David, conseillé par son agent, jouait à long terme. C'était une stratégie qu'elle reconnaissait. Mais cette fois-ci, elle était sûre que David enverrait Dominic à l'assaut. Compte tenu de sa célébrité croissante, c'était le moment idéal pour exiger une augmentation mirobolante, avec la menace d'aller exercer son talent ailleurs en cas de refus. Au lieu de cela, Dominic avait acquiescé à l'offre d'ouverture standard. Qu'est-ce qui se passait ?

Ignorant que David s'était convaincu qu'elle voulait qu'il quitte l'émission, Penny essaya d'appliquer la logique commerciale. De nombreuses autres émissions télé seraient heureuses de recruter David. De son point de vue, demander plus d'argent n'était pas seulement raisonnable, c'était aussi sans risque. Alors pourquoi n'avait-il pas envoyé Dominic bardé d'arguments ? Penny se mordit la lèvre. Était-il possible que David se soit concentré sur autre chose ? Pensait-il qu'en quittant l'émission, il risquait de perdre le contact avec le bébé ? Cela aurait-il pu être un risque personnel qu'il n'était pas prêt à prendre ? *Oh, mon Dieu*, pensa Penny, *je n'ai pas besoin de ça. Je ne veux pas rester assise à analyser le comportement de David. Je maîtrise la situation maintenant – enfin, autant que possible, à part les sueurs et les sautes d'humeur, et le tri compulsif des chaussures. Je ne peux pas laisser David me perturber. Et maintenant, bon sang,* pensa-t-elle en voyant l'heure sur son ordinateur portable, *il faut que j'aille chanter un joyeux anniversaire à Bill.*

Dix minutes plus tard, sous la douche, elle regardait la mousse de savon qui tourbillonnait autour de sa rondeur en pleine croissance. La nuit précédente, lorsqu'elle s'était réveillée et qu'elle avait trébuché jusqu'aux toilettes, elle avait cru sentir un minuscule mouvement pétillant qui pourrait être le bébé. *Mais je n'en suis qu'à ma dix-septième semaine*, avait-elle pensé. *Je peux me tromper. Le médecin a dit qu'il fallait s'attendre à des mouvements entre la seizième et la vingt-cinquième semaine. Et comme les premiers bébés peuvent être lents, je ne devrais pas m'attarder sur les dates.* Maintenant, à son grand étonnement, émerveillée, elle ressentit de nouveau un mouvement, cette fois une sorte de battement, comme des papillons dans son estomac. Enroulant une serviette autour de son ventre rond, elle le tapota avec incertitude. *Bravo, mon bébé*, pensa-t-elle fièrement. *D'après Google, tu n'as encore que la taille d'une poire, mais tu es déjà en tête du classement.*

Après avoir pris une douche, elle se sentait plus fraîche et moins timorée, mais elle n'avait toujours pas envie d'aller à une grande fête joyeuse. *Au moins*, se dit-elle, *Marc sera là pour me protéger et, s'il y a du monde, personne ne remarquera si je m'éclipse*. Ouvrant sa garde-robe, elle fronça les sourcils devant une rangée de pulls surdimensionnés et de chemises en lin hors de prix. Ils étaient décontractés, confortables et faciles à enfiler avec des jeans ou des leggings de cyclisme et, associés à des pantalons plus amples, ils lui avaient permis jusqu'à présent de ne pas avoir à acheter de vêtements de grossesse. Mais que choisir ? Cet éventail de couleurs froides et neutres n'avait rien de joyeux. Finalement, elle opta pour une chemise blanche associée à un pantalon vert pâle à taille coulissante et, à la recherche d'un élément joyeux et festif, elle sortit un collier qu'elle avait acheté à la boutique de souvenirs de la Tate Modern. C'était un collier de perles colorées et épaisses ressemblant à de la réglisse, enfilées sur un fil élastique noir et munies d'un fermoir en argent. Elle le brandit, hésitante, et se demanda si Mark le trouverait approprié. *Oh, pour l'amour du ciel !* s'agaça-t-elle. *J'ai toujours su ce que je voulais dans la vie, je n'ai jamais remis mes choix en question, et voilà que je m'embarrasse d'un stupide collier.* Le fixant autour de son cou, elle recula et se regarda dans le miroir. *Je ne me ressemble pas*, pensa-t-elle. *Je ne me ressemble plus depuis que tout cela a commencé. Mon esprit part dans tous les sens au boulot et tout en moi semble changer. Et, même si ce sentiment d'effervescence et de flottement est assez incroyable, j'aurais drôlement préféré que rien de tout cela ne se produise.*

Chapitre vingt-deux

Lorsque Penny ouvrit sa porte, un musicien jouait sur le trottoir, rivalisant avec le son du reggae provenant d'un pub voisin. Alors qu'elle refermait la porte derrière elle, une voiture décapotée passa en trombe, avec Beethoven hurlant sur les haut-parleurs. Le conducteur entourait de son bras une jeune fille aux cheveux clairs sur le siège passager, qui adressa un sourire à Penny lorsqu'elles se croisèrent. Penny se sentit soudain lasse. Voilà un couple de son âge qui avait l'air de l'amour personnifié, et qui était visiblement si heureux qu'il avait envie de tendre la main et d'embrasser le monde entier. *J'espère qu'ils utilisent un moyen de contraception*, pensa-t-elle avec aigreur, mais le signe de la jeune fille était si intime qu'elle n'eut pas le cœur de l'ignorer et lui envoya un grand sourire avant d'entrer dans le magasin.

– Je suis en retard ?

– Pas du tout. Tu tombes à pic. Retourne le panneau sur la porte, veux-tu ?

Mark disparut et revint quelques instants plus tard en enfilant une veste. Il portait une chemise au lieu de son T-shirt habituel et s'arrêta devant un miroir pour lisser ses cheveux noirs.

Penny sourit.

– Tu parles d'un costume et de bottes !

Mark rit.

– Je parie que maman va me demander pourquoi je ne porte pas de cravate.

– Oh là là. Est-ce que j'ai l'air bien ?

Mark se détourna du miroir, s'appuya sur le dossier d'une chaise et l'inspecta.

– Tu es superbe.

– Parce que j'aurais bien porté une robe, mais aucune ne me va plus. Et j'ai renoncé aux talons. Ils sont trop inconfortables.

– J'ai dit que tu étais superbe. Tu as aussi l'air tout à fait convenable. C'est juste la famille, Pen, pas de stress.

– Toute la famille va venir en veste et en cravate ?

– Bien sûr que non. Maman aime bien se plaindre. Surtout de son fils unique.

Marc lui prit le coude et la propulsa vers la porte.

– N'aie pas l'air si anxieuse. Tu vas adorer Sarah. C'est une star.

Dehors, il passa son bras sous celui de Penny.

– Je ne t'ai pas forcée à venir, quand même ?

– Tu as peut-être exercé une certaine pression morale, mais au moins, ça m'a sortie de ma montagne de travail.

En reculant et en manquant d'entrer en collision avec un groupe de touristes, Mark la regarda avec une lueur d'inquiétude.

– Sérieusement, tu es prête pour ça ?

Penny descendit du trottoir pour laisser passer les touristes.

– Tout à fait. Je ne suis pas fragile. On ne va pas en faire toute une histoire.

– Je ne fais jamais des histoires avec les femmes enceintes. Elles deviennent grincheuses.

Penny sourit en éprouvant du remords.

– C'est bien vrai ! Désolée, je ne voulais pas m'emporter. C'est gentil de t'en soucier.

Ils avaient tourné dans une rue qui s'éloignait du marché et les passants étaient moins nombreux. L'ambiance était familiale, contrairement à l'ambiance branchée qui régnait à quelques rues de là. La musique flottait encore à travers les fenêtres ouvertes, ainsi que les rires et les cris de joie, mais les bruits étaient moins frénétiques. Les rangées d'immeubles en briques rouges étaient entrecoupées de petits jardins publics, où les enfants jouaient sur des toboggans et des bascules, tandis que les adultes étaient assis à discuter ou en train de faire défiler l'écran de leur téléphone. Penny pouvait voir que dans certains appartements, des groupes de garçons regardaient le football à la télévision. Alors qu'avec Mark ils traversaient une résidence, un groupe de femmes sortit de l'une des entrées et fit un signe de la main. Deux d'entre elles, qui semblaient avoir l'âge de Bill, portaient des packs de bière blonde. Une autre portait une grande barquette recouverte de film alimentaire et Penny se demanda si elles se rendaient à la fête. La réponse de Mark à leur salutation confirma que c'était bien le cas. Il proposa de prendre le plateau, mais les femmes le repoussèrent.

– Tu devrais te dépêcher. Ta mère a appelé des renforts !

– Qu'est-ce que c'est, là ?

– Des sandwiches au jambon. Il n'y avait pas de place pour en faire chez vous.

L'une des plus âgées brandit un pack de six.

– Et nous apportons nos propres boissons au cas où il y aurait une pénurie !

Penny toucha le bras de Mark.

– Est-ce qu'on aurait dû apporter une bouteille ?

– J'ai déposé quelques affaires tôt ce matin. Ne t'en fais pas. Il y aura des restes pour une semaine.

Il dirigea Penny vers une rue où un groupe d'enfants tapait dans un ballon sur le trottoir et où des gens de tous âges étaient rassemblés autour de la porte ouverte d'un appartement au rez-de-chaussée. Un ordinateur portable posé sur le rebord d'une fenêtre diffusait de la musique et des guirlandes flottaient aux balcons des appartements situés au-dessus. Les invités plus âgés s'étaient rassemblés sur des chaises dans le petit jardin de devant, où Penny pouvait voir Bill assis, un verre de bière à la main. Les enfants s'éparpillaient devant Mark alors qu'il poussait Penny à franchir le portail et, en la voyant, le visage de Bill s'éclaira en signe de bienvenue.

– Voilà ma préférée ! Je suis content que tu aies pu venir.

– Joyeux anniversaire, Bill. Merci pour l'invitation.

– Ce n'est pas tous les jours qu'un homme atteint quatre-vingts ans. J'ai dit à Mark que je voulais que tu sois là.

Bill agita son verre en direction de Mark.

– Et tu vois, mon garçon, qu'est-ce que je t'ai toujours dit ? Si tu ne demandes pas, tu n'obtiens pas.

Il avait l'air plus frêle que la dernière fois que Penny l'avait vu, et beaucoup plus calme que lorsqu'il tenait le magasin. Elle trouva la carte dans son sac et, alors que Bill ouvrait l'enveloppe, Sarah, sa femme, apparut dans l'embrasure de la porte. Petite femme d'environ soixante-dix ans, elle avait les cheveux et les yeux noirs de Marc et portait un tablier par-dessus une jupe et son haut. Marc la serra dans ses bras et Bill présenta Penny.

– Voici la fille sans laquelle tu n'aurais jamais réussi à me faire abandonner mon entreprise, alors dis-lui merci !

Sarah rit de l'embarras de Penny.

– Ne fais pas attention à lui, il est déjà à moitié pompette. Je l'ai laissé ouvrir sa bière bien trop tôt.

Bill agita son verre comme une baguette de magicien.

– Pen était un diamant comparé à certains des minables que j'ai eus dans ces chambres. L'alcool, la drogue, tout le reste, voilà ce que j'ai dû supporter. Mais jamais avec elle. Elle payait au prix fort et gardait toujours le nez propre. La meilleure chose que j'ai faite, c'est de lui vendre l'appartement. J'ai pas raison, Mark ?

Tout le monde se tourna vers Penny et Sarah donna un coup d'épaule à Bill.

– Il est bien trop tôt pour commencer à faire des discours. Entre, Penny. Nous allons te trouver un verre et donner au bonhomme qui fête son anniversaire de quoi absorber la bière blonde.

Mark sur ses pas, Penny a suivi Sarah à travers le couloir encombré, puis vers une cuisine où chaque surface était couverte de plateaux de nourriture. Mark sourit.

– Tu sais que Lil et Katie apportent des sandwichs, maman ?

– Je ne leur ai jamais demandé de le faire.

– Je parie que tu l'as exigé.

– Elles peuvent les distribuer dans le jardin, alors. Ton père aime les sandwichs.

Sarah le regarda d'un œil critique.

– Tu aurais pu t'arranger un peu avant de venir.

Alors que Penny réprimait un sourire, une jeune femme les rejoignit, tenant une boîte au-dessus de sa tête pour éviter la cohue dans le hall. Mark la serra dans ses bras.

– Bonjour, Lee. Voici Penny qui a l'appartement au-dessus du magasin.

Il se tourne vers Penny.

– Voici ma sœur, Leeann.

Sarah saisit la boîte.

– C'est le gâteau de ton père ? Je croyais que tu avais dit que tu en faisais deux.

– Je n'ai qu'une paire de mains, maman ! Lumo apporte l'autre gâteau. Bonjour, Penny, ravie de te rencontrer.

Sarah avait retiré le couvercle de la boîte.

– Est-ce qu'il y a des noix dedans ? Parce que ton père ne veut pas manger de noix.

– Je sais. Et il y en a dans celui-ci. Et pas dans l'autre, alors arrête de paniquer. Écoute, je suis là maintenant, et les autres arrivent. Pourquoi n'irais-tu pas t'asseoir dehors avec papa ?

– Eh bien, toute la nourriture que Lumo a apportée ce matin est là, sur le côté, prête à être servie, et Mark dit que Lil et Katie ont apporté des sandwiches, Dieu sait pourquoi...

– Très bien. Les filles et moi allons nous en occuper.

– Et tous les morceaux que j'ai préparés sont dans le four, prêts à être réchauffés...

– D'accord. Tu me diras plus tard quand tu voudras l'allumer.

– Mark a apporté du vin. Je ne sais pas qui va le boire.

– Maman, enlève ce tablier et va dans le jardin.

Passant devant Penny, Leeann récupéra la boîte et la posa sur le réfrigérateur. Sarah enleva son tablier et déclara qu'avec tout ce qu'il y avait à faire, ses autres filles auraient pu arriver plus tôt. Leeann la poussa doucement dans le hall.

– Je te l'ai dit, elles arrivent. Va leur dire bonjour et laisse-moi m'occuper de ce qui se passe ici.

Sa mère partit, toujours en protestant, et Leeann s'affaissa contre l'évier de la cuisine.

– Elle est comme ça depuis ce matin. Dieu sait comment elle sera à minuit. Ouvre une bouteille de vin, Mark. J'ai besoin d'un verre !

Prenant un verre dans un placard, elle se tourna vers Penny.

– Je suppose que tu n'en veux pas, n'est-ce pas ? Je peux t'offrir un jus d'orange ou de l'eau gazeuse ?

– De l'eau, ce serait très bien.

Mark leva les yeux du tiroir dans lequel il cherchait un tire-bouchon.

– J'ai mis de l'Évian dans le frigo ce matin et j'ai apporté des citrons. Et je pensais que tu ne buvais pas non plus, Lee.

Sa sœur l'a poussé.

– Quoi, tu es de la police de l'allaitement ? Sophie a plus de neuf semaines, donc contrairement à Penny, je suis libre. De toute façon, c'est le quatre-vingtième anniversaire de papa.

Leeann ajouta une rondelle de citron et tendit à Penny un verre d'eau d'Évian.

– Tiens, Penny. À la santé de Bill.

Bien que l'appartement soit exigu, bruyant et chaud, Penny se sentit étrangement détendue. Elle leva son verre et porta un toast, se souvenant de ce que Mark avait dit à propos de la bande de sa sœur.

– Ce sont tes enfants qui jouent au ballon dehors ?

Leeann accepta un verre de vin, écarta un plateau et se hissa sur la table.

– Le grand garçon est à moi, ainsi que les deux filles maigres. Les autres appartiennent à mes petites sœurs. Je suppose qu'il y a les enfants de quelques voisins là aussi.

Elle haussa les sourcils en direction de Penny.

– Est-ce que c'est ton premier ?

– Oui.

– Tu as la vie devant toi, ma belle.

Elle leva son verre à la hauteur du ventre rond de Penny. Aux jours heureux !

Mark était adossé au réfrigérateur et mangeait un petit four sur une pique de cocktail. Il tendit le plateau à Penny.

– Prends-en un. Ils sont délicieux. C'est Lumo qui les a faits, Lee ?

– Oui, ils en ont au restaurant.

Bien qu'elle n'ait pas eu envie de manger de la journée, Penny saisit un disque doré dont les bords étaient caramélisés.

– C'est du plantain ? Tu parles du restaurant ghanéen de l'autre côté du marché ?

Leeann acquiesça.

– Mon mari est le chef cuisinier. Il est ghanéen. Il est né ici, mais ses parents sont ghanéens. C'est lui qui a inventé ces bouchées de kelewele pour l'entrée.

En savourant le plantain grillé, aromatisé au gingembre, au poivre et à l'ail, Penny se souvint que David et elle-même avaient commandé des bouchées kelewele sur le menu à emporter du restaurant à la mode. Leeann fit à nouveau un signe de tête en direction de son ventre.

– J'espère qu'ils te conviennent. Ils sont un peu épicés.

– Ça va. J'en ai déjà mangé, de ce restaurant. Ils sont vraiment bons.

– Tu as de la chance. J'ai survécu en mangeant du riz à la crème Ambrosia pendant environ un mois lorsque j'étais enceinte d'Aaron. Le grand garçon. Il a quatorze ans. J'en étais à peu près au même point que toi, et j'ai tout de suite arrêté la nourriture épicée. Mon mari a commencé à se demander si le bébé était vraiment le sien.

Leeann attrapa une autre bouchée de kelewele avec sa pique de cocktail et demanda si le père du bébé de Penny était dans les parages.

De la part de n'importe qui d'autre, la question aurait hérissé Penny, mais dans la cuisine étouffante, avec les rires et la musique qui dérivaient dans le couloir, elle répondit à la question avec autant de désinvolture qu'elle avait été posée.

– Non. Nous ne sommes pas ensemble. J'ai moi-même été élevée par une mère célibataire. Ce n'est pas si grave.

En se retournant pour poser sa pique de cocktail sur le plateau, Penny vit une expression étrange traverser le visage de Mark, hâtivement dissimulée, comme s'il ne voulait pas qu'elle s'en aperçoive. Avant qu'elle n'ait eu le temps d'y réfléchir, Leeann lui tendit un autre canapé.

– Eh bien, tant que tu as ta mère, tout va bien, n'est-ce pas ? Des sœurs ?

– Non, je suis fille unique.

– Tu vois, je ne sais pas comment je me débrouillerais sans mes sœurs. Ou sans maman. Nous nous battons parfois comme des chats, mais elle est une véritable source de force.

Marc, qui semblait avoir retrouvé son équilibre, se mit à rire.

– Alors que ton pauvre frère n'est rien d'autre qu'un serveur de vin.

– Si, tu as ton utilité.

Leeann fit un clin d'œil à Penny.

– J'ai exercé la plupart de mes talents d'éducatrice sur Mark.

– Tu as fait du bon travail avec lui.

– Je te remercie. Je pense que oui. Il n'est pas si mauvais que ça.

Entendant une dispute dans le couloir, Leeann gémit.

– Oh, regardez-moi ça, pas de repos pour les affreux !

Penny se retourna et vit Aaron se faufiler dans la foule. Il portait un bébé aussi haut qu'il le pouvait, tout comme Leeann avait porté la grosse boîte de gâteaux.

– Sophie ne veut pas se taire, maman. Bill dit qu'il ne s'entend pas penser.

– Très bien, donnez-la-moi. Vous auriez pu la promener dans la rue.

– Nous jouons un match.

– Franchement, les enfants d'aujourd'hui ! Je disais justement à Penny que lorsque j'avais ton âge, je devais trimballer ton oncle Mark partout avec moi.

Aaron lança à Mark un sourire malicieux.

– De nos jours, les enfants ont des droits. Nous ne pouvons pas être traités comme des nounous non rémunérées.

Leeann lui donna une tapette et prit le bébé hurlant dans ses bras.

– Allez, retourne à ton jeu. Ton père a-t-il apporté l'autre gâteau ?

– Il est dehors, il parle à Bill.

– Oh, c'est pas vrai ! Tiens-la une minute, Penny. Ce gâteau va fondre s'il reste à la chaleur.

Prise au dépourvu, Penny prit le bébé qui, protestant contre le fait d'être traité comme un ballon qu'on se repassait, cria encore plus fort et agita les poings. Aaron avait disparu au fond du couloir, Leeann sur ses talons. Restée seule avec Mark, Penny se tourna vers lui, paniquée.

– Elle devient violette, Mark. Est-ce qu'elle va bien ?

– Elle va bien. Donne-la-moi, si tu veux.

Penny sentit soudain qu'elle arrivait à un moment extrêmement important.

– Non, attends. Je peux le faire.

Avec précaution, elle tint le bébé qui s'agitait contre son épaule et se balança d'un pied sur l'autre. Le niveau de décibel des cris diminua, de sorte qu'elle put à nouveau entendre la musique qui jouait à la fenêtre de l'appartement. Marc, qui mangeait encore du plantain, observait la scène, l'air impassible. Prenant de l'assurance, Penny essaya de tenir le bébé loin d'elle, mais Sophie répondit par un gémissement plein de ressentiment.

Hâtivement, elle serra à nouveau contre son épaule le paquet qui protestait, bougeant la partie supérieure de son corps au rythme de la musique. Celle-ci venait de passer de Diana Ross à une valse. Un chœur de voix rauques provenant du jardin se joignit à *I Have A Dream* d'ABBA et, à la stupéfaction de Penny, Sophie se redressa et se mit à roucouler. N'osant pas arrêter de bouger, elle continua de la bercer et le bébé tourna la tête et ouvrit deux grands yeux noirs. Le petit visage était maintenant serein et, dans un autre hoquet, elle cracha un filet de lait.

– Oups !

Mark lança une serviette en papier à Penny, qui tamponna le liquide. Le bébé pinça les lèvres et souffla une bulle enchanteresse, et les voix du karaoké à l'extérieur s'élevèrent encore plus fort. Marc jeta la serviette à la poubelle.

– C'était la danse de mariage de papa et maman. En fait, ils en ont eu deux parce qu'ils détestaient les choix de l'autre. *I Have A Dream* était celle de ma mère.

– Quelle était celle de Bill ?

– *Lady In Red* de Chris de Burgh.

– Le rouge est-il la couleur préférée de ta mère ?

– Non, elle déteste ça. C'est juste que *Lady In Red* est la chanson préférée de papa. Maman dit toujours que la dame en rouge est la fille à qui elle l'a piqué. C'est peut-être même vrai. Au dire de tous, il n'était pas du genre à se marier jusqu'à ce que maman le coince.

– Alors, c'est aussi leur anniversaire ?

– Non, c'était il y a plusieurs semaines. Maman chante *I Have A Dream* dès qu'elle en a l'occasion. Elle dit que nous pourrions tous être morts demain matin, alors pourquoi rater une occasion de célébrer la vie ?

– C'est plutôt sympa.

– Ils sont tous deux uniques, vraiment. Ils voient ce qu'ils veulent et se lancent. Je suis tout le contraire, je ne sais jamais quand je dois me lancer.

Ses yeux se posèrent sur Penny, qui se balançait toujours au rythme de la musique et venait de découvrir que Sophie s'était endormie. Alors qu'elle levait les yeux vers Marc pour lui faire part de son triomphe, Leeann réapparut, portant le deuxième gâteau.

– Voilà, une génoise au citron, pas la moindre trace de noix, et Lumo a apporté huit bougies. Maman dit qu'elle veut qu'on le coupe maintenant, pour pouvoir prendre des photos.

Surpris, Marc regarda les plats qui attendaient dans le four.

– Quoi ? Avant de servir tout ça ?

– Tu sais comment elle est. Je ne vais pas me disputer avec elle. Allez, sors la glace et je m'occupe des assiettes.

En poussant gentiment Mark, Leeann passa devant Penny, qui détourna automatiquement son épaule pour protéger le bébé. Tout le poids de Sophie semblait reposer sur ses fesses potelées et sa petite tête était chaude. Penny posa délicatement sa joue contre les cheveux humides et vaporeux et décida que, comme la cuisine était chaude et que la respiration de Sophie était régulière, elle n'était probablement pas sur le point de mourir de fièvre. S'approchant de la fenêtre, où il faisait plus frais, elle la berça doucement et regarda Leeann mettre les bougies sur le gâteau.

Soudain, Penny eut très faim. Avec une bouffée de plaisir aussi intense que lorsqu'elle avait calmé le bébé, elle vit Mark aller chercher de la glace rayée dans le congélateur.

Chapitre vingt-trois

Val n'avait que six semaines lorsque Marguerite l'avait emmenée pour la première fois à Stonehill. Paul avait pris une semaine sur ses congés annuels et ils avaient conduit de Londres à Holyhead avec ce qui semblait être la moitié des produits de Mothercare entassés dans le coffre. Aucun tracteur ne les avait retenus pendant qu'ils traversaient Anglesey, Val avait dormi paisiblement pendant la majeure partie du voyage et la traversée en ferry jusqu'à Dún Laoghaire s'était déroulée sans encombre. À leur arrivée à Stonehill, ils avaient constaté que Donal était avec un patient et avaient été accueillis dans le hall par Mme Sinnott, qui avait insisté pour les aider à porter les bagages.

– Ça ne m'ennuie pas du tout et c'est super de vous voir ici. Nous ne vous avons pas vus depuis le mariage.

Marguerite se tenait dans le couloir, au milieu d'un amoncellement de sacs et de valises, pensant combien il était étrange de se trouver là avec un bébé. Le carrelage usé à damiers, les lambris sombres et le vase de fleurs sauvages sur la console n'avaient pas changé, mais cette nouvelle personnalité dans ses bras semblait redonner de l'énergie à l'ensemble et changer sa relation avec la maison. Mme Sinnott leur avait fait signe de monter et les avait conduits sur le palier.

– Le docteur a dit que vous voudriez la chambre double à l'arrière. Oh, tu ne veux pas ta propre chambre, n'est-ce pas, Marguerite ? Elle est bien trop petite.

Concentrée sur la préparation des bagages et les besoins du bébé, Marguerite ne s'était pas demandé où Paul et elle dormiraient à Stonehill. Lorsque la porte s'était ouverte, elle avait souri. Le linge de lit brodé et le papier peint aux fleurs fanées lui avaient procuré un sentiment de détente qu'elle n'avait pas ressenti depuis qu'elle avait ramené Val de l'hôpital de la Reine Charlotte.

– C'est parfait !

– J'ai glissé une bouillotte dans le lit. Je sais que c'est l'été et que les draps sont aérés, mais une bouillotte, c'est toujours agréable.

– Tu n'aurais pas dû t'embêter. J'aurais pu faire le lit.

– Après ce voyage, et avec un bébé à surveiller ? Ne sois pas ridicule. La consultation est presque terminée. Voulez-vous une tasse de thé ici et vous reposer jusqu'à ce que le docteur soit libre ?

Gentiment poussée par Paul et Mme Sinnott, Marguerite avait pris un bain, s'était changée et, avec Val à ses côtés dans une nacelle, s'était assise dans un fauteuil Lloyd Loom près de la fenêtre de la chambre. Tout en sirotant son thé, elle avait regardé la prairie de fleurs sauvages, où des herbes et des fleurs luxuriantes poussaient jusqu'aux genoux. Un large chemin taillé au cordeau s'étendait en ligne droite depuis les portes du salon jusqu'au banc et à la table en fonte. En devinant que Donal employait un homme qui passait avec une débroussailleuse, Marguerite avait ressenti une pointe de regret pour l'époque du jardinier à la faux. *Mais de nombreuses petites choses auront changé ici*, se dit-elle. *Ce n'est pas parce que j'ai voulu reproduire l'idiosyncrasie de maman que papa doit en faire autant. Ses liens avec le jardin remontent plus loin que les miens. En fait, il doit se souvenir d'une époque où la prairie de fleurs sauvages de Ruth était la pelouse bien entretenue sur laquelle il jouait enfant.*

Val avait donné un violent coup de pied dans la nacelle et, toujours absorbée dans le fil de ses pensées, Marguerite s'était penchée distraitement pour l'apaiser. *Je suppose*, pensa-t-elle, *que chacun souhaite que l'environnement dans lequel il a grandi reste à jamais inchangé.* C'est peut-être ce qui fait que tant de gens voient l'enfance avec des lunettes roses. La permanence évoque la sécurité. Cependant, s'accrocher au passé peut empêcher de profiter du présent. Il vaut mieux, peut-être, tout voir comme faisant partie du flux du temps, et reconnaître que ses propres perceptions ne sont qu'un point de vue parmi d'autres. Elle était heureuse d'avoir vidé, avant son mariage, la chambre de son enfance. Comme l'avait dit Mme Sinnott, la chambre était trop petite pour un couple marié et un bébé. C'était maintenant qu'il fallait prendre plaisir à se créer de nouveaux souvenirs.

La porte s'était ouverte et Paul était entré, portant le sac de Marguerite.

– Tu l'avais laissé dans la voiture.

– Merci. As-tu pris du thé ?

Il s'était assis sur le rebord de la fenêtre et s'était penché pour agiter ses doigts vers Val.

– J'en ai pris dans la cuisine avec Mme Sinnott. Ton père a passé la tête à la porte du cabinet pour dire qu'il serait libre dans une demi-heure.

– J'ai hâte qu'il voie Val. En photo ce n'est pas pareil.

– Mme Sinnott dit qu'il est très excité.

Marguerite rit.

– Elle invente. Papa ne fait pas dans l'excitation. Ce n'est pas son genre.

Mais plus tard, alors qu'ils étaient assis sous le saule, le plaisir de Donal devant Val était évident. Après avoir fait le point sur la santé de Marguerite en une rapide série de questions, il avait pris Val, qui venait de se réveiller, et l'avait tenue sur ses genoux. Ses yeux, encore d'un bleu laiteux, passaient du visage de sa mère au sien, comme pour évaluer la situation. Puis les coins de sa bouche s'étaient retroussés et elle avait esquissé un sourire. Marguerite et Paul s'étaient émerveillés en chœur.

– Elle a souri ! C'est la première fois que ça arrive !

– Tu as vu ça, papa ? Elle t'a regardé et elle a souri !

Cachant sa satisfaction, Donal avait déclaré qu'il s'agissait probablement d'une coïncidence.

– Mais non. Tu le sais, tu l'as vue. Les bébés peuvent commencer à sourire à six semaines. C'est ce que m'a dit mon infirmière.

Tandis que Marguerite parlait, la bouche de Val s'était élargie à nouveau en un sourire chewing-gum, et Paul, qui n'avait rien d'un envieux, avait déclaré à Donal.

– Et voilà. Premier sourire pour son grand-père. Elle avait dû le garder pour lui.

Donal avait répété que ce n'était probablement rien d'autre qu'une coïncidence. Les bébés de son âge réagissaient rarement à un autre visage que celui de leur mère. Mais à partir de ce jour, Val avait toujours été lumineuse en sa compagnie et à partir de ce moment-là elle était devenue « l'ombre de grand-père ».

Le lendemain matin, Donal avait proposé à Paul de partir avec lui pour les Featherbeds.

– Ce sont des coupes de gazon dans les landes. Si nous prenons la voiture et emmenons Rufus, nous pourrons nous dégourdir les jambes sur l'ancienne route militaire. C'est une promenade facile et les vues sont splendides. Qu'en dis-tu ?

Paul avait lancé un regard interrogateur à Marguerite, qui avait acquiescé.

– Tu as fait toute la route hier, tu dois donc avoir besoin d'un peu d'exercice. Val et moi allons rester ici et bavarder avec Mme Sinnott.

Après leur avoir dit au revoir, elle avait porté le bébé endormi et était descendue à la cuisine pour trouver Mme Sinnott en train d'écouter Sunday Miscellany à la radio.

– Je te dérange ?

– Pas du tout, ma puce. Je n'ai que ce vieux truc en fond sonore.

Éteignant le transistor, Mme Sinnott avait sorti une chaise.

– Soulage tes pieds. Je prépare juste quelques scones. Je les laisse dans un Tupperware pour le docteur – même si, en principe, ils devraient être mangés le jour même où ils sont préparés.

Marguerite s'était assise et avait respiré l'odeur de cuisson avec bonheur.

– Je n'ai pas trouvé de babeurre à Londres. J'utilise du lait frais et du jus de citron, mais ils n'ont jamais le même goût.

Mme Sinnott avait hoché la tête en direction du four.

– J'ai une première fournée et, puisque tu as terminé, j'ai pensé que je ferais mieux d'en faire une autre.

– Tu n'aurais pas dû. Je peux m'occuper de nous pendant que je suis ici. Tu n'es pas obligée de le faire.

– Ne t'inquiète pas, je serai partie à midi. Je dois m'occuper de ma propre maison. J'ai juste pensé que vous aimeriez avoir ceci pour le premier jour de votre retour.

Assise à la table, Val sur ses genoux, Marguerite avait dessiné des arabesques avec son doigt dans la farine éparpillée.

– J'ai toujours aimé tes scones.

– D'après ce que je sais, tu n'as pas une vraie cuisine dans votre appartement.

– C'est un peu chaotique, mais je m'y suis habituée. Quoi qu'il en soit, nous déménagerons dans un mois environ. Nous avons trouvé une petite maison à Holland Park.

– C'est à Londres ?

– Oui. Près du travail de Paul.

– Ce sera pratique. Et je suppose que vous penserez bientôt à donner un frère ou une sœur à ce petit bout.

– Laisse-moi respirer ! Je n'arrive toujours pas à assimiler le fait que je suis maman.

Mme Sinnott avait aplati sa pâte et, à l'aide d'un gobelet, découpait la pâte pour produire sa deuxième fournée de scones.

– Il y a des femmes qui sont faites pour la maternité, et d'autres plus nombreuses qui ne le sont pas. Je dirais que tu t'en sors très bien.

– Je crois que j'aime bien.

– Voilà, tu vois. N'ai-je pas raison ?

Marguerite avait regardé les plans de travail en formica usés de la cuisine et s'était dit que lorsqu'ils avaient été installés pour Ruth dans les années 1950, ce devait être à la pointe de la technologie.

– Je ne me souviens pas que ma mère ait beaucoup cuisiné. Ou cuisiné tout court.

– Elle était une grande adepte des fêtes au début de leur mariage avec le docteur.

– Quel genre de fêtes ?

– Oh, du sherry et des petits trucs qu'elle allait chercher à Dublin. Ou parfois des pommes de terre au four. Elle appelait cela de la bohème. Ils venaient tous à la cuisine, s'asseyaient sur les comptoirs pour les manger et sortaient ensuite dans le jardin pour danser jusqu'à pas d'heure au son du gramophone.

Elle me faisait venir un soir de temps en temps pour faire le ménage et la vaisselle.

– Je ne m'en souviens pas.

– Non, tu ne pourrais pas. C'était avant ta naissance. Tes parents se sont amusés un peu après, mais je dirais qu'au moment où tu as commencé à marcher, elle a commencé à se replier sur elle-même. Elle est devenue un peu silencieuse, tu sais. Mais, bien sûr, les gens font ça. Ils deviennent plus calmes.

Marguerite avait dessiné soigneusement le nom de Ruth dans la farine, en faisant le R avec une fleur et en traçant une ligne en dessous.

– Penses-tu qu'elle était faite pour la maternité ?

– C'est une bonne question ! répondit Mme Sinnott en lui lançant un regard par-dessus ses lunettes. Nous savons toutes les deux que ta mère n'allait pas bien, mon petit. Pas à la fin, en tout cas. Mais ne doute jamais qu'elle ne t'aimait. Je me souviens qu'elle travaillait à ce quilt pour toi lorsqu'elle était enceinte. Elle ne savait pas coudre, mais elle était déterminée à faire chaque point elle-même.

– Je suppose que je pense à elle depuis que j'ai eu Val.

– Val va lui ressembler, je dirais. Comme toi. Je peux voir le docteur en elle aussi. La même forme d'yeux. Alors, comment l'hôpital t'a-t-il traitée à Londres ?

– Très bien. Les gens ont été gentils. Mais c'est un peu bizarre d'aller à l'hôpital. Je veux dire, tu vas avoir un bébé, tu n'es pas malade. J'ai pensé accoucher à la maison, mais Paul aurait paniqué. En y réfléchissant, nous n'aurions probablement pas pu installer une sage-femme dans la chambre. Peut-être que j'attendrai pour accoucher à la maison la prochaine fois, quand nous aurons de la place.

Glissant une plaque dans le four et retirant l'autre, Mme Sinnott lui avait adressé un large sourire.

– Alors, il y *aura* une prochaine fois ?

Marguerite rit.

– Ces trucs sentent très bon. Puis-je en prendre un pendant qu'ils sont chauds ?

– Tu n'auras plus faim.

Après avoir essuyé la vapeur du four sur ses verres avec un torchon, Mme Sinnott avait beurré un scone, le tournant soigneusement dans sa main pour empêcher le beurre fondant de couler sur la table farineuse.

Marguerite l'avait mangé en deux bouchées et s'était essuyé les doigts sur la serviette. *Voilà*, avait-elle pensé, *une autre différence entre sa nouvelle vie à Londres et tout ce qu'elle avait connu en grandissant à Stonehill.* Avant leur mariage, la mère de Paul s'était lancée dans une course aux draps, aux serviettes, aux torchons, et aux chiffons, en disant qu'une mariée ne devrait pas avoir à se débrouiller avec le linge de maison qu'elle trouvait dans ce qui avait été un appartement de célibataire. Marguerite avait été touchée par le geste, et le fait d'avoir tout neuf avait été agréable. Mais le toucher familier du coton Stonehill bien lavé n'avait rien à voir avec la texture rigide des nouveaux torchons qui, pendant les premiers mois, avaient semblé déplacer l'humidité au lieu de l'absorber. Et les draps de luxe n'avaient pas non plus la même texture. En regardant Mme Sinnott balayer la farine de la table dans sa main, Marguerite s'était dit combien il était agréable de dormir à nouveau dans du linge de lit séché sur la corde.

– Cela sent tellement meilleur que le linge qui sort du séchoir.

– Tout ce qui est conservé dans cette buanderie chauffée à l'étage en ressort avec une odeur délicieuse. Ma mère avait l'habitude de mettre un sachet de lavande avec ses draps et ses taies d'oreiller. Les tiens avaient des petits sachets d'herbe qu'elle appelait du foin. Je te jure qu'on peut encore le sentir là-dedans.

– Les Anglais ne savent pas ce qu'est une *hot press*, notre buanderie chauffée. Je veux dire qu'ils appellent une buanderie un placard d'aération. Et les échalotes, des oignons de printemps.

Mme Sinnott avait haussé les épaules.

– Chacun son truc.

– Où ma mère trouvait-elle du foin en Irlande ?

– Elle ne le trouvait pas, la pauvre. Quelqu'un avait l'habitude de poster les sachets depuis les États-Unis. Je pense que cela s'est arrêté au bout d'un moment. Elle s'est contentée de ce qu'elle avait à la fin, je suppose.

– De la lavande ?

– Non, elle n'a jamais aimé la lavande. Mais, comme je le disais, l'odeur du foin semble rester dans la buanderie.

Une fois la table débarrassée et les scones enfournés, Mme Sinnott s'était assise et, se penchant en avant, avait touché la main de Val.

– Est-ce que ce n'est pas un petit amour ? Ton mari dit qu'elle a fait un grand sourire à son grand-père.

– Je sais. Son premier sourire. Il est très gentil avec elle.

– Pourquoi ne le serait-il pas, avec tous les bébés qu'il a mis au monde ? Et son père et son grand-père avant lui. Il fut un temps où personne ici ne faisait naître ses enfants à l'hôpital.

Marguerite s'était rendu compte qu'elle n'avait aucune idée de l'endroit où elle était née. Prenant Val dans le creux de son autre bras, elle avait demandé si Mme Sinnott pouvait s'en souvenir.

– Je le sais, bien sûr. Ta maman devait aller à l'hôpital de Dublin, mais tu es arrivé en avance, il y avait beaucoup de neige, et elle s'est retrouvée ici dans son lit.

– Ouah. Je sais que je voulais moi aussi accoucher à la maison, mais cela a dû être effrayant. Vous avez paniqué ?

– Bien sûr que non. Le docteur ne panique jamais. Mais elle a eu de la chance. Il y avait d'énormes congères. Les lignes téléphoniques étaient coupées et tout le reste. Je me souviens avoir essayé d'appeler mon mari depuis le téléphone situé dans le hall et je n'avais pas réussi à le joindre.

– Tu étais là quand je suis née ?

– À l'époque, je venais deux fois par semaine. C'était l'un de ces jours. La neige n'était pas trop mauvaise le matin lorsque j'ai marché depuis le village. Quelqu'un avait sorti un tracteur plus tôt que prévu et avait déblayé la route. Mais je n'étais pas là depuis une demi-heure que le vent s'est levé et a fait tomber un blizzard et, avec ça et les douleurs de ta mère qui commençaient, je n'allais pas repartir.

Voyant que Marguerite avait les yeux écarquillés, Mme Sinnott s'était installée confortablement dans son récit.

– Bon, l'accouchement n'a pas été facile, mais elle a été formidable. Il faut dire qu'elle a perdu beaucoup de sang. Ensuite, ils ont dû commander un nouveau matelas à Dublin. C'était un très beau matelas, rose avec un motif blanc. Je pense qu'ils l'avaient acheté chez Arnotts. Il était arrivé dans une camionnette.

– Mais parle-moi de l'accouchement.

– Le docteur m'a demandé de faire bouillir de l'eau pour stériliser ses instruments. J'ai pris une bouilloire, puis il a voulu des serviettes. J'ai apporté toutes les serviettes qu'ils avaient dans la buanderie chauffée et, tu sais ce que c'est, je dirais qu'il a un peu paniqué, juste pendant une minute. Il a coupé le cordon et m'a tendu le bébé, mais le sang continuait à couler et, mon Dieu, s'il n'a pas paniqué, moi oui, se souvint Mme Sinnott en riant. Il voulait une autre serviette et je n'ai pas pu l'enlever de la pile assez vite, et il a poussé un rugissement tel que je ne savais pas si j'arrivais ou si je partais. Quoi qu'il en soit, il a arrangé les choses et ta maman s'est arrêtée de saigner. Et ensuite, il a cherché le bébé des yeux et, Dieu me pardonne, je n'arrivais pas à savoir où tu étais partie !

– Comment ? Qu'est-ce que tu veux dire ?

– Tu avais disparu.

Les yeux de Mme Sinnott étaient malicieux derrière ses lunettes.

– Tu ne me crois pas, n'est-ce pas ?

– Oh, bien sûr que non.

– C'est vrai, pourtant. Nous ne voyions pas, ni de près ni de loin. Ton père avait l'air abasourdi, ta maman avait les yeux fermés et semblait morte, et moi j'étais sidérée. Et aucun signe du bébé, nulle part. J'étais littéralement en train de me tordre les mains lorsque le docteur a retiré une serviette de bain de la chaise Lloyd Loom à côté du lit. Et tu étais là, allongée sur le coussin. C'est sûrement moi qui t'ai mise là et qui ai jeté la serviette sur la chaise, mais à ce jour, Marguerite, je n'ai aucun souvenir de l'un ou l'autre de ces gestes. N'est-ce pas étrange ? Je peux te dire que je ne m'en suis pas vantée pendant de longues journées.

– C'est la chaise qui se trouve maintenant dans la chambre d'amis ?

Celle dans laquelle tu étais assise hier quand je t'ai apporté ta tasse de thé. Je ne me souviens pas quand elle a été déplacée de la chambre de tes parents. Je suppose que c'est lorsqu'il a redécoré la pièce après sa mort.

Plus tard, avant que Donal et Paul ne rentrent de leur promenade, Marguerite avait porté Val dans le salon et était restée à regarder le portrait de sa mère. Avec un sentiment de culpabilité, elle s'était rappelé avoir pensé, le matin de son mariage, que la présence de Ruth aurait rendu la journée angoissante et stressante. Berçant son bébé endormi dans ses bras, elle avait levé les yeux vers le visage vivant du tableau. *C'est toujours vrai*, avait-elle pensé tristement. *Je ne sais pas ce qui t'a fait passer de la femme qui donnait des fêtes bohèmes et dansait sur la pelouse au son d'un gramophone, à la présence ombrageuse que tu es devenue. Mais je sais que si tu avais été là, papa et moi nous serions inquiétés pour toi, et Paul et moi n'aurions pas eu notre joyeuse journée de mariage. J'aurais quand même aimé que tu me voies me marier. Et j'aurais aimé que ce soit toi qui me racontes l'histoire de ma naissance, et non Mme Sinnott. Si les choses avaient été différentes, nous aurions pu nous asseoir et en rire ensemble. J'aurais aimé que ce soit toi qui m'apportes le thé le matin de mon mariage. J'aurais aimé que tu puisses arriver dans le jardin et rencontrer Val.*

Chapitre vingt-quatre

Le lendemain de la fête d'anniversaire de Bill, Val appela Marguerite.

– Je viens d'avoir Penny au téléphone ! Elle m'a invitée à dîner.

– Dans son appartement ?

– Oui, ce soir.

Étant donné qu'il était entendu depuis longtemps que la maison de Penny était une extension de son bureau, une invitation à dîner était remarquable. Marguerite se demanda ce qui s'était passé pour provoquer cela, mais pensa que ce n'était pas le moment de s'en enquérir. Je sais que tu seras heureuse de la voir. Transmets-lui mon affection, d'accord ?

– Bien sûr. Elle m'a dit de t'envoyer la sienne. Je ne peux pas parler longtemps. J'ai bientôt un cours. Mais sinon, comment ça se passe ? Qu'est-ce que tu fais là-bas ?

– La plupart du temps, je mène une bataille perdue d'avance contre les gaillets gratterons et les liserons.

– Le gaillet gratteron, c'est ce que grand-père appelait le « Sticky Bob », le « Bob collant » ? Ce truc vert qui s'enroule autour des choses et qui a des bavures qui se collent à tes vêtements ?

– C'est cela. Une de ces mauvaises herbes qui étrangle tout si on la laisse s'échapper.

– Comment se déroulent les parties de cartes ?

– Ces derniers temps, l'assemblée est plutôt clairsemée. C'est toujours la même chose en été. Il y a tellement de choses à faire dehors quand les soirées sont longues et, de toute façon, les gens partent en vacances. Nous reviendrons à plein régime à l'automne, quand il commencera à faire froid.

Comme si elle se soulageait d'une pression, Val relâcha une profonde expiration.

– C'était bon d'entendre la voix de Penny.

– Elle doit en être à sa deuxième échographie.

– Cette semaine, je pense. Je n'arrive toujours pas à m'approprier l'idée d'être une mamie.

Marguerite hésita.

– Écoute, je sais que ce n'est pas ta priorité, mais ne parle pas du quilt keepsake à Penny, d'accord ? J'aimerais que ce soit une surprise à la naissance du bébé.

– Hein ? Non, je ne dirai rien. Cela fait tellement longtemps que je ne l'ai pas vue que nous aurons plein d'autres choses à nous raconter.

Le timbre de voix de Val laissait entendre qu'elle se sentait à la fois anxieuse et heureuse. *Et pourquoi pas ?* pensa Marguerite. *Après tout, c'est la première fois qu'elles se retrouveront depuis ce terrible déjeuner où Penny est partie en claquant la porte.*

Val posa son téléphone, en espérant que le quilt serait le seul sujet à éviter. *Je ne dois pas me montrer pressante*, pensa-t-elle. *Je dois la laisser prendre le rythme et respecter son intimité et son espace personnel. Surtout, je ne dois pas poser de questions sur le père. Si elle veut m'en parler, tant mieux, mais si elle ne veut pas, ce n'est pas mon affaire. Ce soir, il s'agit de construire des ponts. C'est ça qui est important.*

Alors qu'elle quittait la salle des professeurs pour se rendre à son cours, une partie de l'esprit de Val était préoccupée par la question de savoir ce qu'elle devait apporter chez Penny. Quand elle allait dîner chez un ami, elle prenait généralement une bouteille de vin. Mais Penny ne boirait pas, alors peut-être que des chocolats conviendraient mieux. On peut toujours conserver des chocolats sans ouvrir la boîte et la donner à quelqu'un d'autre. Le vin aussi, bien sûr. Mais si elle apportait une bouteille, Penny pourrait se sentir obligée de l'ouvrir. *Et ce ne serait pas très amusant pour elle*, pensa Val, *de rester assise à me regarder me servir*. La question tourna dans son cerveau jusqu'à ce qu'elle rentre chez elle ce soir-là, et lorsqu'elle ouvrit sa garde-robe, elle hésita sur ce qu'elle allait porter. Finalement, elle opta pour une jupe et un chemisier portés avec des talons et une chaîne en or, qui donneraient l'impression que c'était une occasion sans pour autant être perçus comme exagérés. *Et tout cela n'a aucune importance*, pensa-t-elle, contrariée. Ce qui compte, c'est qu'une fois la soirée terminée, nous puissions cesser de marcher sur des œufs et revenir à la situation antérieure.

Elle avait soigneusement chronométré son voyage, mais, fait inhabituel, elle eut tout de suite toutes ses correspondances entre le bus et le métro et elle arriva à la gare de London Bridge avec vingt minutes d'avance. Borough Market avait fermé pour la soirée et les gens se pressaient dans les pubs. En contournant les étals fermés du marché, Val renoua avec la nervosité. Déterminée à ne pas être en avance, elle s'efforça de continuer à marcher et, après être allée plus loin qu'elle ne l'avait prévu, elle arriva à la porte de Penny en toute hâte, craignant d'être en retard. Lorsqu'elle monta les escaliers et que Penny apparut sur le seuil de l'appartement, il y eut un moment de gêne au cours duquel elles semblèrent toutes deux très conscientes du ventre rond de Penny. Puis Penny éclata de rire.

– Je sais. Je suis énorme. Entre, maman.

Val la serra dans ses bras.

– Non, tu es magnifique.

– Ce qui veut dire « énorme ». Prenant le sac qu'elle lui tendait, Penny poussa Val vers un canapé. Mon Dieu, tu as apporté des chocolats *et* du vin.

– Je ne savais pas ce que tu préférerais. Enfin, tu ne voudrais sans doute pas un verre…

– Non, mais cela ne veut pas dire que tu ne devrais pas en prendre. Je vais chercher un tire-bouchon.

Val s'enfonça dans le canapé de cuir blanc et s'appuya sur le dossier avec soulagement. De toute évidence, elle avait dû surmonter un obstacle, mais sa crainte secrète que sa fille ait changé au point d'être méconnaissable lui paraissait maintenant absurde. Malgré son ventre rond, Penny, qui ouvrait la bouteille avec efficacité, avait l'air exactement comme d'habitude – vive, assurée et remarquablement énergique pour quelqu'un qui venait de rentrer à la maison après une journée de travail. Elle portait un pantalon coupé au-dessus de la cheville et un pull évasé dont l'encolure laissait apparaître les bretelles d'un T-shirt sans manches. Le pantalon et le T-shirt étaient blancs, le pull gris argenté, et ses cheveux, qu'elle portait maintenant un peu plus longs, étaient crêpés et parsemés de mèches auburn. Val sourit et répéta qu'elle était magnifique.

– Je vais bien.

– Comment va le travail ?

– Toujours sous pression. Mais les résultats sont en hausse, donc ça va aussi.

Penny la rejoignit sur le canapé avec le vin et un verre d'eau gazeuse. Après avoir laissé tomber sa paire d'espadrilles, elle prit une carte de menu sur la table basse.

– J'ai pris un bol d'olives, mais on va commander un plat à emporter pour le dîner. C'est d'accord ?

– Parfait.

– Un fish and chips chic fera-t-il l'affaire ?

– Je ne dis jamais non à un fish and chips. Qu'est-ce qui le rend chic ?

– Principalement le prix. Tu peux prendre du flétan sauvage ou de l'espadon. Ou des coquilles Saint-Jacques avec du boudin noir et de la sauce de poisson...

– Non, merci.

– Je pensais bien. Mais le cabillaud pané à la bière est fabuleux. L'aiglefin aussi.

– Ce sera bien pour moi.

– Deux cabillauds et des frites, alors. Ils ont des pois gourmands.

– Encore mieux.

– Je vais passer une commande par téléphone. Elle ne tardera pas à arriver.

Val regarda Penny composer un numéro enregistré en raccourci dans ses favoris et donner la commande sans préambule et avec les remerciements les plus brefs. Quand Penny était adolescente, le fish and chips était l'un de leurs repas préférés du vendredi soir à West Hampstead. Elle le récupérait dans une baraque à frites à deux rues de là et le déversait dans du papier imbibé de vinaigre sur des assiettes que Val avait réchauffées pendant que Penny faisait le tour du magasin. En tant que mère célibataire qui travaillait, Val n'avait pas le temps de cuisiner pour le plaisir, et elle n'avait jamais réussi à préparer les délicieux currys de Balan, mais elle avait passé de longues heures le week-end à préparer des plats à congeler pour recréer les dîners de son enfance, avec les goûts et les odeurs de la cuisine de Marguerite. Les déjeuners de Penny à l'école se composaient souvent de pâtés de porc et de salades achetés tout faits, mais ses repas du soir, bien que réchauffés, étaient préparés à partir d'ingrédients frais, dans le souci d'une alimentation équilibrée. *Et pourtant*, pensait Val, *mes meilleurs souvenirs sont ceux de ces vendredis soirs de frites détrempées, de petits pois en bouillie et de poisson pané qui laissaient une couche graisseuse sur les assiettes et une odeur douteuse dans la cuisine.*

Alors que Penny s'apprêtait à ranger le menu, Stanley se glissa sous la moitié inférieure de la fenêtre au-dessus de l'évier. Elle revint avec lui drapé sur son épaule et lorsqu'elle s'assit, il s'installa sur ses genoux.

– Tu as un chat !

– Non, il n'est pas à moi. Stanley n'a de comptes à rendre à personne. Il vit en bas, mais il s'ennuie le soir quand le magasin est fermé. Je pense qu'il a une sorte de radar qui détecte un signal chaque fois que je commande du poisson.

– C'est un beau garçon.

Stanley se transféra sur les genoux de Val, roula sur le dos et présenta un ventre poilu à caresser. Penny se leva en riant.

– Il faut que je mette la table.

– Non, assieds-toi. Je vais le faire.

– En fait, si tu prends juste des assiettes et des couverts, nous pourrons rester ici et les avoir sur nos genoux.

– Cela devrait convenir à Stanley.

– Stanley n'est jamais exigeant. C'est l'une de ses caractéristiques les plus attachantes.

Lorsque la sonnette retentit et que Penny alla chercher la livraison, Val cria qu'elle montait aux toilettes avant le repas. Comme d'habitude, l'appartement immaculé semblait à peine habité, et la salle de bains n'avait rien d'autre sur ses surfaces en carreaux d'acier qu'un pain de savon et une serviette pliée. Après s'être lavé les mains, Val ne résista pas à l'envie de jeter un coup d'œil dans l'armoire à glace au-dessus du lavabo. Rien à l'intérieur ne laissait supposer la présence d'un homme, qui aurait résidé là, ou aurait même été de passage, et qui aurait pu laisser une brosse à dents ou un rasoir dans son appartement. *C'est affreux de ma part d'avoir jeté un coup d'œil*, pensa Val avec remords. *Je ne respecte pas son espace personnel.*

Elle se recoiffa et fronça les sourcils dans le miroir. Derrière son indécision à propos du vin et des chocolats, il y avait la question de savoir si elle devait ou non mentionner la conférence de Pékin à Penny. Elle pensait maintenant qu'il valait mieux ne pas le faire. Les conclusions qu'elle tirait de la salle de bains n'étaient pas certaines, mais si, comme elles le suggéraient, le père du bébé n'était pas là, Penny aurait certainement besoin d'aide et de soutien à la naissance du bébé. *Elle ne se tournera peut-être pas vers moi*, pensa Val, *mais je devrais être disponible si elle le fait. Mais, comme l'a dit Sean, il est encore trop tôt. Il n'a pas besoin d'engagement pour l'instant, alors je vais profiter de cette soirée sans me préoccuper de l'année prochaine.*

Elles prirent place à chaque extrémité du canapé, Val les jambes croisées, Penny les pieds en l'air, et mangèrent leur poisson, leurs frites et leurs pois chiches avec des cornichons marinés, directement piqués dans le bocal. Stanley était allongé entre elles, ronronnant goulûment et jetant de temps à autre un coup d'œil à leurs assiettes. Lorsqu'elles eurent terminé, Penny jeta les restes dans la boîte en carton dans laquelle le repas avait été livré, et Stanley sauta à terre pour les manger, en remuant le bout de sa queue noire et blanche. Val s'essuya les doigts sur une serviette en papier.

– Es-tu impatiente de faire ta prochaine échographie ?

– Je pense. C'est jeudi prochain. Je suppose que le fait de savoir si c'est un garçon ou une fille rendra les choses plus réelles.

– Sais-tu quand tu prendras ton congé maternité ?

– J'ai annoncé début décembre. Mon accouchement est prévu pour la fin de la première semaine de janvier.

Val se garda bien de demander où et avec qui Penny avait prévu de passer Noël, mais, comme si l'idée était dans l'air, Penny tendit la jambe et caressa Stanley du bout du doigt de pied.

– Comment se fait-il que nous passions l'été à Stonehill, mais que nous n'y allions jamais en hiver ?

– Après la mort de Donal, ce n'était pas pratique. C'est bien maintenant que ta grand-mère a installé le chauffage central, mais quand ce n'était qu'une maison de vacances, il n'était pas facile de la chauffer. Tu ne te souviens pas que, même en été, il fallait toujours quelques jours pour que la maison cesse d'être froide ?

– Je ne l'ai pas remarqué quand j'étais enfant.

– Lorsque Donal était en vie, nous avons passé quelques Noëls là-bas. Je me souviens avoir escaladé les montagnes avec lui et ton oncle Rory pour rapporter un sapin à la maison. Et ton grand-père et ta grand-mère ont passé Noël là-bas avec Donal avant de se marier.

– C'était la première fois que Donal voyait Paul ?

– Il n'était jamais allé en Irlande auparavant, ça, je le sais. Et quand Donal l'a emmené dans les bois pour couper l'arbre de Noël, Paul était convaincu qu'ils braconnaient. Il l'a dit ensuite à Marguerite.

– Du braconnage d'arbres ?

– Oui, il s'est mis à un sport bucolique qui consistait à piquer des arbres à ses voisins. Paul n'a pas voulu s'y opposer, au cas où Donal l'aurait pris pour une mauviette, mais il s'attendait à voir surgir un fermier avec une carabine.

Penny rit.

– Pauvre grand-père. Les sports bucoliques n'auraient pas été son truc.

– Non, c'était un vrai Londonien, respectueux de la loi.

– J'aurais aimé rencontrer Donal.

– Tu l'as vu, mais tu ne t'en souviens pas. Je t'ai amenée l'année précédant sa mort.

– Ah bon ?

– Tu venais de commencer à marcher cet été-là. Je me souviens de toi titubant dans la prairie de fleurs sauvages en t'accrochant au pouce de Donal. Il faisait très beau. Comme l'année précédente, lorsque tu es né.

– Ma pauvre, enceinte en été. J'étouffe si les nuits sont un tant soit peu chaudes.

– Comment vas-tu par ailleurs ?

– Très bien.

Penny dit cela d'un ton sec, comme si elle regrettait un aveu de faiblesse, et Val aurait voulu trouver un moyen de dire qu'elle comprenait. *J'étais exactement la même*, pensa-t-elle en se rappelant sa propre attitude défensive lorsqu'elle était enceinte. *Maman a dû se sentir comme ça chaque fois que je me suis emportée contre elle et papa et que j'ai dit que j'allais bien. C'est si difficile de baisser sa garde quand on sait qu'après le moment de répit, il va falloir se ressaisir. Vous pensez qu'il vaut mieux lutter, au cas où l'effort de se relever serait trop grand pour vous. Vous ne croyez pas qu'un répit puisse vous rendre plus fort et mieux armé. Ou peut-être le fait est que vous ne pouvez pas prendre le risque de le découvrir. Cela semble trop, et trop dangereux. Je n'aurais pas dû jeter un coup d'œil dans l'armoire de la salle de bains, pensa-t-elle tristement. Je vois bien que Penny ne partage pas cette grossesse avec le père. Je reconnais cette insistance tendue sur le fait d'assurer toute seule.*

Penny, qui avait ouvert les chocolats, alla faire du café. Elle lui dit par-dessus son épaule.

– Tu as aussi emmené mon père rencontrer Donal ?

Comme ils parlaient rarement de Simon, Val trouva la question surprenante, mais, dissimulant sa réaction, elle répondit par l'affirmative.

– Nous sommes allés à Stonehill pour un week-end, juste après avoir quitté Oxford.

– Et ils s'étaient entendus ?

Val se remémora ce week-end guindé où tout semblait bien se dérouler, mais où rien ne s'est passé comme elle l'avait prévu. Simon avait été des plus arrogants, porté par la certitude qu'il avait réussi à décrocher une première place pour ses diplômes. Elle avait obtenu un diplôme moins impressionnant, mais elle était contente du commentaire de sa tutrice qui lui avait assuré que ce qui l'avait freinée était l'originalité.

– Un premier prix vous aurait poussé à perdre votre temps dans le monde universitaire. Il vaut mieux que vous sortiez de là et appliquiez votre esprit au monde.

C'est ce qu'elle avait dit à Donal alors qu'ils étaient assis au sommet de la prairie, regardant Simon lancer une balle à Rex, le dernier épagneul de Donal.

– Ta tutrice semble être une femme sensée. J'ai toujours pensé que tu avais un bel esprit, Val. Aussi ouvert que celui d'un artiste et aussi analytique que celui d'un chercheur en chimie.

– Je n'ai jamais voulu être un artiste.

– C'est probablement aussi bien. Ils sont déjà beaucoup trop nombreux.

– Simon veut devenir romancier.

Donal avait demandé avec un visage impassible si le diplôme de Simon ne l'avait pas poussé à perdre son temps dans le monde universitaire.

– Il n'est pas vraiment du genre universitaire.

– Ah non ?

– Je veux dire qu'il n'est pas du genre discipliné. Enfin il n'a pas tendance à se conformer aux règles.

– J'ai remarqué cela.

– Grand-père, tu ne l'aimes pas ?

– Cela n'a pas d'importance, n'est-ce pas ? Ce n'est pas moi qui vais l'épouser.

– Non, mais c'est important. Je veux que tu l'aimes bien. Pourquoi ne l'aimes-tu pas ?

– Je n'ai pas dit que je ne l'aimais pas. C'est un garçon séduisant et il est intelligent.

– C'est tout ?

– Non, ce n'est pas tout. Il est aussi profondément amoureux de toi. Tout le monde peut le voir. Je doute qu'il ne soit un partenaire facile, mais il pourrait faire un bon romancier. Il n'est pas dépourvu de l'égoïsme nécessaire.

– Mais tu ne penses pas qu'il fera un bon mari ?

– Pour l'amour du ciel, Val, je suis un médecin de campagne, pas un conseiller matrimonial. Je n'ai aucune idée de ce qui fait un bon mari. Ce que je sais, c'est que la plupart des hommes espèrent que le fait d'être amoureux d'une femme compensera tout ce dont elle peut avoir besoin et qui nous fait défaut.

Lorsqu'elles eurent terminé leur café et leurs chocolats et qu'il fut temps pour Val de rentrer chez elle, Penny insista pour appeler un taxi, ce qui provoqua une brève dispute.

– Je vais prendre le métro.

– Ne sois pas bête. Il est tard.

– Ça va aller. Je t'assure.

– Écoute, mamie, je suis en train d'appeler, alors ne discute pas.

Val éclata de rire.

– Mamie ! Oh, non ! Je ne peux pas assumer ça !

– Comment veux-tu qu'on t'appelle ? Ça peut toujours être « Nan ».

– Si j'ai mon mot à dire, ce sera « Val ». Tout autre nom me semble vieillir terriblement.

– Tu pourrais opter pour « Grand-maman » et te sentir comme Jane Austen.

– Dans une coiffe de douairière, en train de priser du tabac ?

– J'aimerais vous voir prendre du tabac à priser. Tu l'apprendrais au bébé ?

– Il finirait par être pris en charge par les autorités sanitaires. Le tabac à priser est du tabac pur.

Après avoir passé son appel, Penny choisit un autre chocolat et brandit la bouteille de vin.

– Le taxi devrait arriver dans cinq minutes. Tu veux un autre verre ?

Val secoua la tête. Elle avait déjà bu un verre et demi et se réjouissait secrètement d'être raccompagnée chez elle au lieu de devoir emprunter les transports en commun.

– J'en ai déjà bu suffisamment. Mais la soirée a été très agréable. Je te remercie.

Penny poussa Stanley qui essayait de lui lécher les doigts.

– Arrête, idiot. Le chocolat est un poison pour les chats.

– Il le sait sûrement d'instinct.

– On pourrait le croire, mais apparemment non. On m'a dit que les bébés ne connaissaient pas non plus les dangers des escaliers.

– Ce n'est pas un problème jusqu'à ce qu'ils atteignent le stade de la marche à quatre pattes.

Très audacieuse, Val se risqua à donner un conseil.

– J'ai découvert qu'en faisant une chose à la fois, tout devenait moins accablant.

Elle s'attendait à être refoulée, mais, à sa grande surprise, Penny hocha la tête.

– Je m'en suis un peu rendu compte moi-même. Merci quand même.

Dans le taxi, Val jeta un coup d'œil à l'heure avant de décider d'envoyer un texto à Marguerite. Il était plus de vingt-trois heures, mais elle avait le sentiment que Marguerite ne dormirait probablement pas. *De toute façon*, se dit-elle, *si c'est le cas, elle aura sans doute éteint son téléphone, et elle verra donc le message quand elle se réveillera demain matin.* Tandis que la voiture aux lignes pures se faufilait dans la circulation londonienne, elle tapa « Soirée très agréable. Je t'appelle demain », puis elle appuya sur « Envoyer ». Quelques minutes plus tard, la réponse de Marguerite apparut à l'écran. « Au lit après une chaude journée. Bruit de la pluie sur la fenêtre. Merci pour ton message. À bientôt. Dors bien, ma chérie. »

Chapitre vingt-cinq

Le lendemain, alors que Val décrivait leur soirée à Marguerite, Penny se trouvait dans le bureau avec Lolly pour discuter d'un invité à venir. Lolly leva les yeux de sa longue liste de notes.

– J'ai vérifié avec l'agent. Il dit qu'elle va probablement péter un câble à l'antenne si quelqu'un la qualifie de trésor national.

– Assure-toi que ce point soit transmis à Roz et Gail.

– Elle ne veut pas boire de thé et veut un bol de Haribo Star Mix dans sa loge.

– Bon, cela ne va pas faire exploser le budget.

Lolly vérifia ses notes.

– Il dit qu'elle boit de la crème de menthe par contre.

– À onze heures du matin ? C'est saoulant.

– Tu crois ?

Penny sourit.

– Mais ne prends pas de risque. Dis-leur d'acheter une bouteille et de la mettre quelque part, juste au cas où.

Le trésor national était une femme de théâtre qui était sortie de sa retraite pour jouer dans une nouvelle série policière de Netflix et, de manière inattendue, était devenue la coqueluche des talk-shows du mois. Penny aurait préféré la programmer n'importe quel jour plutôt qu'un jour où David serait en studio, et n'importe quel jeudi sauf celui de cette semaine, où elle passait son échographie. Mais Dame Jane, comme on l'appelait, était notoirement difficile à attraper, alors on prenait n'importe quelle date.

– D'accord, Lolly. C'est tout, je pense. Elle est programmée pour le créneau juste avant celui de Faber, et il se peut que j'arrive après qu'elle est à l'antenne. Ne t'excuse pas pour moi, d'accord ? Et ne donne pas d'explication. Va la chercher toi-même en voiture. Dis que le producteur exécutif s'est arrangé pour être en studio afin de la féliciter lorsqu'elle sortira du plateau. Fais en sorte que cela ait l'air d'une grande affaire et, avec un peu de chance, elle ne s'offusquera pas que je ne sois pas là au début de l'émission. C'est quand même embêtant. Si je n'avais pas cette échographie, je serais sûre d'être là pour l'accueillir.

Lolly acquiesça docilement.

– Que dois-je faire après être allée la chercher à la voiture ?

– Vérifie qu'elle est satisfaite de tout. Et ne la quitte pas d'une semelle. Si elle veut quelque chose, demande au coursier d'aller le chercher. Oh, et il se peut qu'elle soit accompagnée de quelqu'un. Un assistant personnel, ou simplement quelqu'un qui lui tient la main. Si c'est le cas, surtout, ne les laisse pas déborder.

Lolly avait l'air si inquiète que Penny se mit à rire.

– Nous voulons éviter les demandes de dernière minute du style un éclairage spécial ou une cabine d'essayage différente. Alors, sois jeune et enthousiaste et fais en sorte qu'elle t'aime. Comme ça, si un assistant personnel s'énerve en son nom, elle dira qu'elle est parfaitement satisfaite de ce qu'elle a.

– Mais si elle ne l'est pas ?

– Fais preuve d'initiative.

Lolly cligna des yeux nerveusement, ce qui fit à nouveau rire Penny.

– Ne t'inquiète pas. Et surtout, ne panique pas. Reste avec elle. Je serai là dès que possible. De toute façon, il y a de fortes chances que tout se passe comme sur des roulettes.

Le rendez-vous de Penny à St Thomas était prévu pour dix heures et quart, et Dame Jane devait prendre l'antenne après la pause publicitaire de onze heures. Penny avait l'intention de se précipiter dans un taxi dès qu'elle aurait passé son échographie, mais pour l'aller elle préféra marcher de son appartement à l'hôpital plutôt que de prendre son vélo. Elle emprunta le chemin qui longeait la rivière et, ayant quelques minutes à perdre, s'arrête à Gabriel's Wharf pour regarder un homme dessiner dans une bande de sable révélée par la marée basse. À l'aide d'une bêche bien aiguisée, il avait figuré un galion en pleine navigation. Les passants se penchaient par-dessus le parapet pour jeter des pièces dans une boîte qu'il avait juchée sur un petit château de sable surmonté d'un drapeau. Penny trouva une pièce de cinquante pence dans sa poche et, après l'avoir jetée dans la boîte, jeta un coup d'œil à sa montre et continua à marcher.

Dans la salle d'attente du huitième étage, on lui dit que les rendez-vous avaient pris du retard.

– Nous avons eu plusieurs rendez-vous successifs pour lesquels la position du bébé a obligé le radiologue à prendre un peu plus de temps. Mais nous sommes en train de rattraper le temps perdu. Vous ne devriez pas avoir à attendre longtemps.

Penny acquiesça et sortit son téléphone pour appeler Lolly. La réceptionniste lui lança un regard réprobateur.

– S'il vous plaît laissez votre téléphone éteint.

– Oh, d'accord. Je suis désolée. Oui. Cela ne prendra qu'une minute.

Comme Lolly décrochait, Penny se détourne du bureau.

– Elle est arrivée ?

– Oui. Tout va bien. Elle est charmante. Pas d'assistant.

– D'accord. Il se peut que je sois un peu plus en retard que prévu. Je devrais quand même être là avant qu'elle ne descende.

C'était l'examen au cours duquel elle avait une chance de découvrir le sexe du bébé et, désireuse d'avoir une chance d'obtenir une image claire, Penny s'était souvenue de ce que Mark lui avait dit et avait bu beaucoup d'eau. Essayant de se détendre, elle marcha de long en large en respirant lentement. L'horloge au-dessus du bureau indiquait dix heures vingt-cinq. *Et l'échographie pouvait prendre jusqu'à trente minutes*, pensa-t-elle, *donc ça devrait aller. Le taxi pour le studio ne devrait pas prendre plus de douze minutes – mais il faut que je sorte d'ici et que j'en attrape un, et je pense que j'aurai besoin de passer aux toilettes avant*. Trois autres minutes s'écoulèrent avant qu'une porte ne s'ouvre et qu'elle n'entende son nom. Alors qu'elle se dirigeait vers la pièce faiblement éclairée, elle entendit un ding et vit un texto de Lolly qui, apparemment, s'entendait comme larrons en foire avec Dame Jane : « elle assure elle tweete en direct depuis la loge ». Évitant le regard de la réceptionniste, Penny envoya une réponse hâtive avant d'éteindre son téléphone : « OK, je serai déconnectée pendant au moins 20 min ».

Le radiologue était un type paternel dont le bavardage expliquait le retard dans les rendez-vous de la matinée. Penny écouta ses longues excuses pour le retard, convint que le temps était beau malgré les prévisions de la BBC et décida qu'il ne servirait à rien de dire qu'elle était pressée. Elle répondit aux questions de routine en pensant surtout à l'heure, et continua à respirer profondément pendant qu'il étalait le gel était sur son ventre. La moindre pression lui faisait prendre conscience que sa vessie était pleine. Elle se mit immédiatement en mode planification d'urgence. La sortie qui offrait les meilleures chances d'attraper un taxi au vol se trouvait juste à côté de toilettes dames où il y avait rarement la queue. *Je m'y engouffrerai s'il le faut,* pensa-t-elle. *Ce sera encore mieux si je peux tenir jusqu'à ce que j'arrive au studio.*

– Maintenant je vais me taire pendant quelque temps, le temps de voir comment va Bébé.

Penny réprima l'envie de dire que, dans ce cas, elle pourrait vérifier son téléphone. *Cela doit faire dix bonnes minutes qu'on est là,* pensa-t-elle, *donc Dame Jane est au make up maintenant. Je me demande si elle tweete aussi de là-bas.* Ses doigts s'agitaient sous l'envie de le savoir et, sentant sa tension, le radiologue lui murmura qu'il n'y avait pas lieu de s'inquiéter.

– J'obtiens une image très claire et tout va bien.

– Bien. C'est super.

– J'ai juste besoin de faire quelques mesures maintenant, et de les reporter. Réfléchissez, car si vous avez des questions ensuite, j'y répondrai.

– Non, ça va. Je veux dire, je vais bien tant que le bébé va bien.

– J'ai juste besoin de me concentrer de nouveau pendant un moment.

– Oui. Désolée. Oui.

L'écran du radiologue était tourné vers lui, de sorte que Penny ne pouvait pas voir l'image. Plusieurs minutes s'écoulèrent avant que la voix calme ne reprenne la parole.

– Lorsque j'aurai terminé, j'inscrirai tout dans votre dossier, afin que nous ayons un dossier à jour.

Mais je n'aurai pas besoin de rester là pour cela, n'est-ce pas ?

– Oh, bien sûr. Je suppose que vous mourrez d'envie de communiquer vos résultats à tout le monde ? Les femmes qui accouchent pour la première fois sont toutes les mêmes. Je suis sûr que vous serez sur votre téléphone dès que tout sera fini.

– Absolument. Cela prendra-t-il beaucoup plus de temps ?

– Ce sera le cas si nous continuons à papoter. Voulez-vous jeter un coup d'œil ?

L'écran pivota et Penny se retrouva face à son bébé.

– Oh !

– Je sais. C'est un miracle, vous ne trouvez pas ? Là il y a sa petite main et... vous voyez ? ça, c'est la cage thoracique.

Alors que Penny regardait l'image, tout le reste semblait disparaître. Elle se souvint à peine avoir quitté la salle avec la sensation du gel collant sur son ventre et, dans la salle d'attente, elle resta à cligner des yeux, comme aveuglée par le changement de lumière. En regardant le cliché que lui avait remis le radiologue, Penny fut saisie d'admiration. Puis ses yeux tombèrent sur l'horloge et elle se précipita dans le couloir, cherchant son téléphone dans son sac. Il sonna dès qu'elle l'alluma et elle entendit la voix de Lolly.

– Oh merci, tu es revenue.

– Pourquoi ? Qu'est-ce qu'il y a ? Qu'est-ce qui ne va pas ?

– Ils viennent d'emmener la dame sur le plateau.

Penny loucha sur l'heure, il était onze heures moins deux.

– C'est parfait. Pause publicitaire, et elle sera à l'antenne dans quatre minutes.

La voix dans son oreille vacilla.

– Ses tweets ont du succès. Elle les a postés dans la loge et au maquillage. Elle prenait des selfies avec tout le monde et parlait tout le temps. Donc je n'ai pas eu le temps de regarder mon téléphone. Puis j'ai regardé, après qu'ils sont venus l'emmener sur le plateau, et, oh, Penny...

– Lolly, *qu'est-ce qu'il y a ?*

– Elle a tweeté qu'elle allait faire des S'mores à l'antenne avec David.

– Quoi ?

– #DameJane, #FessierEnBeton, #GimmeSmore.

– Tu veux dire qu'elle veut rester pour la dernière demi-heure en plus de son propre créneau ? Personne n'arrive à la faire rester aussi longtemps, où que ce soit. Au bout de douze minutes max, elle est partie.

– Le post a déjà été retweeté un millier de fois.

– Et Faber fait des S'mores aujourd'hui ? Attends, qu'est-ce que c'est que des S'mores ?

– Non, pas aujourd'hui. C'est de la guimauve. Il est censé faire autre chose. Il a déjà été suivi et tout. Je pense que personne dans la salle de montage n'a vu ce qu'elle a tweeté. Qu'est-ce que je fais ?

Penny atteignit l'ascenseur et réalisa que si elle montait dedans, son téléphone perdrait le signal. *Ne panique pas*, se dit-elle. *Concentre-toi, regroupe-toi et établis des priorités.* Se dirigeant vers les escaliers, elle lança une série d'instructions.

– Faber doit être au maquillage à l'heure qu'il est. Descends-y et passe-lui le téléphone. Dis à Shamir de se tenir prêt à me parler. Cherche sur Google une recette pour ces S'mores.

Alors qu'elle descendait en trombe le premier des huit étages de l'hôpital, elle entendit Lolly descendre au maquillage. Quelques instants plus tard, elle entendit la voix de David.

– Qu'est-ce qui se passe ? De quoi parle Lolly ?

– Qu'est-ce que tu es censé cuisiner aujourd'hui ?

– Un gâteau aux carottes et aux panais avec un glaçage à la rose.

– Non, tu ne le fais pas. Tu fais des S'mores.

– Quoi ? Ces sandwichs à la guimauve ?

– Tu connais ? On est sauvés. Dis à Lolly de quoi tu auras besoin pour les faire.

– Bien sûr que je sais ce que c'est. Les jumelles ne se nourrissent que de ça. Penny, qu'est-ce qui se passe ? Tu es devenue folle ?

– Lolly te racontera. Dis-lui de commander le coursier. Raccroche. Je dois parler à Shamir.

Arrivée au quatrième palier, Penny s'appuya contre le mur. La voix de Shamir, lorsqu'elle décrocha, semblait encore plus frénétique que celle de Lolly.

– Quel genre de maniaque est cette bonne femme ? Elle ne peut pas prendre la place de David comme ça. J'avais tout préparé. Nous avons répété le gâteau aux panais. Nous l'avons programmé. Ce n'est pas possible.

– Oui eh bien, c'est en train d'arriver, alors tais-toi et écoute.

Penny ouvrit Twitter et fut stupéfaite de voir que #GimmeSmores était dans les tendances au Royaume-Uni, juste avant #DameJane.

– J'ai parlé à Faber. Lolly envoie un coursier chercher les ingrédients pour les guimauves. Vous pouvez réinstaller la cuisine pendant les informations et la pub.

– On n'aura pas le temps.

– Si. Vous avez quatre minutes. Reprends-toi.

– J'ai une séquence filmée pour introduire la séquence de David.

– Alors, passe-la. Où est le problème ?

– On y parle de récolter des légumes racines.

– Zut. Dis à Faber qu'il devra trouver un lien avec les S'mores.

Penny cligna des yeux alors que #FessierEnBeton prenait de l'avance sur Twitter. Comment va la Dame en ce moment ?

– Elle raconte une histoire scabreuse sur sa collaboration avec Maggie Smith. Non, attends… elle essaie les boucles d'oreilles de Roz. Oh non, elle est en train de réarranger les fleurs sur le plateau.

– Vois si on peut poster des extraits sur les réseaux sociaux.

Après avoir repris son souffle, Penny continua à descendre les escaliers quatre à quatre. Elle entendait Shamir lancer des ordres et parler su un ton hystérique à Lolly, qui avait manifestement découvert plusieurs recettes différentes pour faire des S'mores.

– Je suis réalisateur, Lolly, pas cuisinier, comment veux-tu que je sache laquelle il faut choisir ?

– Tu n'as pas à choisir. Ce n'est pas à toi de choisir. Je dis juste que Faber a dit qu'il ferait des biscuits. À la base, les S'mores sont des sandwichs au chocolat et à la guimauve faits avec des biscuits. Aux États-Unis, ce sont des Graham Crackers, et c'est plus authentique...

Surgissant en trombes de la cage d'escalier pour atterrir dans le couloir du rez-de-chaussée, Penny aperçut des toilettes et fonça vers elles en élevant la voix jusqu'au rugissement.

– Lolly, retourne voir Faber et assure-toi qu'il a tout ce dont il a besoin. Dis-lui qu'il devra trouver quelque chose pour faire le lien entre les marshmallows et les panais. Et arrête de pleurnicher, Shamir. Tu as signé pour une émission en direct. On est en plein dans la réalité, alors laisse-toi porter par la vague.

Lorsque Penny atteignit le studio, Lolly se tenait dans la salle de montage, regardant la scène en contrebas. Roz et Gail, l'air polisson, étaient rivées au canapé, et Dame Jane, une petite femme joufflue en Crimplene de matrone, se prélassait sur une chaise qu'elle avait glissée sur le plateau pour elle toute seule. À côté d'elle, sur un tabouret, se trouvait David, qui semblait tout à fait calme. Alors que Shamir revenait de la newsroom, la Dame se tourne vers la caméra et fixa dans les yeux les téléspectateurs du pays.

– Je sais que vous pensiez que j'étais partie, mais vous vous êtes trompés. Parce que j'ai vraiment envie de marshmallows préparés par un homme au fessier en béton. Avouez-le, vous aussi. Je veux dire, qui ne voudrait pas ?

Shamir, qui avait retrouvé sa présence d'esprit de metteur en scène, passa d'un gros plan de son visage à la réaction de David, mélange parfait de gêne comique et d'amusement indulgent. Tout le monde dans la salle de montage expira à l'unisson et, avec un élan de gratitude, Penny regarda la magie du professionnalisme de David opérer, et vit les retweets de son émission atteindre un niveau sans précédent.

Après le spectacle, Dame Jane insista pour les emmener tous déjeuner.

– Je sais que j'ai fait la coquine, et tout le monde s'en est si bien sorti. Le moins que je puisse faire, c'est de nous offrir une bouteille de pétillant et de quoi manger.

Elle donna un coup de coude à Penny.

– Aucune de mes originalités n'aurait causé de mal à l'un d'entre nous, ma chère, je vous le promets, mais j'ose dire que je vous ai fait passer quelques moments intéressants.

Penny mourait d'envie de rentrer chez elle et de s'allonger à plat sur le sol, mais elle se ressaisit et resta.

Ils déjeunèrent dans un restaurant surplombant la rivière et, tandis que la Dame racontait des histoires plus abracadabrantesques les unes que les autres, Penny se rendit sur le balcon, où une rangée d'orangers se dressait dans de grands pots en céramique. Elle entendit un bruit de pas et découvrit David à côté d'elle, un verre d'eau gazeuse à la main.

– Eh bien, quelle matinée ! Tu as oublié ton verre sur la table. Le voici.

– Merci.

Penny prit le verre.

– Tu as fait un excellent travail. Imperturbable comme du marbre.

– Oh, tu sais.

David lui adressa un sourire charmeur.

– « Si tu peux garder la tête froide, alors que tout autour de toi… » En fait, c'était facile. Comme je te l'ai dit, je connaissais les S'mores. Les jumelles y sont accros.

– La chaîne va être ravie.

– Tu n'as pas l'air au mieux après toute cette agitation. Ça va ?

– Oui, ça va.

En fait, Penny était sortie parce qu'elle se sentait étourdie et avait besoin d'une bouffée d'air frais. Prenant une gorgée d'eau, elle s'appuya sur la balustrade du balcon.

– Désolée d'avoir fini par te crier dessus au téléphone. J'étais à l'hôpital St Thomas quand j'ai appris ce qui se passait.

– L'hôpital ? Tu vas bien ?

– Oui. C'était juste une deuxième échographie de routine. Rien d'important. Je vais bien. Le bébé va bien. Tout roule.

– Non, mais attends. Ils t'ont dit ? Est-ce un garçon ou une fille ? Ont-ils pu voir ?

Penny se retourna et se trouva entourée par les bras de David de chaque côté, les mains posées sur la balustrade du balcon contre laquelle elle appuyait son dos. Encore un peu étourdie, elle se stabilisa en s'appuyant sur son épaule.

– Tu es blanche comme un linge.

– C'est toute cette précipitation.

– Tu es sûre ?

– Tout à fait. Et oui, ils me l'ont dit, David. C'est un garçon !

Chapitre vingt-six

En Irlande, le temps était devenu chaud et sec, faisant craquer les feuilles suspendues aux arbres. Marguerite soupirait après la chute de la centaurée et de l'achillée de prairie sauvage et, même si elle savait que le temps réparerait les dégâts, elle était triste de voir ses graminées blanchir. Lorsqu'elle s'engagea sur le sentier, autrefois vert et maintenant orange brûlé, elle entendit les gousses claquer dans le vent de chaque côté. Les pommes étaient presque prêtes à être cueillies et stockées ou données aux voisins, et la taille et l'entretien saisonniers occupaient une grande partie des journées qui raccourcissaient.

Après une semaine de sécheresse, le vent se leva, apportant de gros nuages et, bien qu'elle soit fatiguée après une longue journée passée dans le verger, Marguerite se réveilla à deux heures du matin au son de la pluie. De son lit, elle pouvait voir un rideau battre, car elle avait entrouvert le châssis inférieur de la fenêtre avant d'aller se coucher. Elle se leva, ouvrit davantage la fenêtre et se pencha à l'extérieur pour profiter de l'odeur du jardin humide. Au-dessus des montagnes, la pleine lune semblait s'échapper d'un banc de nuages et inondait le jardin d'une lumière pâle et argentée.

En regardant l'herbe scintiller dans la prairie de fleurs sauvages, Marguerite se souvint d'une nuit lointaine où elle s'était réveillée, comme cette fois-ci, et avait ouvert la fenêtre pour voir sa mère debout sous la pluie. C'était l'automne et la lune des moissons avait transformé les herbes blanchies en argent poli. Ruth, vêtue d'une robe de chambre en flanelle, se tenait dans la prairie, les cheveux détachés et le visage levé vers la lune. Elle semblait tranquille. Penchée à la fenêtre, Marguerite avait regardé les cheveux de sa mère devenir lisses à mesure qu'ils s'humidifiaient et, en tirant la langue, avait goûté les gouttes de pluie qui coulaient sur son propre visage.

Au bout d'un moment, elle s'était faufilée sur le palier et avait passé la tête par la porte de la chambre de ses parents. Donal dormait, allongé sur le dos et respirant doucement. Les draps de lit du côté de Ruth étaient rejetés en arrière et le couvre-lit de satin avait glissé sur le sol.

Ce jour-là, Donal avait été appelé pour un accident et était rentré tard dans la soirée, l'air vidé. Marguerite l'avait entendu raconter à Ruth qu'un ouvrier agricole était tombé dans une machine et que, lorsque l'ambulance était arrivée, il était trop tard pour le sauver.

– Il était gravement mutilé lorsqu'ils l'ont sorti de cette foutue batteuse. Et ils m'ont appelé trop tard. Si j'avais été là plus tôt, cela aurait pu faire la différence.

Donal était assis près du feu du salon et Ruth était venue poser sa main sur son épaule.

– Tu as fait de ton mieux. Tu ne dois pas te laisser abattre.

Marguerite avait regardé, derrière le canapé, le corps de Donal se détendre et il avait tendu la main pour toucher le visage de Ruth.

– Je ne sais pas comment je me débrouillerais sans toi, tu le sais ?

– Tu t'en sortirais très bien.

– Non, pas du tout.

– D'accord, peut-être pas, mais je suis là, alors ne t'en inquiète pas.

L'épuisement avait disparu du visage de Donal qui reposait sur l'oreiller au clair de lune tandis que, dehors dans le jardin, Ruth restait immobile sous la pluie. Ainsi, laissant son père dormir et sa mère dans le jardin, Marguerite était retournée au lit avec le sentiment qu'il n'y avait rien à faire.

Aujourd'hui, plus de soixante ans plus tard, elle se pencha à sa fenêtre, essayant d'identifier l'endroit où Ruth se tenait cette nuit-là. Mais les courbes que Marguerite avait elle-même imposées à la prairie l'empêchaient de se souvenir du paysage tel qu'il était. Alors qu'elle reculait, une rafale de vent projeta une rafale de pluie à travers la fenêtre. Les gouttes tombèrent sur la manche de sa chemise de nuit, collant le tissu sur son bras. Frissonnante, Marguerite secoua sa manche humide et, poussant le châssis de la fenêtre, tourna le loquet de laiton pour la verrouiller avant de se recoucher.

La nuit humide fit place à une journée radieuse et Marguerite se mit en route pour le village. Elle avait enfilé une veste sans manches et portait des bottes à semelles de caoutchouc avec un pull et un vieux pantalon. Au-delà de sa propre allée, au bout de laquelle le portail restait ouvert, la route goudronnée était bordée de feuilles mortes détrempées. Marguerite marchait d'un pas ferme en brandissant un sac de courses vide, refusant la proposition d'un voisin qui passait par là de la raccompagner.

– C'est très gentil. Mais j'aime bien faire de l'exercice.

La voiture, conduite par un fermier local, disparut en direction du village, laissant Marguerite à sa marche dans la brume.

Les sycomores et les chênes au bord de la route se découpaient sur le ciel lumineux, et de temps en temps, des rafales de vent secouaient de petits torrents de gouttes de leurs branches, avec l'effet d'une pluie tombant en rafales. Marguerite se souvint d'avoir essayé de se faufiler entre ces averses occasionnelles lorsqu'elle se rendait à vélo au magasin du village dans son adolescence. La région avait changé depuis, mais de nombreuses choses étaient restées les mêmes. Le jeune fermier qui lui avait proposé de l'emmener était le fils d'un homme qui avait été l'un des patients de Donal, et la jeune fille qui tenait maintenant la boutique était la petite-fille de la femme à qui Marguerite achetait autrefois des bonbons avec son argent de poche hebdomadaire.

Aujourd'hui, alors qu'elle sortait du magasin avec ses courses, elle vit Eve Blythe s'approcher sur un scooter, sa canne d'ébène en équilibre sur le guidon. Eve demanda s'il y avait du monde dans le magasin et Marguerite secoua la tête.

– Il y a un groupe de marcheurs qui achètent des snacks, mais ils ne sont pas plus de trois ou quatre. Et Maeve Foley discute au comptoir.

Eve fit la grimace.

– J'ai horreur de me mettre en travers du chemin des gens, de tituber sur ma canne.

– Mais non ça ira.

– Je préfère attendre. Maintenant que nous nous sommes croisées, je suppose que tu n'as pas envie d'un verre de madère ? J'aime bien l'apéritif du midi et ça fait du bien de sortir de cette annexe de grand-mère et de voir des êtres humains.

Eve vivait chez son neveu dans un charmant appartement construit à cet effet, où Caroline passait constamment pour offrir son aide et sa compagnie. En jetant un coup d'œil à Marguerite, elle s'esclaffa.

– Je suppose que tu me trouves horrible.

– Non, bien sûr.

– Si c'était le cas, tu aurais raison. Je suis une vieille femme ingrate. Mais la bonté de Caroline me rend toujours folle.

– Je pense qu'en fait tu l'apprécies beaucoup.

– Je reconnais ses qualités. C'est juste que je ne supporte pas les saints.

En riant, Marguerite dit qu'elle préférait ne pas prendre d'alcool avant midi.

– Je viens si tu ne vois pas d'objection à ce que je prenne du thé.

– Tu bois ce que tu veux, et j'apprécierai ta compagnie. Il y a une table libre pour deux chez Ashton. Allons-y et prenons-la.

Faisant habilement tourner son scooter, Eve traversa la route jusqu'aux tables, dressées de part et d'autre de la porte ouverte du pub et séparées par des bacs à fleurs. Marguerite la rejoignit, l'aida à s'asseoir sur une chaise et entra pour commander. Lorsqu'elle ressortit, Eve, qui portait une veste de tweed ample sur un pull et une longue jupe en laine, avait glissé la veste sur le dossier de sa chaise et allumé une cigarette.

– Caroline ne veut pas entendre parler de cigarettes. Cela ne te dérange pas, n'est-ce pas ?

– Non, pas à l'extérieur.

– Et tu as du bon sens de ne pas faire la leçon à quelqu'un de mon âge sur sa santé.

– Je n'aime pas vraiment les cours magistraux, de toute façon.

– C'est ce qui fait de toi une bonne compagnie.

Je me demande parfois si la réticence n'est pas une forme de lâcheté.

Eve renifle.

– Quand on est habitué à Caroline, c'est un changement agréable.

Elle leva son verre et en savoura une gorgée.

– Trouvons un sujet de conversation qui n'exposera pas davantage la profondeur de mon ingratitude. Sais-tu quand nos soirées cartes vont reprendre ?

– Lorsque j'ai parlé à Maeve à l'instant dans le magasin, elle m'a proposé d'organiser la prochaine session. Elle m'a dit qu'elle vérifierait les dates de disponibilité de Jim et qu'elle me contacterait dans les prochaines semaines.

– Bien. Mais je dois dire que je préfère venir chez toi à Stonehill.

Cela surprit Marguerite et, voyant sa réaction, Eve sourit.

– Ce n'est pas une nouvelle ingratitude de ma part. J'apprécie Maeve et les soirées de Jim. Mais ton salon est un espace merveilleux pour une réunion, et je crois qu'il me rappelle ma jeunesse. Tu ne te souviens pas des fêtes de ta mère ?

– Non. Mais Mme Sinnott en a parlé. Il y a longtemps. Je crois qu'elle les a appelées « des fêtes bohèmes ».

Eve éclata de rire.

– Je suis sûre que c'est exactement la teinte que Ruth voulait leur donner. C'est ce qu'elles ont été, toutes. Ta mère et la mienne, dans le Dublin des années 1950, avec leurs réunions artistiques et leur « *vibe* Gatsby le Magnifique ».

Tirant sur sa cigarette, elle fit un clin d'œil à Marguerite.

– C'est le mot à la mode de nos jours, n'est-ce pas ? « *Vibe* » ?

– Je crois avoir entendu Penny l'utiliser. Mais il est peut-être daté maintenant.

Se servant une tasse de thé, Marguerite s'enquit de la mère d'Eve.

– C'était une artiste, c'est cela ?

– Elle peignait. Assez bien, je crois. J'ai quelques-unes de ses œuvres à la maison. Elle n'a jamais révolutionné le genre. Aucun d'entre eux ne l'a fait, sauf Justin MacMahon. C'est lui qui a peint le portrait de ta mère.

– Ah bon ? On ne m'avait jamais dit le nom de l'artiste.

– MacMahon était un vrai de vrai. Ma mère était du menu fretin en comparaison. Nora Blythe. Elle utilisait son nom de femme mariée pour son activité professionnelle. À un moment donné, elle a été la protégée d'Evie Hone. C'est pour cela que je m'appelle Eve.

– Je suis impressionnée.

– Mmm. Je soupçonne Evie d'avoir juste été polie avec nous. Toute cette génération de femmes artistes irlandaises adorait son travail. Et celui de Margaret Clarke et de Mainie Jellett. Elles aspiraient à être terriblement modernes, ce qui n'était pas facile dans le Dublin de l'après-guerre. Je pense qu'à vrai dire, elles auraient voulu vivre dans les années 1920. Aller et venir entre l'Irlande et la France et traîner dans les salons.

Eve souffla une longue volute de fumée.

– La plupart des hommes rêvaient de s'enfuir en Bretagne et de devenir expressionnistes. La francophilie était très présente. Même mon père a succombé à l'ail et aux galeries d'art, alors qu'il était un vétérinaire de campagne tout à fait ordinaire.

– Comment ta mère a-t-elle rencontré la mienne ?

– Mon père connaissait le tien. Ils étaient à l'école ensemble. Ruth a rencontré Nora et, apparemment, elles se sont entendues comme les deux doigts de la main. Mes parents étaient garçon et demoiselle d'honneur au mariage de tes parents.

Marguerite se souvint de la photo en noir et blanc que Donal lui avait montrée, prise à l'extérieur de l'église le jour de son mariage. Concentrée sur Ruth et lui, elle avait à peine remarqué le garçon d'honneur et la demoiselle d'honneur. Mais en y repensant, elle se souvint qu'il avait cité leurs noms, Myles et Nora Blythe. Elle sourit à Eve.

– Tu sais, je n'avais jamais pris conscience que ta mère était la demoiselle d'honneur de la mienne. Alors, est-ce que tu venais aux fêtes bohémiennes de Stonehill quand tu étais enfant ? Oh, mais bien sûr, tu as dû venir ! C'est pour cela que tu te souviens des roses jaunes sur le piano.

Eve s'esclaffa. Des pétales qui tombaient. Très artistique. Je me souviens que je l'ai dit très fort et qu'on m'a fait taire.

– Quel âge avais-tu alors ?

– Oh, je ne sais pas. Douze ans ? Peut-être plus jeune. Assez âgée pour avoir le béguin pour Justin MacMahon. Mais j'étais précoce et capricieuse à l'époque. Je suis tombée follement amoureuse du vicaire à l'âge de huit ans.

Eve but une gorgée et afficha un sourire malicieux.

– J'attribue le fait que je sois restée célibataire toute ma vie à l'excès de compagnie masculine quand j'étais petite.

– Le curé n'était sûrement pas un bohémien.

– Mais je ne suis pas allée en pension comme mes frères, alors j'ai passé beaucoup de temps à gêner les autres. Ma mère a fait une série de croquis dans le cimetière. Je me promenais en embêtant le curé.

– C'était sa spécialité ? Le croquis ?

– Pendant un certain temps. Ils ont tous tâtonné. Justin était le seul à avoir son style. Il est arrivé à Dublin déterminé à peindre des portraits, et il a réussi.

– D'où venait-il ?

– D'un village dans l'ouest. Il avait un accent campagnard. Lorsqu'il est arrivé à Dublin, il a vécu dans une minuscule chambre dans une maison de Harcourt Street. La plupart des autres hommes avaient un emploi et pratiquaient leur art en hobby. Pour autant que je sache, il ne faisait que mourir de faim et peindre. Il était surtout autodidacte, mais je pense qu'il a étudié un peu avec Jack B. Yeats.

Marguerite se demanda à voix haute si c'était pour cette raison que l'on avait demandé à Justin MacMahon de peindre le portrait de Ruth. S'il avait été rémunéré pour cela ou pas ? Eve haussa les épaules.

– Je n'en sais rien. Je me suis amusée à l'admirer, mais je ne crois pas qu'il m'ait jamais parlé. Aucun d'entre eux ne me parlait. Je doute qu'ils ne m'aient même regardée, sauf quand je posais, et là, j'aurais tout aussi bien pu être une composition de fruits sur un présentoir.

Elle posa son verre et s'essuya la bouche avec le dos de sa main ridée aux lourdes bagues.

– Comment va ta Penny ? Quelqu'un m'a dit qu'elle était enceinte.

Cette question n'était pas surprenante, car Marguerite avait laissé filtrer la nouvelle après l'échographie de Penny.

– Oui, l'accouchement est prévu après Noël. C'est un garçon.

– Tant mieux pour elle. Non pas qu'il n'y ait pas déjà assez d'hommes dans le monde.

Eve fut la première personne du coin à demander des nouvelles de Penny et à ne pas montrer d'intérêt pour le père de l'enfant. Qu'il s'agisse de tact ou d'égocentrisme inné de la part d'Eve, cela rendit Marguerite plus loquace qu'elle ne l'aurait été autrement.

– Val et moi avons commencé à fabriquer un quilt en patchwork. Ma mère en avait fait un pour moi, tu sais. Il est usé, mais je l'ai toujours.

Allumant une deuxième cigarette avec le mégot de la première, Eve loucha vers Marguerite.

– Penny est très attachée à sa carrière, n'est-ce pas ?

– C'est une grosse bosseuse.

– C'est de famille, je suppose. Je me souviens d'une époque où tu voulais devenir pharmacienne. Qu'en est-il advenu ?

– Ce n'est jamais arrivé. J'allais trouver autre chose à Londres, mais comme ma mère est morte très jeune, je voulais être là pour Val et Rory quand ils grandiraient.

Marguerite demanda à Eve si elle avait déjà envisagé de faire carrière.

Eve éclata de rire.

– Oh, je n'ai jamais eu envie d'être une esclave salariée. Je me servais surtout dans les poches de mes frères. Ils pouvaient le supporter. Après tout, ce sont eux à qui mes parents ont choisi de donner une éducation. Et maintenant, bien sûr, je fais la même chose avec mon malheureux neveu. « Plus ça change, plus c'est la même chose[1] ».

Eve inspira une grande bouffée et jeta son mégot dans un cendrier.

– Tu sais, je n'arrive pas à imaginer ta mère en train de faire du patchwork. Ce n'est pas très bohème.

Marguerite rit.

– C'est artistique, tout de même.

– Elle n'était pas artiste. Elle trouvait les artistes glamour.

Après avoir avalé la dernière goutte de son madère, Eve posa son verre et secoua la tête.

– Mais peut-être que je me trompe à ce sujet. Peut-être que c'était beaucoup plus simple. Elle organisait sans doute des fêtes artistiques pour s'amuser.

Il était impossible pour Marguerite de reconnaître sa mère introvertie dans cette représentation d'une femme joyeuse à l'esprit bohémien. Alors qu'elle rentrait lentement chez elle avec

1. En français dans le texte (NdT).

ses courses, elle se demanda si on pouvait se fier aux souvenirs d'Eve. Après tout, la moitié de ses déclarations semblent avoir été faites en grande partie pour faire de l'esbroufe. Mais, selon Mme Sinnott, Ruth elle-même avait utilisé le mot « bohème » pour décrire ses fêtes, et Mme Sinnott se souvenait que les invités s'égayaient dans le jardin et dansaient jusqu'au petit matin au son du gramophone. Même si elle aimait beaucoup raconter des histoires, Mme Sinnott avait toujours été très attachée à la vérité. Si les souvenirs d'adolescence d'Eve pouvaient être confirmés par un témoin aussi digne de confiance, peut-être ces souvenirs étaient-ils fiables après tout.

Chapitre vingt-sept

Le déjeuner de Dame Jane se prolongea jusqu'à quinze heures passées. Elle partit en taxi avec Lolly qu'elle avait proposé de déposer au bureau sur son chemin pour une soirée Netflix à Belgravia. En les saluant, Penny se dit qu'elle se sentait aussi vieille qu'elles deux réunies.

Alors qu'elle descendait de son propre taxi, Mark sortit de la boutique.

– Tu parles d'une journée d'actualités brûlantes !

La première pensée de Penny fut qu'il avait appris le résultat de son échographie. Puis, voyant le téléphone dans sa main, elle comprit ce qu'il voulait dire. Mark le lui tendit.

– Leeann regardait ton émission. Elle a appelé pour dire que les réseaux sociaux s'emballaient. C'est toujours le cas. Je viens de regarder.

Le hashtag #DameJane était toujours dans les trends et avait été rejoint par #LollyRocks. De toute évidence, la Dame avait demandé à son taxi d'emprunter une route panoramique jusqu'à sa destination et s'était arrêtée pour tweeter des selfies avec Lolly devant plusieurs monuments de Londres, dont la cathédrale Saint-Paul et le palais de Buckingham. Bien que manifestement très excitée, Lolly avait gardé la tête froide. Elle avait retweeté, en mentionnant le nom de l'émission, de la chaîne et de Netflix, et inventé son propre hashtag :

#DameJaneSucces.

Mark brandit un exemplaire de *l'Evening Standard.* Et tu as vu ça ? Le journal avait imprimé l'un des selfies, utilisé le hashtag de Lolly comme titre et ajouté une capture d'écran de David jetant un marshmallow dans la bouche ouverte de la Dame.

– Non, je ne l'avais pas vu.

– Félicitations ! Tu dois être aux anges.

– Je le suis. C'est génial. Je ferais mieux de monter à l'étage et de surfer sur la vague.

Dans le taxi, Penny avait imaginé annoncer à Mark le sexe de son bébé autour d'un thé et d'un Garibaldi, les pieds sur la chaise longue cramoisie. La chaise longue avait été retirée de la fenêtre et se trouvait près de la caisse où elle présentait actuellement un jeté en cachemire recyclé. Penny pouvait la voir d'où elle se tenait sur le trottoir et la chaise longue semblait maintenant lui faire signe. Mais elle devait manifestement surveiller ce qui se passait, alors, esquissant un pouce levé, elle se dirigea vers sa porte.

– On se parle plus tard, Mark, d'accord ? Oh, comment vont Bill et ta mère depuis la fête ?

– Toujours en train de finir les restes. Leeann m'a dit de te dire de l'appeler de temps en temps si tu avais envie de parler de ta grossesse.

– C'est adorable. Merci. Dis-lui que je n'hésiterai pas. À bientôt, Mark. Bye.

À l'étage, elle vérifia les réseaux sociaux, appela le bureau, envoya des e-mails à Shamir, parla à Lolly, répondit aux questions et aux félicitations des patrons de la chaîne, et donna une citation positive pour un communiqué de presse. Lorsqu'elle eut terminé, ses pieds la lançaient et des aiguilles de douleur s'enfonçaient dans sa tête, derrière ses deux yeux. Sur le point d'appeler Val, elle fut soudain submergée par la fatigue et, se sentant incapable de parler, lui envoya un SMS. « J'ai passé l'écho. Tout va bien. C'est un garçon ! Je te rappelle ». Puis elle se laissa tomber sur son lit et s'endormit profondément, regrettant vaguement les étreintes imaginaires que lui auraient offertes la chaise longue et le jeté en cachemire.

À l'exception de quelques allers-retours aux toilettes, elle dormit jusqu'au matin. Lorsqu'elle se leva, son mal de tête avait disparu et elle passa la journée inondée d'appels et d'e-mails concernant Dame Jane, qu'elle dut traiter en plus de sa charge de travail habituelle du vendredi. Lolly s'éclipsa à plusieurs reprises pour prendre des appels et lire des messages de ses amis, mais ce n'est qu'en fin d'après-midi que Penny trouva le temps d'appeler Val.

– Bonjour, maman. Je suis au boulot. Désolée de ne pas t'avoir appelée plus tôt.

La voix de Val était volontairement décontractée.

– Comment ça va ?

– Tout va bien.

– Quel bonheur de savoir que c'est un garçon et que tout va bien !

– Oui. Bon, j'ai encore du mal à réaliser. Mais oui.

– Qu'ont-ils dit à l'hôpital ?

– Je suis vraiment désolée, je ne peux pas parler ici.

– Non, ne t'inquiète pas. Je suis juste contente d'entendre ta voix.

– Je te rappellerai. Tu peux l'annoncer à Mamie ? Dis-lui que je l'appellerai bientôt. Tout est en train de démarrer au bureau. Mais je reviendrai vers toi.

Bien que le lendemain soit un samedi, elle avait encore une tonne d'e-mails à traiter. Penny les parcourut efficacement et, après avoir vérifié à nouveau les réseaux sociaux, ferma son ordinateur portable et s'allongea sur le canapé. Dans tout ce remue-ménage depuis que #DameJaneSuccès avait commencé à faire parler d'elle, elle n'avait pas eu le temps de penser à la réaction de David à sa nouvelle. Elle se disait maintenant que l'intérêt qu'il avait manifesté au restaurant ne prouvait rien dans un sens ou dans l'autre. Toute personne normale se montrerait concernée si elle apprenait qu'un collègue était à l'hôpital, et si une personne que vous aviez mise enceinte venait de passer un deuxième examen, tout le monde demanderait probablement le sexe de l'enfant.

En fronçant les sourcils, Penny croisa les mains sur son ventre. Cette fois-ci, l'échographie avait bel et bien révélé la présence d'une personne. C'était une nouvelle étape. Fouillant dans son sac pour trouver le cliché qu'elle avait à peine eu le temps de regarder, elle se surprit à parler à son bébé.

– Écoute, je sais que lorsque j'ai relu son contrat, j'ai pensé que ton père pourrait vouloir faire partie de ta vie. Mais ne pense pas que j'avais raison, d'accord ? Parce que j'aurais pu me tromper. Il ne m'a pas contactée depuis que je lui ai dit que tu étais un garçon, et c'était jeudi, alors peut-être que ma théorie était à côté de la plaque. Peut-être que la négociation du contrat n'avait rien à voir avec toi. Peut-être qu'il n'a pas eu le courage de demander une augmentation. Et si c'est le cas, c'est très bien, assura-t-elle au bébé. Tu n'as pas besoin de lui. Moins il y aura de complications, mieux nous nous en sortirons, toi et moi.

Elle se leva et envisagea un instant de coller la capture d'écran sur l'un de ses murs immaculés. Mais cela lui paraissait bizarre. Alors qu'elle hésitait, Stanley entra par la fenêtre et, s'enroulant autour de ses chevilles, miaula bruyamment pour demander de la nourriture. Penny réalisa soudain qu'elle n'avait pas pris de petit-déjeuner et qu'il était midi passé. Laissant Stanley ronronner dans un bain de soleil, elle prit son sac à main et descendit, avec l'intention d'acheter un sandwich sur un étal. Dehors, le marché était envahi par les clients du week-end et, alors que Penny hésitait, se demandant si elle avait la force d'y plonger, elle entendit quelqu'un l'appeler par son nom et, se retournant, vit Leeann.

– Salut, Pen ! Comment vas-tu ?

– Bien. Je fais une pause déjeuner.

– Moi aussi. Une des filles de ma sœur travaille dans ce nouveau café près du Golden Hinde. J'ai dit que je passerai les voir pour les soutenir. Ça te dit de venir ?

– Je ne sais pas. J'allais juste me prendre un sandwich à emporter à manger à l'appartement.

Leeann rit et passa un bras amical sous celui de Penny.

– Oh, allez, on ne peut pas faire une pause déjeuner sans marcher un peu au grand air.

– On ne peut pas faire une pause déjeuner sans faire un peu de marche au grand air.

À sa grande surprise, Penny se retrouva à marcher bras dessus bras dessous en direction de la rivière, tandis que Leeann lui expliquait que sa nièce vient de prendre ses fonctions.

– C'est un café sympa. Pas une chaîne. Ils nous feront un sandwich et, comme c'est nouveau, il n'y aura probablement pas trop de monde.

Depuis la dernière visite de Penny, le pont étroit du Golden Hinde avait été asséché et des échafaudages avaient été érigés autour du grand navire. Dans un coin délimité, il y avait un tas de troncs d'arbres et de branches sciés, de lourds morceaux de chêne dont l'écorce était encore attachée. Des hommes vêtus de vestes fluo très propres travaillaient sur le bateau, et deux touristes à l'air déçu se tenaient devant un panneau indiquant

« FERMÉ ». Penny pouvait voir les endroits où des morceaux de bois neuf avaient été utilisés pour remplacer les parties usées et pourries de la coque.

Alors que les touristes se détournaient en maugréant, Leeann leva les yeux au ciel.

– Il n'y a pas si longtemps, cette rive était encombrée de bateaux en activité. Aujourd'hui, il n'y a plus que des cafés, des boutiques de souvenirs et une réplique de galion qui sert de musée.

Elle conduisit Penny autour du cordage, d'où s'échappaient des rubans de sécurité, comme des banderoles en lambeaux.

– Mais ces gars-là font du bon travail. Ce sont de vrais artisans, comme ceux qui travaillent pour Mark.

Penny resta un moment à les observer travailler. Certaines des pièces ajoutées interrompaient la frise colorée. D'autres se détachaient sur la peinture noire de la superstructure. Leeann fronça le nez.

– La plupart des familles d'ici avaient quelqu'un qui travaillait sur le fleuve. Le père de ma mère était docker. Il ne reconnaîtrait pas la ville aujourd'hui, avec tous ces immeubles d'habitation et ces tours de verre à Canary Wharf.

Leann entraîna Penny de nouveau, et elles poursuivirent leur chemin.

– Et ton autre grand-père ?

– Je ne sais pas ce qu'il faisait. Je ne l'ai jamais rencontré. Regarde, voilà le café. Il y a une table libre près de la fenêtre.

Leeann installa Penny à la table avec un menu et s'approcha du comptoir pour saluer sa nièce. En regardant par la fenêtre la toile d'acier de l'échafaudage, Penny se souvint de sa première visite au Golden Hinde. En lui montrant la figure de proue en forme de tête de biche dorée, Marguerite lui avait expliqué comment le navire avait été baptisé.

– C'était une façon de dire merci. Le mécène qui a payé le voyage de Drake avait une biche dans son blason.

– Qu'est-ce c'est un blason ?

– Une image propre à chaque famille. Les chevaliers les portaient sur leurs boucliers ou brodés sur leurs manteaux, afin que les gens sachent qui ils étaient.

– Est-ce que chaque famille a un blason ? Et nous ?

– Tu pourrais en dessiner un pour nous.

– À quoi ça ressemble ?

Penny se souvenait de ses propres questions en rafale et de la voix calme de Marguerite qui lui donnait des explications.

– Tu dessines la forme d'un bouclier et tu le divises en sections.

– Je le dessine sur quoi ?

– Sur ce que tu veux. Sur un simple morceau de papier, si tu veux. Tu places une image dans chaque section, pour représenter quelqu'un de la famille.

– Une image de quoi ?

– Une image de ce qui te fait penser à cette personne.

Ce soir-là, Penny s'était donc attelée à la tâche, car elle sentait qu'il s'agissait d'un défi. Les formes de base s'avérèrent faciles et, se souvenant du jardin de Stonehill et du vase de fleurs dans le hall d'entrée, elle avait dessiné une couronne stylisée dans un carré, pour représenter Marguerite. Son lion en peluche, offert par Paul, avait fait une image héraldique appropriée pour son grand-père. Elle avait réfléchi un moment avant d'opter pour une pile de livres pour Val. Puis elle avait fixé le diamant vide au centre de son écu. Alors qu'elle était assise là, en train de sucer son crayon, Val était entrée et lui avait demandé ce qu'elle faisait.

– Rien.

Tout en avançant son épaule, Penny avait poussé la page sous le bloc-notes duquel elle l'avait arrachée.

– Juste un truc pour l'école. Qu'est-ce qu'on mange ce soir ?

– Je sais qu'on n'est pas vendredi, mais si on sortait le bateau et qu'on mangeait un fish and chips ? Va vite les chercher et je prépare les petits pois.

Penny avait emporté son blason avec elle à la friterie, en boule et serré dans son poing. Dans la file d'attente, elle l'avait déchiré et jeté dans une poubelle. Aujourd'hui, en regardant le menu, elle se souvint du diamant vide et de la façon dont elle mâchonnait son crayon et le regardait fixement. Elle n'avait pas voulu déchirer sa création. *Mais que pouvais-je faire d'autre ?* se demanda-t-elle. *Tout ce que j'ai trouvé à mettre dans cet espace, c'est une image de naufrage. Un galion comme le Golden Hinde, sombrant avec ses drapeaux et tous les trésors du monde dans sa cale. C'est ce qu'était mon père. La perte terrible. Le type qui s'est noyé. Le personnage tragique auquel je savais que je ne devais pas faire allusion parce que cela pourrait rendre maman triste. Personne ne l'a jamais dit à voix haute, mais je le savais. Donc je savais que je ne devais pas dessiner un naufrage. Mais il n'y avait rien d'autre à mettre dans cet espace vide.*

– Ils font un sandwich spécial à la saucisse. Tu en veux un ?

Leeann posa deux tasses de café sur la table et, lorsque Penny esquissa un signe de tête distrait, elle fit un signe du pouce à sa nièce. Elle s'assit et sourit à Penny.

– Tu dois être très contente du succès de ton émission.

– Quoi ? Oh, le truc de Dame Jane. Oui, ça s'est bien passé.

– Tu n'as pas l'air contente.

– Je le suis, mais c'était hier. À la télévision, on se concentre toujours sur l'événement suivant.

Leeann enroula ses doigts autour de sa tasse de café.

– Je pose une question naïve, mais en quoi consiste exactement ton travail ?

– En gros, je fais tout ce qu'il faut pour faire grimper l'audimat. Ce qui permet d'augmenter les recettes publicitaires. Tout est une question de chiffres et de ciblage démographique. L'astuce consiste à proposer ce qui va garder tout le monde devant le poste.

– Comment fais-tu ?

– Il faut avoir du flair. C'est mon cas. J'en ai toujours eu.

Penny s'apprêtait à développer ce point lorsqu'elle sentit un coup de pied soudain. Elle cligna des yeux et, instinctivement, mit la main sur son ventre. Leeann sourit.

– As-tu déjà passé ta deuxième écho ?

– Oui. Tout va bien. C'est un garçon.

– Oh, ouah ! Mark ne me l'a pas dit.

– Je n'ai pas eu le temps de le lui dire. Avec tout ce qui se passe au travail, j'ai à peine eu le temps d'envoyer un message à ma mère.

– Tu lui as envoyé un texto ?

Leeann semblait choquée.

– Hier. Mais je l'ai eue rapidement au téléphone ce matin.

– Mais tu as appris la nouvelle jeudi ?

Leeann posa sa tasse, l'air contrit.

– Je suis désolée. Ce ne sont pas mes affaires. C'est juste que ma mère serait furieuse si mes sœurs ou moi n'allions pas directement la voir pour lui annoncer la nouvelle. Les gens sont différents, n'est-ce pas ? Tu ne t'entends pas bien avec ta mère ?

La question était si directe et le ton de Leeann si amical que Penny ne s'en offusqua pas.

– Non, ce n'est pas ça. C'est juste que je n'ai pas eu le temps. Ma mère comprend.

Le bébé bougea à nouveau et, subrepticement, Penny glissa sa main sous sa chemise pour desserrer sa ceinture.

– Il va falloir que je m'occupe de trouver des vêtements de maternité appropriés. Tout ce que j'achète en ligne n'est pas à la bonne taille, ou alors c'est affreux, alors je n'arrête pas d'emballer et de renvoyer les vêtements.

– Je connais quelques lieux que tu pourrais tester.

– Des sites web ?

– Des magasins. Je pourrais t'y emmener un jour.

– Tu veux dire faire du shopping ?

– Si tu le souhaites. Je ne veux pas être pressante. Si tu n'as pas encore eu l'occasion de le faire, tu préfères peut-être passer du temps avec ta mère.

Penny secoua la tête.

– Maman et moi n'avons jamais fait de shopping. Mais ça me plairait que tu sois libre et que tu viennes avec moi.

– Cool. Nous fixerons une date.

Les sandwichs à la saucisse arrivèrent et Leeann présenta Penny à sa nièce.

– Voici Pen. Elle vit au-dessus de ton oncle Mark. À l'étage de la maison de ton grand-père.

La jeune fille lui adressa un sourire et retourna derrière le comptoir. *Et c'est comme ça qu'elle me verra*, pense Penny. *Pas comme la directrice de l'émission matinale la plus populaire de la télévision. Je suis la femme qui vit au-dessus de son oncle, au-dessus de l'ancienne boutique de son grand-père. Ce qui est plutôt sympa.* Penny sortit son téléphone, afficha son agenda et regarda Leeann.

– Que dirais-tu du week-end prochain ?

– Oh, je ne sais pas. Il y aura sûrement une urgence liée à Sophie, ou le chien de quelqu'un aura mangé les devoirs de classe d'un autre. Je t'appellerai, d'accord ? Quand on se rapprochera de la date.

Penny posa son téléphone et attrapa la moutarde. Les histoires de famille lui paraissaient trop lourdes à aborder. Mais, comme Mark, Leeann était de bonne compagnie. *Je l'aime bien*, pensa Penny en mordant dans son sandwich. *Et puis, une virée shopping avec une amie, ce serait chouette.*

Chapitre vingt-huit

Donal est mort en 1998 à l'âge de soixante-dix-sept ans. Quelques mois avant sa mort, Marguerite avait demandé à Val de venir à Stonehill pour Halloween. Il n'avait pas été facile de la convaincre.

– Je ne sais pas, maman. Mes vacances de mi-trimestre sont si courtes, et voyager avec Penny serait infernal. Elle est déterminée à marcher et la moitié du temps, elle tombe. Imagine-la sur un ferry glacial en octobre.

– J'aimerais que vous veniez.

– Nous sommes venues en été.

– Écoute, je ne peux pas t'expliquer. C'est juste que ton grand-père avait l'air fragile en juillet. J'aimerais que nous soyons encore tous réunis sous le même toit.

– Papa vient ?

– Oui, c'est juste pour le week-end long. S'il te plaît, Val. Je serai là pour te donner un coup de main avec Penny. Tout comme ton père et Rory.

– Oh, tu parles, comme si Rory allait être d'une quelconque utilité.

Il était si inhabituel d'insister de la part de Marguerite que Val avait fini par céder et accepter. En fait, Rory, qui venait d'avoir vingt ans, s'était montré pragmatique et serviable pour Penny.

Il la distrayait dans le salon du ferry, qui sentait les sandwichs grillés et les manteaux humides des gens, et insistait pour qu'elle lui tienne la main lorsqu'il l'emmenait se promener sur le pont. Comme Penny le savait imperméable à toute manipulation, elle acceptait docilement ses restrictions et détournait son énergie refoulée dans des batailles de cris avec les mouettes. La traversée avait été rude, Val se languissait et, lorsque le bateau avait accosté, Marguerite s'était demandé si le voyage était une idée judicieuse. Mais à la vue de la silhouette droite et dépouillée de Donal, elle avait couru vers lui, sachant, comme elle l'avait su le jour où Paul et elle s'étaient mariés, que c'était la bonne chose à faire.

Stonehill semblait toujours immuable, quelle que fût la saison. Un vase de têtes de fenouil séchées trônait sur la table polie du hall d'entrée, et la lumière des lampes et du feu dansait sur les murs lorsqu'ils se laissaient tomber dans les fauteuils du salon lambrissé. Val était arrivée avec un violent mal de tête. Ayant eu du mal à faire ses valises la nuit précédente, elle avait maudit Marguerite et pleuré de colère en pensant à la pause tranquille qu'elle rêvait de faire à West Hampstead. Mais, assise sur un fauteuil au coin du feu, la théière posée sur l'âtre, elle s'était rendu compte qu'elle se sentait détendue pour la première fois depuis des mois. L'étreinte osseuse de Donal avait chassé la dernière de ses migraines de stress et, se penchant en arrière pendant que lés autres bavardaient, elle avait du mal à s'imaginer pourquoi elle avait résisté au projet de voyage.

Plus tard, Rory avait porté le plateau à la cuisine pendant que Marguerite emmenait Penny au lit. Val était allée s'asseoir à côté de Donal, qui lui avait pris la main et lui avait demandé :

– Comment va ma petite-fille ?

– Je vais bien. Fatiguée.

Elle ne l'aurait avoué à personne d'autre qu'à Donal, que l'on ne pouvait jamais tromper de toute façon. Il avait tourné le visage de la jeune femme vers la lumière.

– Tu ne te nourris pas correctement, n'est-ce pas ?

– Grand-père ! Arrête de me diagnostiquer ! Tu es à la retraite.

– Cela ne veut pas dire que j'ai perdu l'usage de mes yeux.

– Bien sûr que je me nourris.

– J'ai dit « te nourrir correctement ». Il y a une différence. Je parle de s'asseoir, de respirer et de prendre le temps de digérer.

– Tu es au courant que j'ai un enfant en bas âge et un travail à plein temps ?

– On ne peut pas s'occuper correctement de l'un ou l'autre si l'on ne commence pas par soi-même.

Val avait haussé les épaules.

– Je fais de mon mieux.

– Je sais. C'est bien là le problème. Les femmes comme toi peuvent être leur propre pire ennemi. Tu es perfectionniste, Val. « Aussi ouverte qu'un artiste et aussi analytique qu'un chercheur en chimie. » Tu te souviens de ce que je t'avais dit ?

– Pourquoi me dis-tu ça maintenant ?

– Le perfectionnisme et la maternité ne vont pas de pair. Tu ne peux pas t'en vouloir chaque fois que ton enfant est difficile.

– Je ne fais pas ça !

– Et il ne sert à rien de chercher des raisons à tout ce qui se passe dans la vie. C'est une perte de temps et d'énergie. Crois-moi, je le sais.

Le retour de Rory avait interrompu la conversation, et lorsque Marguerite avait endormi Penny en chantant, ils étaient descendus dîner dans la cuisine. Mme Sinnott était morte à cette époque, et Donal s'occupait lui-même de la cuisine avec l'aide d'une dame qui faisait le ménage une fois par semaine. Il avait préparé un ragoût de bœuf, des pommes de terre pelées et des haricots verts. Marguerite s'occupait de la cuisine tandis qu'il ouvrait une bouteille de vin et, au cours du repas, ils avaient échangé des nouvelles du quartier.

Le cabinet du médecin généraliste local se trouvait maintenant dans une clinique du village, mais il était évident que, malgré sa retraite, le Dr Barry restait un pilier de la communauté. Ses récits regorgeaient d'allusions aux visites de personnes qui venaient lui annoncer une naissance, un décès ou un mariage, lui demander conseil ou discuter du bon vieux temps. Une fois le plat principal consommé, ils étaient passés à un crumble aux mûres et aux pommes, préparé par l'une des voisines de Donal. Elle l'avait apporté du village dans le plat en grès bleu dans lequel elle l'avait cuit, et l'avait laissé sur le perron avec un mot disant qu'elle avait appris que la famille venait pour Halloween.

Marguerite avait trouvé du lait dans le réfrigérateur et des œufs dans le garde-manger, ainsi que du sucre en poudre et une gousse de vanille, et en savourant la crème anglaise avec son pudding, Val s'était demandé pourquoi les œufs et le lait n'avaient jamais eu autant de goût qu'à Stonehill. Après le dîner, Marguerite et elle étaient allées se coucher tôt, laissant Paul, Rory et Donal finir leur vin au coin du feu dans le salon. Se glissant entre des draps usés par le temps et légèrement parfumés au foin, Val était trop fatiguée pour faire son compte habituel de tout ce qu'elle avait l'impression d'avoir mal fait ou de ne pas avoir eu le temps de faire. Elle s'était endormie au son de la pluie qui tourbillonnait contre sa fenêtre et avait passé une nuit de tempête sans le moindre rêve.

Le temps avait continué de se déchaîner, mais, laissant Penny avec les autres, Donal et elle avaient réussi à s'éclipser pour aller se promener avec Rex. Ils s'étaient rendus en voiture au Devil's Glen et avaient grimpé le sentier menant à la cascade, respirant l'air frais et humide. Atteignant une étendue plate de rochers près du ruban d'eau, Val avait étendu un vieil imperméable qu'elle avait pris sous le porche de Stonehill. Donal s'était laissé glisser pour s'asseoir à côté d'elle, appelant Rex d'un claquement de doigts, et le chien s'était glissé entre eux dans un tourbillon de poils roux et de pattes boueuses. Val avait élevé la voix au-dessus du bruit de la chute d'eau.

– C'est un vrai déluge.

Donal avait gratté la tête soyeuse du chien.

– Presque assez fort pour suggérer que le diable est de retour. Très approprié pour la période de l'année.

Val avait posé son menton sur ses genoux, regrettant de ne pas avoir pensé à apporter du sucre d'orge.

– Maman faisait toujours grand cas d'Halloween quand Rory et moi étions petits. Mais nous ne nous sommes jamais déguisés et nous ne sommes jamais allés de maison en maison pour demander des bonbons. À Londres, les gens appelaient ça « faire l'américain ».

– Ta mère en a hérité des deux côtés de la famille. Ruth l'appelait « trick or treating ».

– Comment l'appeliez-vous ?

– Quand les enfants venaient ici, c'était juste « Pour la fête d'Halloween ».

– Vous sortiez avec des masques ?

– Il y avait habituellement des feux de joie dans le village. Beaucoup de pommes et de noix, et on racontait des histoires.

À mon époque, Halloween n'avait rien de fantaisiste ou de commercial. Les gens d'ici avaient un respect sain pour les fantômes.

Val avait souri.

– On dirait le film *The Wicker Man.*

– Ce n'était que de l'horreur banale. La nôtre était spécifique et profondément enracinée. Pense aux histoires liées aux noms de lieux par ici. Il y a ce vallon, pour commencer. Le diable est censé avoir soufflé le toit d'un bâtiment plus haut dans les montagnes. On dit qu'une bande de mystérieuses créatures a pris des pierres d'une entrée de l'Autre Monde pour construire ce qu'ils appelaient un Hellfire Club, et que le diable n'a pas aimé ça, rit Donal. On dit aussi qu'il s'est aussi opposé à la construction du réservoir de Poulaphouca. On ne peut pas vivre ici sans savoir qu'on n'a pas envie de se promener sur les routes la nuit.

– Poulaphouca signifie « le trou du diable », n'est-ce pas ?

– Diable, ou esprit, ou fantôme. Peut-être un monstre. Je me souviens avoir entendu des histoires selon lesquelles le púca était un métamorphe. Il pouvait être un cheval, une chèvre, un chien ou un lièvre que l'on rencontrait sur la route. On pouvait aussi jouer aux cartes avec un étranger qui avait l'air d'un gentleman ordinaire et découvrir qu'il avait des sabots, des cornes et une queue.

– Pendant Halloween ?

– N'importe quand. Mais on dit qu'Halloween est une nuit spéciale. La nuit où les morts sortent de leurs tombes et où les Anciens se promènent.

Val avait passé son bras autour de l'épagneul.

– Je ne suis pas sûre d'aimer ça.

– Ce n'est rien d'autre que de la superstition.

Sortant sa pipe de sa poche, Donal avait craqué une allumette à l'abri de la brume qui s'échappait de la chute d'eau. Val avait froncé les sourcils, essayant d'établir un lien.

– Poulaphouca apparaissait dans l'*Ulysse* de James Joyce. Il personnifiait la chute d'eau en la faisant passer pour Circé, la fille d'une nymphe de mer. Celle qui transforme les hommes en porcs et en loups.

Donal lui avait fait un clin d'œil par-dessus le fourneau de sa pipe.

– Voilà le fruit d'une éducation à Oxford.

Val avait fait la grimace.

– Pour tout le bien que ça m'a fait ! J'ai pratiquement oublié tout ce que j'ai appris là-bas.

– En moins de cinq ans ?

– J'ai l'impression que ça fait une vie entière. J'ai du mal à me rappeler qui j'étais quand j'ai quitté l'université.

– Ce ne sera pas toujours aussi difficile, tu sais. Les bébés grandissent.

– Les autres choses ne te quittent pas pour autant, n'est-ce pas ?

Resserrant ses bras autour du chien, Val avait détourné le regard.

– C'est un vrai gâchis. Les parents de Simon m'accusent d'être responsable de sa mort.

– C'est ridicule.

– Je sais. Je suppose que c'est leur façon de faire face. Mais le fait est, grand-père, que je m'en veux d'être tombée enceinte.

– C'est également ridicule.

– Tant que ça ? À quoi sert un diplôme d'Oxford si à la fin on ne sait même pas comment fonctionne son contraceptif ?

– Simon était-il au courant ?

– Apparemment, non. Mais il est mort, donc il n'a pas à en subir les conséquences.

Val avait fixé la chute d'eau, voyant le corps de Simon, comme elle le faisait souvent en rêve, tourner lentement dans l'eau verte et salée.

– Il me manque énormément, grand-père. Parfois, j'ai l'impression de le sentir si proche que je pourrais le toucher. Comme s'il était au-delà d'un voile invisible. C'est ce que les gens pensaient autrefois, n'est-ce pas ? Ils croyaient que le voile s'amincissait à Halloween pour que les morts reviennent. Les filles cherchaient des signes et utilisaient des amulettes pour attirer à elles les amants perdus. Elles bravaient le cimetière à minuit et attendaient dans l'obscurité qu'on les aperçoive ou qu'on leur dise un mot. Mais tu sais quoi ? Je ne pourrais pas faire ça. Même si j'y croyais. La vérité, c'est que je ne supporterais pas de voir Simon. Je suis trop en colère contre lui. Je déteste ça. Je déteste être en colère contre le père de Penny. Ce n'est pas bon pour elle. Mais je ne sais pas comment lui pardonner d'avoir disparu.

Donal lui avait tendu la main et l'avait serrée dans ses bras, ce qui n'était pas habituel.

– Les morts ne reviennent pas. Quand ils nous quittent, ils sont partis pour toujours. Mieux vaut ne pas y penser. Cela ne change rien.

C'était la dernière conversation que Val avait eue avec Donal. Le reste du week-end s'était passé à l'intérieur, où ils s'étaient assis tous ensemble, avaient discuté, mangé et bu, et amusé Penny. Le soir d'Halloween, les enfants de certains voisins s'étaient présentés à la porte avec des masques et des costumes de squelettes, agitant un sac et demandant de l'argent et des bonbons. Déterminée à suivre les conseils de Donal, Val s'était lancée dans les jeux et les discussions en famille, et était rentrée à Londres en se sentant mieux après cette pause. Quelques semaines plus tard, elle était de retour pour les funérailles de son grand-père.

Et maintenant, assise dans sa cuisine avec une feuille de papier quadrillé et un crayon, Val avait les larmes aux yeux. Ayant appris que Penny allait avoir un garçon, elle était retournée à son sac de couture avec le sentiment d'avoir traîné beaucoup trop longtemps sur le quilt souvenir. Dernièrement, elle avait remarqué que Marguerite avait cessé de poser des questions à ce sujet lors de leurs appels téléphoniques. *Je ne suis pas juste envers elle*, pensa Val. *Nous sommes censées être dans le même bateau, mais la vérité, c'est que je n'ai jamais été vraiment impliquée dans le projet, et mon intérêt s'est encore affaibli depuis que Penny a repris contact avec moi.*

Impuissante, elle regardait la feuille de papier quadrillé sur laquelle elle n'avait pas réussi à tracer un plan. *Je sais quelles sont les mesures à prendre*, pensa-t-elle, *et ce n'est pas compliqué. Tout ce que j'ai à faire, c'est d'assembler les différentes pièces pour en faire un tout harmonieux. Ce n'est pas beaucoup me demander. Je dois juste me concentrer. Dieu seul sait ce qu'il est advenu de ce que mon grand-père appelait ma finesse d'esprit.* Tandis qu'elle se concentrait sur la grille de carrés, les formes mouvantes du mandala qu'elle avait vu à l'exposition lui revinrent à l'esprit comme des poissons, accompagnées de la voix taquine de Simon et de sa propre réponse irritée.

– … les mandalas représentent les tentatives du moi conscient d'intégrer le matériel inconscient…

– Va te faire foutre, tu veux, Simon ?

– … le processus de désintégration et de réintégration…

Laissant tomber son crayon, Val plongea ses mains dans le tas de tissus qu'elle avait déjà commencé à découper, sans avoir de plan cohérent en tête. Du chambray bleu, de l'éponge jaune et du coton glacé rose. Broderie anglaise et Lurex, et un morceau découpé dans une chemise de nuit que Marguerite avait brodée pour qu'elle la porte à l'hôpital lors de la naissance de Penny. En repoussant la pile, Val vit la mousseline grise glisser sur la table et tomber comme de l'eau sur le carrelage que Simon avait choisi avec elle pour leur maison. Tandis qu'elle fixait la piscine grise aux paillettes ternies, près de trente ans d'émotions refoulées remontèrent en elle, avec une telle force que l'effort de les contenir la fit trembler. Puis, sans réfléchir, elle se détendit et laissa couler les larmes salées tandis que, dans son esprit, un mandala multicolore montait et descendait comme un banc de poissons en spirale.

Elle ne savait pas combien de temps s'était écoulé avant qu'elle ne s'assoie à nouveau avec son crayon, certaine de la façon dont elle voulait procéder. La lumière avait baissé dans le jardin et, lorsqu'elle était allée chercher la robe, elle avait allumé la lampe au-dessus de la table. Les morceaux de tissu éparpillés reposaient sur la surface de la lampe, tels qu'ils étaient tombés, liés par rien d'autre que le fait qu'ils représentaient la vie qu'elle avait recomposée après la mort de Simon. *Grand-père avait raison*, pensa-t-elle. *Les morts que vous avez aimés ne reviennent pas. Mais c'est parce que, inconsciemment, ils ne vous quittent jamais. Je ne sais pas pourquoi il ne me l'a pas dit.*

Pour la première fois depuis des années, elle sentit Simon tout près d'elle, quelque part au-delà d'un voile. *D'accord, Simon*, pensa-t-elle ironiquement, *tu es parti et tu nous as abandonnées, Penny et moi, mais au moins tu m'as laissé cette citation. À l'époque, nous l'avions tous deux considérée comme sans importance. Tu t'étais seulement donné la peine de l'apprendre par cœur pour te donner un avantage lors de tes examens et, ce jour-là, j'étais entièrement concentrée sur mon propre train de pensée. Quoi qu'il en soit, si nous en avions discuté, nous l'aurions rejetée à l'époque. Nous pensions que l'effort conscient nous donnerait tout ce que nous voulions ou ce dont nous avions besoin. Il m'a fallu attendre jusqu'à aujourd'hui pour voir comment le conscient doit s'intégrer à l'inconscient, et pour reconnaître comment la peur et la colère peuvent faire échouer ce processus. Peut-être que si j'avais commencé à faire du patchwork avant, j'aurais compris plus tôt. Et peut-être, si tu avais vécu, l'aurions-nous découvert ensemble. En tout cas, je pense que j'ai compris maintenant, alors merci.*

LE PATCHWORK

FIL 3
Penny

Quand Penny était petite, le revers des tissus la fascinait. Les nœuds et les fils lâches au dos d'un morceau de broderie. Le flou délavé sur l'envers d'une longueur de coton imprimé. La façon dont les motifs tissés peuvent apparaître avec leurs couleurs et leurs motifs inversés. Tous ces éléments lui semblaient plus intéressants que les côtés extérieurs brillants et les impressions qui s'étendaient jusqu'au bord d'un rouleau de tissu, sans la mystérieuse bande étroite de lisière qui refusait de s'effilocher lorsqu'on la grattait avec les ongles.

Dans les années 1990, sa mère possédait une veste réversible, noire d'un côté et orange de l'autre. Le jour où Val l'avait rapportée du magasin, Penny avait passé des heures à poser avec la veste devant le miroir de l'armoire, la retournant dans tous les sens.

– Alors, quel est le bon côté ?

– Tu peux la porter dans les deux sens.

– Alors pourquoi parle-t-on de l'endroit d'un tissu ? C'est le mot.

J'ai entendu mamie l'utiliser.

– Certains tissus sont comme ça. D'autres non.

– Mais pourquoi qualifier l'un d'entre eux de mauvais sens ?

– C'est le nom du côté qui sera caché.

Pour Penny, cela n'avait aucun sens. La face cachée des choses était certainement la plus intéressante. Le côté qui révélait comment les choses étaient fabriquées et qui permettait de lire dans l'esprit du fabricant. Le lieu où, avec un peu de chance, les erreurs pouvaient être dissimulées ou réparées, et où d'autres possibilités s'offraient à vous.

Sa fascination pour ce qui était révélé par la face cachée des choses persista, de même que son plaisir à transformer le banal. Bien qu'elle ait rarement porté du maquillage, elle en aimait les effets : la forme d'un œil soulignée par du khôl, un ongle par du vernis, une pommette rehaussée par des touches d'ombre et de couleur. Alors qu'elle choisissait de plus en plus ses vêtements en fonction de leur texture et de leur coupe, les motifs continuaient de l'intriguer. Rayures, fleurs et formes géométriques. Le flocage et le feutrage, et l'effet de la lumière tombant sur la maille à différentes hauteurs et sous différents angles. La simplicité des pois et la complexité des cachemires.

Par-dessus tout, elle était attirée par les couches et ce qui pouvait se trouver entre elles. Les portes lisses et mates, du sol au plafond, qui cachaient le désordre de sa vie. Le mur en plâtre de chaux et de crin qui servait de fond aux armoires. Et au-delà du plâtre, caché jusqu'à ce qu'elle le fasse remonter à la surface, le patchwork de briques jaune crème, entrecoupées de roses et de violets doux, façonnées et cuites à partir de la terre sur laquelle Londres avait été construite.

Chapitre vingt-neuf

Le matin du dernier jour de travail de Penny, elle trouva une enveloppe adressée à Mark dans sa boîte aux lettres. En l'apportant au magasin, elle trouva Leeann perchée sur un cheval à bascule vintage. Penny et elle étaient allées faire du shopping plus d'une fois depuis qu'elles avaient déjeuné ensemble au café, et les discussions autour de la grossesse évoluaient peu à peu en véritable amitié. Mark saisit la lettre et Leeann descendit du cheval.

– Que penses-tu de Dobbin ?

– Il est assurément bien trop fantaisiste pour s'appeler Dobbin.

– Pegasus, alors. N'est-il pas merveilleux ?

Le cheval gris pommelé posé sur des bascules en bois avait été rehaussé d'une paire d'ailes de papillon. Sa crinière et sa queue étaient faites de longues plumes d'autruche enroulées et sa tête sculptée affichait des naseaux évasés et dorés. Mark sourit à Penny.

– Tu n'aurais pas dit qu'il était fantaisiste si tu l'avais vu à la salle des ventes.

– Est-ce une antiquité ?

– Pas en tant que tel. Il a été fabriqué par une entreprise appelée Collinson. Leurs chevaux très anciens sont rares – ça ne plaisante pas avec eux. Un cheval de ce type date probablement des années 1950, alors nous l'avons décapé et lui avons donné du gesso, de la peinture et du vernis tout neufs. La fille qui l'a réalisé pour moi travaille sur des plateaux de tournage. C'est elle qui a eu l'idée des ailes et des plumes. Je trouve que c'est du génie.

Penny se pencha pour examiner les plumes.

– Qu'ont-elles remplacé ?

– La crinière. Les chevaux à bascule deviennent souvent chauves. Je suppose que les enfants se balancent en tirant sur leur queue et en s'accrochant à leur crinière. Ces plumes sont les restes de plusieurs éventails des années 1920. On peut les récupérer pour pas cher si les bâtonnets sont cassés, et les laisser pourrir ou être rongés par les mites me semblait vraiment dommage.

Leeann passa sa main sur le dos du cheval.

– Mark dit qu'il finira soit dans une crèche terriblement chic, soit dans un bar gay très branché.

– « Une nouvelle vie », telle est notre devise. Ça et « garder un œil sur la marge financière ».

Leeann fit un clin d'œil à Penny.

– Tu aurais dû le voir à l'époque où il travaillait dans la boue. Il avait l'habitude d'aller ratisser les plages près de la rivière à marée basse.

– Pendant un été, quand j'avais dix ans !

– Il rentrait à la maison couvert de boue avec une boîte pleine de morceaux et de pièces, et maman devenait folle quand il les nettoyait sous la douche.

– C'est pourquoi j'ai arrêté. Ça ne valait pas la peine de s'énerver.

– Tu as arrêté parce que papa a refusé de te donner plus d'argent pour tes trouvailles.

– Bill savait exactement ce qu'il faisait. Il prenait une boîte de déchets pour cinquante pence et sélectionnait les pépites. Je me souviens qu'il a vendu une poignée de porte géorgienne pour vingt livres.

Penny s'assit sur la chaise longue, qui avait maintenant hérité d'un tapis oriental en guise de traversin.

– Je devrais être en haut en train de me préparer pour mon pot de départ, et tout ce que je veux, c'est mettre mes pieds sur la chaise longue et rester là.

La fête, organisée par Lolly, devait se tenir au rez-de-chaussée du studio après la diffusion de l'émission. Tout le monde serait présent, du plus grand au plus petit poisson de la chaîne télé et de la boîte et, outre les talents habituels de l'émission, d'anciens invités avaient été conviés. Plusieurs d'entre eux étaient des célébrités de premier plan, ce qui rendait probable la présence de photographes à l'extérieur. Avec son bureau à débarrasser et l'attention qu'elle portait au bébé, Penny n'avait pas pensé à cette fête. Aujourd'hui, cette idée la remplissait d'effroi.

Leeann, qui aidait Mark à déplacer le cheval vers la fenêtre, s'arrêta pour respirer et s'appuya sur sa croupe pommelée.

– Si tu es libre demain, Pen, tu veux venir au marché de Spitalfields ? Nous pourrions déjeuner.

Immédiatement, le cœur de Penny s'allégea. Fatiguée et consciente d'avoir l'air encombrante, elle détestait l'idée d'être au centre de l'attention des photographes. Au contraire, le temps passé avec Leeann était facile à vivre et intéressant, alors elle répondit qu'elle aimerait bien déjeuner avec elle. Leeann reprit son cheval à bascule.

– Cool, je dois trouver un cadeau d'anniversaire, et mon beau-frère a un camion de street-food au marché. Nous pourrons y déjeuner.

En quittant la boutique, Penny se retourne pour admirer Dobbin dans sa nouvelle position. Lorsque Mark avait repris l'affaire, il avait conservé la devanture en bois d'origine, qui comprenait la fenêtre, l'entrée du magasin et la porte d'entrée de Penny. À l'époque de Bill, la vitrine était encombrée. Aujourd'hui, grâce à un éclairage discret à l'intérieur et à une peinture extérieure vert foncé, les seuls objets que Mark y avait déposé étaient mis en valeur à la perfection. Dobbin semblait particulièrement à sa place. Encadré par la belle charpente, et malgré les ajouts excentriques de la personne qui l'avait rénové, il donnait à la boutique l'air d'une illustration de Dickens, où il ne manquerait que les enfants en écharpes et moufles, le nez collé à la vitre.

La fête de départ était un mélange de baby shower et de soirée mondaine. Certains invités semblaient ravis pour Penny, mais d'autres paraissaient être venus dans l'espoir d'apparaître dans une rubrique showbiz le lendemain. Le type de la boîte passait le plus clair de son temps dans un coin à téléphoner, et la lutte pour traverser le groupe de journalistes à l'entrée avait laissé Penny en nage et fatiguée. Appuyée contre un mur avec un verre d'eau, elle vit la grande femme joyeuse de la chaîne YouTube des jeunes mamans se diriger vers elle à travers le studio.

– Bonjour, vous vous souvenez de moi ?

– Bien sûr. Vous êtes Deisha de « Il faut un village ». Comment ça se passe ?

– La visibilité que j'ai eue grâce à votre émission n'a pas fait de mal !

– J'en suis ravie.

– Mais ce n'est pas ce qui compte aujourd'hui, n'est-ce pas ? Comment allez-vous ? Vous devez être heureuse de pouvoir vous éloigner de toute la pression professionnelle.

– Oui je suppose.

Deisha plissa les yeux.

– Est-ce que tout ce truc est un peu trop pour vous ?

Cette gentillesse inattendue prit Penny au dépourvu.

– Pas du tout. Je vais bien. J'ai juste un peu chaud.

Déterminée à ne pas apparaître faible, elle revint à « Il faut un village » et fut impressionnée par le nombre de vues de Deisha. Celle-ci haussa les épaules.

– Je ne cherche pas vraiment à faire du chiffre. Je me contente de dire des choses qui me semblent importantes, et les gens peuvent m'écouter ou non. Hé, pourquoi je ne nous trouverais pas deux chaises, si cela ne vous dérange pas que je me joigne à vous ?

Penny acquiesça. C'était rafraîchissant de s'asseoir avec quelqu'un qui n'était pas en train de regarder autour de lui pour repérer quelqu'un de plus utile à qui parler. Elle s'assit donc sur la chaise que Deisha lui avait apportée et poursuivit leur conversation sur YouTube, tout en remarquant que David semblait garder ses distances avec elle. *Ce qui est une bonne chose*, pensa Penny. *Tout est fini et bien fini maintenant. Nous sommes passés à autre chose.* Se concentrant à nouveau sur Deisha, elle l'interrogea sur le profil de ses followers.

– Votre public s'étend-il au-delà des jeunes mamans ?

– Vous pouvez le croire ! Beaucoup de commentaires proviennent de grands-parents. Bon, ce n'est pas surprenant. Ils constituent un réseau de soutien évident lorsque la mère est au travail.

– Quand j'étais petite, j'adorais sortir avec ma grand-mère. Elle est formidable avec les enfants.

– Est-elle encore en vie ?

– Absolument. Elle vit en Irlande, mais elle vient souvent.

Les yeux de Deisha se plissèrent aux coins avec son sourire.

– Je parie que vous avez hâte que votre bébé la rencontre.

– J'ai été tellement occupée que je n'ai pas vraiment eu le temps d'y penser. Mais vous avez raison.

Penny rendit son sourire à Deisha.

– Et, de toute évidence, tu as deviné que je serai une mère célibataire.

– Ce n'était pas difficile. Pas d'alliance. Pas de mention du père. Pas de partenaire traîné à ta fête de départ.

Penny rit et lui dit qu'elle aurait fait un bon flic. À sa grande surprise, Deisha se pencha vers elle et la serra dans ses bras.

– Rien de tout cela n'est facile, mais tu vas assurer, meuf. Maintenant que tu pars en congé maternité, ta tête risque d'exploser avec toutes les choses auxquelles tu n'as pas eu le temps de penser… Mais ne panique pas. Tout ira bien. Vas-y doucement et tranquillement et prends les choses une après l'autre.

Penny était rentrée à la maison et mangeait des sushis sur son canapé lorsqu'elle comprit à quel point l'avertissement de Deisha était pertinent. Pendant des semaines, elle avait refoulé une pensée qu'elle n'avait pas pu affronter. Maintenant qu'elle n'avait plus d'exigences professionnelles pour la tenir à distance, la pensée refaisait surface et, comme elle s'incrustait à l'avant de son esprit, il lui était impossible de l'ignorer.

Jetant son maki au concombre à Stanley, qui éternua en sa direction avec dégoût, Penny se leva et commença à faire les cent pas dans la pièce. *C'était bien beau pour elle de décider que David et elle, c'était du passé, mais le fait est*, se dit-elle, *qu'il ne s'agit pas seulement de nous deux. Quelles seront les conséquences pour le bébé ? Je peux faire obstruction à tout le monde, mais je ne veux pas que mon fils ait l'impression qu'il ne peut pas me poser de questions. Et je ne veux pas qu'il grandisse comme moi, avec la peur de dire ce qu'il ne faut pas à sa mère. Au moins, mon père était mort et enterré. David sera là, vivant et respirant. Je me suis dit que personne au travail ne me poserait de questions sur le père. Et bien sûr, ils ne le feront pas : ils ne se sentent pas assez concernés. En outre, ils auraient peur de me contrarier. Mais qu'en est-il de la famille ? Maman, mamie, oncle Rory et les cousins de Nouvelle-Zélande. Ai-je vraiment l'intention de les tenir à distance, eux aussi ?*

Elle avait marché trop vite et s'appuya à bout de souffle contre un mur. Les questions semblaient tournoyer autour d'elle, comme des chauves-souris chassant des insectes. *Je suis désolée*, dit-elle au bébé. *Je suis tellement désolée. Je sais que j'ai dit que tout irait pour nous tout seuls, mais je n'y ai pas réfléchi. Que vais-je te dire si tu me demandes qui est ton père ? Est-ce que je vais inventer une histoire à propos d'un étranger qui passe ? Est-ce que je vais dire que je ne sais pas où il est, alors que son visage sera partout autour de nous dans les kiosques à journaux ? Jusqu'à présent, j'ai pensé à toi comme à cette petite personne sur l'écran de l'échographie. Mais tu vas grandir et devenir une personne à part entière. Tu auras ta propre vie et, la plupart du temps, je ne saurai même pas ce qui se passe dans ta tête. Et le fait est que, tant que tu seras petit, je ne pourrai pas me débrouiller toute seule. Je vais devoir prendre toute l'aide possible, et cela signifie que je ne peux pas insister pour que tout soit fait à ma façon. Cet après-midi, je disais à Deisha que je voulais que tu passes du temps avec mamie. Eh bien, comment puis-je m'attendre à ce que mamie s'en sorte si tu lui poses des questions sur ton père ? Est-elle censée mentir ou éloigner le sujet ? Et maman ? Doit-elle se dire que ma précieuse vie privée est si importante ? Plus importante que toi ou que ce que tu peux ressentir ?*

En s'asseyant, Penny poussa le nez de Stanley hors d'un rouleau de saumon. *Je dois repenser aux autres enfants d'Helen et de David*, se dit-elle. *C'est la chose responsable à faire. Je me suis promis de ne pas les laisser souffrir. Mais qu'en est-il de ma responsabilité envers ma propre famille ? Et cette petite personne qui est en moi ne passe-t-elle pas en premier ? Mon Dieu, j'ai toujours été si sûre de mon jugement. Maintenant, j'ai l'impression d'être complètement perdue.* En gémissant, elle se pencha en arrière et regarda les lumières de la ville qui se reflétaient dans les vitres qui s'assombrissaient.

– Je devrais peut-être prendre le téléphone et appeler David, dit-elle à Stanley. J'ai l'impression d'être bien incapable de réfléchir à tout cela toute seule.

Chapitre trente

Lorsqu'elle ouvrit les yeux le lendemain matin, Penny était encore confuse. En se redressant, elle se souvint de l'autre conseil de Deisha. *Je n'ai jamais fait dans la douceur et la tranquillité*, pensa-t-elle, *mais cette fois-ci, il le faut. Je dois réfléchir avant de décider si je dois ou non appeler David, et ce que je dois lui dire si je le fais. Et il y a tant d'autres choses pratiques à faire.* Elle avait déjà créé une feuille de calcul pour l'équipement et les vêtements de bébé à acheter, ainsi que ce dont elle aurait besoin à l'hôpital, les dates des rendez-vous et une liste de contacts à imprimer et à coller sur le réfrigérateur. Il y avait aussi les compétences parentales à prendre en compte. N'ayant jamais changé une couche de sa vie, elle avait prévu de demander à Leeann si elle pouvait aller s'entraîner sur Sophie.

La pensée de Leeann rassura immédiatement Penny. Discuter et parcourir les rayons dans de vrais magasins avait été relaxant et, par conséquent, elle avait trouvé plusieurs tenues élégantes et faciles à porter. L'un de ses achats préférés était un manteau noir et blanc avec une doublure orange. Lorsqu'elle l'avait essayé, elle avait dit à Leeann qu'il lui rappelait une veste que Val avait l'habitude de porter.

– Elle était réversible. Maman l'a portée pendant des années.

– Il te va à ravir. Je l'achèterais sans hésiter.

Elles avaient trouvé un pantalon de grossesse noir pour l'accompagner et une écharpe orange. Ainsi lorsque Penny était partie rejoindre Leeann pour le déjeuner, elle s'était sentie à l'aise, dans une tenue coordonnée et déterminée. En marchant vers l'arrêt de bus, elle avait rassuré le bébé. *Nouvelle tenue, nouvelle attitude,* lui avait-elle dit. *Je ne sais pas trop quoi faire ensuite avec ton père, mais je te promets d'y aller doucement.*

Dans le bus, Leeann lui avait expliqué ce qu'elle cherchait.

– C'est un cadeau d'anniversaire pour Kit, et c'est un enfer de lui chercher quelque chose.

Kit était l'une des deux filles de Leeann, celles qui jouaient au ballon dans la rue le jour de l'anniversaire de Bill.

– Ne te méprends pas, c'est une enfant formidable, et ce n'est pas qu'elle soit difficile. Elle a juste des principes. Je me suis dit que j'allais trouver quelque chose d'éthique pour elle au marché.

Elles descendirent du bus à Bishopsgate et marchèrent jusqu'à Spitalfields. Dans les petites boutiques indépendantes et élégantes des rues entourant la place du marché, des foules de touristes et de Londoniens étaient assis à des tables de café ou flânaient avec de la nourriture à emporter, profitant de la vue. Sous un haut toit victorien, comme celui de Borough Market, les exposants vendaient des vêtements, des accessoires, des tissus, des peintures et des parfums, à côté de camions vendant de la nourriture à consommer sur de longues tables et bancs communs.

Leeann se dirigea vers un étal où se trouvait une grande fille aux cheveux empilés dans un chignon des années 1960, qui vendait des bijoux qu'elle avait elle-même conçus. Penny, qui s'était attardée près d'un étal où s'empilaient des paquets de tissus, les rejoignit alors que la jeune fille soulevait un pendentif en forme de feuille monté sur une fine chaîne.

– Je travaille donc avec de l'acier inoxydable, qui est recyclable à cent pour cent.

Leeann leur expliqua que Kit était une écologiste convaincue. Elle avait organisé une grève pour alerter sur le changement climatique dans son école, à la Greta Thunberg.

– C'est bien, commenta la jeune fille en étalant un dépliant. La majeure partie de mon acier provient de produits en fin de vie et le reste de processus de fabrication. Vous verrez les pourcentages ici.

Leeann brandit la pièce et demanda à Penny ce qu'elle en pensait. La délicate feuille de chêne était fine comme une toile d'araignée et l'acier avait un doux éclat mat. Penny dit qu'elle l'aimait, mais Leeann avait l'air incertaine.

– Je ne devrais peut-être pas acheter la première chose que je vois.

La vendeuse proposa de le mettre de côté pour une heure ou deux.

– Jetez un coup d'œil autour et revenez si vous pensez que c'est ce qu'elle préfère.

– Vraiment ?

– On ferait tout pour une School Striker. Je vais le mettre de côté sous le comptoir et vous pouvez continuer votre tour.

Leeann embarqua Penny par le bras et la guida à travers la foule. Elles inspectèrent des objets en papier mâché, en feutre et en fil de fer, de vieilles pièces de monnaie et de vieux couverts transformés en bracelets, et des colliers vintage cassés recyclés en broches et en boucles d'oreilles. De nombreux vendeurs étaient aussi jeunes que la jeune fille au chignon. D'autres semblaient avoir l'âge de Marguerite pour Penny. Une vendeuse déclara qu'elle se procurait des kimonos et des haoris dans sa ville natale au Japon.

– La plupart ont été fabriqués dans les années vingt et trente. Certains sont synthétiques, ceux-ci sont en soie et ceux d'en face sont en chanvre.

Les haoris étaient plus courts et moins élaborés que les kimonos. Leeann en prit un et le brandit.

– Il t'irait bien, Penny.

– La soie jaune avec des dragons brodés, ce n'est pas vraiment mon truc.

– Ah, mais imagine que tu puisses t'allonger dedans après la naissance du bébé.

– D'après tout ce que j'ai entendu, les bébés passent leurs premiers mois à vomir sur ton épaule.

– C'est pourquoi Dieu a créé les carrés de mousseline. Oh, regarde, c'est un vêtement qui a vécu.

Sur la manche, il y avait un point en fil de soie qui correspondait exactement au tissu. Les coutures soignées rappelaient à Penny l'habileté de Marguerite en matière de réparations et, brièvement, elle ressentit une immense nostalgie pour sa grand-mère. En se penchant pour regarder la manche reprisée, elle perçut une agréable odeur de pin. Le vendeur prit la parole derrière elle.

– L'odeur vient des caisses en bois dans lesquelles nous les expédions. Nous n'utilisons pas de plastique.

En se retournant, Penny sourit.

– Je vais prendre le haori, s'il vous plaît.

L'achat fut emballé dans du papier brun décoré au pochoir et attaché avec de la ficelle de chanvre. Tout en continuant à marcher avec Leeann, Penny admirait l'emballage.

– N'est-ce pas charmant ? Et le prix était si raisonnable.

Leeann sourit et dit qu'elle aurait aimé que Kit soit avec elles.

– Elle pourrait te renseigner sur l'économie et la force du marché éthique.

– Quel âge a-t-elle ?

– Quinze ans, qui tirent sur les cinquante. Mais les enfants grandissent vite, de nos jours, n'est-ce pas ? Kit dit que c'est notre faute. Nous avons saccagé la planète et nous les avons laissés se débrouiller avec les retombées.

– Elle n'a pas tort.

– C'est un truc énorme, n'est-ce pas ? Je n'arrive pas à imaginer le monde dans lequel Sophie grandira. L'autre jour, Kit m'a dit que je n'aurais pas dû avoir d'enfants si je n'avais pas réfléchi au changement climatique. Il est vrai qu'elle était énervée parce que je lui avais fait remarquer qu'elle avait dépassé l'heure du coucher.

– Qu'as-tu dit ?

– J'ai joué la carte maternelle et je lui ai dit d'aller se coucher. Et puis, parce que je me sentais coupable, je me suis disputée avec Lumo. Tiens, allons nous asseoir. Après, je pense que je vais retourner chercher ce pendentif.

Alors qu'elles se faufilaient entre les étals d'un bar à jus de fruits, Penny essayait de se voir, dans quinze ans, en train de répondre à des accusations de son fils comme celles de Kit. Elle n'avait jamais pensé au monde dont il allait hériter. *Les enfants jugent leurs parents*, songea-t-elle avec anxiété. *Je sais que c'est mon cas. Et si Kit traite sa mère d'irresponsable simplement parce qu'elle a des enfants, que pourrait dire mon enfant à moi, qui suis tombée enceinte par erreur ?*

Lorsqu'elles se furent installées à une table avec des verres de jus de fruit, Penny demanda à Leeann si elle avait des regrets.

– D'avoir eu des enfants ? Pas un instant. Mais on ne peut pas nier ce que dit Kit. Ce n'est pas à eux de nettoyer le gâchis que nous avons fait du monde.

– Un vrai dédale moral.

– C'est ça être parent.

– Ce doit être bien d'avoir Lumo pour t'aider à supporter la pression.

Leeann la regarda avec sympathie.

– Je suppose qu'il est plus difficile d'être parent quand le père du bébé n'est pas là.

Puis, sentant que Penny n'avait pas envie d'aborder ce sujet, elle ramena la conversation sur la veste en soie jaune.

– Je ne t'ai pas forcée à l'acheter, n'est-ce pas ?

– Bien sûr que non. Je l'adore. La couleur est magnifique. Presque aussi riche que de l'or.

Leeann chercha son téléphone dans son sac et demanda si Penny savait qu'une ancienne sépulture romaine avait été découverte à Spitalfields.

– Peut-être la femme d'un gouverneur du quatrième siècle. Mariée entre le milieu et la fin de l'adolescence. Elle a été enterrée dans une robe damassée et le fil était en or véritable à 97 %. J'ai fait des recherches lorsque mon beau-frère, qui travaille ici, m'en a parlé. Attends une minute.

Elle trouva le lien et fit défiler un article de journal.

– Voilà. Ils ne connaissent pas son nom. De riches objets funéraires, dont des flacons de parfum. La soie venait de Chine. Oh, non, la pauvre, elle est peut-être morte en couches.

Leeann fit la grimace.

– Il est dit qu'elle est probablement née à Rome et qu'elle est venue ici avec son mari. Je me demande si elle a jamais revu sa famille et sa maison.

Penny imagina cette jeune femme sans nom, vêtue d'un damas de soie doré, reposant depuis plus de mille ans sous des couches de terre, de brique et de pierre.

– Est-ce qu'il est vraiment écrit qu'elle est morte en couches ? Je me demande si son bébé a survécu.

Lui jetant un rapide coup d'œil, Leeann poursuivit sa lecture, estimant apparemment que le changement de sujet les avait entraînées dans des eaux dangereuses. Elle trouva et lut des bribes de textes plus gais sur la région, et Penny hocha la tête, rit et posa des questions et fit des commentaires appropriés. Mais son esprit était ailleurs.

Alors qu'elles marchaient de l'arrêt de bus au marché, Leeann et elle étaient passées devant une sculpture de sept personnages en acier entassés dans un petit bateau en bois. Une plaque expliquait que le bateau avait transporté des réfugiés de Turquie vers les îles grecques et que la sculpture avait été installée pour refléter l'histoire de Spitalfields, qui avait abrité des vagues de migrants. *Certains de ces migrants étaient des tisseurs de soie*, pensa Penny, *des huguenots français des XVIIe et XVIIIe siècles fuyant les persécutions religieuses. Les tisseurs de lin irlandais sont arrivés plus tard, chassés par ce que les livres d'histoire scolaires appellent « les facteurs économiques nationaux ». Ces vagues ont été suivies par des Juifs fuyant les pogroms et des Bangladais travaillant de longues heures pour subvenir aux besoins de leur famille, et maintenant des flots d'autres personnes déplacées par le changement climatique et la guerre. Des familles dont les vies ont été déchirées par les circonstances pour être péniblement rassemblées dans de nouveaux foyers déconcertants. Tant de femmes ont dû être enceintes lorsqu'elles ont entrepris ces voyages. Et combien d'autres,* se demanda Penny, *sont en mer ou coincées dans des camps de réfugiés alors que Leeann et moi sommes assises ici ? Comment ont-elles le courage de faire les choix que la vie leur impose ? S'ils survivent, comment les expliqueront-elles à leurs enfants ?*

Chapitre trente et un

L'apparition de Dame Jane dans l'émission de Penny avait fait des merveilles en termes d'audience et, selon Dominic, le nombre de fans de David était devenu stratosphérique. Pourtant, David ne se sentait pas à la hauteur. Les réactions à ses hashtags n'avaient pas été à la hauteur de ses espérances. Helen avait commencé par apprécier l'attention, qui s'était étendue du grand public aux réseaux sociaux et avait suscité beaucoup d'enthousiasme à la porte de l'école maternelle des jumelles.

Puis, des semaines après la diffusion de l'émission, son père avait téléphoné, furieux. Heureux de voir sa fille au bras de David lors de collectes de fonds, il avait été horrifié d'apprendre que la célébrité de son beau-fils était associée au hashtag #FaberFantasme. L'assurance d'Helen qu'il ne s'agissait que de gâteaux ne l'avait pas calmé et, après son coup de fil énervé, elle s'était retournée contre David.

– Il n'a pas tort, chéri. C'est assez suggestif. Et papa a une position à défendre.

Peu habitué à ne pas être l'objet de l'adoration d'Helen, et légèrement effrayé à l'idée de ce que #FaberFantasme pourrait avoir comme conséquences, David avait fait remarquer à Helen que son père importait des produits dentaires.

– Il n'est pas vraiment dans le collimateur du public.

– Qu'est-ce que cela signifie ?

– Je veux dire qu'il n'est pas diplomate ou, je ne sais pas, archevêque de Canterbury. Il ne doit pas se soucier de ce que les gens disent de moi.

– Il ne s'en soucie pas.

– Tu viens de dire que ça le dérangeait.

– Ne m'embrouille pas. Il pense à moi, David. À ta femme. À ta famille. C'est le grand-père de tes enfants et, franchement, il se préoccupe de leur bien-être plus que tu ne le fais.

– Je n'ai littéralement pas la moindre idée de ce dont tu parles.

– Tu ne vois pas comment cela pourrait traumatiser Chloë et Demi ?

– Qu'est-ce qui pourrait les traumatiser ? Ton père qui monte sur ses grands chevaux ou moi qui me tue à la tâche pour garder un toit au-dessus de leurs têtes ?

À peine avait-il prononcé ces mots que David s'était rendu compte de son erreur. Le fait que le toit au-dessus de leurs têtes avait été entièrement payé par le père d'Helen était resté en suspens dans les airs avant qu'Helen ne s'en aille. David avait ensuite réussi à résoudre la querelle dans la chambre à coucher, mais l'effort qu'il avait dû fournir et les manières inhabituelles d'Helen l'avaient laissé vexé et fâché avec le monde. Aussi, lorsque Dominic avait téléphoné quelques jours plus tard pour dire qu'il avait été appelé par un booker pour une émission qui lançait des défis aux célébrités, David avait réagi vivement.

– Honnêtement, Dom, je commence à me demander si tu as vraiment compris mon image de marque. Je suis en pleine ascension, je ne suis pas en train de glisser vers le bas de l'échelle. Je ne participe pas à des jeux télévisés et je n'ai aucun intérêt à manger des vers dans la jungle. Le sensationnalisme vulgaire n'est pas mon truc.

Dans l'instant qui précéda la réponse de Dominic, David faillit paniquer, mais, au lieu de se mettre en colère, Dominic eut l'air amusé.

– Premièrement, personne ne t'a demandé de manger des vers dans la jungle. Deuxièmement, c'est moi qui ai inventé ton image de marque. Et troisièmement, j'ai connu quelques hashtags moins vulgaires que ceux avec lesquels tu es en train de faire la tendance, mais pas beaucoup. Mais je te comprends. Nous allons oublier le jeu des célébrités. Félicitations d'avoir trouvé tes couilles.

Bien que mécontent du ton de son agent, David sortit de la conversation avec le sentiment d'avoir pris le pouvoir. Il avait toujours craint d'avoir été engagé simplement parce que Dominic représentait Jennifer, qui était au sommet de sa carrière lorsqu'elle s'était mariée avec David. Mais, de toute évidence, il était devenu un atout suffisamment important pour que Dominic accepte de supporter ses crises de nerfs. Alors pourquoi le père d'Helen s'imaginait-il qu'il avait le droit de se plaindre ? D'accord, l'appellation « fessier en béton » était un peu indigne, mais il n'était pas difficile de comprendre qu'il s'agissait d'un moyen d'arriver à ses fins. Elle avait rempli sa fonction et maintenant, si Dominic jouait bien ses cartes, le terme pouvait tranquillement être enterré dans le passé.

Conscient que les tweets pouvaient être saisis sur l'écran et continuer à apparaître pour toujours, David avait étayé cet argument par de l'esbroufe, en intimidant mentalement le père d'Helen avec des termes qu'il n'aurait jamais osé utiliser en face de lui. *Il était temps*, pensait-il, *que le vieux tampon devienne réel.* Dame Jane n'avait pas été effrayée par le hashtag, et ce qui était acceptable pour une Dame Commandeur de l'Ordre le plus Excellent de l'Empire Britannique devait l'être pour un homme dont le seul titre de gloire était d'avoir importé des cure-dents taïwanais à Blackheath.

Aujourd'hui, alors qu'il était assis sur le canapé de son salon à Blackheath, le miroir adossé au mur lui montrait une image en pied de sa vie. Inévitablement, les jouets des jumelles avaient quitté leur chambre et recolonisé ce qu'Helen avait essayé de définir comme un espace adulte chic. La pièce s'était enrichie d'un nouveau morceau de plastique rose vif sous la forme d'un fourneau de cuisine avec des casseroles et des poêles en jouet. D'après Helen, cela devait permettre de répondre aux lubies alimentaires de Chloë en l'encourageant à les sublimer par le jeu. Jusqu'à présent, cela n'avait eu d'autre effet que de répandre sur le sol des parts de pizza en plastique et de provoquer une crise de jalousie de la part de Demi, qui avait hurlé jusqu'à ce qu'on lui achète une maison de poupée de même valeur, de même couleur et de même taille. Helen avait lu un article à David, expliquant que « la crise des deux ans » était un concept dépassé.

– Ce n'était qu'un slogan, mon chéri. De nos jours, les spécialistes du comportement des enfants parlent de « threenagers[1] ».

– Vraiment ?

– Il en va de même pour « Les féroces quatre ans ». Il s'agit d'un processus continu, et il faut accepter que l'étiquetage du comportement des enfants fasse partie du problème. Nous devons suivre l'évolution.

Helen venait d'utiliser la même expression que David avait en tête lorsqu'il s'était trouvé pour la première fois sur le pas de la porte de Penny, l'ironie ne lui avait pas échappé et la pensée des années à venir pesait sur son esprit. En regardant

1. Jeu de mots entre l'adolescent « teenager » et « three » pour la crise des trois ans (NdT).

sans enthousiasme la maison de poupée de sa fille, il se mit à penser à l'appartement de Penny, dont tous les éléments étaient typiquement adultes dans son souvenir. Ses surfaces vitrées, ses canapés en cuir blanc, ses parquets cirés et ses briques apparentes. L'escalier, avec ses marches ouvertes et sa rampe en acier brossé. La salle de bains immaculée, vide de canards en caoutchouc et légèrement parfumée par le savon Penhaligon que Penny préférait : un œillet musqué avec une pointe de clou de girofle. La chambre de Penny était aussi vide que son espace de vie : du linge blanc, d'énormes oreillers en plumes et une tête de lit en frêne pâle. Une chaise longue Eames dans un coin et des portes allant du sol au plafond dissimulant un système d'armoires modulaires qui semblait absorber toute sa garde-robe. À Blackheath, Helen laissait ses vêtements partout dans la chambre, une habitude que David avait d'abord trouvée excitante. Aujourd'hui, il avait autant de chances de trébucher sur un ours en peluche que sur un sous-vêtement soyeux, et l'effort de déplacer les affaires posées sur une chaise lorsqu'il voulait faire ses lacets l'ennuyait.

Se redressant et rentrant le ventre, il examina son reflet dans le miroir d'Helen, et vit un homme dans la force de l'âge à un carrefour de sa vie. Au début, il avait bien pris le fait que Penny l'ait congédié, non seulement parce que cela le libérait de la responsabilité du bébé, mais aussi parce que cela atténuait sa peur d'être découvert. *Mais pas totalement*, pensa-t-il nerveusement. *Pas maintenant qu'elle était enceinte.* La simple pensée de ce que les tabloïds pourraient faire de l'histoire d'un bébé caché le faisait transpirer. Lors de sa fête de départ, il s'était tenu aussi loin que possible de Penny, ce qui l'avait empêché de figurer sur plusieurs photos qui avaient ensuite été publiées dans des magazines haut de gamme. *Ce qui était vraiment pénible*, s'était-il dit avec indignation, *puisque c'était lui qui avait son nom dans les hashtags en vogue et une fanbase stratosphérique.* Mais aujourd'hui, comme si on avait actionné un interrupteur, il entrevoyait une voie à suivre. Et si la discrétion n'était plus de mise ? Et s'ils offraient l'histoire à la presse, au lieu de la cacher ? Des gens comme Tom Cruise et Harrison Ford l'avaient fait et, si ces comparaisons n'étaient pas évidentes, de nombreux noms de la télévision lui vinrent à l'esprit.

Presque étourdi, David s'efforce de se concentrer. Il était en pleine ascension. Le comportement de Dominic au téléphone le montrait clairement. Avec de meilleurs contrats et une plus grande visibilité, il pouvait se permettre de verser une pension alimentaire à Hélène ainsi qu'à Jennifer. Alors pourquoi ne pas aller de l'avant ? En se regardant dans le miroir, il se souvint de la première fois qu'il avait vu Demi et Chloë, deux taches sur une échographie alors qu'il n'en attendait qu'une. *Elles étaient adorables, mais il n'en avait jamais voulu*, constata-t-il plein de ressentiment. *Une maison pleine de petites filles hurlantes ne faisait pas partie du marché.*

Élever un fils avec Penny serait différent. Penny ne remplirait jamais sa maison de plastique rose, de chintz ou de miroirs stupides. Elle ne porterait jamais de tabliers Cath Kidston, ne congèlerait pas de portions de ragoût et ne voudrait pas qu'il signe des autographes pour les gens qu'elle rencontrerait à l'école. Ils iraient au restaurant ou commanderaient des plats exotiques à emporter. Ils s'allongeraient dans des peignoirs en cachemire assortis. Le bébé n'aurait pas de lubies alimentaires ni de crises de colère. Il aurait évidemment besoin d'un lit dans un coin de la chambre, mais Penny n'y mettrait pas de volants et ne laisserait pas de matelas à langer sur le sol de la salle de bains. Il y aurait probablement des écrans – des écrans finlandais, en bois blond, ou quelque chose d'acier et de bois – qui banniraient le désordre et serviraient d'arrière-plan pour les séances photos des magazines.

Passant la main dans sa tignasse, David se dit qu'avec un bon éclairage, il pourrait transformer son image actuelle en quelque chose de tout aussi sexy, mais de plus digne. Quelque chose qui l'amènerait à un tout autre niveau. Comparée à Helen, Penny n'était pas très belle, mais elle savait s'habiller pour les cérémonies de remise de prix, donc elle irait bien à son bras. Il n'était pas sûr d'aimer l'idée d'être encore son employé, mais il y avait de fortes chances qu'elle ne veuille pas reprendre le travail après la naissance du bébé. *C'est souvent le cas des femmes*, se dit-il avec complaisance.

Helen n'avait pas repris, et Jennifer semblait heureuse de passer sa vie à faire du ski à ses frais.

Enchanté par les possibilités qui s'offraient à lui, il se leva et prit la pose, se disant qu'en fait, il présentait sacrément bien. Avec Dominic lancé sur le coup, il devrait être en mesure d'obtenir sa propre série. Totalement différente de tout ce qui avait été produit auparavant. Il n'arrivait pas à en imaginer le format, mais Penny le saurait sans aucun doute. En fait, c'était la solution. Elle pourrait devenir son manager. Ou sa conseillère en création. La personne qui trouverait l'astuce qui lancerait sa nouvelle carrière. Il était indéniable qu'elle avait les compétences et les contacts qui lui manquaient. Et c'est bien là l'intérêt. Ils formeraient une équipe. Une unité familiale. Il la voyait déjà, le bébé sur la hanche et un iPhone à la main, prenant les appels d'Hollywood en son nom. Elle le regarderait avec adoration lorsqu'il rentrerait d'une interview, et il l'emmènerait déjeuner dans l'un de ses restaurants cinq étoiles, dont la porte porterait son nom en lettres d'or. Oubliant de rentrer son ventre, David chercha son téléphone parmi les petits gâteaux en plastique qui jonchaient le canapé. Il avait vu la porte de sortie et la porte d'entrée. Il avait trouvé la réponse. Il ne lui restait plus qu'à convaincre Penny qu'il avait raison.

Chapitre trente-deux

Avec l'arrivée de l'hiver, Penny ne laissait plus la fenêtre de sa cuisine entrouverte pour Stanley. Un samedi matin, elle descendit et le trouva en train de regarder à travers la vitre. En ouvrant la fenêtre pour le laisser entrer, elle aperçut Aaron et Kit dans la cour en contrebas et, se pencha à l'extérieur pour les saluer. Aaron leva la tête et fit un signe de la main avant de disparaître dans la remise de Mark. Plus tard, après avoir mangé et bu son café, elle porta Stanley jusqu'au magasin.

– Voilà pour toi. Il a décidé de faire de moi son bar de petit-déjeuner préférée.

Mark rit.

– Je parie qu'il a mangé dans six autres cuisines ce matin.

Stanley sauta sur la chaise longue et commença à se laver les moustaches. Mark le ramassa et l'emmena vers la porte de derrière, suivi par Penny, qui demanda des nouvelles des enfants de Leeann.

– On dirait qu'ils ont une chaîne de production là-bas. Qu'est-ce qui se passe ?

– Ce sont des entrepreneurs.

Dans la cour, des pots de peinture garnissaient une table à tréteaux. Au sol, il y avait un tas de sapins et, lorsque Mark et

Penny sortirent de la boutique, Kit était en train de manier un sécateur pour tailler une branche pour lui donner une forme équilibrée. Mark lui demanda comment les choses se passaient.

– Bien. Nous avons peint la plupart en blanc ou en argent, comme d'habitude. Mais le prochain lot sera de toutes les couleurs de l'arc-en-ciel. Ou autant de couleurs que nous avons réussi à obtenir de Denzil.

Mark sourit à Penny.

– Denzil vend des matériaux de construction sous les arcades de Vauxhall. C'est un ami de Charlie.

Aaron sortit de la remise et compléta l'histoire.

– Nous obtenons les branches par un ami de Bill qui fait du jardinage paysager. Kit et moi les taillons, les peignons et les mettons en pots. Charlie les vend à son étal de fleurs comme arbres de Noël alternatifs.

Kit jeta un regard noir sur une autre branche qu'elle commençait à décorer.

– Un nombre impressionnant de conifères finissent à la poubelle le lendemain de Noël. Certaines communes les compostent, mais c'est quand même assez stupide. Là ce sont des produits proches, et toute notre peinture est faite à base d'eau. De plus, si vous avez un endroit où en stocker un, vous pouvez le réutiliser.

Aaron, qui remuait vigoureusement de la peinture, leva les yeux en direction de Penny.

– Je peux vous en proposer un, si vous voulez. Nous avons des hauteurs et des prix différents.

Avant que Penny ne puisse répondre, Mark intervint.

– Tais-toi, petit escroc. Penny est une copine.

Aaron lui sourit.

– Le tarif des copains. Évidemment.

– Je t'ai dit de laisser tomber. Et n'oublie pas que Kit et toi utilisez mon hangar pour votre entreprise. Ne poussez pas le bouchon trop loin.

Kit demanda si Marc avait toujours l'intention d'aller dans à New Forest et, si oui, s'il ramènerait des pommes de pin.

– Tu as dit que tu avais l'intention d'y aller en voiture et nous en avons besoin.

– Il se trouve que j'y vais aujourd'hui. Je vous apporterai des cônes si j'ai le temps, mais je ne promets rien. D'accord ?

– D'accord. Comme le dit Bill, si tu ne demandes rien, tu n'as rien.

Mark expliqua à Penny qu'il partait en voiture pour visiter une maison. Il se pencha pour poser le chat, sembla prendre une décision et leva les yeux vers elle.

– Pourquoi ne viendrais-tu pas avec moi ? Il fait frais, mais le temps est au beau fixe et la New Forest est magnifique. Nous pourrions trouver un hôtel pour y prendre le thé.

Aaron fit remarquer à Mark qu'il avait dit qu'il n'aurait peut-être pas le temps de ramasser des pommes de pin.

– Et maintenant, tu dis que tu vas t'arrêter pour prendre le thé ?

Kit donna un coup de coude à son frère.

– Qu'est-ce que tu ne comprends pas dans « Ne pousse pas le bouchon trop loin », idiot ?

Ignorant la prise de bec, Penny sourit à Mark.

– J'aimerais beaucoup faire une sortie.

– Vraiment ? D'accord. Super.

– Mais c'est sûr que je ne me pencherai pas pour ramasser des pommes de pin.

– Pas de problème. Je m'occuperai du ramassage dans la forêt et tu seras ma conseillère pour la vente aux enchères.

Penny remonta pour aller chercher un pull et était en train d'en prendre un dans un tiroir de l'armoire lorsque son téléphone sonna. Elle le sortit de sa poche arrière, regarda l'écran et vit qu'il s'agissait d'un appel de David. Elle resta bouche bée et, laissant tomber le pull, s'assit lourdement sur son fauteuil Eames. *Mon Dieu*, pensa-t-elle, *ce n'est pas censé se passer comme ça. Il n'est pas censé m'appeler alors que je suis en train de décider si je dois ou non l'appeler.* Mais elle ne pouvait pas rester figée indéfiniment pendant que le téléphone sonnait dans sa main et que son esprit faisait des sauts périlleux. Elle prit donc l'appel et, avant qu'elle ne puisse dire un mot, la voix de David retentit de manière urgente à son oreille.

– Je dois faire vite, mais c'est important. Il faut qu'on se parle.

– À propos de quoi ?

– On peut se voir ? Nous devons réfléchir à l'avenir, Penny. Je parle de famille. Les choses sont différentes maintenant.

L'esprit de Penny fit un triple salto. Il parlait de famille ? De réfléchir à l'avenir ? Cela signifiait-il que sa première théorie était la bonne depuis le début ?

– Penny ? Tu es là ? Tu m'as entendu ?

– Quoi ? Oui.

Penny resserra sa prise sur le téléphone.

– Oui, d'accord. Voyons-nous. Tu as raison. Je pensais t'appeler. Je vois que les choses sont différentes… Je veux dire, ces dernières semaines, je me suis demandé… Je veux dire, depuis la deuxième échographie, je vois toutes sortes de choses différemment…

– Tu allais m'appeler ?

– J'y ai pensé. Oui.

La voix de David devint ferme.

– D'accord, on tient la route, Penny. Nous pouvons le faire ensemble. Fais-moi confiance. Nous sommes une équipe. Nous trouverons un moyen que ça marche.

Consciente que Mark l'attendait en bas, Penny ne posa pas plus de questions. Elle fixa une date pour leur rendez-vous, raccrocha et, tout en ramassant son pull, se dit qu'il s'agissait d'une mesure responsable à prendre. Et, en fait, il valait mieux que ce soit David qui ait fait la démarche, puisqu'elle n'avait aucune raison plausible de l'appeler, maintenant qu'elle avait quitté le travail. *Je suis désolée que les choses continuent à changer*, dit-elle au bébé, *mais je promets qu'elles vont s'arranger. David et moi allons nous voir et trouver un arrangement concernant son droit de visite. Et maintenant, je vais me concentrer, me recentrer et établir des priorités. Toi et moi partons pour New Forest et nous n'allons pas laisser un appel téléphonique interférer avec notre jour de sortie.*

Pendant ce temps, dans un café de Blackheath, David avalait un expresso. Tout avait été beaucoup plus facile qu'il ne l'avait imaginé. Penny et lui étaient sur la même longueur d'onde. En fait, elle l'avait devancé. Elle avait vu que les choses étaient différentes. Elle allait l'appeler. Elle pensait vraiment qu'ils avaient un avenir ensemble. *C'est en train de se produire*, pensa-t-il triomphalement. *Les statistiques stratosphériques ont fait leur effet, et toi, David Faber, tu vas de l'avant, tu sors du lot et tu grimpes l'échelle !*

Mark gara la voiture dans l'allée près de la maison et conduisit Penny dans le couloir froid des années 1930. Tous les objets, des meubles aux casseroles de la cuisine, étaient étiquetés avec des numéros et se trouvaient dans les pièces, l'air triste, ou étaient entassés dans des boîtes en carton. Mark prit Penny par le coude :

– Ne t'inquiète pas. Je sais ce que je cherche et nous pouvons ignorer le reste.

À l'étage, après avoir inspecté une collection hétéroclite de corbeilles et de paniers en osier, il se dirigea vers une pile de linge de lit, exposée sur une commode.

– Cela avait l'air bien sur les photos en ligne, mais voyons voir.

Au bout d'un moment, il passa à un tiroir entrouvert, plein de serviettes, de mouchoirs et de boîtes plates de torchons.

– C'est mieux. Le linge de lit n'a rien de spécial, mais regarde les broderies sur ceux-ci. Le blanc sur blanc se vend toujours bien. Attention la partie non teintée avec le dessin géométrique bleu l'encadrerait bien.

Consciente qu'elle n'avait même pas remarqué la longueur de coton brut, Penny le retourna et vit qu'il avait raison. Mark lui fit un clin d'œil.

– Tu vois, ça, c'est mon côté chercheur d'or. Je ne laisse rien au hasard.

Après avoir fouillé correctement le tiroir, il emmena Penny au rez-de-chaussée puis dans le jardin, pour examiner le contenu d'une serre délabrée.

– Bingo ! Regardez ces super pots en terre cuite. Ces chaises longues. Et une mangle ! Il doit provenir d'une maison précédente. C'est de l'époque victorienne.

– Qu'est-ce qu'on peut bien faire avec une machine pareille ?

– Enlève les roulettes, garde le cadre, installe quelques étagères et tu obtiendras une table d'appoint. Les gens adorent les ferronneries décoratives. Il y a beaucoup d'options. Ajoutes-y des rangements personnalisés et tu obtiendras un présentoir pour ta collection de vins.

– Vraiment ?

– Absolument. Quelqu'un va probablement surenchérir sur mon offre. Ils sont de plus en plus à la mode. Je pourrais faire quelque chose des étagères à lattes de la serre, des paniers en osier de l'étage et des objets sur la commode. Et j'adore la collection de lampes dans le couloir. Il y a deux ou trois lampes qui ne marchent pas, mais s'ils y ajoutaient le téléphone en bakélite, je ne dirais pas non.

Penny rit.

– Tu sais que tu parles exactement comme Bill ?

– Je prends ça comme un compliment. Écoutez, je vais retourner dire un mot à l'assistant du commissaire-priseur. Il y a un coin ensoleillé ici et ce banc a l'air solide. Assieds-toi et, quand j'aurai fini, nous irons nous promener dans la forêt. Ou bien as-tu faim ? Tu veux déjeuner ?

– Non, allons nous promener d'abord et nous prendrons une collation plus tard. Sauf si tu dois rentrer ?

– Nan. Bill s'occupe de la boutique.

Elle s'assit, tout en se disant que ce moment ne ressemblait à aucun autre qu'elle avait passé avec Mark. D'habitude, ils prenaient un verre dans l'un des pubs bruyants de Borough Market, ou mangeaient une pizza, allaient voir un film et repartaient chacun de leur côté. Aujourd'hui, ils avaient passé plus d'une heure dans sa voiture, à papoter sans arrêt. Pour la première fois, elle avait demandé si Mark avait toujours voulu reprendre la boutique de Bill. Mark avait ri ouvertement.

– Oh que non ! Et le moment était mal choisi. Je venais de trouver un appartement à Rome. Pourtant, maman voulait absolument que papa prenne sa retraite, et il aurait refusé si je n'avais pas été là pour le remplacer. On fait ce qu'il faut, non ? quand il s'agit de la famille. Le magasin appartenait à mon grand-père, qui avait commencé par vendre des objets de bric et de broc sur une brouette. Papa se serait tué à la tâche plutôt de laisser tomber.

Penny s'était demandé quelle serait sa propre réaction dans des circonstances similaires. *Je jetterais probablement l'argent par les fenêtres en essayant de résoudre le problème*, avait-elle pensé honnêtement. *Et s'il s'agissait de bouleverser ma vie, je doute que je ne le ferais avec la grâce et la bonne humeur de Mark.* Elle lui demanda ce qu'il avait prévu de faire à Rome, et il s'esclaffa.

– Je pensais plus ou moins que je pourrais devenir artiste. Avec le recul, je pense que le destin m'a épargné une humiliation.

– Alors, tu ne quitterais pas la boutique maintenant, même si tu le pouvais ?

– Pour rien au monde. Je l'adore. En plus, Kit fait mon éducation.

– Sérieusement ?

– Kit est une force sur laquelle il faut compter. Il en va de même pour les personnes qui travaillent pour moi. J'ai de la chance, j'ai une équipe formidable.

En quittant l'autoroute, Mark lui jeta un coup d'œil.

– Mais tu sais ce que c'est. Tu as monté une équipe, toi aussi.

Elle acquiesça, mais se dit ensuite que ce n'était pas la même chose. L'idée d'apprendre des gens avec lesquels elle travaillait ne lui était pas venue à l'esprit, et elle savait que si l'un des membres de son équipe pensait avoir quelque chose à lui apprendre, il était peu probable qu'il le formule à voix haute.

Lorsque Mark revint, ils se rendirent à Lyndhurst et réservèrent une table. Il se gara derrière l'hôtel et dit qu'il n'y avait pas loin à marcher jusqu'à la forêt.

– Bien, parce que je suis lente, ces jours-ci.

– Si tu en as besoin, nous trouverons un endroit où tu pourras t'asseoir.

Le soleil emplissait l'air du parfum des conifères. Mark se mit au diapason de Penny, adaptant sa cadence à la sienne.

– Comment se sent-on en congé ?

– Bizarre, si je suis honnête. Je continue à regarder l'émission tous les matins, mais je ne suis plus qu'un simple téléspectateur. C'est bizarre de ne pas pouvoir accéder aux chiffres.

– Peut-être devrais-tu t'abstenir.

– Trop radical !

Mark rit.

– Je suppose que tu dois te tenir au courant si tu veux être à la hauteur quand tu rentreras.

– Je ne suis pas sûre d'y retourner.

C'était la première fois qu'elle disait cela à haute voix et, fidèle à lui-même, Marc ne fit aucun commentaire. Penny fronça le nez.

– Je pense qu'il y a un risque qu'ils ne veuillent plus de moi.

– Pourquoi ? C'est toi qui as créé l'émission et c'est un grand succès.

– C'est vrai, mais ils auront la mémoire courte si quelqu'un de moins cher peut faire tourner la machine.

– C'est vraiment n'importe quoi.

– C'est la télévision.

– Alors, que vas-tu faire ?

– Faire face. Bon, et ces pommes de pin ?

Apparemment peu impressionné par ce brusque changement de sujet, Marc indiqua un banc au bord du chemin.

– Assieds-toi et je vais en chercher. Ensuite, nous irons manger du gâteau.

Ils revinrent à l'hôtel garni de colombages et de briques rouges avec un sac rempli de plusieurs sortes de pommes de pin, et on leur indiqua une table près d'une fenêtre à meneaux. Penny s'assit et examina l'éventail de sandwichs, de scones, de confitures, de crèmes, de macarons et de gâteaux.

– C'est aussi bien qu'aucun de nous n'ait déjeuné.

– Ce n'est pas une obligation non plus de tout boulotter.

– Alors, regarde bien, parce que je suis sur le point de le faire.

Ils discutèrent avec une parfaite aisance, tout était délicieux et la promenade leur avait ouvert l'appétit. Penny versa du sucre dans son thé en décrivant la sculpture qu'elle avait vue à Spitalfields, et rabattit le haut du sachet à moitié vide. Toujours concentrée sur ce qu'elle disait, elle le rangea dans sa poche et découvrit que Marc l'observait avec amusement.

– Faut pas gâcher ?

Penny rougit.

– Rien d'aussi raisonné. J'ai grandi avec une mère qui s'angoissait toujours pour l'argent. Elle ne l'a jamais dit, mais je le savais, et je pense que j'ai développé des petites habitudes névrotiques inutiles.

– Ce n'est pas inutile de garder le sucre si tu l'utilises.

– Je ne l'utilise pas. Je le retrouve dans mes poches et je le jette.

Mark éclata de rire.

– Quand j'étais enfant, Bill avait des théories sans fin sur l'argent. Il avait toutes sortes de règles qu'il avait apprises de son père, le chiffonnier. « Faire de l'argent à partir de rien », « faut pas gâcher ». Les cartes de crédit étaient un anathème. Si on n'avait pas d'argent pour payer quelque chose, il fallait se mettre au travail et l'obtenir.

– Ton grand-père était vraiment chiffonnier ?

– Il a été l'un des derniers à faire le tour des propriétés en proposant de l'argent en échange de vieux fer. Si les gens avaient d'autres choses dont ils voulaient se débarrasser, il les prenait et les vendait au marché d'East Street.

Penny tripota le sachet à moitié vide.

– J'étais impatiente de gagner mon propre argent. Je ne voulais pas être un fardeau pour maman ou mes grands-parents. Je crois qu'elle refusait de recevoir de l'argent de leur part, et j'ai pensé que je devais être tout aussi indépendante.

– C'est la seule raison pour laquelle tu t'es lancée dans le monde de la télé ?

– Au début. Tout à fait. Je savais que je pouvais acquérir les compétences et que j'avais la volonté de réussir.

– Tu es quelqu'un de déterminé. Je l'ai vu le jour où nous nous sommes rencontrés, lorsque je t'ai vendu une bouilloire en fer-blanc.

– Oh, je ne suis pas sûre que la détermination soit toujours une chose admirable. Elle pourrait aussi se résumer à de l'avidité et à un besoin de domination.

Mark leva les sourcils par-dessus son sandwich au saumon fumé.

– Quelles sont les autres raisons qui t'ont poussée à choisir la télévision ?

– Je suppose que je les ai découvertes au fur et à mesure. J'ai toujours aimé les histoires cachées derrière les parcours évidents. Les séquences d'images racontent des histoires, et ce qu'elles disent dépend de la manière dont tu les juxtaposes. C'est ce que j'aime. Il y a quelque chose d'étonnant dans la façon dont le mélange des images fait naître une histoire.

– On dirait que tu devrais créer des programmes, et non pas être une directrice exécutive.

Penny haussa les épaules.

– Tu as peut-être raison, mais ce n'est pas là que se trouve l'argent. Mais je veux bien en savoir plus sur les chiffonniers. Est-ce qu'ils achetaient et vendaient vraiment des chiffons ?

La conversation continua à osciller entre le passé et le présent, et au deuxième thé, elle lui annonça qu'elle avait prévu un rendez-vous avec le père du bébé.

– Dans une semaine environ, juste avant Noël.

– Je ne savais pas que vous étiez en contact. Je pensais que c'était ce que tu avais dit à Leeann à la fête de Bill.

– Oui c'est vrai. Nous ne voyons plus. C'est juste que nous devons organiser l'avenir. Il m'a appelée. Enfin, j'allais l'appeler et c'est lui qui l'a fait en premier. Nous voulons tous les deux qu'il reste en contact avec ce bébé. Pour le bien du bébé.

Avec l'impression de bafouiller, Penny prit un macaron.

Mark semblait se concentrer sur le gâteau. Il acquiesça.

– Bien sûr.

Penny croqua des pistaches et but une gorgée de thé. Il y eut un silence avant qu'elle ne reprenne la parole.

– Je voulais te dire que c'est gentil de ta part de me proposer d'entreposer mon vélo dans ton hangar quand j'achèterai une poussette pour le bébé. C'est sûr qu'il n'y aura pas assez de place pour les ranger tous les deux dans mon couloir.

– Pas de problème, c'était l'idée de Leeann.

– Eh bien, merci.

– De rien. Lorsque les arbres de Noël des enfants auront disparu, je viendrai le faire rouler.

– Merci.

Au cours d'une troisième tasse de thé et sur le chemin du retour vers Londres, ils retrouvèrent l'intimité facile dans laquelle ils avaient commencé la journée, et lorsque Penny sortit de la voiture, elle se demanda si elle avait imaginé ce moment où les choses étaient devenues étrangement formelles. Marc, qui s'était maudit d'avoir laissé ce moment se produire, lui dit au revoir en lui faisant un joyeux bisou sur la joue.

– J'espère que tu n'es pas fatiguée.

– Pas du tout. C'était adorable. Exactement ce dont j'avais besoin.

Lorsque Mark entra dans la boutique, Bill avait déjà fermé et lisait un journal.

– Tu as pris votre temps. La vente s'est bien passée ?

– Deux ou trois lots pour lesquels je pourrai faire une offre en ligne. Du nouveau ici ?

– Des bricoles pour lesquels je ne t'en aurais pas donné cinq dollars. J'en ai vendu pour quelques centaines de dollars, cependant. Je dois admettre que tu t'en sors bien, fiston.

Bill lui jeta un coup d'œil perspicace par-dessus son journal.

– Et sinon, comment s'est passée ta journée ?

Mark fronça les sourcils et souleva Stanley de la chaise longue.

– Je t'avais dit de ne pas laisser ce petit gars s'asseoir sur les meubles.

– Qu'est-ce que ça peut faire, quelques poils de chat. Réponds à la question.

– J'ai trouvé ces pommes de pin que les enfants voulaient.

Bill fit claquer sa langue.

– Pour l'amour de Dieu, crache le morceau, veux-tu ? Quelle est l'histoire entre Penny et toi ?

Mark jeta un coup d'œil à Bill.

– Ne va pas sur ce terrain, papa. Il n'y a rien à dire.

– Je ne suis pas aussi naïf que j'en ai l'air. Ta mère non plus. C'est elle qui pose la question.

– Écoute, Penny est sur le point d'avoir un bébé. Ce n'est pas le moment.

– Mais nous avons raison, n'est-ce pas ? Les enfants aussi en sont convaincus d'ailleurs. Elle te plaît.

Mark fit la grimace.

– C'est bien plus que cela.

– Alors, vas-y. C'est là qu'elles sont vulnérables. Pose quelques jalons. Offre-lui des fleurs.

– C'est comme ça que tu as eu maman ?

– Ta mère n'a pas une once de vulnérabilité dans tout le corps. De toute façon, c'est elle qui m'a eu. Je ne me plains pas, mais je n'avais pas vraiment le choix.

Mark sourit.

– Elle a fait un rêve. « She had a dream ».

– Hein ? Oh, cette stupide chanson d'ABBA. C'était ça. Elle a jeté son dévolu sur moi et a refusé de considérer non comme un refus. Ce n'est pas une mauvaise tactique. Tu devrais l'essayer.

Mark fit sortir Stanley par la porte de derrière et revint en disant qu'il offrirait un verre à Bill avec les gros billets qu'il avait encaissés. Bill renifla.

– Et c'est tout ? Fin de la discussion ? Qu'est-ce que je vais dire à ta mère ?

– Dis-lui qu'elle devrait écouter les paroles de sa propre chanson. Je ne suis pas du genre à utiliser la force. Dis-lui que je saurai quand le moment sera venu pour moi.

Bill haussa les épaules, plia son journal et le glissa dans sa poche.

– « Si tu ne demandes rien, tu n'obtiens rien », tu te souviens ? Il faut juste s'assurer de ne pas rater sa chance, mon garçon. Il y en a peu et elles ne se présentent pas très souvent.

Chapitre trente-trois

Comme Val, Marguerite était consciente que le temps devant elles pour travailler sur le quilt keepsake s'écoulait rapidement. Aussi, lorsque le programme d'hiver du club de joueurs de cartes apparut dans sa boîte de réception, elle fut heureuse de constater qu'elle n'était pas censée recevoir à nouveau avant la nouvelle année. À présent, la table de son salon était couverte de morceaux de tissu, et il était plus facile de conduire pour aller jouer chez quelqu'un d'autre que d'avoir à débarrasser les piles et à les réorganiser après le départ de ses invités.

Au moment de prendre sa retraite, elle s'était secrètement demandé si, après avoir passé tant de temps à Londres, elle ne trouverait pas qu'il n'y avait pas grand-chose à faire à Wicklow. Au contraire, elle s'était facilement replongée dans la ronde des saisons qu'elle avait connue dans son enfance. Cela faisait des générations que Stonehill n'avait plus de responsable religieux à demeure, mais les fleurs de son jardin avaient toujours orné l'autel lors des fêtes de l'église, et le titulaire actuel, qui s'occupait également de trois autres congrégations en perte de vitesse, s'attendait à ce que la tradition soit maintenue.

Enfant, Marguerite aidait à disposer des lys sur l'autel de Pâques et à apporter du houx, du lierre et des jacinthes de Stonehill à l'église pour Noël. Il était donc agréable de trouver des chandeliers en laiton familiers toujours entreposés dans la sacristie, et ce qui semblait être le même morceau de savon dans une soucoupe près de l'évier où l'on remplissait d'eau les vases. Bientôt, la vie était devenue une joyeuse ronde de bénévolat à la bibliothèque, d'accueil et de participation à des soirées cartes, de voyages à Dublin et d'aide à l'organisation de déjeuners pour les retraités dans le village, ce qui lui laissait peu de journées entières pour elle seule.

La soirée cartes suivante se déroula dans l'appartement d'Eve Blythe. Lorsque Marguerite arriva, Caroline lui ouvrit la porte et la fit entrer dans le salon chaud et lumineux où les rideaux étaient tirés pour effacer la nuit et où Eve, en tweed sombre et ceinture dorée, dressait des verres et des bouteilles sur un plateau. En se retournant, elle embrassa Marguerite sur la joue.

– C'est bien de voir quelqu'un arriver à l'heure. Caroline va te servir un sherry. Où veux-tu t'asseoir ?

Marguerite jeta autour d'elle un regard approbateur.

– Quel bel appartement tu as !

Eve lui prit le bras.

– Assieds-toi. Je ne supporte pas les gens qui s'attardent.

Elle installe Marguerite dans un fauteuil et s'assit à côté d'elle.

– Je suis contente que l'appartement te plaise. Bien joué de la part de mon neveu, il m'a donné exactement ce que je voulais. Une pièce de taille convenable pour s'asseoir, très lumineuse, une cuisine et une chambre qui ne prennent pas trop de place. Je n'ai jamais su cuisiner et je vais dans ma chambre pour dormir, pas pour me prélasser. J'ai le cuir chevelu sensible, c'est très pratique pour éviter que Caroline ne veuille me faire prendre des bains. Pas le moment, du moins.

En acceptant un sherry des mains de Caroline, Eve demanda où se trouvaient les œufs de caille.

– Dans la cuisine.

– Eh bien, apporte-les et, pour l'amour du ciel, n'oublie pas le sel de céleri.

Alors que Caroline lui adressait un sourire tolérant et disparaissait dans la cuisine, Eve fit les gros yeux devant Marguerite.

– Tu vois ce que je dois supporter ? Je te jure, elle me prend pour une gaga.

Refusant de céder à cette perche trop bien tendue, Marguerite regarda autour d'elle et remarqua qu'Eve possédait quelques tableaux intéressants. Il y avait un portrait résolument non sentimental et plusieurs œuvres abstraites non encadrées. Elle demanda si l'une d'entre elles a été réalisée par la mère d'Eve.

Eve s'esclaffa.

– La plupart d'entre elles. C'est elle dans le portrait, influencée par Evie Hone. Les abstractions sont ses tentatives à la Mainie Jellett. En fait, je ne pense pas qu'elles soient mauvaises.

Marguerite se leva et examina une série de cubes et de sphères imbriqués les uns dans les autres, peints dans des couleurs vives avec des contours noirs audacieux. Derrière eux, il y avait un assemblage d'esquisses au crayon, encadrées.

– Est-ce que ce sont ceux que ta mère a dessinés dans le cimetière, pendant que tu embêtais le curé ?

– Ceux-là mêmes ! On peut voir comment les vitraux de l'église ont influencé l'abstraction. J'imagine que c'est pour cela que c'est un succès. La plupart de ses autres œuvres sont nées de tentatives douloureuses de copier des choses qu'elle avait vues dans des galeries.

Eve agita son verre en direction d'un autre tableau.

– Ça, c'est moi à mon apogée, par Justin MacMahon.

C'était le portrait d'une jeune fille appuyée sur le dossier d'une chaise. Ses cheveux et sa robe étaient suggérés par des coups de pinceau, mais les détails du visage étaient rendus avec précision. Eve gloussa à nouveau.

– En tout cas, il a su rendre mon ennui.

– Tu étais très belle.

– Je sais. C'est la raison pour laquelle les amis de ma mère m'ont trouvée utile. Il faut dire que j'ai aussi été représentée sans cheveux et avec les yeux sur les fesses. Quand sa technique est douteuse, c'est bien de pouvoir prétendre qu'on est avant-gardiste. MacMahon était différent. Il savait vraiment peindre.

Marguerite observa les yeux indifférents et la bouche tombante du portrait.

– Je croyais que tu avais dit que tu étais follement amoureuse de lui.

– Cela m'était passé à ce moment-là. Même jeune, je pouvais reconnaître l'égocentrisme. Pas seulement l'égocentrisme, qu'ils avaient tous, ô combien. Ce jeune homme était fou, mauvais et dangereux à fréquenter.

– Qu'est-il devenu ?

– Je n'en ai aucune idée. Il a disparu. Il s'est probablement désintéressé du cercle de ma pauvre mère. Il n'aimait pas les rassemblements et les fêtes. Note qu'après avoir proposé d'organiser la fête de ce soir, j'éprouve une certaine sympathie pour cette position. Il y a beaucoup trop de courses et de tracas avant, et toute cette corvée après, quand tout le monde est parti.

Marguerite réprima un sourire, consciente que Caroline avait passé la journée à faire les courses et les préparatifs, et qu'il était probable qu'elle serait encore en train de ranger quand

Eve irait se coucher. Eve confirma sa pensée tacite par un de ses sourires malicieux.

– Tu as raison, bien sûr. Oh, j'entends la sonnette. Quelles sont les chances d'avoir un bon jeu ce soir ?

Le lendemain, à l'approche de Noël, Marguerite décida qu'il était temps de s'engager à assembler son côté du quilt. Après une promenade matinale au village et une réunion pour la collecte de fonds d'une œuvre de bienfaisance qui occupa une bonne partie de son après-midi, elle alluma un feu dans le salon avant de se mettre au travail. Tandis que les flammes crépitaient dans l'âtre, elle leva les yeux vers le portrait de Ruth, en pensant à la différence de traitement que MacMahon avait réservé à ses deux sujets. Alors que les cheveux et la robe d'Eve étaient à peine suggérés, chaque détail du portrait de Ruth était rendu avec une précision photographique. Et le visage de Ruth, l'antithèse de l'indifférence ennuyée d'Eve, avait l'air extraordinairement vivant. *C'est peut-être ça*, pensa Marguerite. *Ce n'est pas seulement la robe et la coiffure hollywoodienne qui la rendent méconnaissable. Il y a quelque chose qui tient à la façon dont cette image est peinte. Quelque chose que je n'ai jamais réussi à cerner.*

Elle se leva et se dirigea vers la table, se rappelant qu'elle avait dit à Val que le temps de réflexion et la sélection étaient aussi importants que le découpage, l'assemblage et le quilting. Le moment était venu de faire des choix irrévocables, même s'ils ne devaient pas avoir trop d'importance pour le bébé de Penny. *Quand j'étais petite*, pensa Marguerite, *j'avais à peine remarqué le dessin du quilt de Ruth. J'ose dire que je trouvais les couleurs et les formes attrayantes, mais le confort venait du toucher, pas de l'apparence, et le sentiment de sécurité qu'il me procurait était avant tout une question de chaleur et de familiarité. Il ne m'est jamais venu à l'esprit de m'interroger sur les choix de ma mère. Et comme elle ne me l'a jamais dit, je ne le saurai jamais.*

Une demi-heure plus tard, Marguerite s'était lancée dans la disposition des morceaux. Elle s'en était tenue à des carrés simples et à des lignes droites et, en juxtaposant les pièces, elle avait gardé à l'esprit qu'une partie des dommages causés à l'édredon de Ruth avait été causée par le positionnement de tissus de poids différents. Marguerite regarda la table où des morceaux brodés de sa robe de mariée étaient intercalés avec des restes des années à coudre pour Val et pour Penny. *Ces éléments encadreront le bloc central de Ruth dans la bordure qui reliera les deux côtés du quilt souvenir. C'est exactement ce que je voulais*, pensa Marguerite, heureuse. *C'est simple, mais ça va marcher. Chaque pièce sera un chapitre d'une histoire racontée par le patchwork et, lorsque le côté de Val et le mien seront matelassés ensemble et bordés, ils constitueront un héritage familial.*

Ensuite, elle devait récupérer la pièce centrale du quilt de sa mère. Avant d'aller le chercher, elle ajouta une bûche au feu. C'était du bois de pommier provenant d'un arbre tombé dans le verger, et lorsque la chaleur atteignit l'écorce, elle projeta une longue langue de flamme. À l'étage, en ouvrant l'armoire où le quilt reposait dans sa boîte, elle se demanda si, lorsqu'elle aurait terminé son assemblage, elle trouverait quelque chose dans le jardin sombre à mettre sur la table de l'entrée, où les pensées d'hiver violettes et jaunes commençaient à tomber. Debout sur une chaise, elle souleva la boîte et balaya la poussière de son couvercle, révélant le logo d'un fleuriste disparu et l'image délavée d'une gerbe de fleurs. Le grenier était froid et Marguerite frissonna. La boîte dans les bras, elle retourna près du feu et, à l'aide d'un découseur, commença à séparer la pièce maîtresse du patchwork qui l'entourait.

Chacun des quatre morceaux de satin centraux était d'une couleur différente d'un imprimé de rameaux fleuris sur un fond uni. Marguerite travailla avec soin, coupant et retirant des fils et détachant un bord de la première pièce de satin de la pièce voisine. Pour maintenir le tissu tendu sur son genou pendant qu'elle ôtait les points, elle glissa deux doigts dans la fente qu'elle avait créée. À sa grande surprise, ils rencontrèrent une couche de papier entre le satin et le molleton. Marguerite tâta les bords du papier, se demandant si Ruth l'avait incorporé à l'ensemble du bloc central. En général, le papier était utilisé pour des motifs complexes avec des formes hexagonales. Pourquoi s'en préoccuper lorsqu'on travaille avec de simples carrés ?

Marguerite fut frappée par le fait que les quilts cousus à la main apparaissaient dans les films hollywoodiens comme une sorte de symbole de courage et de valeurs familiales. Les pionnières utilisaient une technique, appelée « English Paper Piecing », qui consistait à coudre des formes complexes sur du papier qu'on laissait à l'intérieur du quilt. Ruth, Américaine et quilteuse inexpérimentée, pensait-elle que tous les quilts étaient faits de cette façon ? Ou avait-elle supposé qu'un bloc central l'exigeait, alors que toutes ses pièces avaient des côtés droits ? En fourrageant des doigts, Marguerite s'aperçut que le papier n'avait pas été collé sur le satin et, après avoir coupé quelques points supplémentaires, elle l'enleva facilement. Elle le posa sur ses genoux et se rendit compte qu'elle avait devant elle une lettre, écrite d'une main malhabile à l'encre bleu-noir. L'écriture couvrait toute la feuille de papier, recto et verso. Il n'y avait pas de marges, comme si la page avait été coupée pour tenir derrière le morceau de satin.

Ruth ma chérie,

Tu m'as quitté il y a plus d'une heure. Je n'arrive toujours pas à croire que tu sois partie. Tu penses sans doute que je me suis lancé dans une peinture frénétique. C'est selon toi ce que j'allais faire, et tu n'as pas idée à quel point c'était ridicule. Je n'ai pas peint. Je suis resté assis ici, à te maudire et à boire du Bovril. Tu ne connais rien aux artistes ni à l'art – ou à moi, si on en arrive là – et je me fiche éperdument que tu n'y connaisses rien. Je ne veux pas d'un acolyte qui nettoie mes pinceaux et dise aux gens que j'ai du génie. Je ne veux pas de ton opinion sur la peinture. Tu n'as rien à dire qui compte. Je t'ai dit cent fois ce que je veux. C'est toi que je veux. Je ne peux pas me passer de toi. Je ne peux pas peindre, je ne peux pas penser, je ne peux pas respirer, bon sang. Tu m'es nécessaire. Je t'aime. Tu m'aimes aussi. Tu l'as dit, alors à quoi joues-tu ?

Je ne peux pas croire que tu ne viennes pas avec moi. Tu m'es indispensable. Nous avons tout prévu. Ton mariage était une erreur. Je ne vois pas pourquoi tu ne dis pas la vérité à Donal un point c'est tout. Il y a de fortes chances que tu ne comprennes pas Donal non plus. Je voudrais la vérité si j'étais lui. N'importe quel homme le voudrait.

Tu n'arrêtais pas de dire que je ne t'écoutais pas. Eh bien, je t'écoutais. Je ne vois pas pourquoi un bébé ferait une différence. Pourquoi ne le vois-tu pas ? J'ai besoin de toi. Sinon, pourquoi aurais-je supporté tes stupides convictions sur la fidélité ? Toutes ces conneries sur le fait de ne pas pouvoir regarder Donal en face si tu avais couché avec moi. J'ai écouté tout ça, pas vrai ? J'ai proposé Paris comme solution. Tu as dit oui. Nous avons pris notre décision. Pourquoi le fait que tu sois enceinte changerait-il quoi que ce soit ?

Si tu veux garder le bébé, je ne me plaindrai pas. Les bébés ne me dérangent pas. Je te l'ai dit. Si tu l'emmènes à Paris, il grandira de toute façon dans un endroit décent. Pourquoi voudrais-tu élever un enfant dans ce pays stupide et sombre ? Ou si tu ne peux pas supporter de l'enlever à Donal, viens avec moi maintenant, accouche et renvoie-le-lui. Ou alors, ne lui en parle pas. Ce qu'il ne saura pas ne lui fera pas de mal.

Je sais que j'ai crié. C'est pourquoi je t'écris cette lettre. Je suis calme maintenant et je plaide ma cause et tu dois m'écouter. Tu continues à dire que tu ne peux pas enlever son enfant à Donal, et que tu ne peux pas abandonner le bébé, donc que tu dois rester. C'est absurde. Tu ne l'aimes pas. Si tu l'aimais, tu n'aurais jamais promis de partir avec moi. Et si tu n'aimes pas Donal, pourquoi voudrais-tu de son enfant ? Pourquoi Donal voudrait-il de toi, d'ailleurs ? Il n'est pas stupide. Tu ne le tromperas pas, tu te trompes toi-même. Tu dis que la preuve que tu l'aimes, c'est que tu ne peux pas lui briser le cœur. Toi et moi sommes plus intelligents. Tu ne peux pas jouer avec le feu sans te brûler, et tu es calcinée à l'intérieur maintenant. Tu es creuse, noire et vide. C'est ce que tu ramènes chez lui, Ruth, et c'est ce qui lui brisera le cœur. Quand tu es avec moi, il y a une flamme en toi, vivante, brillante et vitale. Sans moi, tu vas devenir de plus en plus froide jusqu'à ce que tu t'allonges et que tu meures.

C'est de ta faute, pas de la mienne. Tu as choisi de jouer les mécènes et d'organiser des fêtes stupides. Tu as persuadé ton mari de payer pour un portrait. Je suis juste le peintre qui a été pris au milieu. Tu ne feras pas ça maintenant. Je sais que tu ne le feras pas. Si tu te soucies un tant soit peu de mon travail, tu ne partiras pas en me détruisant. Je serai sur les quais au mur nord pour la traversée de ce soir. Tu as ton billet et si tu n'es pas là, je ne me retournerai pas plus que tu ne l'as fait quand tu es partie aujourd'hui. Je suis sérieux. Je serai là jusqu'à ce que le bateau parte. Tu ferais mieux de venir, Ruth. J'aime tes yeux et j'aime tes cheveux et j'aime tes mains stupides et indiscrètes, et je t'aime tout entière.

Justin

Chapitre trente-quatre

La première réaction de Marguerite fut de laisser tomber le quilt et la lettre de ses genoux. Puis, sans réfléchir, elle glissa de sa chaise et s'accroupit près du feu qui sifflait. Bien que l'écorce du tronc du pommier soit sèche, la moelle verte exsudait des bulles qui ressemblaient à des rangées de perles. Elle resta longtemps à les contempler, elle aurait voulu que Rex ou Rufus, ou n'importe quel épagneul de Stonehill, sorte du couloir et pose une patte à franges de poils sur son genou. Au bout d'un moment, elle se rendit compte qu'elle avait froid. Le jardin au-delà des portes-fenêtres était plongé dans l'obscurité et le feu n'était plus qu'une simple lueur. Marguerite se leva toute raide, ajouta du bois et alla tirer les rideaux et allumer les lampes. La lettre gisait sur le rebord de la cheminée, à moitié sous le quilt décousu qui la cachait depuis plus de soixante-dix ans. En soulevant le quilt, Marguerite s'interrogea sur les fleurs que la boîte contenait autrefois. *Elles auraient pu être commandées par Donal pour Ruth afin de célébrer ma naissance*, pensa-t-elle. *C'était peut-être le cas. Je ne le saurai jamais. Tout comme je ne saurai jamais si ma naissance a été un motif de célébration. Donal était-il au courant de la liaison de Ruth ? S'en doutait-il depuis le début ? Avait-il commencé à se poser la question en la voyant s'enfoncer dans sa profonde dépression ?*

Ramassant la lettre, elle s'assit à nouveau près de la cheminée. « Tu ne peux pas jouer avec le feu sans te brûler, et tu es calcinée à l'intérieur maintenant. Tu es creuse, noire et vide. C'est ce que tu ramènes chez lui, Ruth, et c'est ce qui lui brisera le cœur. Quand tu es avec moi, il y a une flamme en toi, vivante, brillante et vitale. Sans moi, tu vas devenir de plus en plus froide jusqu'à ce que tu t'allonges et que tu meures. » *C'est ce qu'il avait représenté dans le tableau*, pensa Marguerite. *On dirait vraiment qu'elle rayonne de l'intérieur. Pauvre maman. La flamme a dû la brûler au-delà de tout espoir de guérison, et papa, qui était médecin, l'a regardée souffrir sans pouvoir la guérir.*

Bien que la pièce se réchauffât, Marguerite sentait encore le froid. *C'est le choc*, pensa-t-elle. *Paul dirait que je devrais manger quelque chose. Une soupe me réchaufferait.* Mais l'idée de préparer un repas lui parut trop compliquée. Elle éteignit les lumières, ferma la porte à clé et monta se coucher. Blottie sous la couette, son esprit s'emballa. Ruth avait-elle dit la vérité à Donal ? Ou bien, ayant fait son choix, avait-elle décidé qu'elle devait garder son secret ? *Si c'était le cas*, pensa Marguerite, *avait-elle gardé le secret jusqu'au jour de sa mort ? Elle ne s'était pas donnée à Justin – c'était clair dans la lettre – mais si papa soupçonnait qu'elle avait eu une liaison et qu'elle ne lui en avait jamais parlé, comment aurait-il pu être certain que j'étais son enfant ?*

En se retournant pour s'allonger sur le dos, Marguerite se rappela les souvenirs de Mme Sinnott du moment où Ruth confectionnait le quilt : « ... elle était enceinte. Elle ne savait pas coudre, mais elle était déterminée à faire chaque point elle-même ». *Pourquoi avait-elle placé la lettre à l'intérieur ? Était-elle si amoureuse de Justin qu'elle ne pouvait supporter de la détruire ? Voulait-elle que je la trouve un jour ? Avait-elle besoin que je sache qu'elle avait fait le choix de rester ici avec moi et avec papa ?* En se retournant sur le côté, Marguerite se dit que le jugement que portait Eve sur Justin était juste. C'était un égoïste sans scrupule et une fréquentation dangereuse. Ruth s'en était-elle rendu compte à la dernière minute ou était-elle restée amoureuse jusqu'au bout ?

Bien qu'il semblât à Marguerite qu'elle resterait éveillée toute la nuit, elle sombra dans un sommeil troublé et se réveilla quelques heures plus tard, consciente qu'elle avait fait un rêve très vivace. Ce rêve l'avait ramenée à la nuit de pleine lune où elle s'était penchée à la fenêtre et avait vu sa mère debout sous la pluie. Comme dans les rêves improbables, Ruth lui avait semblé à la fois lointaine et très proche. Chaque graine des herbes de la prairie brillait comme de l'argent, et le motif de la robe de chambre de Ruth s'était détaché aussi distinctement que si Marguerite se tenait juste à côté d'elle. Marguerite essaya de se rappeler ce qui s'était passé ensuite. La pluie dans le rêve tombait dru. Donal était endormi dans la prairie aux pieds de Ruth. Puis ils s'étaient retrouvés dans le salon et Donal avait posé sa main sur l'épaule de Ruth.

– Tu as fait de ton mieux. Tu ne dois pas te laisser abattre.

Ruth s'était levée et avait touché son visage :

– Je ne sais pas comment je me débrouillerais sans toi, tu le sais ?

– Tu t'en sortirais très bien.

– Non, pas du tout.

– D'accord, peut-être pas, mais je suis là, alors ne t'en inquiète pas.

Mais ce n'est pas vrai, pensa Marguerite. *Ce n'est pas comme ça que ça s'est passé. Ce n'est pas ce que j'ai entendu quand j'étais enfant. C'est lui qui lui a dit qu'il ne savait pas comment il se débrouillerait sans elle, et elle qui l'a rassuré en lui disant qu'il ne fallait pas qu'il s'inquiète.* Le rêve s'éloignait déjà et Marguerite, assoiffée, repoussa sa couette et alla chercher un verre d'eau dans la salle de bains. L'épuisement recouvre son esprit comme une chape et l'effort pour démêler les fils du passé est trop grand. Mais, comme cela s'était produit lorsque, enfant, elle avait surpris la conversation de ses parents, elle retourna au lit et dormit profondément avec le sentiment qu'il n'y avait plus rien à faire. Le lendemain matin, bien que fatiguée et choquée, Marguerite décida qu'elle ne devait pas laisser ce qu'elle avait découvert la distraire du quilt keepsake. Elle avait convenu avec Val qu'elle achèterait du molleton pour l'insérer entre les deux côtés lorsqu'elles les matelasseraient ensemble, et qu'elle l'apporterait avec son travail d'assemblage lorsqu'elle s'envolerait pour Londres pour Noël. *Alors aujourd'hui*, se dit-elle, *je vais prendre le train jusqu'à Dublin, trouver le molleton et déjeuner quelque part tant qu'à faire d'être en ville.* Elle se rendit à Greystones, l'endroit le plus facile pour garer la voiture, et prit le Dart jusqu'à la gare de Tara Street. En remontant les quais et en passant du côté de Trinity College, elle se souvint de l'époque où elle dépensait son argent de poche dans des magasins comme Hickey's dans Henry Street, où elle avait trouvé l'étamine et la soie brodée pour sa robe de mariée. Comme tant d'autres magasins qu'elle avait connus, Hickey's avait disparu depuis longtemps. Elle se dirigea donc vers le Cloth Shop de Westbury Mall et y trouva le molleto de coton qu'elle et Val avaient choisi.

En quittant le centre commercial, où les décorations de Noël scintillaient dans chaque vitrine, Marguerite pensait à ce que Ruth avait dû ressentir le jour où elle était venue à Dublin pour annoncer à Justin qu'elle était enceinte. Avait-elle pris le bus ou était-elle venue en train et avait-elle marché depuis la gare ? L'attendait-il ou avait-elle débarqué à l'improviste ?

Eve avait raconté que Justin vivait dans une petite chambre dans une maison de Harcourt Street. Pendant un instant, Marguerite fut tentée de s'y rendre, mais errer sans savoir de quelle maison il s'agissait semblait ridicule. Et à quoi cela servirait-il ? Elle s'était détournée et commençait à redescendre Grafton Street quand il lui vint à l'esprit qu'elle pourrait déjeuner au café de la National Gallery. *Pendant que j'y suis*, pensa-t-elle, *je pourrais me renseigner, savoir si des œuvres de Justin sont présentes dans la collection. Même si ce n'est pas le cas, il pourrait y avoir des informations sur lui.* Soudain, il lui semblait important de savoir qu'il était parti à Paris et qu'il n'était pas resté dans l'ombre du mariage de ses parents. S'il était difficile d'imaginer Ruth dévastée par la perte de son mari, il était pire de penser que les fluctuations de son état dépressif pouvaient être liées à la poursuite d'une liaison intermittente.

L'aile Millenium Wing de la galerie avait été construite sur un site autrefois occupé par des maisons du XVIIIe siècle. Celles qui étaient restées de part et d'autre étaient reliées par un haut atrium où, dans un espace vitré qui avait été le jardin géorgien d'une famille, des rangées de tables de café se dressaient sur un sol d'un blanc éclatant. Avec le sentiment qu'il s'agissait là d'un autre exemple d'intégration du passé au présent, Marguerite porta son plateau jusqu'à une table située face à trois étages de fenêtres incurvées du XVIIIe siècle et, faisant à peine attention à ce qu'elle avait commandé, s'assit et mangea son déjeuner. Ensuite, elle s'approcha d'un bureau d'information, incertaine de ce qu'elle allait dire. L'homme qui s'occupait du guichet prit vigoureusement en charge sa demande hésitante.

– Vous pouvez consulter l'ensemble de notre collection en ligne sur notre site web. Ou alors, un instant, Sonja peut peut-être vous aider.

Une jeune femme qui passait par là s'arrêta en entendant son nom.

– Vous avez une question en particulier ?

– Je m'intéresse à un artiste qui s'appelle Justin MacMahon. Il travaillait à Dublin dans les années 1950.

La femme hocha la tête.

– Je m'appelle Sonja Flynn. Je fais partie du personnel ici. J'ai fait quelques recherches sur les années 1950. Attendez, nous sommes dans le passage, voulez-vous venir en discuter dans mon bureau ?

Réalisant qu'une file d'attente s'était formée derrière elle, Marguerite s'excusa et s'écarta.

– Je m'appelle Marguerite Carson. Je suis sûre que vous êtes occupée...

– Pas le moins du monde.

Sonja la conduisit vers une porte dont elle ouvrit la serrure à l'aide d'une carte magnétique.

– Entrez. Nous avons très peu d'œuvres de MacMahon et elles ne sont pas exposées. Qu'est-ce qui vous intéresse dans son œuvre ?

– Je possède un portrait de lui.

– Vraiment ? Je suis contente que vous soyez venue.

– Était-il un peintre important ?

– C'était un sacré peintre.

Sonja la précéda dans un bureau et lui proposa une chaise.

– Je peux vous montrer ce que nous avons sur l'ordinateur. Mais parlez-moi de votre portrait.

– Il s'agit d'un portrait de ma mère. Je crois qu'elle connaissait un groupe d'artistes dublinois à l'époque. Une sorte d'avant-garde ?

– Il y en avait beaucoup. Les années 1950 ont été marquées par un grand élan d'art et de culture internationale dans l'après-guerre. L'Irlande n'avait pas été rasée par les bombes, comme une grande partie du reste de l'Europe, mais les gens avaient vécu sous la menace constante d'une invasion. En fait, il y a eu des bombardements ici à Dublin, du rationnement et le sentiment d'être coupé du monde extérieur.

Tout en parlant, Sonja faisait défiler les écrans.

– Lorsque la guerre a pris fin, le monde s'est ouvert de nouveau et les gens ont eu envie de voyager et de construire un avenir fondé sur des aspirations communes.

Elle cliqua sur une image et tourna son ordinateur vers Marguerite.

– C'est tout ce que nous avons. Des études pour un portrait.

Marguerite regarda et vit trois images dessinées avec une telle intensité qu'elles semblaient crever l'écran. Elle serra ses mains sur ses genoux pour éviter qu'elles ne tremblent.

– C'est ma mère.

– Et vous avez le portrait terminé ? C'est incroyable.

Tout en gardant la même voix, Marguerite demanda si elle détenait des informations sur Justin MacMahon.

– J'ai cru comprendre qu'il avait déménagé en France.

Sonja acquiesça.

– En 1951. D'abord à Paris. Puis il a vécu en Bretagne. Il n'est pas revenu.

Cela dissipa sa crainte que Justin soit finalement resté à Dublin et qu'il soit resté en contact avec Ruth. Tandis que Marguerite poussait un soupir de soulagement, Sonja entamait de nouvelles recherches.

– Je ne pense pas qu'il ait jamais été représenté par une galerie. De toute façon, il est mort jeune. Un peu plus de dix ans après avoir quitté Dublin. Laissez-moi vérifier.

Les mains de Marguerite se crispèrent à nouveau. Dans sa tête, elle entendit la voix de Mme Sinnott qui la pressait de boire un thé chaud et sucré. « Ta maman est morte. C'était un accident. Elle a dû se tromper de dose. »

Pendant des années, se dit-elle, *je me suis demandé si c'était vrai. Papa et moi ne l'avons jamais dit à voix haute, mais je sais que nous avons tous deux vécu avec l'idée qu'il pouvait s'agir d'un suicide. Et si c'était le cas, cela pourrait-il en être l'explication ? Est-ce que Ruth a appris la mort de Justin et a décidé de le suivre ?* La voix de Sonja interrompit ses pensées.

– Le voici. Justin MacMahon. Mort à Rome en 1965. Quatorze ans après avoir quitté Dublin.

Elle leva les yeux de son écran et sourit.

– Vous savez, Mme Carson, j'aimerais beaucoup voir votre portrait. Votre mère était un sujet très intéressant.

– Oui, oui, elle l'était.

Saisissant le sac contenant ses courses, Marguerite prit une profonde inspiration et se leva.

– Je pars pour Noël, mais je vous contacterai. Peut-être à la nouvelle année. Vous êtes très aimable. Merci de vous être donné tout ce mal.

Elle partit dès qu'elle put décemment le faire et, une fois dehors, se dit qu'elle avait besoin de s'asseoir et de réfléchir. Traversant la rue, elle se rendit dans l'enceinte du Trinity College, où elle aurait étudié la pharmacie si elle n'était pas allée à Londres et n'avait pas rencontré Paul. Il y avait un banc devant lequel des flots d'étudiants entraient et sortaient de la bibliothèque.

Lorsqu'elle s'assit, son soulagement fit place à la prise de conscience qu'elle ne connaîtrait jamais toute la vérité sur la mort de sa mère. *Il s'agit peut-être d'un suicide*, pensa-t-elle. *Il aurait pu s'agir d'un accident. Il a dû y avoir une sorte d'enquête dont je ne sais rien. Des ragots ont sans doute circulé et sous-entendu que son mari lui avait donné des somnifères. Quiconque a déjà lu un livre d'Agatha Christie reconnaît le scénario dans lequel la femme du médecin meurt dans des circonstances mystérieuses. Mais Donal a continué à exercer, et la communauté a continué à le soutenir. Et, quels que soient mes doutes, je sais qu'il n'aurait jamais pu lui faire de mal, tout comme elle n'aurait pas pu se résoudre à lui faire du mal.*

Portant ses courses, Marguerite reprit le chemin de la gare. Il y avait des lumières accrochées à plusieurs bateaux sur le fleuve et elle savait que, si elle le traversait et continuait à marcher, elle atteindrait le quai sur lequel Justin avait attendu en vain Ruth avant de prendre le bateau pour la France. *Il s'en est fallu de peu*, pensa Marguerite. *Elle avait même acheté son billet. Si elle était partie avec lui, ma vie aurait été si différente. J'aurais peut-être grandi en le considérant comme mon père. Je n'aurais peut-être jamais connu Stonehill.*

L'après-midi tirait à sa fin lorsqu'elle descendit du train, rentra au village et prit la route qui menait à sa maison. Une fois à l'intérieur, elle s'aperçut qu'elle n'avait rien fait pour la fleur tombée sur la table de la console. Portant le vase jusqu'au cabinet de Donal, elle enleva les pensées fanées et jeta l'eau dans l'évier. Elle traversait le couloir, se dirigeant vers le jardin pour cueillir des fleurs de remplacement, lorsque Caroline entra sous le porche et lui fit signe de la main. Marguerite n'avait absolument pas envie de discuter avec une voisine de passage, mais, sachant que Caroline l'avait vue, elle ouvrit la porte. Caroline lui adressa un sourire radieux.

– Je crains de ne pas m'attarder. J'ai un million de choses à faire. Je voulais juste vous donner ceci. C'est de la part d'Eve.

Elle lui tendit un magazine roulé.

– C'est ancien. Apparemment, il contient un article sur un sujet qu'elle et toi avez abordé lors de sa soirée cartes. Je suis désolée, je dois me sauver.

Caroline s'apprêtait à retourner à sa voiture, mais elle s'arrêta et regarda Marguerite.

– Ça va ? Tu as l'air terriblement fatiguée.

– Ça va. Je suis allée en ville. J'ai eu une longue journée.

– D'accord. Bon, profite du magazine. Et si tu as besoin d'aide, tu sais où me trouver. Appelle-moi.

Comme nous sommes ingrates, pensa Marguerite en regardant la voiture disparaître dans l'allée. *Je trouve Caroline aussi agaçante qu'Eve, mais la vérité, c'est qu'en vieillissant, il faut accepter d'avoir besoin d'aide. Et que serions-nous tous sans la gentillesse et la générosité de Caroline ?* Laissant le magazine sur la table de l'entrée, elle sortit et cueillit des pensées fraîches dans une parcelle qui fleurissait courageusement entre un rideau de lierre et le mur du verger.

Après les avoir mises dans un vase, elle alluma les lampes du salon, puis, après avoir lancé le feu, elle s'assit avec du thé et le magazine. Il était enroulé dans un élastique et, lorsqu'elle le déroula, elle y trouva un mot d'Eve. « J'ai pensé que tu aimerais lire ceci. Je savais que je l'avais quelque part. Ne t'embête pas à me le rendre. Il finira à la poubelle. Caroline meurt d'envie de faire le ménage dès que j'aurai cassé ma pipe. E.B. »

Marguerite regarda les pages légèrement déchirées sur ses genoux. Daté du printemps 1950, ce magazine distribué à bord des avions présentait des destinations touristiques en Irlande et était parsemé de publicités pour des compagnies aériennes et de cartes illustrant les itinéraires au départ de l'aéroport de Shannon vers l'Europe continentale. Une page incitait les touristes à « doubler le plaisir de leurs vacances » en réservant des « voyages circulaires » auprès de la TWA. Une autre page, agrémentée de photos de passagers sirotant des cocktails dans des avions et traversant des chaînes de montagnes verdoyantes à dos d'âne, suggérait aux voyageurs de la Pan Am de considérer une escale irlandaise comme la porte d'entrée de l'Europe. « Séjournez avec nous et découvrez ce que ce joyau d'émeraude a à offrir ! »

Pensant que c'était le genre d'annonces qui avait dû amener Ruth en Irlande, Marguerite feuilleta les pages et tomba sur un article qui la fit sursauter. Intitulé « Un enchantement américain avec la scène artistique vibrante de Dublin », il était illustré par une photo de Ruth, prise lors d'une fête dans l'atelier d'un artiste. Elle avait l'air très excitée et heureuse, son bras passé sous celui de Nora Blythe, et était entourée d'un groupe rieur à ce qui semblait être le vernissage d'une exposition. Il était clair que le texte avait été rédigé par un employé de l'office du tourisme :

« Mlle Ruth Smith, une charmante New-Yorkaise en route pour visiter le Louvre et la Biennale de Venise, a été ravie de rencontrer un groupe dynamique de jeunes artistes irlandais et de découvrir l'accueil chaleureux que nous réservons aux visiteurs de notre île verte. "Je n'ai pas de racines irlandaises, mais j'ai toujours été fascinée par la culture de l'Irlande et par les paysages que j'ai vus dans les films. Ce que je ne savais pas, c'est à quel point votre scène artistique est splendide, ou quels merveilleux créateurs de mode vous avez aujourd'hui". Mlle Smith a expliqué à notre journaliste que son voyage en Europe était l'aboutissement du rêve de sa vie. "J'ai acheté une toute nouvelle garde-robe spécialement pour ce voyage et, comme je m'arrêtais en Irlande, j'ai pris soin d'y inclure une robe en velours vert !" élégamment vêtue lorsque nous l'avons rencontrée d'un manteau et d'une jupe en laine et d'un chapeau en plumes de sarcelle, Mlle Smith a déjà prévu de prolonger son séjour en Irlande. "Je me suis déjà fait de très bons amis, notamment l'artiste Nora Blythe, dont le travail est aussi avant-gardiste que tout ce que je m'attends à voir en France ou en Italie". Apparemment, sur le chemin du retour à New York, Mlle Smith prévoit une autre escale en Irlande, et ses nouveaux amis lui ont promis de l'accueillir chaleureusement dans son "nouvel endroit préféré au monde" ! »

Les larmes piquèrent les yeux de Marguerite. *Elle était si jeune*, pensa-t-elle. *Plus jeune que Penny aujourd'hui. Elle avait acheté une toute nouvelle garde-robe pour son voyage de rêve en Europe. Cela devait ressembler à un film. Elle s'était liée d'amitié avec un groupe d'artistes et avait rencontré un beau médecin irlandais, qui vivait dans une maison blanche au milieu de montagnes vertes, comme celles qu'elle avait vues dans les magazines de voyage. Lorsqu'elle l'a épousé, le rêve s'est effondré et elle aussi. Pauvre, pauvre Ruth. Pauvre Donal. Quelle tristesse de voir la jeune fille brillante dont il était si profondément amoureux devenir la femme triste et introvertie dont je me souviens. J'aurais aimé qu'il m'en parle – pas quand j'étais enfant, peut-être, mais plus tard, quand Paul et moi nous sommes mariés. Ce n'était pas dans sa nature, cependant, et peut-être aurait-il considéré cela comme contraire à son éthique. Il ne parlait jamais de ses patients et je suppose qu'en fin de compte, c'est ce que maman était devenue.* Marguerite leva les yeux vers le portrait de sa mère, pensant que, même si l'égocentrisme de Justin était peu attrayant, il avait lui aussi été très jeune et semblait s'être retrouvé à Dublin sans amis ni famille pour le soutenir. *Papa et moi étions les survivants*, pensa-t-elle. *Il avait peut-être raison de dire que nous devions nous relever et continuer à vivre. Quel aurait été l'intérêt de remuer les cendres de leur mariage ? Je ne pense pas que le reste de sa vie ait été malheureux, mais, quoi qu'il ait su ou ignoré, il avait été blessé, et il a toujours dit qu'il ne fallait pas jouer avec les cicatrices.*

Chapitre trente-cinq

Penny était assise en train de regarder son émission, consciente que des changements commençaient déjà à se glisser dans son format. Les modifications suggérées par Gail et Roz, auxquelles elle avait opposé son veto avant de partir, avaient été ajoutées. Le créneau de Colette consacré à la mode avait un nouvel horaire. Et, probablement en réponse à son succès #DameJaneSucces, Lolly avait été promue en tant que personnalité dans les réseaux sociaux des programmes, avec son propre hashtag #LollyLoves. *Ma remplaçante de congé maternité a décidé d'apposer sa marque*, pensa Penny, *et à son âge, je pense que j'aurais fait de même.* À sa grande surprise, elle se sentit ébranlée. C'était une chose de rester assise dans son bureau à spéculer sur cette éventualité. C'en était une autre de s'asseoir à la maison et de regarder ce qui se passait, et de savoir que, sans elle, la caravane avait poursuivi son chemin.

Sur l'écran, Roz se tourna vers la caméra et lança aux téléspectateurs un clin d'œil complice dans le dos de son invitée. *Manifestement, l'émission avait aussi évolué vers une formule plus outrageusement provocante, et de cette façon*, pensa Penny, *elle allait perdre mon large public. D'un autre côté, cela permet à la chaîne de cibler plus facilement les recettes publicitaires. Ce n'est pas une stratégie à long terme, mais cela ne dérangera pas la nouvelle. L'émission est mon bébé, pas le sien. C'est moi qui m'investis émotionnellement dans son avenir. Elle n'y verra qu'un moyen de parvenir à ses fins.* L'invité, toujours inconscient d'avoir été la cible d'une plaisanterie, s'en allait sous les saluts des présentateurs.

Tant pis pour les stars à l'avenir, pense Penny, lugubre. *Aucun publicitaire ne voudra que ses clients servent de prétexte à renforcer la visibilité de Roz et Gail. Nous nous retrouverons avec des invités de catégorie Z, prêts à supporter n'importe quelle humiliation pour du temps d'antenne, et c'est le chemin le plus sûr pour qu'une émission soit supprimée. Bon sang. J'ai laissé tant d'avertissements et d'instructions. Mais c'est hors de mon contrôle maintenant, et ça ne sert à rien de m'obséder à ce sujet. Je ferais mieux de faire ce que Mark a suggéré et d'arrêter de rester assise à les regarder. De toute façon, il faut que j'aille acheter quelque chose pour le déjeuner.*

La veille, Val avait téléphoné, désireuse, comme toujours, de ne pas empiéter sur le temps de Penny.

– Ta grand-mère arrive le 23 et reste jusqu'au Nouvel An. Je me demandais si tu serais d'accord pour te joindre à nous le jour de Noël ? Ne t'inquiète pas si tu n'es pas encore sûre de tes projets. Tu peux me le dire plus tard.

Penny s'était sentie coupable. Plus d'une fois, elle était arrivée en retard au dîner de Noël à West Hampstead, avec un repas qui était à deux doigts de se dessécher dans le four. Elle ne pouvait pas imaginer Leeann ou ses sœurs faisant cela à leur mère, ou Sarah supportant cela même si elles avaient essayé. *Et comment vous sentiriez-vous,* s'était-elle demandé, *si vous aviez mis votre propre vie entre parenthèses pour votre bébé et que vous vous retrouviez avec quelqu'un qui avait à peine le temps de passer du temps avec sa famille ?* Elle s'empressa donc d'inviter Val à déjeuner.

– Viens demain, maman. Nous pourrons discuter. Et oui, j'adorerais passer Noël avec toi et Mamie.

En éteignant la télévision, sur laquelle Gail et Roz faisaient de drôles de grimaces, Penny grimaça, se rappelant la fragilité dans la voix de Val au téléphone. *Elle a toujours fait passer ma vie avant la sienne*, regretta-t-elle. *Tout consistait à me donner confiance en moi et à m'offrir un espace pour me développer. Et je n'ai jamais vraiment pensé à sa vie à elle. Il y a eu cette année où je suis allée camper avec les scouts et où je suis rentrée à la maison pour trouver la chambre du fond vide, et Balan parti. J'aimais bien Balan. J'aimais sa cuisine et la façon dont l'ambiance était détendue quand il était là. Mais il n'était pas vital parce que, quoi qu'il arrive, maman était toujours là. Je ne me suis pas demandé pourquoi il était parti. Je voyais bien qu'il manquait à maman, mais je ne me suis jamais demandé s'ils ne s'étaient pas rapprochés. Peut-être que oui. J'aurais aimé qu'elle me parle de ce genre de choses, mais, bien sûr, elle pensait qu'elle ne devait pas le faire. Je m'en rends compte maintenant. Je vais vouloir protéger mon enfant, pas le traiter comme un confident. C'est ce que maman devait ressentir à mon égard. Si elle avait peur ou si elle se sentait seule, bien sûr qu'elle le cachait. Mon père et elle ont dû faire tant de projets d'avenir ensemble, et tous ses espoirs se sont envolés quand il s'est noyé. Elle ne voulait pas que je grandisse en pensant que les projets pouvaient être réduits à néant. Elle voulait absolument me protéger dans ce qu'elle considérait comme un monde hostile. Et, d'accord, il y a peut-être eu des moments où elle s'est trompée dans l'équilibre, mais maintenant je comprends ce qu'elle ressentait. Peut-être qu'aujourd'hui, nous allons nous asseoir et parler de l'avenir. Je pourrais lui demander comment elle s'est occupée de la garde d'enfants et d'autres choses quand j'étais petite. Je pourrais lui dire que j'ai peur et lui demander conseil.*

Le Borough Market bourdonnait de clients qui achetaient frénétiquement pour Noël. Penny traversa la rue et se joignit à la foule qui se pressait autour des étals. Les piliers en fer qui soutenaient le toit du marché étaient recouverts de branches d'épicéa et de guirlandes de lumières multicolores. Chaque stand avait ses propres décorations – rubans, serpentins et lanternes en papier, fagots de bâtons de cannelle et de plumes de faisan, tours de Turkish Delight et de fruits glacés.

L'air était frais, Penny resserra son écharpe et remonta son col. Entre les épaules des gens qui se bousculaient, elle aperçut l'étal de fleurs de Charlie, où les branches de Kit et d'Aaron étaient ornées de guirlandes de pommes de pin. Passant devant une file d'attente pour du cidre épicé, elle se faufila dans la foule jusqu'à un étal de tourtes. Le vendeur, qui portait des mitaines, souffla sur ses mains en la voyant.

– Bonjour, Penny. Que puis-je faire pour vous ? Porc, bœuf ou saumon ? Du chevreuil, si vous avez envie de dépenser beaucoup d'argent.

Ses tourtes n'avaient rien à voir avec les versions de supermarché que Penny trouvait parfois dans sa boîte à lunch à l'école. Il s'agissait de ronds de pâte dorés et glacés, modelés à la main, avec des bords magnifiquement ondulés, une couche de gelée à l'intérieur et une farce épaisse et bien assaisonnée de viande bio.

– Du porc, je crois. Donnez-m'en une moyenne, s'il vous plaît.

– Je croyais que les femmes enceintes n'étaient pas censées manger pour deux.

– Non, ma mère vient déjeuner.

– Oh, alors, c'est différent.

– Et surveillez ce que vous faites, ou je change d'avis et en demande une petite.

– Non, vous ne le ferez pas. Personne ne peut résister à une deuxième part de ces tourtes.

Il enveloppa une tourte dans du papier sulfurisé et la plaça dans une boîte en carton.

– Voilà, c'est fait. J'espère que votre mère l'appréciera. Comment vous sentez-vous ces jours-ci ? Tout va bien ?

– Absolument.

Par le passé, Penny avait eu tendance à se précipiter au marché, pour acheter quelque chose pour le dîner ou le petit-déjeuner avec l'esprit occupé par son travail. Les vendeurs d'étals, comme le gars des tourtes, connaissaient son nom, mais elle s'arrêtait rarement pour bavarder. Depuis qu'elle avait n'allait plus au bureau, elle avait eu le temps de sentir qu'elle faisait partie d'un quartier. En s'arrêtant de temps en temps pour regarder les étals, elle se dirigea vers une échoppe située à l'ombre de la cathédrale de Southwark. Elle se tenait sur la pointe des pieds pour examiner un panier de cresson, lorsqu'on lui tapa sur l'épaule. En se retournant, elle découvrit une jeune femme dans la file d'attente derrière elle et, sentant son souffle lui échapper, réalisa qu'il s'agissait d'Helen.

Pendant un instant, l'esprit de Penny se figea. Helen lui sourit.

– C'est bien vous, non ? Je ne pense pas que nous nous soyons vues depuis cette soirée de remise de prix il y a quelques années. Oh, pardon, vous ne vous souvenez peut-être pas de moi. Je suis Helen Faber.

– Oh, non, oui, euh, bien sûr que je me souviens de vous. Que faites-vous ici ?

Helen eut l'air légèrement surprise.

– Des courses. Principalement des babioles pour Noël. Des cadeaux pour les gens.

– Oh ? Oui. C'est un endroit idéal pour faire du shopping.

– Je ne viens presque jamais ici. C'est cool, n'est-ce pas ?

– Très cool.

Tandis que la file d'attente se rapprochait de l'étal, Penny rassembla ses pensées. Il n'y avait aucune raison de penser que cette rencontre n'était rien d'autre qu'un hasard, et le plaisir d'Hélène à la voir semblait parfaitement sincère. *Si je n'étais pas aussi paniquée, je culpabiliserais*, pense-t-elle, *mais pour l'instant, je ne peux que faire la conversation sans montrer ce qui me passe par la tête. Quoi que je fasse, je ne dois pas paniquer. Il faut que je discute, que j'achète de la salade, que je dise « Joyeux Noël » et que je me tire d'ici. Et par pitié, pourvu qu'elle ne mentionne pas le bébé.*

Helen s'installa à côté d'elle et s'éclaira.

– J'ai vu le nouveau nom dans le générique de l'émission, et j'ai demandé à David pourquoi. Il m'a répondu que vous étiez en congé maternité. C'est tellement excitant.

– Oui, c'est vrai. Je vous remercie. Hum, comment va David ?

– Il est aux anges depuis qu'il a appris la nouvelle. Oh, mais, bien sûr, vous ne le savez peut-être pas. Le savez-vous ? Je veux dire, est-ce que l'entreprise reste en contact avec vous pendant votre absence ?

– Je ne suis pas sûre de savoir de quoi vous parlez.

– Oh, d'accord, vous n'êtes pas au courant. On a offert à David un poste fabuleux aux États-Unis.

Ne remarquant pas la surprise de Penny, Helen continua précipitamment :

– Nous nous envolons pour Los Angeles à la mi-janvier. C'est un contrat incroyable. Ils vont payer tous nos frais de déménagement. Et ce sera sa propre émission, diffusée depuis une magnifique maison qu'ils ont louée pour que nous y vivions. Elle est immense. Il y a une piscine et un grand jardin, et ils veulent que les jumelles et moi soyons en arrière-plan pendant qu'il est devant la caméra. Je ne sais pas si vous vous souvenez que nous avons deux petites filles.

– Oui, j'ai vu des photos. Je veux dire que David a montré des photos à l'équipe.

– Ah. C'est mignon. En tout cas, Dom, son agent, a proposé le format à une chaîne américaine. Vous savez, c'est vraiment grâce à vous, parce que le profil personnel de David s'est construit grâce à votre émission.

Helen rit.

– Écoutez-moi parler ! Je ne fais que répéter les choses, comme si je savais de quoi je parle !

Penny fit un pas de plus vers le cresson, flanqué de piles de cagettes de tomates en grappe. Helen continua, sans une once de malice dans ses yeux brillants :

– Les jumelles sont tellement enthousiastes !

– Je suis sûre qu'elles doivent l'être.

Espérant que les personnes devant elle se dépêchent, Penny chercha quelque chose à dire ensuite.

– Je suppose qu'il est assez facile de déménager lorsque les enfants ne vont pas encore à l'école.

– Leurs amis leur manqueront, bien sûr, mais elles s'en feront de nouveaux. Et la chaîne paie pour que nous engagions une nounou et que nous l'emmenions avec nous.

Bravo, Dom, pensa Penny. *Tu as vraiment dû y aller avec les dents longues. Et personne n'a pris la peine de décrocher le téléphone pour me tenir au courant.* Elle se dit soudain que le bon côté des choses, c'est que personne n'avait pensé qu'elle s'intéresserait personnellement à David. *Et le mauvais côté*, réfléchit-elle, *c'est que cela prouve que personne ne considère que j'ai encore un rôle à jouer dans ma propre émission.*

Enfin, elles atteignirent le bout de la file d'attente, où le vendeur haussa les épaules lorsqu'elle lui arracha son sachet de cresson. Penny se sentit gênée.

– Désolée. Je suis pressée. J'ai rendez-vous avec quelqu'un. Merci.

Se tournant vers Hélène tout en reculant, elle s'éloigna en souriant.

– C'était un plaisir de vous revoir. Ces tomates ont l'air fantastiques, vous devriez en acheter. Profitez-en bien à Los Angeles.

– Nous n'y manquerons pas ! Félicitations pour le bébé.

– Comment ? Oui. Merci. Joyeux Noël.

Penny s'en alla à l'aveuglette. Au bout d'un moment, elle se rendit compte qu'au lieu de rentrer chez elle, elle était parvenue devant la cathédrale. Son téléphone sonna lorsqu'elle passait le portail. Elle s'approcha d'un banc dans le cimetière, posa ses paquets et vit un numéro familier sur l'écran. C'était celui de David.

– Salut Penny. Je suis content de t'attraper. Il faut qu'on se parle.

– Nous sommes convenus de nous voir demain. As-tu oublié ?

– Non, non, bien sûr que non. C'est juste que… Écoute, j'ai bien réfléchi et je me demande si nous avons fait le bon choix.

Penny pouvait presque voir le petit tic sauter au coin de l'œil gauche de David. *Il est en train de faire* ses valises à toute vitesse, pensa-t-elle, *et il veut changer la date de notre rendez-vous. Eh bien, je préférerais me damner plutôt que de lui faciliter la tâche.*

– Penny ? Tu es là ?

David semblait moins confiant maintenant et, alors qu'elle serrait la mâchoire, il commença à bafouiller.

– Je sais ce que nous avons dit. Et c'est important pour moi, Penny. Sincèrement. Nous pourrions être un couple formidable, toi et moi.

– Quoi ?

– Non, écoutez-moi. Épouser Helen était une erreur. Je venais de sortir de ma rupture avec Jennifer. J'étais dans une très mauvaise passe. Je le sais maintenant.

Penny s'assit brusquement sur le banc.

– *Quoi ?* Attends…

– Écoute, s'il te plaît, j'ai bien réfléchi. Je sais ce que nous avons dit, mais je ne peux pas le faire.

– David, tu vas te taire une minute ? Qu'est-ce que tu crois qu'on a dit ?

– Que toi et moi pourrions réussir ensemble si je divorçais d'Helen. Professionnellement et personnellement. Une équipe mari et femme. Mais je ne peux pas le faire, Penny. Vraiment. Je ne peux pas l'abandonner. Je dois respecter mes vœux de mariage et en assumer les conséquences.

Au grand soulagement de Penny, son professionnalisme reprit le dessus. Elle laissa le bavardage de David s'arrêter et attendit qu'il rompe le silence gênant.

– Penny ? Tu es toujours là ?

– Oui.

– Et tu comprends, n'est-ce pas ? Tu sais de quoi je parle ?

– Eh bien je sais de quoi tu ne parles *pas*.

– Je ne comprends pas.

– Vraiment ? Le contrat à Los Angeles. La superbe maison. La piscine, le jardin et Mary Poppins, le tout obtenu en un claquement de doigts par Dom. C'est un excellent format, David. Toi faisant des S'mores et de la tarte aux pommes, avec Helen et les jumelles en léger flou en arrière-plan. Une émission qui tourne autour de la famille.

– Quoi ? Ce n'est même pas encore signé. À qui as-tu parlé ? C'est Dom ?

– Tu pensais vraiment que je ne le découvrirais pas, David ? Tu espérais que je ne l'apprendrais pas avant que tu n'aies quitté le pays ?

– Non, mais tu ne comprends pas… Attends, Penny, écoute-moi. Je peux t'expliquer si tu m'écoutes. J'essayais de rendre les choses plus faciles pour toi. Une rupture nette. Je savais que tu serais dévastée, mais, comme je te l'ai dit, je ne peux pas abandonner Helen.

La voix de David s'affermit et Penny l'entendit commencer à se convaincre lui-même.

– Ce sera difficile pour nous deux, Penny. Je sais ce que je fais.

– Oh, je pense que nous savons tous les deux exactement ce que tu fais. Tu me mens, tu as menti à Helen et tu te mens à toi-même. Dom t'a donné la grande chance dont tu rêvais, et tout ce que tu vois et ce qui t'intéresse, ce sont les lumières scintillantes de L.A.

– Je ne suis pas…

– Et il y a autre chose. Je ne sais pas où tu as trouvé l'idée que je voudrais construire une vie avec toi. Tu ne peux pas te tromper davantage. Ce que je pensais, c'est que ce bébé devait avoir son père dans sa vie, un minimum. C'est là que j'avais tort. Tu n'as rien à lui offrir, David. Ne me contacte plus.

– Mais…

– Oh, et, en passant, je n'ai pas parlé à Dom. J'ai parlé à Helen.

Mettant fin à l'appel, Penny remit son téléphone dans sa poche. *Ce dernier coup était facile*, pensa-t-elle, *mais il était satisfaisant.*

Cela pourrait même provoquer quelque chose qui pousserait Helen à voir clair en lui avant qu'elle ne déracine ses enfants et qu'elle n'attache son avenir à sa star. Rassemblant ses affaires et requinquée par la façon dont elle avait géré la conversation, elle s'apprêtait à se lever lorsque son professionnalisme s'évanouit soudainement. *Comment avait-elle pu être aussi bête ?* se demanda-t-elle. *Ne pas avoir compris ce qu'il voulait dire lorsqu'il avait appelé pour fixer un rendez-vous ? Me dire qu'il devait penser à l'avenir du bébé ? Comment ai-je pu perdre mon jugement au point que, si Dom n'avait pas conclu cette affaire, j'aurais intégré un menteur égocentrique dans la vie de mon fils ?*

Pour une raison qui lui échappait, elle se souvenait parfaitement du visage de Mark lorsqu'elle lui avait annoncé sa grossesse, de sa gentillesse lorsqu'il lui avait tendu le vase de pivoines et de sa réaction lorsqu'elle lui avait parlé du père de l'enfant. Une boule sembla se former dans sa poitrine et elle chercha un mouchoir pour éponger un flot inexplicable de larmes. *Arrête,* se dit-elle. *Tu es pathétique. Concentre-toi, regroupe-toi et établis des priorités.* Mais pour une fois, le mantra ne fonctionna pas et elle resta assise, recroquevillée sur le banc dur, au milieu des gens qui faisaient leurs courses de Noël, se frottant le visage avec son écharpe orange et priant pour que personne ne s'arrête pour lui demander si elle allait bien.

Elle était encore là lorsque la cloche de la tour de l'horloge sonna l'heure et qu'elle réalisa que Val allait bientôt arriver à l'appartement. Se levant d'un bond, elle ramassa la boîte et le sachet de cresson et rentra chez elle en longeant le marché. Mais les larmes continuaient de couler et la boule dans sa gorge refusait de se laisser déloger. *Tout ira bien,* assura-t-elle au bébé. *Honnêtement, je m'en occupe. Nous réussirons. Demain, je m'entraînerai encore à mettre une couche au bébé de Leeann. Ce sera bientôt Noël. Ensuite, tu naîtras, et l'année prochaine, à la même époque, toi et moi serons dans une toute nouvelle situation. Je ne sais pas ce que ce sera, ni comment j'y arriverai. Je ne sais pas combien d'occasions j'ai perdues en étant complètement idiote, mais je te promets, vraiment, que toi et moi, nous nous en sortirons.* Mais les larmes continuaient de couler et, paniquée, Penny se mit à courir. *Je dois retourner à l'appartement,* pensa-t-elle, *et me ressaisir. Quoi qu'il arrive, je ne peux pas laisser maman me voir dans cet état.*

Essayant désespérément de protéger son ventre de la foule en délire, elle se fraya un chemin à travers le marché. Alors qu'elle émergeait, une camionnette de livraison s'éloigna de la devanture de la boutique et elle vit Val, qui se tenait sur le pas de sa porte, appuyer sur la sonnette et reculer pour regarder les fenêtres au-dessus. Penny se figea, un pied dans la rue et l'autre sur le trottoir, et une moto qui s'approchait fit un écart pour l'éviter. Entendant le klaxon, Val se retourna, courut à l'aveuglette sur la route et l'attrapa par les épaules. Il n'y avait pratiquement pas de circulation et Penny n'avait pas couru de réel danger, mais elles atteignirent le trottoir dans un état de choc. En voyant le visage de Penny, Val sursauta.

– Ma chérie ! Tu as une mine épouvantable. Qu'est-ce qu'il y a ? Tu pleures !

– Rien, je vais bien.

– Mais non. Regarde dans quel état tu es ! Où est ta clef ? Montons à l'appartement et tu me raconteras ce qui s'est passé.

– Non !

Mortifiée, Penny la repoussa.

– Je vais bien, vraiment. Je ne veux pas en parler.

En fouillant dans sa poche, elle trouva sa clef :

– Écoutez, je suis désolée. Je nous ai acheté un repas, mais je ne peux pas m'asseoir et le manger maintenant. Prends ça.

Elle poussa ses courses dans les bras de Val et, en tremblant, réussit à glisser la clef dans la serrure.

– C'est une tourte et de la salade. Du cresson. La tourte est au porc. Je n'ai pas pris de tomates. Je t'appellerai, maman. Je ne veux pas que tu montes. Je suis désolée. Je suis vraiment désolée. Je ne veux pas parler.

À ce moment, elle avait déjà ouvert la porte et l'avait franchie en trébuchant. Val mit son pied dans la porte.

– Ma chérie, tu ne devrais pas rester seule. Laisse-moi monter et te préparer une tasse de thé.

Penny entendit sa propre voix s'élever jusqu'à un hurlement enfantin.

– *Non*, je ne *veux pas* de thé. S'il te plaît, maman, va-t'en. Je ne veux pas d'aide. Je ne veux pas de toi ici.

Chapitre trente-six

Marguerite était retournée au quilt keepsake avec un profond sentiment de sérénité. Elle ne connaîtrait jamais toute l'histoire, ni la raison pour laquelle Ruth avait caché la lettre, mais le fait de l'avoir trouvée et d'avoir lu l'article du magazine l'avait rapprochée de sa mère. Le lendemain, après avoir terminé de retirer le bloc central du quilt de Ruth, elle s'était assise au coin du feu pour assembler son côté du quilt keepsake et avait commencé à réfléchir à ce qu'elle allait emporter pour son voyage de Noël à Londres.

Les tâches consistant à préparer sa garde-robe pour les vacances et à acheter des cadeaux pour Val et Penny étaient entrecoupées de travaux domestiques, comme écrire des cartes et emballer des cadeaux pour les distribuer à ses voisins, et apporter des pots de confiture maison pour les vendre lors d'une fête de village. Il n'y avait pas grand-chose à faire dans le jardin. Les quelques légumes qu'elle avait cultivés avaient été récoltés et transformés en chutneys, et une réserve de pommes qui sentaient bon était étalée sur du papier journal dans l'une des chambres fraîches du grenier de Stonehill. De temps en temps, alors qu'elle se déplaçait dans la maison pour faire ses préparatifs, elle jetait un coup d'œil au portrait de la mère et espérait que, si elle la voyait, Ruth serait heureuse que les morceaux qu'elle avait coupés et matelassés fassent maintenant partie d'un nouveau patchwork.

La veille de son départ pour Londres, elle se réveilla dans une lumière bleutée qui lui indiqua que la neige est tombée. Quelques flocons épais tourbillonnaient encore devant la fenêtre de sa chambre et, lorsqu'elle regarda dehors, le jardin était perdu sous une couverture brillante. Elle sortit du lit en bénissant le jour où elle avait installé le chauffage central, et descendit ouvrir les rideaux du salon.

Un soleil pâle éclairait la prairie de fleurs sauvages, et la neige était parsemée de pattes de rouge-gorge et de traces de pattes larges et lourdes d'un lièvre. Marguerite se souvint d'être restée devant la porte-fenêtre, enfant, en pantoufles et vêtue d'une épaisse robe de chambre. À l'époque, une nuit de neige apportait ce que Mme Sinnott appelait des « fougères de givre », de délicats motifs ressemblant à des fougères, créés sur les vitres par la condensation gelée. En chauffant un dé à coudre à une flamme et en pressant le métal sur le verre glacé, on pouvait ajouter des cercles aux motifs de fractales complexes, et chaque point devenait un œilleton donnant sur le jardin. Cette joie particulière avait disparu avec l'installation du chauffage central de Marguerite, mais le souvenir la faisait encore sourire. Elle se demandait combien d'années s'étaient écoulées depuis la dernière fois qu'elle avait senti la chaleur du dé à coudre chauffé sur son doigt froid, lorsque son téléphone sonna et qu'elle vit qu'il s'agissait d'un appel de Val.

Au début, elle ne reconnut pas la voix agitée.

– Maman ! Je sais que c'est idiot de t'appeler, parce que tu ne pourras rien y faire, mais je suis si inquiète. C'est Penny. J'ai envoyé des textos et téléphoné, et hier je suis même allée frapper à sa porte, mais elle ne répond pas. Je ne sais pas ce qui s'est passé, ou ce qu'il faut faire ensuite, et Noël approche, et tu arrives demain…

Au bord des larmes, Val se moucha et poursuivit :

– Je n'arrivais pas à croire dans quel état elle se trouvait. Et je ne comprends pas pourquoi. Je veux dire, elle était en si bonne forme au téléphone, elle m'avait invitée à déjeuner, tout allait bien, et puis, je te jure, maman, elle m'a claqué la porte au nez.

– Ma puce, calme-toi. Commence par le début.

– Et avec l'arrivée prochaine du bébé et Noël, ça a été un tel choc.

– Je l'entends. Tu es assise ? Dis-moi ce qui s'est passé.

– C'est bien là le problème. *Je ne sais pas* ce qui s'est passé. Tout allait bien et maintenant ce n'est plus le cas.

Il fallut plusieurs minutes à Marguerite pour comprendre l'histoire de Val.

– Et tu dis que tu n'as aucune idée de la raison pour laquelle Penny pleurait ?

– Aucune. Elle n'a pas voulu me parler. J'ai passé la semaine à m'inquiéter de plus en plus. Et demain, c'est la veille de Noël, et je n'ai rien acheté, rien préparé…

Alors que la voix de Val s'affolait, Marguerite sentit qu'elle-même gagnait en sérénité. Comme elle avait fini par croire qu'un mot de travers pouvait détruire sa mère fragile, son instinct dans les moments de crise émotionnelle avait toujours été de battre en retraite. Aujourd'hui, elle était submergée par une forte poussée d'énergie. *Trop, c'est trop*, se dit-elle. *Il est peut-être vrai que l'on ne peut pas aider si l'on ne sait pas ce qui ne va pas, mais cette fois, je ne me dirai pas que je ne dois pas intervenir.* Alors qu'elle cherchait que faire, elle vit son patchwork terminé et, poussée par une impulsion qu'elle ne pouvait expliquer, elle s'entendit aboyer à Val, comme un sergent-major :

– As-tu fini ton côté du quilt ?

– Quoi ?

– Ton côté du quilt keepsake. L'as-tu fini ?

– Non, répondit Val, l'air blessée. Maman, tu n'as pas entendu ce que j'ai dit ?

– Bien sûr que j'ai entendu. Laisse-moi m'occuper de Penny. J'irai directement de l'aéroport à son appartement.

– Mais elle ne te laissera pas entrer.

– Si. Je vais arranger ça. Je t'appellerai demain quand j'aurai parlé à Penny. Ne discute pas, Val, et n'essaie pas de la contacter à nouveau. Prépare-toi un café et continue à travailler sur le quilt.

Lorsque Marguerite arriva à la porte de l'immeuble, Penny était affalée sur un canapé. Elle essaya d'ignorer le son de la sonnette, mais Marguerite continua d'appuyer dessus et Penny finit par aller jeter un coup d'œil prudent par la fenêtre. Percevant un mouvement au-dessus d'elle, Marguerite leva les yeux et fit un geste impérieux. Avec un soupir, Penny traversa la pièce et appuya sur le bouton pour ouvrir la porte donnant sur la rue. Puis elle retourna s'affaler sur le canapé, figure de l'affliction dans un survêtement à capuche.

Marguerite entra, remarqua le triste état de l'appartement, qui correspondait à l'apparence morne de Penny. Dehors, le marché était en pleine veillée de Noël, mais ici, il n'y avait pas le moindre brin de houx et, en bas, dans le hall, des cartes gisaient là où elles étaient tombées lorsqu'elles avaient été glissées dans la boîte aux lettres. Bien qu'elle fût de tout cœur avec Penny, Marguerite était bien décidée à ne pas se laisser faire.

– Au moins, tu m'as ouvert la porte, ce qui est plus que ce que tu as fait pour ta mère.

Penny ne dit rien. Stanley, qui rôdait autour de la table basse, s'approcha et sauta sur les genoux de Marguerite.

Il y a eu une longue pause, remplie par le son d'un orchestre de l'Armée du Salut jouant des chants de Noël dans la rue en contrebas. Puis Penny demanda si Val allait bien. Marguerite la regarda sévèrement.

– Il y a un moyen facile de le savoir. Tu peux prendre le téléphone et lui parler.

– Je sais. Je devrais le faire. Mais je ne peux pas l'affronter. Je ne saurais pas quoi dire.

La lèvre inférieure de Penny vacilla.

– Oh, mamie, j'ai tout gâché.

– Tout ?

– Tout.

– Cela semble peu probable.

– Mais c'est vrai. Je suis tombée enceinte, ce qui était totalement irresponsable. Cet homme était mon collaborateur, et c'est moi qui l'ai dragué, ce qui était tellement peu professionnel que je suis pratiquement hors catégorie. En plus, il est marié et a trois enfants. Je ne sais pas ce que j'avais dans la tête et je n'ai aucune excuse. Je suis censée être cette grande pointure, cette dirigeante pertinente, et j'ai tout gâché à chaque étape.

Submergée par le flot soudain d'informations, Marguerite dit la première chose qui lui vint à l'esprit.

– Qu'est-ce que tu veux dire par « tu es censée être une grande dirigeante » ?

– Ce que j'ai dit. C'est mon travail. C'est ce que je suis.

Au moins, Marguerite se sentait capable de faire face à cette situation.

– C'est absurde. Un travail, ce n'est pas ce qu'on est, c'est ce qu'on fait.

– Et regarde ce que j'ai fait ! J'ai passé des mois à mal évaluer chaque situation, à penser que je maîtrisais tout alors que j'étais nulle.

Penny rentra ses épaules et lui lança un regard misérable.

– En plus, j'ai été une peau de vache avec toi et avec maman.

– Tu penses que nous n'avons rien à nous reprocher dans cette histoire ?

– Bien sûr. Pourquoi ?

Depuis qu'elle avait trouvé la lettre dans le quilt de Ruth, Marguerite avait beaucoup réfléchi, et sa conversation téléphonique avec Val avait mis ces pensées au clair. Sans hésiter, elle regarda Penny dans les yeux.

– Tu te trompes. Je n'ai jamais interféré dans la vie de ta mère, et elle a adopté la même approche lorsqu'elle t'a élevée. Pour des raisons différentes, peut-être, mais cela revient au même. Cette famille a toujours accordé trop d'importance à la discrétion. Nous faisons partie du même tissu, Penny. Nos vies sont tissées ensemble et nous devons l'accepter. Rien ni personne n'existe de façon isolée. C'est la nature de la vie.

Marguerite croisa les mains sur ses genoux.

– Je suis donc là pour intervenir.

Automatiquement, le cerveau de Penny ajouta un hashtag. #LaPourIntervenir. Marguerite la regarda à nouveau dans les yeux.

– Il est trop tard pour changer le passé, mais nous devons à ton bébé de changer l'avenir. Cela signifie que nous devons modifier les vieux schémas destructeurs.

Penny s'assit en avant, repoussant sa capuche.

– OK, c'est bizarre. Tu as à peu près cité Kit.

– Qui est Kit ?

– La nièce de Mark. Quinze ans, bientôt cinquante, et une grande militante pour le climat. Mark est le garçon qui tient la boutique en bas. Il dit que Kit fait son éducation.

Stanley roula sur les genoux de Marguerite, qui le gratta sous le menton.

– Mark a l'air d'un homme sensé, et n'importe quel jardinier te dira que Kit a raison. Le problème, c'est que personne n'écoute les jardiniers ou les grands-mères. Je pense qu'il est temps que nous fassions entendre notre voix.

Penny lui adressa un sourire tremblotant.

– Et les arrière-grands-mères ?

– Nous aussi.

Marguerite s'apprêtait à développer ce point lorsque la sonnette de la porte retentit. Penny alla regarder l'écran.

– C'est Marc.

– Laissez-le entrer.

– Mais tu es là, et je suis en plein désarroi et, Mamie, c'est vraiment compliqué. Je dois m'occuper d'une chose à la fois.

– C'est la veille de Noël et ton voisin se présente à ta porte. Fais-le entrer.

Peu habituée à recevoir des instructions et sentant qu'elle avait besoin d'un temps de réflexion avant d'affronter Mark, Penny se hérissa. Puis, avec un haussement d'épaules, elle obéit. Quelques instants plus tard, Mark arriva, portant l'une des branches peintes par Kit et Aaron, fixée dans un grand pot en terre cuite. Il la fit passer par la porte et la posa avant de s'apercevoir que Penny avait de la compagnie. Penny faisait de son mieux pour avoir l'air de contrôler la situation.

– Bonjour Mark, voici Marguerite Carson. Ma grand-mère.

– Bonjour, Mme Carson. Désolé de débarquer à l'improviste, Pen. Charlie n'en avait plus qu'une, alors il m'a demandé de te la donner. Il a vendu les autres, et les enfants lui ont dit que tu les avais aidés pour les pommes de pin.

– Mais je ne l'ai pas fait.

– Eh bien, tu m'as encouragé depuis le banc de touche. Ça m'a aidé.

Mark souleva le pot et le plaça dans un coin. La branche avait été peinte en deux parties, l'une argentée, l'autre multicolore. Il se tourna vers Penny.

– Que penses-tu de cet arbre de Noël alternatif ? Des branches argentées, toutes urbaines et cool contre tes murs de briques apparentes, et des branches rayées qui se marient bien avec les portes blanches de tes placards.

Il réfléchit, puis ajusta l'emplacement.

– Tu aimes que ce soit équilibré. Et voilà.

Marguerite avait observé cette scène avec intérêt et, lorsque Mark s'éloigna, elle lui adressa un sourire chaleureux.

– C'est vraiment bien.

– N'est-ce pas ? Il devait être de toutes les couleurs de l'arc-en-ciel, mais il n'y avait plus de peinture et les enfants ont improvisé. Mais je vous ai interrompues. Je vous laisse, Pen.

Marguerite se leva résolument, faisant basculer Stanley sur le sol.

– Non, ne partez pas. Je dois m'en aller. J'ai laissé ma valise à la gare et ma fille m'attend.

Jetant un nouveau coup d'œil à l'arbre, elle saisit Penny par les épaules.

– Alors, voilà ce que nous allons faire, Penny. Pas de discussion. Ta mère et moi viendrons prendre le repas de Noël avec toi demain. Disons à quatorze heures. Nous prendrons un taxi.

– Mais tous les restaurants seront pleins à craquer.

– Je voulais dire ici, à l'appartement. Cela pose-t-il un problème ?

– Non. Enfin, non, mais je n'ai rien à manger…

– Ta mère non plus. Elle ne savait pas si elle devait t'attendre ou non, et ce n'est pas vraiment juste, n'est-ce pas, d'attendre d'elle qu'elle se précipite la veille de Noël ? Tu as le marché de l'autre côté de la rue, je suis sûre que tu pourras trouver quelque chose.

Étonnée de sa propre assurance, Marguerite se tourna vers Marc qui se faisait discret dans un coin.

– J'ose dire que Marc pourrait rester et te donner un coup de main. S'il n'est pas trop occupé ?

Mark a eu l'air surpris pendant un moment, puis il lui adressa un sourire reconnaissant.

– Bien sûr, je le ferai. Pas de problème.

– Bien. C'est réglé. Je suis contente d'être passée. Ravie de vous avoir rencontré, Mark. Passez une bonne soirée, tous les deux. Ramasse ce chat, Penny, ou il va me suivre dans l'escalier.

Elle sortit et, alors que la porte se refermait derrière elle, Marc haussa les sourcils en direction de Penny.

– Tu ne m'as jamais dit que tu avais une grand-mère formidable.

– Je ne suis pas sûr de l'avoir su moi-même. D'habitude, elle n'est pas aussi énergique.

Penny, qui avait docilement pris Stanley, le déposa sur le canapé et s'assit.

– Je n'arrive pas à croire que je suis censée préparer un repas de Noël complet pour demain à la même heure.

– Ne t'en fais pas. Nous pouvons faire une liste et, comme l'a dit ta grand-mère, le marché est juste de l'autre côté de la rue.

Penny s'excusa.

– J'ai reçu tes messages pendant la semaine. Désolée de ne pas avoir répondu.

– Ce n'est pas grave. J'ai compris qu'il se passait quelque chose de grave.

– Oui, j'aurais dû revenir vers toi. Si cela peut te consoler, tu as été traité exactement comme de la famille. J'ai été tout aussi inconsciente avec maman et mamie.

Mark s'assit à côté d'elle et chatouilla Stanley derrière les oreilles.

– Je te l'ai dit il y a longtemps, j'ai l'habitude des femmes enceintes grincheuses. Est-ce que j'en déduis que tout ce qui n'allait pas est rentré dans l'ordre maintenant ?

Penny gémit.

– Je ne sais pas. Je ne suis sûre de rien ces derniers temps. Et il y aura tellement de choses à comprendre quand le bébé sera né. Tout ce que j'ai réussi à faire ce mois-ci, c'est acheter une poussette. Au fait, merci d'avoir ajusté les crochets dans le hall d'entrée pour elle.

– Je t'en prie. Et tout ira bien. Tu as tout ce qu'il faut, Penny.

– C'est ce que je me dis, mais la liste des choses qui me font paniquer ne cesse de s'allonger. Comment rendre cet endroit accueillant pour un bébé, par exemple ? Et la garde d'enfants. Et, oh, je ne sais pas, l'eau pour coliques.

– L'eau pour coliques ?

– Ne te moque pas de moi. L'eau pour coliques, c'est quelque chose.

Penny se passa la main dans les cheveux, qui n'avaient pas été brossés ce matin-là.

– La garde d'enfants, l'eau pour coliques et les règlements sur la santé et la sécurité qui s'appliquent à mes escaliers à marches ouvertes. En plus, j'ai l'impression que bientôt je serai au chômage. Les emplois à mon niveau de poste ne sont pas faciles à trouver et, crois-moi, le fait d'avoir un bébé n'est pas considéré comme un atout à la télévision.

Mark lui toucha la main.

– Je t'assure, ça va aller.

– J'imagine que oui.

Au souvenir de la conversation qu'elle venait d'avoir avec Marguerite, Penny sourit.

– Une chose au moins est sûre : je ne serai pas seule face à l'avenir.

Mark retira brusquement sa main.

– Je suppose que tout sera plus facile avec le père du bébé à bord.

– Non, absolument pas ! Non, il n'est pas dans le coup.

La réponse de Penny fut si véhémente que Stanley gronda en signe de protestation. Elle saisit la main de Mark.

– Je me suis complètement trompée sur son compte. Je pensais qu'il se souciait du bébé. Et il me semblait important qu'il fasse partie de la vie de son fils.

– Mais il s'en fiche ?

– Il se préoccupe de sa carrière, pas de ce bébé.

– Est-ce qu'il se préoccupe de toi ?

– Oh, oui, il se soucie de moi. Du moins, il s'en souciait quand il pensait que j'étais son ticket pour la gloire et la fortune. Mais il a trouvé une meilleure voie, alors c'est tout.

– Eh bien, il a l'air d'une merde.

C'était si peu ambivalent, et si inhabituel pour Mark, que cela fit presque rire Penny. Elle se passa à nouveau la main dans ses cheveux et le regarda d'un air contrit.

– Pour être honnête, il n'y avait pas une once d'attention ni d'un côté ni de l'autre. Je voulais juste quelque chose parce que c'était là et que j'avais le pouvoir de le prendre. C'est une merde, mais le fait est que c'est moi qui suis à blâmer.

– Kit affirme que la culpabilité et le blâme sont un gaspillage d'énergie inexcusable.

Penny fixa le sapin de Noël dans le coin.

– Je pense que ma grand-mère serait d'accord.

Prenant une grande inspiration, Mark se leva et la regarda.

– Alors, si ce n'est pas maintenant, quand ?

– Pardon ?

– C'est un autre slogan de Kit. Aaron a l'intention de l'imprimer sur des T-shirts.

– Ils ne perdent pas de temps, ces enfants.

– Personne ne devrait, Penny. Toi et moi ne devrions pas. Il est plus tard que nous ne le pensons.

Marc attendit, se disant que le prochain mouvement devait être le sien, mais Penny semblait tellement plongée dans ses pensées qu'il se demanda si elle l'avait entendu, ou si elle avait compris ce qu'il essayait de dire. Comme elle ne répondait pas, il lui tendit les mains pour la tirer du canapé.

– Viens, nous devons faire les courses de Noël avant la fermeture du marché. La moitié des étals est déjà vendue, il va falloir être créatif, mais on va y arriver. Et nous pourrons tout transporter sur la route dans la superbe poussette que tu as achetée.

LE QUILT

Chapitre trente-sept

Le matin de Noël, Val se réveilla et trouva Marguerite à son chevet. Se redressant, elle se frotte les yeux et accepte le thé qu'elle lui offrait.

– Ouh là là, j'ai dormi comme un loir. Quelle heure est-il ?

– Dix heures et demie. Je ne voulais pas te réveiller plus tôt. Tu as eu une semaine fatigante, et nous avons cousu jusqu'à une heure tardive.

Marguerite s'assit au pied du lit et Val soupira de contentement.

– Je ne pense pas avoir pris de thé au lit le matin depuis que Penny a quitté la maison – et pas souvent lorsqu'elle habitait avec moi. La vie était bien trop remplie.

– Alors savoure ton thé, prends un bain et je vais nous préparer le petit-déjeuner. Quand devons-nous aller chez Penny ?

– On a tout le temps. Qu'est-ce que tu vas porter ?

Posant sa tasse, Val se glissa hors du lit et se dirigea vers son armoire.

– J'avais l'intention de m'offrir une tenue, mais quand les choses ont mal tourné, j'ai eu l'impression que ça ne servait pas à grand-chose. Est-ce que ça fera l'affaire ?

Elle sortit un cintre et montra une robe à Marguerite.

– J'adore l'association du rouge cerise et du bleu marine.

– C'est parfait.

– As-tu acheté quelque chose de neuf ?

– Un foulard.

– Oh, maman !

– Attends de le voir. C'est un cachemire à motifs cachemire. Turquoise, orange et vert émeraude. Je l'adore.

– Nous allons ressembler à un couple de paons.

– Tant mieux pour nous.

Marguerite tâta le tissu de la robe de Val.

– J'aime beaucoup la viscose challis. Elle tombe si bien et cette jupe coupée en biais est ravissante. Regarde, ton bain est prêt. Je vais préparer des scones pour le petit déjeuner. Je t'ai apporté un pot de confiture de cassis de Stonehill.

Ils mangèrent en robe de chambre, avec la musique de Noël à la radio et l'odeur des scones chauds dans la cuisine. Dehors, il n'y avait aucun signe de neige. La journée était lumineuse et froide, et Val déposa des miettes sur le rebord de la fenêtre pour les oiseaux. Se servant un deuxième café, elle jeta un regard anxieux à Marguerite.

– Tu es vraiment sûre que Penny est d'accord pour que nous déjeunions à l'appartement ?

Croisant mentalement les doigts, Marguerite mentit :

– Bien sûr. Elle nous a invitées.

– Je parie qu'elle ne l'a pas fait. J'ai du mal à croire qu'elle t'ait laissée entrer.

– Si tu veux la vérité, j'ai simplement appuyé sur la sonnette jusqu'à ce qu'elle ouvre.

– Je n'ai jamais réussi à faire les choses correctement avec Penny. Je plane quand je ne devrais pas, et je recule quand je devrais prendre position.

– Oh, pour l'amour du ciel, Val ! l'interrompit Marguerite en posant sa tasse de café. Tu n'as peut-être pas été une mère parfaite, mais tu n'es pas la seule dans ce cas. Tout le monde se trompe. Il n'y a pas de honte à avoir. Quelles que soient les erreurs que tu penses avoir commises, tu vas devoir te pardonner et arrêter de te complaire dans le passé.

Le regard troublé de Val se transforma en amusement.

– Si tu t'es attaquée à Penny comme ça, je vois comment tu as réussi à la faire réagir.

Elle coupa un scone en deux et attrapa le beurre.

– Tu sais, la première fois que j'ai rencontré Simon, nous avons passé des heures à discuter du pardon.

Cela ne ressemblait pas du tout au Simon que Marguerite avait connu et, voyant son air surpris, Val expliqua :

– Je veux dire que nous nous sommes disputés à propos de *Cymbeline*.

– La pièce de théâtre ? Je ne l'ai jamais vue.

– Elle a été assemblée à partir de morceaux de textes de Shakespeare et d'autres écrivains.

Automatiquement, Val reprit son rôle de professeur.

– C'est à la fois une tragédie, une comédie et une sorte de romance. Et l'intrigue contient tout, bien plus qu'il n'en faut. Des personnages qui ne savent pas qui ils sont, le travestissement, une femme fidèle, un mari angoissé et un poison qui s'avère n'être qu'un somnifère. Ça ne donne pas grand-chose, et c'est un enfer à enseigner comme texte.

– Pourquoi les gens s'y intéressent-ils ?

– Sans doute parce que Shakespeare est une source limitée. Des tonnes de ses textes ont dû être perdues au fil du temps, de sorte qu'on ne devrait pas gaspiller ses phrases, même des bribes de son œuvre.

– Et est-ce qu'on y parle du pardon ?

– Il s'agit de la façon dont le pardon réunit les familles en difficulté. Simon a insisté sur le fait que ce n'était pas le cas, mais il était juste en train de faire l'intéressant.

Val leva les yeux du scone qu'elle avait badigeonné de confiture de cassis.

– Tu sais, j'ai dit une fois à Donal que je ne pouvais pas pardonner à ce pauvre Simon d'être mort.

– Qu'a-t-il répondu ?

– Il a en quelque sorte interrompu la conversation.

Bien sûr, pensa Marguerite. *Personne n'aurait pu mieux comprendre ce sentiment d'abandon, mais il n'y avait pas d'autre solution. Donal n'aurait pas su comment le dire. J'aurais aimé que les choses soient différentes. S'il avait partagé ses sentiments, cela n'aurait pas été une trahison envers Ruth, et cela aurait pu aider Val. Mais il a donné ce qu'il pouvait, et il ne sert à rien d'exiger plus, de qui que ce soit. C'est une perte de temps.*

Marguerite se leva et commença à rassembler la vaisselle, pensant que le chagrin et la colère étaient les deux faces d'une même pièce. *Je ne vois pas cette famille abandonner toutes ses habitudes*, se dit-elle, *mais si l'avenir doit passer par de nombreuses discussions, le déjeuner d'aujourd'hui est un bon point de départ.* Après avoir déposé la vaisselle dans l'évier, elle se tourna vers Val et lui sourit.

– Laissons tout cela et allons revêtir nos habits de fête. J'ai dit à Penny que nous serions là à quatorze heures.

Penny ouvrit la porte avec sa veste de soie jaune et, entre les vœux de Noël et les exclamations sur sa broderie, toutes trois évitèrent la gêne initiale que Marguerite redoutait.

– Joyeux Noël !

– Votre taxi est arrivé à l'heure ?

– Ma chérie, quel beau vêtement ! Ce jaune est presque de l'or !

L'appartement était lui aussi splendide. Des couronnes de houx étaient suspendues aux fenêtres et une guirlande de lierre, d'anneaux de pomme et de mandarines cloutées décorait la rampe d'escalier en acier brossé. Penny déclara que la veste haori était le seul vêtement de fête qui lui allait encore.

– Et que pensez-vous de mes décorations ? Après avoir acheté de la nourriture, Mark et moi sommes allés voir l'étalage de fleurs de Charlie.

Il y avait des pots de cyclamens blancs sur la table, des bougies plantées dans des soucoupes remplies de noix et d'amandes dorées, et une forêt de sapins de Noël en pâte sablée saupoudrés de sucre glace. L'arbre alternatif dans le coin était suspendu avec des bâtons d'anis étoilé et de cannelle, et chaque table était ornée d'un grand renne en chocolat.

Penny sourit.

– C'est un peu exagéré, je sais. Les rennes sont une idée de Mark. Il dit que si nous n'en voulons pas, il les récupérera pour les enfants.

Val et Marguerite évitèrent soigneusement de se regarder et, après s'être entendues parler de Marc deux fois en moins d'une minute, Penny se tut et se dirigea vers le réfrigérateur. Val s'assit sur un canapé.

– C'est très agréable d'être ici, mais je suis désolée que tu aies dû faire la cuisine dans un délai aussi court.

Penny, qui était revenue avec une bouteille de champagne, prit un air penaud.

– Nous savons toutes les deux à qui la faute, hein ?

En se penchant pour tendre un verre à Val, Penny l'embrassa sur la joue.

– En tout cas, c'était amusant de faire des achats de dernière minute. Certes, nous avons fini par avoir un menu ésotérique. Pas de choux de Bruxelles, mais je ne suis pas sûre qu'ils iraient avec les champignons shiitake. De la glace rayée et du Turkish Delight en guise de pudding. Et de la tourte au gibier, parce que les dindes étaient toutes vendues. Elle est un peu abîmée, c'est pour cela qu'elle n'avait pas été vendue, mais j'ai ajouté une fleur de cresson.

Penny tendit son vin à Marguerite et s'assit avec un verre de digestif à la fleur de sureau.

– Vos cadeaux sont aussi un peu aléatoires, mais j'espère qu'ils vous plairont.

– Je suis sûre qu'ils seront super. Nous en avons fait un pour toi et le bébé, déclara Marguerite.

La nuit précédente, en retenant leur souffle et assises à la table de la cuisine de Val, Marguerite et Val avaient posé les deux côtés du quilt keepsake ensemble. Malgré les e-mails échangés dans tous les sens, et le soin qu'elles y avaient apporté, il y avait toujours un risque de ne pas obtenir une correspondance parfaite. Mais les mesures s'étaient avérées exactes. Quilté avec le molleton léger, leur travail avait donné une charmante courtepointe de lit d'enfant faite de carrés multicolores bordés du fil que Val avait trouvé en retournant son sac à dos. Après minuit, lorsque le dernier point avait été posé et le dernier fil coupé, Marguerite avait enveloppé l'édredon dans du papier cadeau de Noël.

Elle s'assit et fouilla dans son sac pour remettre le colis à Penny, mais avant qu'elle n'ait pu le sortir, on sonna à la porte. Val eut l'air déconcertée.

– Tu attends quelqu'un ?

Penny dit que non et alla voir qui était à la porte.

– Oh, c'est Mark et les enfants.

Elle les fit entrer et Mark monta à l'étage en répandant une profusion d'excuses.

– Je suis désolé, je pensais que nous serions arrivés et repartis avant l'arrivée de tes invitées. Aaron et Kit t'ont fait un cadeau, Pen.

Kit tendit un paquet.

– Nous serions bien venus plus tôt, mais Mamie a un problème avec le pudding. C'est pour toi et le bébé.

Penny déballa le chapelet de pommes de pin peintes et l'emporta dans le coin pour l'accrocher à la branche.

– Elles sont vraiment très jolies. Je vous remercie. Peux-tu rester prendre un verre, Mark ? Kit, tu veux un renne en chocolat ?

Kit s'assit sur le bras du canapé près de Marguerite.

– Aaron peut en avoir un aussi ? Il va falloir attendre une éternité avant que quelqu'un ne nous nourrisse.

Marc lui lança un regard sévère et sourit à Marguerite.

– Ma nièce et mon neveu. Nous ne les affamons pas vraiment, et leur mère aurait des choses à redire sur leurs manières.

Penny rit.

– Maman, voici Mark de la boutique d'en bas. Voici ma mère, Val. Reste, Mark. Sarah va bien ? À quel point est-ce le souk ?

– Pas de problème majeur. C'est normal le jour de Noël. Il vaut bien mieux que nous soyons ici plutôt que d'ajouter au drame. Tant que vous n'étiez pas sur le point de vous asseoir et de déjeuner ?

Val secoua la tête.

– Pas du tout. Nous venons d'arriver. J'ai cru comprendre que vous aviez aidé Penny à préparer notre déjeuner.

– Je n'aurais pas pu le faire sans lui. Il est allé chercher et a porté les paquets.

– Ne me sous-estime pas ! C'est moi qui ai repéré la tourte au gibier légèrement abîmée.

– Je t'ai préparé un dîner après que tu as accroché les couronnes de fleurs.

Penny se tourna vers Marguerite.

– Maintenant qu'il est là, je pense que je devrais vous le dire. Hier soir, Marc et moi avons discuté. Nous nous sommes dit que nous pourrions créer une entreprise ensemble.

Évitant à nouveau de croiser leurs regards, Marguerite et Val se montrèrent intéressées. Penny s'assied à côté de Val.

– Je me suis dit que je ne reprendrais peut-être pas le travail après la naissance du bébé. Retourner à l'émission, je veux dire. En fait, il se pourrait que je passe à autre chose que la télévision.

Kit, qui mangeait un renne en chocolat, la regarda avec curiosité.

– Que ferais-tu alors ?

– Une plateforme différente. Peut-être une chaîne YouTube. Peut-être quelque chose de plus récent. Quelque chose qui n'appartient pas à des milliardaires et qui n'est pas financé par des publicités vendant aux gens des choses qu'ils ne veulent pas ou dont ils n'ont pas besoin.

Penny se tourna vers Marguerite. J'ai pris un café plusieurs fois avec l'une des invitées de mon émission. Elle dirige une organisation appelée « Il faut un village ». Nous avons discuté lors de ma fête de départ et, bien que je ne l'aie pas vu à l'époque, elle m'a donné le germe d'une idée.

– Où Mark intervient-il ?

– Il a également changé d'activité. En reprenant la boutique, bien sûr, mais en se diversifiant.

– Dans quoi ?

Mark échangea un regard avec Penny.

– Nous n'avons pas encore pris de décision. De la vente en ligne. Des tutos sur le recyclage. Peut-être un service de restauration et de réparation. Un format qui élargit les modèles conventionnels. Ce serait le rôle de Penny. L'idée est d'associer nos compétences. Elle a des connaissances en matière de production et de diffusion, et je suis le petit-fils d'un homme d'affaires. C'est un mariage parfait.

Kit léchait le chocolat sur ses doigts.

– Alors, quelle est votre éthique ?

– C'est là que tu interviens. Nous nous demandions si tu accepterais d'être notre consultante.

– Sérieux ?

Penny acquiesça.

– Absolument. Si tu es prête à le faire. Sur ton temps libre maintenant, mais peut-être vraiment quand tu auras quitté l'école.

– D'accord. Cool.

Alors que Kit disait ces mots, son téléphone émit un bip et elle le sortit de sa poche.

– On dirait que le pudding bancal est terminé. Grand-mère a mis « I Have A Dream » à fond, papa est arrivé avec les entrées et les tantes sont en train de préparer le repas. Nous ferions mieux de rentrer.

Se glissant hors du canapé, elle s'adressa à Val et à Marguerite.

– Ravie de vous avoir rencontrées. Merci pour le renne, Penny.

Après le départ de Marc et des enfants, les autres se mirent à table.

Ensuite, lorsqu'elles se retrouvèrent sur les canapés pour manger des amandes dorées, Marguerite offrit à Penny le quilt keepsake. Au début, elle se joignit à la conversation pendant que Val l'expliquait à Penny, et toutes les trois le retournèrent dans tous les sens. Puis, tandis que Penny allumait une lampe près du canapé, Marguerite se mit à la fenêtre et, regardant le marché fermé, vit le givre scintiller sur la dentelle de fer qui bordait l'auvent. Dans la chambre, où une flaque de lumière tombait sur le canapé, les souvenirs s'élevaient, s'abaissaient et se mêlaient.

– C'est le chambray que j'avais utilisé pour ta salopette. Tu t'en souviens… ?

– Oh, je l'adorais ! Qu'est-ce que c'est que ce vichy ?

– L'étamine provient de la robe de mariée de ta grand-mère…

– ... oh, maman ! Cette serviette-éponge bleue ! De l'été où l'oncle Rory m'a appris à nager sur cette plage pleine de cailloux de Wicklow ! Et, regarde, j'adore ce morceau de satin rétro au milieu du côté de grand-mère. Et ce morceau de mon horrible bustier de Lurex. Et la popeline avec le motif de petites vaches de la robe que Mamie m'a cousue ! Et le coton glacé rose. Et cette mousseline de soie gris fumée. Attendez, d'où vient la bordure ? Oh, mon Dieu, c'est le tissu que vous aviez utilisé pour le manteau de Léo le lion !

– Tu aimes les éléphants en batik ? Au départ, ils faisaient partie de la bordure d'une des robes de ta grand-mère, et elle les a découpés pour les coudre au dos d'une veste que j'avais quand j'étais adolescente.

– C'est incroyable.

– La pièce maîtresse du côté de ta grand-mère provient d'un quilt confectionné par ton arrière-grand-mère Ruth.

Val retourna le quilt.

– Et la mousseline grise fait partie de la robe que je portais le soir où j'ai rencontré ton père.

– C'est quoi le carré jaune ?

– C'est une turbulette que j'ai créée quand j'étais enceinte de toi.

– Maman, j'aime tout ça.

Penny mit la main sur son ventre.

– Donal aussi.

– Donal ?

– Donal Paul. Tu es d'accord ?

– Ma chérie, c'est ta décision.

– Je sais, mais je veux que ça te fasse plaisir aussi.

– Bien sûr que je suis contente.

– Et tu approuves mon projet de quitter l'émission ?

– Si c'est ce que tu veux. Je suis contente que tu aies rencontré Mark.

Val jeta un coup d'œil à Marguerite et, lissant l'édredon sur ses genoux, sourit à Penny.

– Ma chérie, j'ai aussi des nouvelles. J'ai essayé de me décider à propos d'une promotion qu'on m'a proposée.

– Au travail ?

– Oui. En fait, il s'agit plutôt d'un élargissement de mon poste. Je vais devoir voyager à l'étranger.

– Maman, c'est incroyable ! As-tu décidé de l'accepter ?

– Je n'en étais pas encore sûre jusqu'à aujourd'hui. Mais, oui, je vais l'accepter.

Debout près de la fenêtre, Marguerite se souvenait de la voix de Val la nuit précédente, à moitié perdue dans le ronronnement de sa machine à coudre, racontant l'histoire de la découverte et de la perte de Balan.

– Cela n'aurait peut-être pas marché, bien sûr, mais je me demanderai toujours si cela aurait pu marcher. Imagine comme les choses auraient été différentes si j'avais emmené Penny à Chennai.

La vie est faite de choix, pensa Marguerite, *les yeux rivés sur les deux têtes penchées sur le quilt souvenir. Si les morceaux de la vie de Val avaient été arrangés différemment, Penny aurait pu grandir à Chennai. Et chaque choix en implique un autre. Si le choix de Ruth avait été différent, j'aurais pu naître à Paris. Je n'aurais pas rencontré Paul, ni eu Val et Rory, et Penny ne serait pas née, et elle aurait encore moins trouvé Mark.* En regardant les lumières de Noël se refléter dans le fer glacé, Marguerite pensa à la façon dont, en faisant sa valise, elle avait envisagé d'apporter la lettre avec elle à Londres. Mais elle s'était dit que cette histoire incomplète, avec toutes ses questions sans réponse, n'était pas vraiment la sienne à partager. Alors, elle avait pris la page et, levant les yeux vers le portrait de Ruth, elle avait laissé tomber la convocation impérieuse de Justin dans le feu du salon. Lorsque les flammes s'étaient élevées, les mots « Je t'aime tout entière » étaient restés visibles pendant quelques secondes. Puis la page s'était recourbée et était tombée en cendres bleues et noires et, dans son esprit, elle avait vu le sourire approbateur de Donal.

La voix de Val parvint jusqu'à Marguerite depuis la douce lumière de la lampe qui tombait sur le canapé blanc immaculé de Penny.

– Je n'étais pas sûre que tu aimerais le quilt. Toutes ces couleurs chaotiques n'ont pas l'air de s'adapter à ton appartement.

– Je sais. Mais je l'aime bien. Je vous remercie.

La voix de Penny tremblait.

– Écoute, maman, je suis désolée d'avoir été sens dessus dessous tout au long de cette grossesse. J'ai essayé de me faire une idée de l'avenir. Enfin, du passé aussi, je crois.

– Tu n'as pas besoin de t'excuser.

– Je pense que si.

Marguerite sourit, se souvenant que lorsque Aaron avait atteint la porte, il s'était retourné et avait regardé Marc d'un œil critique.

– Comment se fait-il que tu n'aies pas de cadeau pour Penny ?

– Oui, mais c'est une chaise longue. Ce n'est pas facile de monter ces escaliers, alors j'ai pensé que je devais d'abord m'assurer que Penny la voulait.

Son regard avait glissé sur le côté et rencontré celui de Penny.

– Il n'y a rien de pire qu'un objet indésirable qui encombre votre vie.

Aaron avait froncé les sourcils.

– Ça a l'air plutôt cool. Pourquoi ne le voudrait-elle pas ?

– Il ne va pas avec sa décoration.

– Dans ce cas, on dirait que tu as fait un choix bizarre.

La voix d'Aaron avait été cinglante, mais Penny avait pris la main de Mark.

– En fait, c'est merveilleux. Cela a pris beaucoup trop de temps pour moi de découvrir que ce que j'ai toujours voulu se trouvait juste en bas.

– Pour de vrai, Penny ?

L'expression dans les yeux de Marc avait incité Val et Marguerite à échanger un regard ravi, et Penny lui avait souri, plus détendue que Marguerite ne l'avait jamais vue.

– Pour de vrai, Mark. C'est parfait. Du rococo édouardien. Dossier roulé, pieds à griffes et à billes, épingles en laiton et tapisserie en velours cramoisi. Nous le monterons ici, même s'il doit entrer par la fenêtre de la cuisine, comme Stanley le chat qui ne connaît pas de frontières. Je m'y allongerai dans ma veste de soie, un carré de mousseline sur l'épaule, et toi, le bébé et moi, nous ferons des plans pour changer le monde.

Maintenant, debout près de la fenêtre, Marguerite poussa un soupir de contentement. *Par les nuits froides*, pensa-t-elle, *ou lorsque le petit Donal voudra une histoire pour s'endormir, le velours cramoisi, la soie jaune et ce carré de mousseline très pratique seront parfaitement en accord avec le quilt keepsake.*

La berceuse de Ruth

… when you wake
You shall have
All the pretty little horses
Blacks and bays
And dapples and greys
All the pretty little horses
Go to sleep
Don't you cry
Rest your head upon the clover
In your dreams
You shall ride
Whilst your mammy's watching over
Blacks and bays
And dapples and greys
All the pretty little horses…

Remerciements

Ma mère était une couturière accomplie et j'ai grandi dans un foyer largement tourné vers l'art et le design. Pendant une grande partie de mon enfance, mon père travaillait sur une histoire des drapeaux, de sorte que notre maison était remplie d'images de tissus effilochés, d'ornements dorés ternis et de magnifiques armoiries peintes. En tant que cadette d'une fratrie de cinq enfants, je me souviens des vêtements que l'on m'a donnés, des robes ravivées par le ric-rac et la broderie, et d'une veste héritée d'une tante élégante. La sœur avec laquelle je partageais ma chambre m'a enseigné l'art à l'école avant de devenir designer textile. Et la première jupe que je me suis faite a été réalisée d'après un patron découpé par l'un de mes frères, qui étudiait l'architecture à l'époque et fabriquait ses propres costumes. C'est donc à ma famille que je dois le plus, mais surtout à ma mère, qui m'a légué une collection de ses travaux d'aiguille et de linge de table confectionné par les cousines de ma grand-mère.

L'inspiration pour *The Keepsake Quilters* provient de nombreuses sources et de nombreux souvenirs. J'ai découvert Hampstead Heath, Borough Market et Biba dans Kensington High Street lorsque j'explorais Londres en tant qu'étudiante, et le grand-père de Mark a émergé de mes souvenirs d'un chiffonnier qui travaillait dans les rues de Twickenham il y a quarante ans. Dans certains cas, c'est ma mémoire qui a été sollicitée, ce dont je suis immensément reconnaissante. Geraldine McGlynn, de Golden Ireland, m'a fait découvrir la Crawford Gallery de Cork, où le conservateur Michael Waldron m'a replongée dans le travail des artistes irlandais d'avant et d'après la Seconde Guerre mondiale, ce qui a fait germer l'idée du portrait de Ruth et m'a permis d'élaborer son scénario. Les personnages du livre, leurs maisons et leurs lieux de travail sont imaginaires, mais je n'aurais jamais conçu l'histoire de Penny si je n'avais pas fait une grande partie de ma carrière à la télévision, où j'ai appris de professionnels auxquels je suis reconnaissante : vous êtes trop nombreux pour être nommés, mais vous savez qui vous êtes. Contrairement à Val, je n'ai pas découvert *Cymbeline* à l'université, mais à l'école d'art dramatique où, avec des amis qui sont depuis devenus des noms connus, j'ai passé de longues heures à disséquer Shakespeare. Vous aussi, vous vous reconnaîtrez, et qui d'entre nous pensait que, toutes ces années plus tard, tant de discussions nocturnes seraient transposées dans un roman ?

Je tiens à remercier chaleureusement mon beau-frère, Seán O'Leary, artiste et étudiant en généalogie, qui a réalisé l'arbre généalogique figurant au début du livre et qui m'a fait de nombreux commentaires utiles pendant que j'écrivais. Je remercie également Maev, Dan et Monica, qui m'ont distraite, encouragée et m'ont offert du vin blanc.

L'inspiration est également venue de personnes que je n'ai jamais rencontrées. Les personnages de Kit et Aaron, ainsi que l'accent mis sur la durabilité, doivent beaucoup à Greta Thunberg et aux écoliers du monde entier qui se sont joints à son Skolstrejk pour atténuer le changement climatique, et dont les voix me sont parvenues par internet. Je suis également reconnaissante pour un tweet qui a établi un lien entre la noyade de Simon et les voyages excitants de Drake que j'ai exploités : j'aimerais pouvoir me rappeler qui l'a tweeté, mais tout ce que je sais, c'est qu'il provenait de quelqu'un de la cathédrale de Southwark qui avait remarqué une pousse verte du chêne utilisé pour réparer la réplique de la Golden Hinde, et qui y voyait une image d'espoir et de renaissance.

Il arrive parfois, au cours du processus d'écriture, que le monde extérieur fasse apparaître des résonances inattendues avec votre livre. Souvent, cela se produit dans la dernière ligne droite, lorsque, mentalement et physiquement, vous êtes à bout de souffle. Alors que j'arrivais à la fin de *The Keepsake Quilters*, j'ai visité la National Gallery d'Irlande pour voir une exposition de peintures de Jack B. Yeats. J'avais déjà terminé le chapitre dans lequel Eve dit que Justin MacMahon avait brièvement étudié avec lui, ce qui indique que, contrairement aux autres amis bohèmes de Ruth, Justin avait le talent nécessaire pour devenir un peintre de classe internationale. Sur le mur de l'exposition, j'ai trouvé cette citation de Jack B. Yeats. « Personne ne crée. L'artiste assemble des souvenirs ». À une autre occasion, une exposition à la Somerset House de Londres, présentant des œuvres d'Alberta Whittle, Allora & Calzadilla, Carolina Caycedo, Louis Henderson, Malala Andrialavidrazana, Mazenett Quiroga, Otobong Nkanga, Zineb Sedira et Shiraz Bayjoo, correspondait tout aussi bien aux thèmes que j'avais explorés. J'ai quitté les deux galeries pleine d'une énergie renouvelée, un cadeau que j'aimerais saluer ici.

Pour revenir au monde pratique des vivants, je remercie, comme toujours, Joanna Smyth, Ruth Shern, Elaine Egan et tous les autres membres de la brillante équipe de Breda Purdue chez Hachette Books Ireland, ainsi que Hazel Orme, ma méticuleuse correctrice, et le merveilleux Mark Walsh de Plunkett PR. Je suis particulièrement reconnaissante à Ciara Doorley, mon éditrice chez Hachette, qui a réagi avec tant de gentillesse et d'enthousiasme à ma demande.

Elle a fait preuve d'un enthousiasme immédiat lorsque je lui ai soumis l'idée de *The Keepsake Quilters* et a toujours dirigé mon travail avec assurance et la plus grande légèreté.

Enfin, comme toujours, mon amour et mes remerciements vont à mon mari, Wilf Judd, pour son œil de lynx en tant que lecteur et pour sa patience et son aide indéfectibles ; et, chez Sheil Land Associates, au Royaume-Uni, à Alba Arnau et à mon excellent agent, Gaia Banks, dont l'intérêt et l'attention pour ce livre à tous les stades de son développement ont grandement contribué à la joie de l'écrire.

Felicity Hayes-McCoy

Felicity Hayes-McCoy, autrice de la série à succès Finfarran, est née à Dublin, en Irlande. Elle a étudié la littérature à l'UCD avant de s'installer en Angleterre dans les années 1970 pour suivre une formation d'actrice. Son travail d'écrivain s'étend des dramas télévisés et radiophoniques aux documentaires, en passant par les scénarios, le théâtre musical, les mémoires et les livres pour enfants. Ses romans de la série Finfarran sont largement lus des deux côtés de l'Atlantique, ainsi qu'en Australie, et ont été traduits en six langues, et notamment en français sous le nom de série « du bonheur ».

Elle vit avec son mari, le metteur en scène d'opéra Wilf Judd, dans le West Kerry Gaeltacht et à Bermondsey, à Londres. Elle raconte sa vie dans ces deux endroits sur son site web www.felicityhayesmccoy.co.uk et vous pouvez la suivre sur Twitter @fhayesmccoy et sur Facebook et instagram sous le nom Felicity Hayes-McCoy author.

Du même auteur

La petite bibliothèque du bonheur
Le petit café du bonheur
Le petit jardin du bonheur
L'été de tous les bonheurs
Le club de lecture transatlantique

Une comédie romantique girly drôle et piquante !

Disponible en librairie et au format ebook

Une comédie romantique terriblement attachante dans laquelle toute lectrice se reconnaîtra !

Disponible en grand format et en ebook

Le premier tome de la nouvelle série drôle et gourmande
de Jenny Colgan

Disponible en grand format et en ebook

Sous la direction de : Ambre Rouvière
Assistante éditoriale : Emma Guillaume
Correction : Nord Compo
Composition : Nord Compo
Conception graphique de la couverture : Nord Compo
Illustration de couverture : © Prisma Media avec l'aide de l'IA MidJourney.

Depuis 2009, Prisma Media met en place une politique d'achat écoresponsable. Ainsi, près de 100 % du papier de nos magazines est certifié PEFC (gestion durable des forêts). La fabrication des livres des Éditions Prisma s'inscrit également dans cette démarche.

Dépôt légal : octobre 2023 – n° d'impression 103 111
Achevé d'imprimer en France par : Imprimerie Floch